진실 프로젝트

The Authenticity Project
by Clare Pooley

Copyright ⓒ Clare Pooley, 2020
Korean Translation Copyright ⓒ MUNHAKDONGNE Publishing Corp., 2022

This Korean edition is published by arrangement with Madeleine Milburn Ltd, London
through Danny Hong Agency, Seoul.
All rights reserved.

THE
AUTHENTICITY
PROJECT

진실 프로젝트

클레어 풀리 장편소설
홍한별 옮김

문학동네

단어를 사랑하는 법을 가르쳐주신
나의 아버지 피터 폴리에게 바칩니다.

차 례

진실 프로젝트   009

에필로그   453

감사의 말   455

1
모니카

모니카는 그 노트를 돌려주려고 했었다. 누가 놓고 갔다는 사실을 알아차리자마자 바로 집어들고 노트 주인을 쫓아 달려나갔다. 그런데 사방을 둘러보아도 노트를 놓고 간 독특한 외모의 손님이 고새 어디로 사라졌는지 코빼기도 안 보였다. 나이가 꽤 많아 보였는데 어떻게 그렇게 빨리 움직였는지 놀라웠다. 마치 절대 붙들리지 않겠다고 작정한 사람처럼.

손님이 놓고 간 노트는 평범한 연녹색 연습장이었다. 모니카가 학교 다닐 때 들고 다니면서 숙제를 받아 적던 노트하고 비슷한 모양이었다. 친구들은 노트에 하트나 꽃을 그리고 좋아하는 남자의 이름 따위를 채워넣곤 했지만 모니카는 낙서하는 걸 좋아하지 않았다. 모니카는 질 좋은 문구를 소중히 쓰는 사람이었다.

겉표지에 아름다운 흘림체로 이런 글귀가 쓰여 있었다. 진실 프로젝트. 아래쪽 귀퉁이에는 더 작은 글씨로 날짜가 적혀 있었다.

2018년 10월. 모니카는 안에 주소나 이름이 적혀 있나 찾아보고 노트를 돌려줘야겠다고 생각했다. 겉보기에는 평범한 노트인데도 뭔가 중요한 물건인 듯한 분위기를 풍겨서 함부로 버리면 안 될 것 같았다.

모니카는 표지를 들춰 보았다. 첫 장에 손글씨로 쓴 글이 있었다.

당신은 가까이 사는 사람들을 얼마나 잘 압니까? 그 사람들은 당신에 대해 많이 압니까? 이웃 사람 이름은 아나요? 이웃 사람이 곤란한 일에 처하거나 며칠 동안 집밖으로 나오지 않는다면 당신은 그 사실을 알 수 있을까요?

누구나 자기 삶에 대해 거짓말을 합니다. 그런데 만약 진실을 말한다면 어떤 일이 일어날까요? 나 자신을 정의하는 단 하나의 진실, 나에 대한 그 외 다른 모든 것들을 일관되게 설명해줄 그 진실을. 인터넷을 통해서 알리는 게 아니라 주변에 있는 실제 사람들에게 말한다면?

어쩌면 아무 일도 일어나지 않을지도 모르죠. 또 어쩌면 그 이야기를 함으로써 당신의 삶이, 혹은 아직 만난 적도 없는 누군가의 삶이 바뀔 수도 있고요.

내가 알아보고 싶은 게 그것입니다.

글은 다음 쪽으로 이어졌고 모니카는 계속 읽고 싶었지만 하필 카페가 가장 바쁜 시간이었다. 모니카는 이럴 때 잠시라도 꾸물거리면 안 된다는 걸 알았다. 그랬다가는 대혼란이 벌어지기 십상이었다. 모니카는 노트를 금전출납기 옆에, 메뉴판과 거래처 전단지와 같이 꽂아놓았다. 나중에 제대로 집중할 수 있는 시간에 다시 읽을 생각이었다.

　모니카는 카페 위층에 있는 자기 집 소파에 다리를 뻗고 앉았다. 한 손에는 큰 잔에 소비뇽블랑을 따라 들고, 다른 손에는 가게에서 주운 노트를 들었다. 아침에 노트에서 읽었던 질문들이 하루종일 머릿속에서 맴돌았다. 모니카는 종일 손님들을 맞고 커피와 케이크를 나르고 날씨 이야기, 최신 연예계 소식을 주고받았다. 하지만 누군가에게 내 삶에 대한 정말 중요한 이야기를 한 적이 최근에 있나? 또 날마다 만나는 사람들이 정말 어떤 사람인지(커피에 우유를 넣는지 티에 설탕을 넣는지 등을 제외하면) 안다고 말할 수 있나? 모니카는 노트의 두번째 페이지를 펼쳤다.

　내 이름은 줄리언 제솝입니다. 나이는 일흔아홉 살이고 화가입니다. 지난 오십칠 년 동안 풀럼 로드에 있는 첼시스튜디오에 살았습니다.
　이런 건 기본 사실이고, 진실은 이렇습니다. 나는 외롭습니다.
　며칠 동안 아무하고도 한마디도 말을 섞지 않을 때도 있습니다. 가끔 말을 해야 할 때가 되면(예를 들어 누가 지급보증보험 관련해서 전화를 했다든가 할 때) 하도 오래 안 써서 목소리가 목구멍 안에서 말라비틀어진 것처럼 갈라져서 나옵니다.
　나이를 먹으면서 나는 보이지 않는 존재가 되었습니다. 이것이 나에게는 특히 힘든 일인데, 왜냐하면 나는 사람들의 시선을 받는데 익숙했기 때문입니다. 한때는 나를 모르는 사람이 없었습니다. 어디 가서 내 소개를 할 필요도 없었어요. 그냥 들어가기만 하면 사람들이 내 이름을 속삭이면서 몰래 나를 훔쳐보곤 했지요.

전에는 거울에 내 모습을 비춰보길 좋아했어요. 상점 유리창 앞을 천천히 지나면서 내가 입은 재킷의 라인이나 머리카락의 웨이브를 감상했지요. 지금은 어쩌다 내 모습을 보게 되더라도 못 알아보겠어요. 나이드는 것은 누구도 피할 수 없는 일이라며 편안히 받아들였을 메리는 예순 살이라는 비교적 젊은 나이에 세상을 떴는데, 나는 아직도 남아서 내가 서서히 무너져내리는 걸 봐야만 하다니 참으로 얄궂은 일입니다.

나는 화가여서 사람들을 많이 관찰했어요. 사람들의 관계를 분석하다가 사람들 사이에는 힘의 균형 같은 게 반드시 존재한다는 걸 깨달았습니다. 두 사람이 있으면 한쪽은 사랑을 더 많이 받고 다른 쪽은 사랑을 더 많이 하고. 나는 사랑을 절대적으로 많이 받아야만 했어요. 그러면서 메리는 늘 그렇게 건강하게 뺨을 분홍빛으로 물들이며 사려 깊고 믿음직한 모습으로 내 곁에 있으리라고 생각했습니다. 메리가 떠나고 난 다음에야, 메리가 얼마나 소중한 사람인지 알게 되었습니다.

모니카는 잠시 읽기를 멈추고 책장을 넘기고 와인을 한 모금 마셨다. 모니카는 줄리언이 아주 마음에 들지는 않았다. 안됐다는 생각은 들었지만. 줄리언 본인도 동정보다는 차라리 반감의 대상이 되길 바랄 것 같았다. 모니카는 계속 읽어나갔다.

메리가 곁에 있던 때에는 작은 우리집에 사람들이 늘 바글바글했어요. 동네 애들도 메리가 이런저런 이야기도 해주고 탄산음료나 몬스터먼치 과자 같은 것도 주곤 했기 때문에 자주 들락거렸어요. 나만큼 잘나가지 못하던 화가 친구들이 불쑥 들이닥쳐 밥을 먹고 가기도 하고 내 그림 모델들도 툭하면 집으로 왔죠. 메리는 여자 모델들이 와도 겉으로는 반갑게 맞았기 때문에 여자들한테는 커피에 초콜릿을 같이 내놓지 않았다는 사실은 아마 나밖에 몰랐을 거예요.

우린 늘 바빴어요. 첼시아트클럽을 중심으로 사교활동을 하고 킹스 로드나 슬론스퀘어의 레스토랑과 부티크를 누볐습니다. 메리는 조산사로 일하면서 바빴고 나는 전국을 돌아다니면서 스스로를 후대에 기억될 만한 인물로 여기는 이들에게 초상화를 그려주었지요.

1960년대 후반부터 우리는 매주 금요일 다섯시가 되면 집 근처에 있는 브럼프턴공동묘지를 찾아가기 시작했어요. 브럼프턴묘지는 풀럼, 첼시, 사우스켄싱턴, 얼스코트 네 지역이 맞닿은 위치에 있어서 친구들이 다 같이 모이기에 좋은 곳이었거든요. 우리는 앵거스 화이트워터 제독의 무덤에 모여 주말에 뭐하고 놀지 계획을 세웠습니다. 화이트워터 제독이 누구인지는 모르지만 무덤이 멋있는 검은 대리석판으로 덮여 있어서 술판을 벌이기에 좋았지요.

사실상 나는 메리와 함께 세상을 뜬 것이나 다름없습니다. 그 뒤로는 전화에도 편지에도 답을 안 했어요. 팔레트 위에서 물감은 딱딱하게 말라붙었고, 어느 참을 수 없이 긴 밤에는 그리던 그림을 전부 망가뜨렸어요. 캔버스를 북북 찢어 알록달록한 리본으로 만들고 메리의 재봉 가위로 잘라 꽃종이를 만들었죠. 거의 오년 정도가 지난 다음에 세상 밖으로 나와보니 이웃 사람들은 떠나고 친구들도 나를 잊었고 에이전트도 나를 포기했더군요. 내가 눈에 띄지 않는 존재가 되었다는 걸 깨달았죠. 나는 나비에서 애벌레로, 거꾸로 변태를 하고 만 겁니다.

요즘에도 나는 금요일 저녁마다 제독의 무덤으로 가서 메리가 가장 좋아하던 베일리스 아이리시크림을 한 잔 마십니다. 이제는 그곳에 나와 과거의 유령들밖에 없지만요.

이게 내 이야기입니다. 쓰레기통에 넣고 싶으면 그렇게 하세요. 아니면 이 노트에 당신 자신의 진실을 적어 다른 사람에게 전달할 수도 있겠지요. 어쩌면 그러고 나면 후련해질지 모릅니다. 내가 그랬던 것처럼요.

이다음에 어떤 일이 일어날지는 당신에게 달려 있습니다.

2
모니카

모니카는 그의 이름부터 검색해보았다. 위키피디아에 따르면 줄리언 제숍은 1960년대와 1970년대에 명성인지 악명인지가 드높았던 초상화가라고 했다. 슬레이드미술대학에서 루시언 프로이드에게 사사했다. 두 사람이 여러 해 동안 서로 모욕을(그리고 아마도 여자도) 주고받았다는 소문도 있었다. 루시언이 훨씬 유명하다는 이점이 있었지만 줄리언은 열일곱 살 더 젊었다. 모니카는 줄리언의 아내, 종일 다른 여자의 출산을 거들고 녹초가 되어 집에 돌아와서는 남편이 대체 어디로 갔을까 생각했을 메리를 떠올렸다. 솔직히 말하면 약간 모자란 여자였을 것 같다는 생각이 들었다. 메리는 왜 그런 남편을 참고 살았을까? 모니카는 그렇게 사느니 차라리 혼자 사는 편이 더 나을 수도 있다고, 버릇처럼 하는 생각을 일부러 되새겼다.

줄리언이 그린 자화상 한 점이 내셔널포트레이트갤러리에 한동안 걸렸었단다. '루시언 프로이드의 런던학파'라는 전시의 일부였다. 모니카는 자화상 이미지를 클릭해서 확대했다. 어제 아침 카페에서 본 남자의 모습이 보였다. 다만 건포도를 포도로 돌려놓은 것처럼 탱탱하게 펴져 있다는 점만 달랐다. 서른 살 무렵의 줄리언 제숍에게는 깔끔하게 뒤로 넘긴 금발머리, 깎은 듯 날카로운 광대뼈, 살짝 비웃는 듯한 입매, 꿰뚫어보는 파란 눈이 있었다. 어제 줄리언을 마주보았을 때 모니카는 줄리언의 눈빛이 마치 영혼 속을 헤집는 것 같다고 느꼈다. 블루베리머핀과 캐러멜쇼트브레드의 특징을 비교해서 설명하고 있는데 그런 눈빛을 받으면 좀 당황할 수밖에 없다.

모니카는 시계를 봤다. 오후 네시 오십분이었다.

"벤지, 삼십 분 정도 가게 좀 맡아줄래?" 모니카는 바리스타에게 말했다. 벤지가 고개를 끄덕이는 걸 기다릴 새도 없이 모니카는 코트를 걸쳤다. 카페에서 나가는 길에 눈으로 테이블 위를 죽 훑었고, 12번 테이블 위에 떨어진 큼직한 레드벨벳 케이크 조각을 발견하고 집었다. 왜 이걸 못 봤지? 모니카는 풀럼 로드로 나와 비둘기한테 케이크 조각을 던져주었다.

모니카는 버스 이층에는 웬만하면 앉지 않았다. 보건안전법을 준수한다는 사실을 자랑스러워하는 사람이라 굳이 달리는 버스에서 계단을 올라가는 위험을 무릅쓰지 않았다. 그렇지만 오늘은 조망하기 좋은 위치를 잡아야 했다.

모니카는 구글 지도를 들여다보며 파란 점이 풀럼 로드를 따라 천천히 첼시스튜디오 쪽으로 움직이는 것을 보았다. 버스가 풀럼 브로드웨이역에서 섰고 그다음 정거장은 스탬퍼드브리지였다. 첼시FC 홈구장인 거대하고 현대적인 스타디움이 시야에 들어왔다. 경기장 아래쪽 홈 팬 출입구와 원정 팬 출입구 사이에, 믿기지 않게도 스튜디오 하우스들과 주택들이 옹기종기 모인 완벽한 형태의 작은 마을이 있었다. 모니카가 수도 없이 지나다녔던 바로 그 길가였다.

이번만큼은 길이 막히는 것을 반가워하면서 모니카는 어느 집이 줄리언이 사는 집일까 눈으로 훑었다. 집 한 채가 다른 집들과 살짝 떨어져 있고 특히 낡아 보이는 것이 줄리언 본인하고 닮아 보였다. 그 집이라는 데 그날 하루 수입을 걸어도 좋을 정도로 확신이 들었다. 요즘 모니카의 경제적 상황을 생각하면 결코 허투루 하는 장담은 아니었다.

모니카는 다음 정거장에서 내려 바로 왼쪽으로 발길을 돌려 브럼프턴공동묘지로 갔다. 해가 기울어 긴 그림자가 드리웠고 공기 중에 서늘한 가을 기운이 감돌았다. 이 묘지는 모니카도 좋아하는 곳이었다. 시간의 흐름을 벗어난, 도심 속 고요한 오아시스 같은 곳. 장려한 장식을 한 묘비들이 죽어서까지 판 키우기 경쟁을 벌이는 듯한 광경도 좋았다. 네가 멋진 성경 구절이 적힌 대리석판을 건다면 나는 실물 크기 예수상을 거기 더 얹어서 걸겠어. 몸의 일부가 깨어져 사라진 천사 석상들도, 빅토리아시대 묘비에 새겨진 옛날식 이름들도 좋았다―에설, 밀드러드, 앨런. 앨런이라는 이름을 더이상 쓰지 않게 된 건 언제부터였을까? 생각해보니 요새 아기한테 모니카라는 이름을 붙이는 사람은 있나? 1981년에 부모님이 모니카에게 이름을 지어줄 때에도 에밀리, 소피, 올리비아 같은 이름 대신 모니카를 고른 것은 무척 특이한 선택이었다. 사라져가는 이름.

'라스트 모니카'. 영화 제목으로 그럴싸한데?

전쟁에서 스러진 병사들과 벨라루스 이민자들의 무덤을 잰걸음으로 지나가면서 모니카는 어딘가에 숨어 있는 짐승들의 존재를 느꼈다. 청설모, 여우, 새카만 큰까마귀 들이 망자의 영혼처럼 묘지를 지키고 있었다.

제독의 무덤은 어디에 있지? 모니카는 왼쪽 길을 따라가면서 베일리스 아이리시크림 술병을 든 노인의 모습을 찾았다. 왜 찾고 있는지는, 사실 잘 몰랐다. 줄리언하고 이야기를 나누고 싶지는 않았다. 아직은. 다짜고짜 말을 걸면 줄리언이 당혹스러워할 것 같기도 했다. 첫 단추를 잘못 끼우고 싶지는 않았다.

모니카는 묘지 북쪽 끝을 향해 걸었고 늘 그러듯 에멀라인 팽크허스트의 묘지 앞에서 아주 잠깐 멈춰 말없이 묵례를 했다. 묘지 끝까지 가서 방향을 돌려 반대쪽 한적한 길을 따라 중간쯤 내려왔을 때 오른편에서 인기척이 느껴졌다. 거기에, 대리석 묘비 위에 (약간 불경한 모습으로) 줄리언이 술잔을 들고 앉아 있었다.

모니카는 줄리언과 눈이 마주치지 않도록 고개를 숙이고 계속 걸었다. 그러고 나서 십 분쯤 지난 뒤에 줄리언이 떠난 것을 확인하고 다시 돌아가 묘비에 새겨진 이름을 읽었다.

앵거스 화이트워터 제독
폰트 스트리트
1963년 6월 5일 74세로 사망
존경받은 지도자, 사랑받은 남편이자 아버지
진실했던 친구

비어트리스 화이트워터
1964년 8월 7일 69세로 사망

제독한테는 온갖 칭찬의 말이 수식어로 붙어 있는데 아내는 남편의 묘비 아래에 날짜만 박힌 채로 묻혀 있는 걸 보니 공연히 화가 났다.

모니카는 묘지의 침묵에 둘러싸인 채 한참 서 있었다. 비틀스 헤어스타일, 미니스커트, 나팔바지 차림의 아름다운 젊은이 무리가 서로 농담하고 입씨름하는 모습을 상상하다가, 문득 쓸쓸함을 느꼈다.

3
줄리언

줄리언은 고독과 외로움을 발에 안 맞는 오래된 신처럼 신고 다녔다. 어느덧 익숙해지기도 했고 어쩌면 편하다 싶기도 했지만, 시간이 흐르면서 그것 때문에 자세가 비뚜름해지고 굳은살이 생기고 발 모양이 뒤틀렸다.

오전 열시가 되자 줄리언은 풀럼 로드를 따라 걸어내려갔다. 메리를 잃고 오 년 남짓은 아예 침대에서 일어나지 않는 날도 많았다. 낮과 밤의 구분이 없었고 요일도 아무 의미가 없었다. 그러다가 일과를 유지하는 게 매우 중요하다는 사실을 알게 되었다. 규칙적 일과를 부표 삼아 거기 매달려서 삶을 이어나갔다.

매일 아침 같은 시간에 줄리언은 집밖으로 나가 한 시간 정도 동네를 걸어다니며 필요한 물건을 샀다. 오늘 줄리언이 살 물건 목록은 이랬다.

달걀

우유(1파인트)

버터스카치맛 에인절딜라이트(혹시 있으면)

　요새는 에인절딜라이트를 구하기가 쉽지 않았다. 그리고 오늘은 토요일이니까 패션잡지도 한 권 살 예정이었다. 이번주는 줄리언이 가장 좋아하는 〈보그〉를 살 차례였다.

　가끔 신문판매원이 바쁘지 않을 때에는 최신 뉴스나 날씨를 화제로 잡담을 나누기도 했다. 그런 날이면 마치 자신이 사회에서 제 기능을 하는 구성원인 것 같고 사람들과 어울려 지내며 서로 중요한 의견을 주고받기도 하는 사람인 것 같은 기분이 들었다. 한번은 오직 다른 사람과 같이 시간을 보내고 싶은 생각에 치과에 진료 예약을 한 적도 있었다. 줄리언이 아무 말도 못하고 입을 벌리고 있는 동안 치과의사 파텔 씨가 온갖 금속제 도구와 무시무시한 소리를 내는 흡입관을 가지고 입속에서 뭔지 모를 작업을 하는 고통스러운 시간이 흘렀고 줄리언은 현명한 선택이 아니었음을 깨달았다. 줄리언은 잇몸 위생에 대한 잔소리를 잔뜩 듣고 치과에서 나오면서 웬만하면 치과에는 다시는 가지 말아야겠다고 마음을 먹었다. 치아를 잃는 일이 있더라도 뭐 어떤가. 이미 다른 것도 전부 잃었는데.

　줄리언은 잠시 걸음을 멈추고 모니카스 카페 창 안을 들여다보았다. 벌써 손님들이 많았다. 이 길을 여러 해 동안 수도 없이 지나다녔기 때문에 전에 이 자리에 있었던 가게들을 전부 머릿속으로 떠올릴 수 있었다. 집 인테리어를 새로 할 때 벽지를 벗기면 그 아래 전에 바른 벽지가 겹겹이 나오는 것처럼 기억이 새록새록 떠올랐다. 1960년대에는 장어와 파이를 파는 가게였는데 장어가 인기 없어지면서 레코드숍이 되었다. 1980년대에는 비디오대여점이었고 몇 년 전까지만 해도 사탕가게였다. 장어, 레코드, 비디오테이프—모두 역사의 뒤안길로 사라졌다. 사탕도 요즘에는 소아비만의 원인으로 지목되면서 기피 대상이 되었다. 하지만 그건 사탕 탓이 아니지 않나? 아이들이나 아니면 부모들 탓이겠지.

아무튼 '진실 프로젝트'를 두고 나오기에 아주 적합한 장소를 골랐다 싶었다. 그 카페에서는 우유와 티를 주문해도 어떤 종류의 티를 원하는지 어떤 우유를 넣을지 꼬치꼬치 까다롭게 묻지 않아서 좋았다. 그럴듯한 도자기 잔에 티를 담아주었고 아무도 이름이 뭐냐고 묻지 않았다. 줄리언은 스타벅스 같은 데에서 테이크아웃 컵에 이름을 쓰는 게 영 불편했다. 캔버스 하단을 장식하던 이름을 종이컵 따위에 끼적이다니. 그 기억을 떠올리니 몸이 부르르 떨렸다.

줄리언은 며칠 전 모니카스 카페에 들어가, 구석에 있는 군데군데 흠집이 난 부드러운 가죽소파에 자리를 잡았다. 책꽂이로 둘러싸인 공간인데 모니카가 그 자리를 '서재'라고 부르는 걸 들었다. 모든 게 전자장치 안으로 들어가고 종이 매체가 급속도로 사라져가는 세상이라, 오래된 책 냄새가 갓 간 커피콩 냄새와 뒤섞이는 '서재'라는 공간에서 줄리언은 기분좋은 향수를 느꼈다.

그 자리에 두고 온 노트가 어떻게 되었을까 궁금했다. 줄리언은 자기가 아무 흔적도 남기지 않고 서서히 사라지고 있다는 생각을 자주 했다. 어느 날, 그다지 머지않은 미래에 결국 그의 머리가 수면 아래로 사라지고 그 자리에는 잔물결조차 남지 않을 거라고. 그래도 그 노트가 있으니 적어도 한 사람은 그가 어떤 사람인지 제대로 볼 수 있을 것이다. 게다가 그 글을 쓰면서 줄리언은 마음이 편해지는 것을 느꼈다. 불편한 신발끈을 느슨하게 풀어 발이 조금 더 편히 숨쉴 수 있게 한 것처럼.

줄리언은 다시 걸음을 옮겼다.

4
해저드

　월요일 저녁이고 꽤 늦은 시간이었지만, 누구에게나 해저드라고 불리는 티머시 해저드 포드는 집에 갈 생각이 없었다. 해저드는 주말을 보내고 난 다음에 찾아오는 금단현상을 물리치는 유일한 방법은 계속 달리는 것뿐임을 경험으로 알았다. 한 주의 시작을 점점 뒤로 미루고 주말은 점점 당기다보니 결국 두 개가 중간에서 만날 지경이 되었다. 수요일쯤 잠시 쉬었다가 다시 또 시작했다.

　해저드는 그날 저녁에 시티*에 있는 술집에서 같이 한잔할 직장 동료를 구하는 데 실패하고 집 근처 폴럼 로드로 와서 동네 와인 바로 갔다. 몇 안 되는 손님 중에 아는 사람이 있는지 훑었다. 높은 의자에 다리를 감고 바에 상체를 기대고 앉은 비쩍 마른 금발머리 여자가 눈에 들어왔다. 멋지게 차려입은 구부러진 빨대 같아 보였

---

* 런던 중심의 금융가.

다. 동료 제이크가 사귀었던 여자와 같이 운동하는 친구가 틀림없다 싶었다. 이름이 뭔지는 전혀 생각 안 났지만, 지금 같이 술을 마실 수 있는 유일한 사람이었으므로 이 순간에는 해저드의 제일 친한 친구나 다름없었다.

해저드는 바로 이런 순간을 위해 아껴두는 미소를 지으며 여자를 향해 다가갔다. 무슨 낌새가 느껴졌는지 여자가 돌아보았고 웃으면서 손을 들었다. 빙고. 실패하는 법이 없다니까.

여자의 이름은 블랜치였다. 바보 같은 이름이라고 해저드는 생각했다. 해저드는 블랜치 옆자리에 늘어져 앉은 채 블랜치가 자기 친구들을 소개하는 동안 웃으며 고개를 끄덕였다. 친구들의 이름이 공기 방울처럼 공중에 떠올랐다가 머릿속에 아무 인상도 남기지 않고 퐁 터져 흩어졌다. 해저드는 이름에는 아무 관심이 없었고 오직 이 사람들이 얼마나 오래 이 자리에 붙어 있을 건지, 그리고 분별이 얼마나 있는지에만 관심이 있었다. 물론 분별이 적을수록 더 좋았다.

해저드는 늘 하던 수작을 쉽게 이어갔다. 주머니에서 지폐를 꺼내서, 잔을 병으로, 와인을 샴페인으로 한 단계씩 올려주면서 보란 듯이 모두에게 술을 샀다. 이미 여러 번 늘어놓았고 반응이 좋았던 일화 몇 개를 풀어놓았다. 공통으로 아는 사람이 있는지 찾으려고 지인들의 이름을 줄줄 읊었고, 어디에서 들었거나 아니면 지어낸 선정적인 가십을 한바탕 늘어놓았다.

늘 그러듯 해저드가 무리의 중심이 되었다. 하지만 바 뒤쪽에 있는 커다란 시계의 바늘이 째깍거리며 돌아가면서 하나둘 자리를 뜨기 시작했다. 가야겠다, 월요일이라. 혹은 내일 할일이 많아서, 아니면 주말에 너무 달려서 오늘은 일찍 들어가야겠어 같은 말을 하고 일어섰다. 급기야 시간이 아직 아홉시밖에 안 되었는데 해저드와 블랜치만 남았다. 블랜치도 가려고 채비를 하는 기색이라 해저드는 덜컥 겁이 났다.

"블랜치, 들어가기에는 이른 시간인데요. 우리집으로 갈래요?" 해저드는 블랜치의 팔 위에 손을 얹었다. 온갖 제안을 담으면서도 아무것도 약속하지 않는 몸짓이었다.

"그럴까요?" 블랜치가 예상대로 선뜻 대답했다.

두 사람은 술집의 회전문을 밀고 거리로 나왔다. 해저드는 블랜치의 어깨에 팔을 두르고 찻길을 건넜고 아무 거리낄 것 없이 인도 한가운데를 차지하고 걸었다.

해저드는 앞쪽에 서 있던 조그만 갈색머리 여자를 미처 못 보고 여자에게 돌진해 부딪치고 말았다. 그런데 여자가 레드와인이 담긴 잔을 들고 있었다. 와인이 여자의 얼굴에 튀어 우스꽝스럽게 흘러내렸고 그뿐 아니라 새빌 로*에서 산 해저드의 셔츠 위에도 칼자국처럼 번졌다.

"아이씨, 빌어먹을." 해저드는 여자에게 눈을 부라리며 말했다.

"아니, 당신이 와서 부딪쳤잖아요!" 여자가 뻣성을 내며 대꾸했다. 와인 한 방울이 여자의 코끝에서 뛰어내리기를 망설이는 스카이다이버처럼 매달려 있다가 똑 하고 떨어졌다.

"대체 길 한복판에 와인잔을 들고 서 있는 사람이 어디 있어요?" 해저드도 소리를 질렀다. "술은 술집에서 마시라고요!"

---

* 런던 중심가인 메이페어에 있는 고급 맞춤양복점이 즐비한 거리.

"아, 됐어요, 그냥 가요." 블랜치가 신경을 긁는 낄낄거리는 웃음소리를 내면서 말했다.

"멍청한 년." 해저드는 문제의 멍청한 년이 듣지 못하게 소리를 낮춰 블랜치에게 말했다. 블랜치가 다시 낄낄 웃음을 터뜨렸다.

시끄러운 알람소리를 듣고 잠에서 깬 순간 해저드의 머릿속에서 여러 생각이 뒤엉켰다. 첫째, 세 시간도 못 잤어. 둘째, 어제보다 기분이 더 거지같은데 대체 왜 또 이 짓을 한 거지. 셋째, 내 침대에 상대하고 싶지도 않고 누군지 이름도 기억이 안 나는 금발 여자가 있네.

다행이라면 전에도 이런 일이 있어서 익숙하다는 것이었다. 해저드는 일본 섹스돌처럼 입을 벌리고 자고 있는 여자가 깨기 전에 얼른 알람을 껐다. 그리고 자기 가슴 위에 얹힌 여자의 손목을 조심조심 들어올렸다. 여자의 손이 죽은 물고기처럼 축 처졌다. 그 손을 꾸깃꾸깃하고 땀에 전 침대시트 위에 살살 내려놓았다. 여자 얼굴이 해저드의 베개에 그대로 찍혀 있어서—붉은 입술, 검은 눈, 연베이지색 피부—그러고도 얼굴이 남아 있는 게 신기할 지경이었다. 해저드는 침대에서 빠져나오는 순간 뇌가 핀볼 기계 안의 구슬처럼 머릿속에서 딸그락거리는 느낌에 얼굴을 찡그렸다. 방 한구석에 있는 서랍장으로 가보니 기대했던 대로 끼적여놓은 메모 한 장이 놓여 있었다. 이름 블랜치. 휴, 역시 그는 선수였다.

해저드는 최대한 빨리, 그리고 조용히 샤워를 하고 옷을 입고 깨끗한 종이 한 장을 꺼내 쪽지를 남겼다.

블랜치, 너무 아름답고 평온하게 자고 있어서 안 깨웠어요. 어젯밤 고마워요. 너무 좋았어요. 나갈 때 현관문 잘 닫아줘요. 전화해요.

어젯밤이 좋았던가? 어차피 아무 상관 없는 일이다. 딜러가 찾아왔던 열시(월요일이다보니 평소보다 더 빨리, 부르자마자 왔다) 이후의 기억이 사실 전혀 없었다. 해저드는 쪽지 아랫부분에 휴대전화 번호를 적으면서 일부러 숫자 두 개의 순서를 바꾸었다. 그러고는 반갑지 않은 손님 옆 베개 위에 올려놓았다. 퇴근하고 돌아왔을 때에는 여자의 흔적이 남아 있지 않기만을 바랄 뿐이었다.

해저드는 멍한 상태로 지하철역으로 걸어갔다. 10월이었지만 새로운 날의 눈부신 빛으로부터 눈을 보호하려고 선글라스를 썼다. 해저드는 어제 충돌이 있었던 자리에서 걸음을 멈췄다. 바닥에 핏빛 와인 얼룩이 강도 현장의 흔적처럼 아직 남아 있는 것 같기도 했다. 달갑지 않은 기억이 그를 덮쳐왔다. 예쁘장하고 성깔 있는 갈색머리 여자가 그를 정말 증오하듯 노려보던 것. 그런 표정으로 그를 쳐다본 여자는 없었다. 해저드는 미움받는 것을 좋아하지 않았다.

그때 불편한 진실이 잔인한 측면공격처럼 느닷없이 그를 덮쳤다. 그도 그 자신을 미워했다. 가장 작은 분자까지, 티끌 같은 원자까지, 현미경으로도 보이지 않을 원자보다 더 작은 입자까지 뼈저리게 증오했다.

무언가가 달라져야 했다. 사실은 모든 게 다, 달라져야만 했다.

5
모니카

모니카는 숫자를 좋아했다. 숫자는 논리적이고 예측 가능하다는 점이 좋았다. 등식의 한쪽이 다른 쪽과 균형을 이루게 만들고 x를 구하고 y를 증명하는 데에서 무궁한 만족감을 느꼈다. 그렇지만 지금 모니카 앞에 놓인 종이 위의 숫자들은 도무지 말을 안 들었다. 왼 열에 있는 숫자(수입)를 아무리 더해보아도 오른 열에 있는 숫자(지출)의 합을 충당할 수가 없었다.

모니카는 기업 변호사로 일하던 때를 떠올려보았다. 날마다 이렇게 숫자를 더하는 지루한 일을 해야 하긴 했지만 숫자 때문에 밤에 잠을 설친 일은 없었다. 모니카는 계약서의 깨알 같은 글씨를 들여다보고 한없이 긴 법규집을 넘겨 보는 데 보낸 시간에 대해 시간당 250파운드를 클라이언트에게 청구했었다. 지금 그만큼을 벌려면 미디엄 사이즈 카푸치노를 무려 백 잔이나 팔아야 했다.

어쩌다가 이렇게 엄청난 결단을 충동적으로 내려버린 걸까? 샌드위치 안에 넣을 재료를 고를 때도 장점과 단점을 따지고 가격, 영양가, 칼로리까지 철저히 비교해보는 자신이 이런 어마어마한 일을 저지르고 말다니.

모니카는 아직 직장인일 때 출근길에 있는 카페란 카페는 전부 다 가보았다. 아무 특징이 없는 곳, 낡고 지저분한 곳, 찍어낸 것처럼 똑같은 체인점 등. 모니카는 가격은 비싸고 품질은 그저 그런 테이크아웃 커피를 사 먹을 때마다 자기만의 이상적인 카페를 머릿속에 그려보았다. 노출 콘크리트에 배관이 그대로 보이는 인테리어나 플라스틱 가구, 인더스트리얼 양식 조명기구나 테이블 따위는 없을 것이다. 마치 누구 집에 초대받고 들어온 것 같은 느낌을 주는 곳이어야 했다. 각기 다른 모양의 편안한 안락의자가 군데군데 있고 벽에는 다양한 그림이 걸려 있고 신문과 책도 갖춰놓은 곳이어야 했다. 그냥 전시용 책이 아니라 실제로 꺼내서 읽고 원하면 집에 가져갈 수도 있는 책(그 대신 다른 책을 가져다놓는 조건으로). 바리스타가 손님들 이름을 알고, 그래서 이름을 물어보고 종이컵에 엉뚱한 철자로 적는 일도 당연히 없을 거다. 그 대신 애들은 잘 있느냐고 물을 테고 집에서 기르는 고양이 이름도 기억하겠지.

그러던 어느 날 풀럼 로드를 따라 걷는데, 언제나 그 자리에 있던 오래된 먼지투성이 사탕가게가 결국 문을 닫은 게 눈에 들어왔다. 앞쪽에 '임대TO LET'라고 적힌 커다란 간판이 붙어 있었는데, 동네 장난꾼이 O와 L 사이에 I를 써서 '화장실TOILET'로 만들어놨다.

문 닫은 사탕가게 앞을 지나갈 때마다 모니카는 어머니 목소리를 들었다. 어머니는 마지막 몇 주 동안, 병과 쇠락의 냄새가 풍기고 의료 장비가 삑삑거리는 소리가 배경음으로 들렸던 그 몇 주 동안에 당신이 수십 년 살면서 얻은 지혜를 더 늦기 전에, 다급하게 딸에게 전해주려고 했다. 내 말 들어, 모니카. 적어봐, 모니카. 잊지 마, 모니카. 에멀라인 팽크허스트가 자기 몸을 난간에 사슬로 묶은 것은 톱니바퀴의 톱니 하나가 되어 평생을 살지 말라는 뜻이었어. 네가 네 삶의 주인이 되어야 해. 무언가를 만들어내. 사람들을 고용하고. 두려워하지 마. 정말 하고 싶은 일을 해. 그 일이 가치 있는 일이 되게 해. 그래서 모니카는 그렇게 했다.

모니카는 카페에 어머니 이름을 붙이고 싶었지만, 하필 어머니 이름이 채러티*였다. 돈을 안 내도 된다는 뜻의 이름을 가게에 붙이면 사업에 악영향을 끼칠 것 같아 포기했다. 실제로 일을 벌이고 보니 안 그래도 수지를 맞추기 힘든 일이었다.

이 카페가 모니카가 꿈꾸던 카페라고 해서 다른 사람들도 다 같은 꿈을 꾸는 것은 아닌 모양이었다. 모니카와 같은 마음인 사람이 적어도 가게를 유지할 만큼은 있어야 하는데, 그럴 만큼이 안 되었다. 계속 돈을 끌어다 적자를 메울 수는 없는 일이었다. 일단 은행에서 돈을 더 내주지를 않았다. 머리가 지끈거렸다. 모니카는 카페의 바로 가서 병에 남아 있는 레드와인을 큰 잔에 따랐다.

주인이라서 이럴 땐 참 좋아요, 모니카는 머릿속으로 어머니에게 말했다. 단지 그것 때문만은 아니고, 모니카는 자기 가게를 사랑했다. 이 카페가 자기 몸의 일부인 것 같았다. 하지만 혼자 카페를 꾸리는 일은 외로웠다. 회사 정수기 옆에서 동료들과 나누던 잡

---

* Charity. '자선'이라는 뜻.

담이나 야근할 때 같이 피자를 먹으며 느끼던 동지애가 그리웠다. 심지어 우스꽝스러운 단합대회나 회사에서만 쓰는 전문용어, 뭔지 알 수 없는 세 글자짜리 약자까지도 지금 생각하니 나쁘지 않았던 것 같았다. 모니카는 카페에서 일하는 직원들을 무척 좋아했지만 그들과의 사이에 약간의 거리가 있다는 건 부인할 수 없었다. 모니카가 그들의 생계를 책임지는 사람이기 때문이었다. 지금은 자기 입에 풀칠하는 것도 제대로 못하는 지경이지만.

모니카는 그 사람—줄리언—이 바로 이 테이블 위에 놓고 간 노트에 적혀 있던 질문을 생각했다. 줄리언이 이 자리를 골랐다는 게 마음에 들었다. 모니카는 자기도 모르게, 사람들이 카페 어느 자리에 앉느냐를 그 사람이 어떤 사람일지 추측하는 근거로 삼곤 했다. 당신은 가까이 사는 사람들을 얼마나 잘 압니까? 그 사람들은 당신에 대해 많이 압니까?

모니카는 오늘 카페에 오고간 사람들을 죽 떠올려보았다. 사람들이 들고 날 때마다 카페 문에 달린 작은 종이 경쾌한 소리를 냈다. 사실 요즘 사람들은 수천 명은 되는 사람들과 연결되어 있다. 소셜미디어 친구, 친구의 친구 등등. 그렇더라도 다들 모니카처럼 마음을 터놓고 이야기를 나눌 수 있는 사람이 없다고 느끼지 않을까? TV 서바이벌 프로그램에서 최근에 탈락한 연예인 이야기가 아니라 중요한 것들에 대해서, 잠 못 이루고 밤을 지새우게 만드는 일들에 대해서 말이다. 도무지 말을 듣지 않는 숫자라든가.

모니카는 서류를 정리해 파일에 넣고 전화기를 꺼내 페이스북을 열고 훑어보았다. 덩컨은 아직도 아무것도 올리지 않았다. 몇 주 전까지 모니카와 사귀었던 남자인데 그냥 연락을 끊어버렸다.

덩컨은 비건인데 아보카도조차도 안 먹었다. 아보카도를 수분시키려고 벌을 착취하기 때문이라나. 그러면서 모니카와 같이 자고 난 다음에 돌연 연락을 끊는 것은 아무렇지도 않은 일이라고 생각하는 모양이었다. 모니카보다 벌이 받는 마음의 상처를 더 크게 생각하는 사람이라니.

모니카는 계속 들여다봤자 기분이 좋아지기는커녕 자해나 다름없는 영향을 끼치리라는 걸 알면서도 자꾸 스크롤을 했다. 헤일리가 결혼/연애 상태를 '약혼'으로 바꾸었다. 와아. 팸은 세 아이와 같이 사는 일상을 올렸다. 힘들다고 우는소리를 하는 것 같지만 자랑이 뚝뚝 묻어난다. 샐리는 아기 초음파 사진을 올렸다─십이 주란다.

초음파 사진은 대체 왜 올리는 거지? 다 똑같이 생긴데다가 실제 아기하고 닮은 것도 아니고 차라리 스페인 북부에 형성된 고기압을 보여주는 기상도하고 더 닮았는데. 그럼에도 새로 초음파 사진이 올라올 때마다 모니카는 갈망과 굴욕적인 질투심에 가슴을 얻어맞은 듯 숨이 잘 안 쉬어졌다. 가끔 모니카는 자기가 망가진 채 갓길에 버려진 낡은 포드 피에스타 같다는 생각을 했다. 다른 사람들은 모두 씽씽 달려 옆으로 지나쳐 가는데.

누군가가 오늘 〈헬로!〉 주간지 한 부를 카페에 놓고 갔다. 큰 글자로 박힌 헤드라인이 할리우드 여배우가 마흔세 살에 아기를 가졌다고 외치고 있었다. 모니카는 쉬는 시간 동안 잡지를 넘겨 보며 어떻게 아기를 가졌다고 나와 있나 찾아보았다. 체외수정? 난자 기증? 미리 자기 난자를 냉동시켜뒀던 걸까? 아니면 그냥 자연스레 임신이 되었을까? 모니카 자신의 난자는 시간이 얼마나 남았을까?

이미 은퇴해서 코스타브라바로 휴양하러 떠나려고 가방을 싸고 있을까?

모니카는 와인잔을 들고 카페를 한 바퀴 돌며 전등을 끄고 테이블과 의자를 마지막으로 정리했다. 한 손에는 열쇠를, 다른 손에는 와인잔을 들고 밖으로 나가 카페 문을 잠근 다음 위층 자기 집으로 올라가려고 몸을 돌렸다.

그때 난데없이 나타난 키 큰 남자가 금발머리 여자를 옆에 끼고 모니카에게 돌진했다. 하도 세게 부딪쳐서 순간적으로 숨이 안 쉬어질 지경이었다. 손에 들고 있던 와인이 모니카의 얼굴과 남자의 셔츠에 흩뿌려졌다. 리오하 와인이 모니카의 코를 타고 줄줄 흘러 턱으로 떨어지는 게 느껴졌다. 모니카는 남자에게서 사과의 말이 나오기를 기다렸다.

"아이씨, 빌어먹을." 남자가 말했다. 모니카는 가슴에서 울컥 성질이 솟는 걸 느꼈다. 얼굴이 확 달아오르고 턱이 굳어졌다.

"아니, 당신이 와서 부딪쳤잖아요!" 모니카가 소리쳤다.

"대체 길 한복판에서 와인잔을 들고 서 있는 사람이 어디 있어요? 술은 술집에서 마시라고요!" 남자가 말했다. 눈, 코, 입이 완벽한 비율로 박힌 전형적인 미남이라 할 얼굴이었지만 추한 냉소로 일그러져 있었다. 금발 여자가 바보스러운 웃음소리를 내며 남자를 잡아끌었다.

"멍청한 년." 모니카는 남자가 일부러 모니카에게 들릴 정도로 소리를 높여 말하는 것을 들었다.

모니카는 집으로 들어갔다. 나 왔어, 모니카는 늘 그러듯 빈집에 대고 말했다. 순간 울음이 터질 것 같았다. 빈 잔을 싱크대 위에 놓고 행주로 얼굴을 닦았다. 누군가와 이야기하고 싶은 마음이 간절했지만 전화를 걸 만한 사람을 떠올릴 수가 없었다. 친구들은 다 저마다의 삶에 바쁠 테니 모니카의 신세한탄에 저녁 시간을 뺏기고 싶지 않을 것이다. 아버지한테 전화해봐야, 모니카를 아버지의 성가신 과거사 정도로 여기는 새어머니 버나넷이 아버지는 집필중이니 방해하면 안 된다고 차단할 게 뻔했다.

그때 며칠 전에 커피테이블 위에 올려둔 연녹색 노트가 눈에 들어왔다. 진실 프로젝트. 모니카는 노트를 집어들고 다시 첫 페이지를 읽었다. 누구나 자기 삶에 대해 거짓말을 합니다. 그런데 만약 진실을 말한다면 어떤 일이 일어날까요? 나 자신을 정의하는 단 하나의 진실, 나에 대한 그 외 다른 모든 것들을 일관되게 설명해줄 그 진실을.

안 될 게 뭐야? 모니카는 생각했다. 자기답지 않게 대범한 생각을 하고 나니 짜릿한 기분마저 들었다. 좋은 펜을 찾는 데 시간이 좀 걸렸다. 줄리언의 멋진 필체 다음에 싸구려 볼펜으로 끼적인다면 좀 불경한 일이 될 것 같았다. 모니카는 빈 페이지를 펼치고 쓰기 시작했다.

6
해저드

해저드는 자기가 그동안 변기 물탱크 위에 머리를 숙이고 있었던 시간을 다 합하면 얼마나 될까 생각했다. 못해도 며칠은 될 것 같았다. 굵게 간 콜롬비아산 최상급 코카인 한 줄과 함께 흡입한 유해한 세균은 얼마나 많을까? 아니 그 가루 중에 탤컴파우더, 쥐약, 설사약 따위가 아닌 실제 순수한 코카인은 얼마나 될까? 이제는 이런 질문에 골몰하지 않아도 될 것이다. 왜냐하면 지금 이게 그의 마지막 코카인 한 줄이니까.

해저드는 지폐를 찾으려고 주머니를 뒤지다가 한 장 남은 20파운드로 와인 한 병을 사서 반쯤 마셨다는 사실을 기억해냈다. 이 비싼 와인바에서 20파운드로 살 수 있는 와인은 좋은 와인과는 거리가 멀고 메틸알코올을 섞은 음료에 가까울 정도로 형편없었다. 어쨌거나 취하는 게 목적이니 상관없었다. 해저드는 여기저기 주머니를 뒤져서 접힌 종이 한 장을 꺼냈다. 사직서 사본이었다. 흠,

상징적인 의미가 있네, 해저드는 이런 생각을 하면서 종이 한 귀퉁이를 찢어 둥근 관 모양으로 말았다.

힘껏 들이마시자 익숙한 화학약품의 맛이 목구멍 위쪽에서 날카롭게 느껴졌다. 몇 분 만에 지금껏 그를 괴롭히던 불안감이 사라졌고 행복감은 아니어도(그런 걸 느낄 수 있었던 나날은 끝난 지 오래였다) 적어도 살 만하다는 느낌은 들었다. 해저드는 둥글게 만 종이와 가루가 들어 있던 조그만 비닐봉지를 변기에 넣고 런던 하수도 깊은 곳으로 흘려보냈다.

해저드는 조심스럽게 변기 물탱크의 무거운 도기 뚜껑을 들어 바닥에 내려놓았다. 주머니에서 아이폰을 꺼내—당연히 최신 모델이었다—물탱크 안에 넣었더니 퐁 하는 경쾌한 소리를 내며 바닥으로 가라앉았다. 해저드는 뚜껑을 다시 닫아 전화기를 어둠 속에 가두었다. 이제는 딜러한테 전화를 걸 수 없게 됐다. 딜러의 전화번호를 알 만한 누군가에게도. 해저드가 외우는 유일한 번호는 부모님 집 번호뿐이었는데 사실 그것 말고 다른 번호는 알 필요도 없었다. 다시 부모님에게 전화를 걸려면 마음을 단단히 먹어야 할 테지만.

해저드는 거울에 얼굴을 비춰보며 화끈거리는 콧구멍 아래 묻은 흰 가루를 털어내고 다시 자기 자리로 갔다. 아까 화장실로 갈 때보다 걸음걸이에 더 자신감이 있었다. 약기운 덕이 컸지만, 꽤 오랫동안 느끼지 못했던 다른 어떤 감정 때문이기도 했다. 뿌듯함.

해저드는 자기가 앉았던 테이블을 보고 잠깐 어리둥절했다. 뭔가 달라져 있었다. 반병 남은 와인이 그대로 있고 잔 두 개(혼자 마시는 게 아니라 누군가를 기다리는 것처럼 보이기 위해서였다), 읽는 척만 하며 뒤적여 구깃한 〈이브닝 스탠더드〉 한 부도 있었다. 그런데 그것 말고 다른 게 있었다. 노트. 해저드가 주식 트레이더 일을 처음 시작했을 때 가지고 다니던 노트하고 비슷해 보였다. 그 시절 해저드는 〈파이낸셜 타임스〉에서 읽은 소식과 베테랑 트레이더들이 졸졸 따라다니는 강아지에게 간식을 던져주듯 툭툭 흘려주는 정보를 노트에 적어넣곤 했다. 그런데 이 노트는 표지에 '진실 프로젝트'라는 제목이 적혀 있었다. 뭔가 뉴에이지풍 헛소리처럼 들리는 제목이었다. 해저드는 '영성' 같은 걸 좋아할 법한 사람이 있나 주위를 둘러보았다. 그러나 하루의 스트레스를 술로 씻어내느라 바쁜, 늘 보던 사무원 무리뿐 노트의 주인일 법한 사람은 보이지 않았다.

해저드는 주인더러 찾아가라고 노트를 테이블 가장자리로 밀어놓고 눈앞의 와인을 마시는 중차대한 일에 다시 몰두했다. 이게 마지막 한 병이었다. 코카인과 와인은 피시 앤드 칩스처럼, 달걀과 베이컨처럼, 환각제와 섹스처럼 늘 같이 가기 때문이다. 하나를 접으려면 다른 하나도 반드시 접어야 했다. 직장도 마찬가지였다. 몇 년을 약기운에 들떠서 시장에서 파도타기를 했는데, 이제 맨정신으로 그 짓을 다시 할 수 있을 것 같지 않았다.

맨정신이라. 얼마나 끔찍한 말인가. 진지하고 분별 있고 경건하고 고리타분하고 성실한 것—자기 이름대로 사는 해저드하고는 정반대인 것이었다.* 해저드는 테이블 아래에서 덜덜 떨리기 시작한 오른쪽 허벅지를 손으로 꽉 붙들었다. 어느덧 이도 부드득 갈고

---

* Hazard. '위험'이라는 뜻.

있다는 걸 깨달았다. 블랜치와 같이 잤던 밤 이후로 서른여섯 시간 동안 제대로 눈을 못 붙였다. 극도로 예민해진 정신은 더 많은 자극을 갈구했고, 뼛속까지 지쳐서 오직 망각만을 갈망하는 몸과 사투를 벌이고 있었다. 해저드는 마침내 이 모든 것에 완전히 지쳤다는 걸 깨달았다. 하늘로 올라갔다가 바다에 떨어졌다 하는 끝나지 않는 회전목마 같은 삶, 절박해져서 더 못 견디고 딜러를 부르고 마는 궁상스러움, 빨아들이고 또 빨아들이고 나면 점점 더 심하게 코피가 흐르곤 하는 일 들이. 파티에서 가끔 한 줄씩 흡입하면 마치 하늘을 나는 것처럼 만들어주던 그것이 어쩌다가 그저 아침에 침대에서 일어나기 위해 할 수밖에 없는 것이 되어버린 걸까?

버려진 노트에 관심을 갖는 사람이 아무도 없길래 해저드는 노트를 펼쳐보았다. 손글씨가 빽빽이 적혀 있었다. 읽으려고 했지만 글자가 이리저리 흔들렸다. 한쪽 눈을 감고 다시 보았다. 글자들이 좀더 가지런히 보이기 시작했다. 몇 장을 넘겨 보고 두 가지 다른 필체의 글이 있다는 걸 알았다. 앞부분은 정교한 장식체로 쓰였고 그 뒤쪽은 더 단순하고 동그랗고 평범한 필체였다. 해저드는 호기심이 동했지만 한쪽 눈으로 읽으려니 너무 피곤하고 미친 사람처럼 보일 것도 같아서 그냥 노트를 덮고 재킷 주머니 안에 쑤셔넣었다.

스물네 시간 뒤, 해저드는 펜을 찾으려고 재킷을 뒤지다가 노트를 다시 발견했다. 잠깐 생각을 더듬어보고야 그게 왜 거기에 들어 있는지 기억이 났다. 머릿속이 안개가 낀 것처럼 흐릿했다. 머리가 깨질 듯이 아팠고 평생 그래본 적이 없을 만큼 피곤했지만 잠은 오지 않았다. 해저드는 시트와 이불이 뒤얽힌 축축하고 냄새나는 침대 위에 누워 노트를 들고 읽기 시작했다.

당신은 가까이 사는 사람들을 얼마나 잘 압니까? 그 사람들은 당신에 대해 많이 압니까? 이웃 사람 이름은 아나요? 이웃 사람이 곤란한 일에 처하거나 며칠 동안 집밖으로 나오지 않는다면 당신은 그 사실을 알 수 있을까요?

해저드는 씩 웃었다. 코카인 중독자는 자기 자신 말고 다른 사람에게는 아무 관심이 없는 법이다.

그런데 만약 진실을 말한다면 어떤 일이 일어날까요?

하! 그러면 체포되겠지. 해고될 테고. 이제는 해고하기에도 좀 늦었지만.
해저드는 계속 읽어나갔다. 줄리언이라는 사람이 꽤 마음에 들었다. 만약 해저드가 사십 년쯤 일찍 태어났다면, 아니면 줄리언이 사십 년 늦게 태어났다면 둘이 죽이 잘 맞았을 것 같았다. 흥청망청하며 여자들을 끌고 다니면서 신나게 놀았겠지. 하지만 자기 이야기를 한다는 아이디어는 썩 내키지 않았다. 자기 스스로에게도 하고 싶지 않은 이야기를 다른 사람에게 한다는 건 상상조차 안 되는 일이었다. 자기 삶에 진실은 없어도 좋을 것 같았다. 벌써 몇 년째 진실을 회피하면서 살아왔는데. 해저드는 노트를 한 장 더 넘겼다. 다음에 이 노트를 손에 넣은 사람은 누구일까?

내 이름은 모니카입니다. 이 책을 내 카페에서 발견했어요.

보이지 않는 존재가 된 것 같다는 줄리언의 글을 읽은 사람은 십중팔구 줄리언을 베이지색 옷에 고무줄바지를 입고 편한 신발을 신은 평범한 노인으로 상상했을 거예요. 그렇지만 줄리언은 전혀 그런 사람이 아니에요. 줄리언이 이 노트를 두고 가기 전에 카페에서 노트에 글을 적는 모습을 봤는데 내가 본 칠십대 노인 중 눈에 안 띄는 것하고는 가장 거리가 먼 사람이었어요. 줄리언은 (수염은 없지만) 간달프처럼 생겼고 루퍼트 베어*처럼 옷을 입었어요. 겨자색 벨벳 스모킹재킷과 체크무늬 바지 차림이었죠. 왕년에 정말 멋있었다는 그의 말은 사실이에요. 자화상을 찾아보세요. 내셔널포트레이트갤러리에 걸렸던 적이 있어요.

해저드는 휴대전화를 찾아 초상화를 검색해보려고 손을 뻗었지만 동네 와인바 변기 안에 버린 것이 생각났다. 왜 그때는 그게 좋은 생각인 것 같았지?

아쉽지만 나는 줄리언처럼 흥미로운 사람은 아니에요.

해저드는 볼 것도 없다고 생각했다. 깔끔하고 조심스러운 필체만 보아도 꼬장꼬장한 성격이 틀림없었다. 그래도 O 자에 웃는 얼굴을 그려넣는 타입의 여자가 아닌 건 다행이다 싶었다.

---

* 메리 투텔이 그린 어린이 만화의 주인공인 곰.

끔찍할 정도로 진부하고 따분하도록 생물학적인 나의 진실은 이런 것이에요: 아기를 갖고 싶어요. 남편도요. 개하고 볼보도 있으면 좋겠고요. 솔직히 전형적인 핵가족을 이루는 게 내 소원이에요.

해저드는 모니카가 콜론을 사용했다는 사실에 주목했다. 어쩐지 엉뚱해 보였다. 요즘에도 문법을 지켜가면서 글을 쓰는 사람이 있나? 사실 글을 쓰는 사람 자체가 없지. 문자메시지와 이모티콘이면 되니까.

아 이런, 써놓고 보니 정말 끔찍하네요. 무엇보다도 나는 페미니스트라고요. 나를 완성해주고 지지해주고 아니면 적어도 집수리를 해줄 남자가 필요하다는 생각은 전적으로 거부합니다. 나는 일하는 여자이고, 솔직히 좀 약간 통제광이에요. 그러니 아마 끔찍한 엄마가 되겠죠. 그렇지만 이 문제에 대해 아무리 합리적으로 생각하려고 해도 내 안에서 점점 커져가는 공허함이 언젠가는 나를 삼켜버릴 것 같은 느낌을 떨치지 못하겠어요.

해저드는 읽기를 잠시 멈추고 진통제 두 알을 더 삼켰다. 지금 상태로는 이 여자가 늘어놓는 불안감을 감당할 수 있을 것 같지가 않았다. 알약 하나가 목구멍에 걸리는 바람에 해저드는 캑캑거렸다. 베개에 붙은 긴 금발 한 가닥이 눈에 들어왔다. 다른 삶의 유물. 해저드는 머리카락을 털어서 바닥에 떨어뜨렸다.

전에는 시티에 있는 이름난 회사 변호사였어요. 꽤 큰돈을 받고 일했고 회사 남녀 직원 비율을 조금이나마 괜찮아 보이게 만드는 역할을 했죠. 나는 내 삶을 일에 바쳤어요. 주말이고 평일이고 가리지 않고 쉴새없이 일했어요. 잠시 짬이 나면 스트레스를 떨쳐버리려고 헬스장에 가서 달려야 했죠. 사교활동은 주로 직장 파티 아니면 클라이언트 접대였어요. 학교 친구들과 연락하고 지낸다고는 생각했지만 사실 페이스북 업데이트를 보는 게 전부였고 직접 만나지 않은 지 벌써 수년은 됐어요.

아마 계속 그렇게 나를 혹사시키면서, 사람들의 기대를 저버리지 않으려고 하면서, 승진과 무의미한 칭찬을 추구하면서 살았을 거예요. 우리 어머니 말씀과 타냐라는 여자만 아니었다면요.

타냐는 내가 직접 아는 사람은 아닌데, 나하고 비슷한 삶을 살았어요. 잘나가는 시티 변호사였는데 나보다 열 살 연상이었죠. 어느 일요일에 평상시처럼 출근을 했대요. 타냐의 상사도 사무실에 있었는데 상사가 타냐에게 주말마다 이렇게 나와서 일할 거냐고, 사무실 밖의 삶이 있어야 한다고 말했대요. 타냐를 생각해서 한 말이었는데 이 말이 무언가를 건드렸던 모양이에요. 타냐는 그 모든 일이 얼마나 공허한가를 깨달았나봐요. 그다음 일요일에, 평소처럼 사무실에 가서 엘리베이터를 타고 꼭대기 층으로 올라가 옥상에서 뛰어내렸어요. 신문에는 타냐의 졸업식 사진이 실렸어요. 뿌듯해하는 부모님과 나란히, 기대와 희망 가득한 얼굴로 서 있는 모습이었죠.

나는 타냐처럼 되고 싶지는 않았어요. 하지만 내 삶이 어디를 향해 가는지가 보이지 않았죠. 그때 나는 서른다섯 살에 싱글이었

고 일 말고 다른 삶은 없었어요. 그래서 레티스 대고모가 돌아가
시면서 남겨준 유산과 내가 몇 년 동안 저축한 돈을 합해서 평생
처음으로 파격적인 일을 저질렀어요. 직장을 그만두고 풀럼 로드
에 있는 낡은 가게를 임대해 카페로 꾸미고 카페에 내 이름을 붙
였어요.

모니카스 카페. 해저드도 아는 곳이었다. 해저드가 노트를 발견
한 와인바 바로 맞은편 가게였다. 들어가본 적은 없었다. 해저드는
그런 곳보다는 익명성이 보장되는 커피숍을 선호했다. 직원들이
툭하면 바뀌는 곳에서 커피를 사 먹어야 그가 아침에 술이 덜 깬
채로 휘청거리며 나타나거나 커피값을 낼 때 돌돌 말린 지폐를 더
듬더듬 펴는 일이 얼마나 잦은지 알아차리지 못할 테니까. 모니카
스 카페는 지나치게 아늑해 보였다. 건전하달까. 유기농이니 할머니
레시피로 만들었느니 하는 곳. 그런 곳에 가면 해저드는 어쩐지 더
움츠러드는 느낌이었다. 이름도 거부감이 들었다. 모니카라니. 선
생님 이름으로나 어울릴 법한 이름이다. 아니면 점쟁이. 혹은 성매
매 업소 마담. 마담 모니카─황홀한 마사지를 제공합니다. 카페 이
름으로는 영 별로였다. 해저드는 계속 읽었다.

복잡한 조직의 위계질서 안에서 한 칸을 차지하는 대신 내 사업
을 한다는 게 신이 나요(처음에는 시행착오도 엄청났지만요. 벤지
이전에 다른 바리스타들이 있었다는 말로 간단히 요약할게요). 그
럼에도 채워지지 않는 공허함이 있어요. 너무 구시대적으로 들리
리라는 건 알지만 난 진심으로 동화 같은 일을 꿈꿔요. 잘생긴 왕

자님하고 영원히 행복하게 살고 싶다고요.

틴더도 해봤어요. 데이트도 수없이 해봤고요. 너무 까다로운 기준을 내세우지 않으려고 애써요. 디킨스를 읽어본 적이 없다고 해도, 손톱 밑이 더러워도, 입에 음식을 물고 말을 해도 그냥 모른 척하려고요. 사실 연애도 꽤 해봤고 솔직히 한두 번은 이 사람이다 싶었던 적도 있어요. 그런데 결국에는 똑같은 변명을 듣게 되더군요. "당신 탓이 아니고 내가 문제야. 아직 정착할 준비가 안 되었어……" 어쩌고저쩌고. 그러고 나서 여섯 달 뒤에 페이스북에서 결혼/연애 상태가 '약혼'으로 바뀌었다는 알림이 오더라고요. 결국은 내가 문제였다는 거죠. 그런데 뭐가 문제인지는 여전히 모르겠어요.

해저드는 어쩐지 알 것 같았다.

평생 나는 계획에 따라 살았어요. 삶을 통제하려고 했죠. 목록을 만들고 목표와 단계를 설정하고 실제로 이루어냈어요. 그런데 이제 서른일곱 살이 되었고 시간이 없네요.

서른일곱이라. 해저드는 멍한 머리로 그 숫자를 생각해봤다. 서른일곱이라면 자기라도 단번에 거절할 것 같았다. 본인은 그보다 한 살 더 많긴 하지만. 은행에서 일할 때 동료한테, 슈퍼마켓에서 과일을 살 때(실제로 해저드가 과일을 사거나 슈퍼마켓에 가는 사람은 아니지만) 썩기 일보 직전인 복숭아를 고를 사람은 없다고 말했던 일이 떠올랐다. 해저드의 경험에 따르면 나이 많은 여자들은 골칫덩이였다. 기대하는 게 있고 목표가 있었다. 몇 주 만나다보면 그 대화를 하게 되리라는 게 기정사실이다. 22번 버스를 타고 느릿느릿 피커딜리를 지나다 이 버스가 어디로 가나 하는 이야기를 하듯이 '이 관계'가 어디로 가느냐는 이야기가 나온다. 피할 수가 없다. 해저드는 몸을 부르르 떨었다.

친구가 페이스북에 아기 초음파 사진을 올릴 때마다 나는 '좋아요'를 누르고 전화를 걸어서 정말 잘됐다고 축하를 늘어놓지만 솔직히 말하면, 나는 왜 안 돼? 하고 외치면서 울고 싶은 심정이에요. 그러고 나면 피터존스백화점 수예 코너에 가서 쇼핑을 해야 돼요. 털실 타래, 코바늘, 단추에 둘러싸여 있다보면 스트레스를 잊게 되니까요.

타래? 이런 단어도 있나? 수예 코너라고? 요새도 그런 게 있나 보지? 요즘은 다들 프라이마크 같은 체인에서 옷을 사 입지 않나? 스트레스 해소 방법치고는 정말 괴상했다. 보드카 더블샷을 넘기는 게 훨씬 효율적일 텐데. 으으 맙소사, 어쩌자고 보드카 생각을 한 거지?

내 생물학적 시계가 째깍거리며 돌아가는 것 같아 밤에 잠을 이루지 못할 때도 있어요. 내 호르몬이 나를 한심하기 그지없는 사람으로 만든다는 사실을 개탄하며 뜬눈으로 밤을 보내죠.
이게 제 진실이에요. 줄리언이 하라고 한 걸 했네요. 이 글을 쓴 걸 후회하게 되지는 않았으면 좋겠어요.

사실 줄리언에 대해서는, 음, 계획이 있어요.

당연히 계획이 있겠지, 해저드는 생각했다. 모니카가 어떤 타입인지 알 것 같았다. 아마 계획을 단계별로 구분해서 핵심 성과 지표를 설정해놓았을 것이다. 예전에 사귀었던 여자친구가 생각났다. 어느 날 저녁 파워포인트로 두 사람의 관계에 대한 프레젠테이션을 했던 여자. 장점, 단점, 기회, 우려 사항 등등. 해저드는 그 관계를 상당히 빠르게 정리해버렸다.

줄리언이 다시 바깥 활동을 하게 할 방법을 생각해냈어요. 카페에서 일주일에 한 번 저녁 시간에 미술 교실을 열 동네 화가를 구한다는 광고를 만들어서 카페 유리창에 붙여놓았어요. 이제 줄리언이 반응을 보이기만 기다리면 돼요. 그리고 이 노트는 길 건너 와인바 테이블 위에 올려놓을 생각이에요. 당신이 이 노트를 주웠다면, 그다음에 어떻게 할지는 당신 손에 달려 있겠네요.

해저드는 자기 손을 내려다보았다. 노트가 믿을 만한 손에 들어왔다고는 할 수 없었다. 스물네 시간 전, 이 노트를 발견한 날 마지막으로 진탕 들이마신 뒤로 계속 손이 덜덜 떨렸다. 제기랄. 왜 하필 나한테? 다른 문제도 있지만 무엇보다도 해저드는 내일 영국을 떠날 예정이었다. 지하철역으로 가는 길에 모니카스 카페를 지나갈 텐데, 잠깐 커피 마시러 들러서 어떻게 생긴 여자인지도 보고 노트를 돌려주면 모니카가 다른 적당한 사람에게 다시 건네줄 수 있겠다 싶었다.

해저드는 노트를 덮으려다가 그다음 페이지에 모니카가 덧붙여 적어놓은 글귀를 발견했다.

　P.S. 망가지지 않게 노트를 투명접착비닐로 포장했어요. 그래도 비 올 때 밖에 두지는 않았으면 좋겠어요.

뜻밖에 해저드는 자기도 모르게 미소를 지었다.

7
줄리언

줄리언은 집으로 들어가면서 현관문에 붙어 있는 메모를 떼어 냈다. 굳이 읽어보지는 않았다. 뭐라고 쓰여 있을지 아는데다 온통 대문자로 적힌 시끄럽고 무례한 메모에 관심을 주고 싶지 않았다.

줄리언은 차 한 잔을 끓이고 안락의자에 앉아 구두끈을 풀고 구 두를 벗은 다음, 발 모양으로 움푹 팬 해진 태피스트리 커버 오토 만 위에 두 발을 올려놓았다. 최근에 구입한 패션잡지 〈바자〉를 집 어들었다. 한 주가 끝나기 전에 다 읽어버리는 일이 없도록 조금씩 나눠서 읽어나갔다. 책 속에 막 빠져들려는데 느닷없이 누가 창문 을 두드리는 소리가 들렸다. 줄리언은 뒤쪽에서 머리가 보이지 않 도록 몸을 낮춰서 의자에 몸을 파묻었다. 지난 십오 년 동안 방문 객을 피하는 기술이 꽤 늘었다. 그동안 유리창을 한 번도 안 닦아 서 집안이 잘 들여다보이지 않는다는 이점도 있었다.

이웃 사람들이 점점 집요하게 들이닥치고 있었다. 줄리언은 한

숨을 내쉬며 잡지를 내려놓고 현관문에 붙어 있던 쪽지를 집어들었다. 줄리언은 자기 이름에 느낌표가 붙어 있는 것을 보고 얼굴을 찡그렸다.

제솝 씨!

이야기 좀 해요!

우리(당신 이웃 사람들)는 토지 소유자의 제안을 받아들이려고 해요.

제솝 씨 승인 없이는 진행할 수가 없습니다.

4호에 사는 퍼트리샤 아버클에게 지금 바로 연락해주세요!

줄리언은 이 작은 집을 1961년에 샀는데 그때 토지 임대 기한이 육십칠 년 남아 있었다. 이십대 때에는 육십칠 년이라는 세월은 영원이나 다름없게 느껴져서 계약 만료 따위는 전혀 신경쓸 거리가 아니었다. 그런데 이제 그게 십 년 앞으로 다가왔다. 토지 소유자는 이 땅에 스탬퍼드브리지스타디움에 딸린 '복합위락시설'―그게 뭔지는 몰라도―을 건설할 계획을 세웠고 임대 연장은 하지 않겠다고 했다. 축구장은 그 그늘 아래에서 줄리언이 사는 동안에 계속 확장되고 현대화된 반면, 줄리언은 점점 작아지고 구식이 되어갔다. 이제는 커지다못해 종기처럼 부풀어 터져서, 그 아래에 살던 사람들을 전부 강물처럼 흐르는 고름으로 쓸어버릴 모양이었다.

줄리언은 동의하는 게 수순이라는 걸 알았다. 만약 계약이 끝날 때까지 가만히 있으면 여기 사는 사람들은 한푼도 못 받고 나가야 했다. 그런데 땅주인이 시세에 가까운 가격으로 사들이겠다고 제안한 것이다. 그렇지만 줄리언의 작은 집이 부지 한가운데에 알박기를 하고 남아 있겠다 하면 나머지 집들도 사들일 이유가 없었다.

줄리언은 이웃 사람들이 절박해하는 까닭을 이해했다. 그 사람들도 대부분의 런던 시민들과 마찬가지로 평생 모은 돈을 벽돌과 시멘트에 투자했는데 그게 한순간에 사라질 위기에 처했기 때문이다. 하지만 줄리언은 아무리 애를 써봐도 이 집 말고 다른 집에 산다는 건 상상도 할 수가 없었다. 거의 평생을 살아온 집에서 최후를 맞고 싶다는 게 지나친 욕심은 아니지 않나? 남은 십 년이면 충분할 것이다. 땅주인이 집값을 쳐주겠다고 한다지만 줄리언한테는 현금이 아무 쓸모가 없었다. 투자 수익으로 넉넉한 수입이 있는데다 사실 돈 쓸 데도 별로 없었다. 일가친척하고도 연락 없이 지낸지 오래되었다. 임대 기한이 끝나고 집이 날아가서 물려줄 재산이 사라진다고 아쉬울 것도 없었다.

그렇긴 하지만, 제안을 거절하는 게 이기적인 행동이란 것은 알았다. 줄리언은 오랜 세월 동안 말할 수 없이 이기적으로 살았고 그 세월에 대한 대가를 치러왔다고 생각했다. 이제는 다른 사람이 되었다고, 과거를 뉘우치고 겸허해졌다고 믿고 싶었다. 그래서 차마 싫다고 대놓고 말할 수는 없었다. 그렇다고 좋다고 하기도 싫었다. 그래서 귀를 틀어막고 문제를 회피하는 것이었다. 그런다고 해서 그 문제가 저절로 사라질 리는 없는데도.

오 분 정도가 흘렀고 문 두드리는 소리가 점점 커졌다. 마침내 짜증이 폭발하는 소리가 들렸다. "집에 있는 거 알아요, 영감님!" 이웃 사람이 마침내 포기하고 돌아갔다. 영감님이라고?

줄리언의 집은 그냥 집이 아니었고 돈벌이 수단은 더더욱 아니었다. 줄리언에게는 자신의 모든 것이었다. 과거의 모든 기억이 여기에 있었고 상상할 수 있는 미래도 모두 여기에 있었다. 줄리언은 현관문을 볼 때마다 신부를 안고 문지방을 넘어오던 날을 생각했다. 터질 듯한 가슴으로, 자기가 안고 있는 여자만 있다면 다른 무엇도 필요 없다고 생각했던 때를. 레인지 앞에 서면 메리가 앞치마를 두르고 머리를 묶고 거대한 냄비를 국자로 저으며 주특기인 뵈프부르기뇽을 만드는 모습이 떠올랐다. 줄리언이 난롯가에 앉으면 메리는 그 앞 러그 위에 다리를 모으고 앉아 칼단발을 앞으로 늘어뜨리고 동네 도서관에서 빌려온 로맨스 소설에 푹 빠졌다.

괴로운 기억도 있었다. 메리가 소리 없이 눈물을 흘리며 모델 중 한 명이 이젤에 꽂아놓은 러브레터를 움켜쥔 모습. 메리가 침실로 올라가는 나선계단 꼭대기에 서서 다른 여자의 스틸레토힐을 줄리언의 머리에 집어던지던 모습. 가끔 줄리언이 거울을 보면 메리도 거울 속에서 줄리언을 마주보았다. 메리의 눈에는 서글픔과 실망감이 가득했다.

줄리언은 나쁜 기억을 지우려고 하지 않았다. 오히려 일부러 떠올리곤 했다. 그게 그의 속죄 방법이었다. 이상하게도 그러고 나면 마음이 편해졌다. 적어도 아직 감정이 죽지 않고 남아 있다는 걸 확인할 수 있었기 때문이다. 기억이 고통을 불러일으키면 일시적인 안도감이 찾아왔다. 공예용 나이프로 몸을 긋고 피가 솟는 걸 볼 때하고 비슷했다. 그런 짓은 최악으로 힘들 때에만 했고 그것도 요즘에는 워낙 상처가 잘 안 아물어서 할 수도 없었다.

줄리언은 집안 벽을 둘러보았다. 유화와 스케치가 벽면을 직소퍼즐처럼 빈틈없이 메웠다. 그림 한 점 한 점에 사연이 있었다. 몇 시간이고 그 그림들만 보고 있을 수도 있었다. 그림을 그린 화가와 나눈 대화를 떠올리고 와인을 마시며 어떤 조언과 영감을 주고받았는지를 생각했다. 이 그림들이 어떻게 여기에 오게 되었는지 회상하기도 했다. 생일 선물도 있었고 메리가 먹여주고 거두어준 것에 대한 감사의 표시도 있었고 전시회에서 보고 마음에 들어 구매한 것도 있었다. 벽에 걸린 위치에도 나름의 의미가 있었다. 시간 순서대로 놓인 것도 있고 아름다운 여인, 런던 풍경, 특이한 원근법, 독특한 명암 사용 등 주제별로 나눠놓은 것도 있었다. 그런데 이걸 어떻게 다 옮긴단 말인가? 대체 이걸 어디로 짊어지고 가라고?

오후 다섯시가 거의 다 되었다. 줄리언은 베일리스 병을 찬장에서 꺼내 은색 휴대용 술병에 따르고 코트를 걸치고 집 주위에 화난 이웃 사람들이 없는지 확인한 다음 묘지를 향해 길을 나섰다.

멀리서부터 제독의 무덤에 뭔가 달라진 점이 있는 게 눈에 들어왔다. 뭔지 알아보는 데에 시간이 좀 걸렸다. 또다른 편지였다. 흰 종이에 검은 글씨. 이웃 사람들이 사방에 쪽지를 남기고 다니는 건가? 여기까지 나를 따라왔나? 줄리언은 분노가 치미는 걸 느꼈다. 이건 괴롭힘이나 다름없었다.

가까이 가보고야 이웃 사람이 남긴 쪽지가 아니라는 걸 깨달았다. 전에도 본 적이 있는 광고지였다. 바로 오늘 아침에. 그때는 보고도 별생각이 없었지만 이제는 이 광고가 자기를 겨냥한 것임을 확실히 알았다.

8
모니카

토요일이 되자, 정말 좋은 아이디어라고 생각했던 것이 계획대로 되지 않을 것 같은 불안감이 들었다. 카페 창문에 광고를 붙이고 며칠이 지났는데 줄리언은 그림자도 볼 수 없었다. 그 대신 미술 교실을 맡겠다는 지원자 여럿을 점점 더 말도 안 되는 군색한 핑계를 대면서 돌려보내느라 진땀을 빼야 했다. 동네에 일자리를 원하는 화가가 이렇게 많을지 누가 예상이나 했겠나? 전직 변호사이다보니 모니카는 고용법을 위반하고 있다는 사실이 마음에 걸렸다. 그런데 한편으로는 태어나서 처음으로 원칙대로만 행동하지 않았다는 사실에서 은근히 쾌감을 느끼기도 했다.

한 가지 문제가 더 있었는데, 카페에 처음 보는 손님이 들어올 때마다 혹시 저 사람이 와인바 테이블 위에 두고 온 노트를 집어서 절박하고 다급한 여자가 쏟아놓은 낯뜨거운 넋두리를 읽지는 않았을까 하는 의심이 스멀스멀 올라왔다. 으악. 대체 왜 그런 짓을 했을까? 페이스북에 생각 없이 올린 글을 지울 때처럼 확 지워버릴 수만 있다면 얼마나 좋을까. 진실이라는 말에 너무 쉽게 넘어가버렸어.

어떤 여자가 세 달도 안 되었을 법한 아기를 안고 카운터로 왔다. 너무 귀여운 복고풍 스목드레스와 카디건을 입은 아기였다. 아기가 크고 파란 눈망울로 모니카를 보았다. 이제 막 초점을 맞추는 법을 배운 모양이었다. 모니카는 심장이 덜컹하는 걸 느꼈다. 늘 외우는 주문을 마음속으로 중얼거렸다. 나는 강하고 독립적인 여자야. 난 네가 필요 없어…… 아기는 모니카의 생각을 읽기라도 한 듯 자지러지게 울음을 터뜨렸다. 아기 얼굴이 화난 얼굴 이모티콘처럼 새빨갛게 땡땡해졌다. 고마워, 모니카는 입 모양으로 아기한테 말하고는 몸을 돌려 페퍼민트티를 만들었다. 아기 엄마에게 머그를 건네는 순간 카페 문이 열리고 줄리언이 들어왔다.

지난번에 보았을 때 줄리언은 에드워드시대의 괴짜 신사처럼 보였다. 그래서 에드워드시대 복식으로 옷장이 채워져 있겠거니 생각했었다. 그런데 아닌 모양이었다. 오늘은 1980년대 중반쯤에 유행한 뉴로맨틱 스타일이었다. 몸에 딱 달라붙는 검정 바지, 스웨이드 앵클부츠, 프릴이 달린 흰 셔츠 차림이었다. 프릴이 아주 많이 달린. 이런 스타일은 보통 아이라이너를 진하게 발라서 완성하는데 줄리언이 거기까지는 가지 않은 것을 보고 모니카는 안도했다.

줄리언은 지난번 왔을 때처럼 '서재' 자리에 앉았다. 모니카는 긴장한 채로 주문을 받으러 다가갔다. 줄리언이 광고를 봤을까? 오늘 그것 때문에 온 걸까? 모니카는 광고를 붙여놓았던 카페 창문을 흘깃 봤다. 광고가 사라지고 없었다. 다시 보면 마법처럼 나타날까 싶어 다시 잘 보았지만 네 귀퉁이에 붙여놓았던 테이프 자국만 남아 있었다. 모니카는 식초로 테이프 자국을 지워야겠다고 마음속에 메모를 해두었다.

흠, 그 아이디어는 결국 없었던 일이 되는구나. 불안했던 마음이 곧 가라앉았다. 사실 바보 같은 짓이었다. 모니카는 좀더 자신 있는 태도로, 그냥 커피 한잔하러 들렀을 줄리언에게 다가갔다.

"뭐 드시겠어요?" 모니카가 밝은 목소리로 물었다.

"진한 블랙커피 한 잔 주세요"라고 줄리언이 말했고(모니카는 이분은 우유 거품으로 그림을 그린 카푸치노 같은 것은 좋아하지 않는구나 하고 생각했다) 그러면서 손에 쥐고 있던 종이를 펼쳐서 테이블 위에 올려놓았다. 모니카의 광고였다. 그런데 모니카가 만든 것이 아니라, 복사한 것이었다. 모니카는 얼굴이 새빨개졌다.

"이거 나 보라고 만든 것 같은데 맞습니까?" 줄리언이 물었다.

"아, 화가세요?" 모니카는 사실을 말할지 얼버무려 상황을 모면할지 결정을 못하고는, 시사 토론 프로그램에 나온 토론자처럼 허둥지둥 말을 돌렸다.

줄리언이 잠시 모니카를 지긋이 쳐다보았다. 조그만 들쥐를 눈빛으로 제압해 꿈쩍 못하게 만드는 뱀 같았다. "그렇습니다. 그래서 이 광고를 내가 사는 첼시스튜디오 벽에 붙인 거라고 생각했는데요. 한 장이 아니라 세 장이 있었죠." 줄리언은 강조하려는 듯 테이블 위의 종이를 세 번 손으로 두드렸다. "그것까지는 우연일 수도 있겠지만, 어제 브럼프턴에 있는 제독 무덤에 늘 가는 시간에 갔는데 거기, 제독 묘비 바로 위에 이 광고지가 한 장 또 있더군요. 그래서 당신이 내 노트를 발견했고 나한테 신호를 보내는 거라고 결론을 내렸어요. 그건 그렇고, 여기에 쓴 폰트는 좀 그렇군요. 나라면 그냥 평범하게 타임스뉴로먼을 썼을 거요. 타임스뉴로먼을 쓰면 망할 일은 없지요."

줄리언의 테이블 옆에 선 채로 이런 얘기를 듣고 있자니 모니카는 교장선생님에게 꾸지람을 듣는 말썽꾸러기 학생이 된 기분이었다. 모니카가 실제 그런 상황에 처한 적은 없었으니 적어도 상상하기로는 그런 기분일 것 같았다.

"앉아도 될까요?" 모니카는 줄리언 맞은편 자리를 가리키며 물었다. 줄리언이 고개를 반쯤 끄덕이듯이 살짝 기울였다. 모니카는 의자에 앉은 다음 잠깐 기운을 추슬렀다. 기죽지 말아야지. 모니카는 어머니를 생각했다.

모니카, 불안할 때에는 네가 켈트족 여왕 부디카라고 상상해! 아니면 엘리자베스 1세나, 마돈나라고!

마돈나? 성모 말이에요? 모니카가 물었다.

아니! 성모는 너무 유하잖아! 가수 마돈나 말이야. 엄마가 그러고 나서 어찌나 큰 소리로 웃음을 터뜨렸던지 옆집 사람들이 벽을 두드릴 지경이었다.

그래서 모니카는 마돈나에게 빙의하고는 맞은편에 앉은 위엄 있고 기분이 언짢아 보이는 노인의 꿰뚫어보는 시선을 맞받았다.

"맞아요. 선생님 노트 제가 주웠고 광고도 선생님 보라고 썼어요. 하지만 사시는 댁이나 제독 무덤에는 안 붙였어요." 줄리언이 안 믿긴다는 듯 한쪽 눈썹을 인상적으로 치켜올렸다. "저는 딱 한 장 프린트해서 저기 창문에 붙였어요." 모니카는 광고지가 붙어 있었던 자리를 고갯짓으로 가리켰다. "이건 복사한 거네요. 제가 한 게 아니에요. 누가 그랬을까요." 그 생각을 하니 꺼림칙했다. 대체 누가 그걸 뜯어간 거지?

"흠, 당신이 아니라면 내 이야기를 읽은 또다른 누구겠지요." 줄리언이 말했다. "아니면 내가 어디 사는지 어떻게 알겠어요? 제독 무덤에 나타나리라는 건? 하필이면 내가 사십 년 동안 매일 들른 무덤 딱 하나에만 이 광고가 붙어 있었다는 게 우연일 수는 없겠죠?"

그 누군가가 줄리언의 이야기를 읽었다면 자기 이야기도 읽었으리라는 생각에 모니카는 한층 속이 불편해졌다. 모니카는 그 생각을 일단 '너무 괴로우니 당장은 생각하지 않을 일'로 분류해놓았다. 나중에 다시 곰곰이 짚어볼 생각이었다.

"그래서, 관심 있으세요?" 모니카는 줄리언에게 물었다. "카페에서 저녁에 미술 가르치실 생각 있으세요?"

줄리언이 한참 아무 대꾸가 없길래 모니카는 줄리언이 못 들은 걸까, 다시 물어야 하나 고민했다. 그때 줄리언의 얼굴이 아코디언처럼 쭈그러지더니 갑자기 웃음이 떠올랐다.

"글쎄요, 당신하고 또다른 누군가가 이렇게 애를 썼는데 거절하면 무례한 일이겠지요? 그건 그렇고, 나는 줄리언이라고 합니다." 줄리언이 손을 내밀며 말했다.

"알아요." 모니카는 손을 맞잡으며 말했다. "전 모니카예요."

"같이 일하게 돼서 기쁩니다, 모니카. 우리가 친구가 될 수도 있겠다는 생각이 드네요." 모니카는 줄리언의 커피를 만들려고 자리에서 일어섰다. '그리핀도르에 10점!'을 따낸 것처럼 뿌듯한 순간이었다.

9
해저드

해저드는 야자나무가 늘어선 초승달 모양의 해변을 바라보았다. 남중국해는 완벽했다. 티파니블루 빛깔 바다, 구름 한 점 없는 하늘. 이런 광경을 인스타그램에서 봤다면 포토샵으로 보정한 이미지라고 생각했을 것이다. 하지만 여기에서 삼 주를 보내고 나니 이 완벽함이 신경을 긁기 시작했다. 아침에 바닷가 산책을 할 때면(모래가 맨발로 걷기에 너무 뜨거워지기 전에 일찌감치 해야 했다) 희고 고운 모래 위에 개똥이라도 하나 있었으면 좋겠다는 생각마저 들었다. 이 단조로운 아름다움을 깨뜨릴 무엇이라도. 가끔은 도와달라고 소리치고 싶은 충동이 솟았지만 이곳은 머나먼 우주나 다름없었다. 소리를 질러봐야 아무도 들을 사람이 없었다.

전에도 이 섬에 와본 적이 있었다. 오 년 전에 친구들과 사무이섬에 놀러왔을 때 배를 타고 여기로 건너와 하루이틀을 보냈다. 너무 외진 곳처럼 느껴져서 그때 해저드는 술집, 클럽, 파티가 있고 전기, 온수, 와이파이가 공급되는 사무이섬으로 빨리 돌아가고 싶은 생각뿐이었다. 그렇지만 원나이트스탠드, 취해서 보낸 부적절한 문자, 어두운 골목에서 의심스러운 딜러와 접선한 일 등등의 추악하고 구질구질한 기억 사이에서 이 섬의 기억이 마치 불모의 사막 위 고요한 오아시스처럼 아른아른하게 빛나고 있었다. 그래서 해저드는 마침내 약을 끊고 삶을 정리하겠다고 마음을 먹었을 때 이 섬으로 오는 편도 티켓을 끊었다. 이 섬은 너무 외진 곳이라 다시 문제를 일으킬 위험이 없었고, 회사에서 마지막으로 받은 보너스로 몇 달은 버틸 수 있을 만큼 물가도 쌌다.

작은 해변 끄트머리에 럭키마더라는 식당이 있고 반대쪽 끝에는 멍키너츠(안주가 땅콩monkey nuts 한 가지밖에 없었다)라는 술집이 있었다. 그리고 그 사이에 실에 꿴 진주알처럼(반짝이지는 않지만) 오두막 스물다섯 개가 줄줄이 늘어서 있었다. 바다를 향한 오두막 사이사이에는 야자나무가 있었다. 해저드는 8호에 살았다. 아버지 집 마당 창고만한 아담한 나무 집이었다.

방은 하나인데 더블베드 하나로 거의 꽉 찼다. 침대 위에는 배고픈 모기떼가 얼마든지 드나들 수 있게 구멍이 숭숭 난 모기장이 드리워 있었다. 찬물만 나오는 샤워기와 변기가 있는 작은 욕실이 모선에 붙은 탈출선처럼 집 한편에 붙어 있었다. 창문은 해치처럼 작고 거기에도 모기장이 붙어 있었다. 그 밖에 가구라고는 타이거 맥주 궤짝으로 만든 협탁, 먼저 다녀간 여행객들이 두고 간 온갖 다양한 책이 꽂힌 책꽂이, 해저드가 중심가에서 산 사롱*을 걸어놓는

---

* 동남아시아 등에서 남녀 구분 없이 허리에 묶어 치마처럼 입는 천.

갈고리 몇 개가 전부였다. 전 직장 동료들이 하루종일 치마만 입고 돌아다니는 그를 본다면 뭐라고 할까.

해저드는 오두막 앞 덱 양쪽 기둥에 묶은 해먹에 누워 있었다. 작은 모터보트가 바닷가로 와서 사무이섬에서 건너온 당일치기 여행객 열댓 명을 태워 갔다. 섬에는 이제 주민들만 남았다. 해가 수평선 너머로 넘어가면서 하늘이 찬란한 붉은색과 주황색으로 물들었다. 이제 순식간에 사방이 캄캄해질 것이다. 적도에 가까운 이곳에서는 해가 쫓기듯이 사라지곤 했다. 런던에서처럼 나 좀 보라고 꾸물거리며 느릿느릿 작별인사를 하지 않았다. 기숙사 소등시간처럼 사정없이 빛이 사라졌다.

럭키마더에서 발전기가 돌아가는 소리가 들렸고 석유 냄새도 희미하게 풍겼다. 앤디와 바버라(태국 이름을 영어식으로 바꾼 이름일 거라고 해저드는 생각했다)가 저녁식사 준비를 하는 중이었다.

술과 약을 끊은 지 이십삼 일이 됐다. 침대 프레임에 눈금을 새기면서 기록하고 있기 때문에 확실했다. 해저드는 세상에서 가장 아름다운 섬에 놀러온 여행자가 아니라 앨커트래즈 교도소의 죄수가 된 기분이었다. 오늘 아침에 눈금을 헤아렸을 때 다섯 개 묶음 네 개하고 세 줄이 있었다. 기나긴 나날이었다. 두통, 식은땀, 오한이 벼락같이 닥치고 밤에는 가장 심하게 약을 들이마셨던 순간이 생생한 꿈으로 찾아왔다. 어젯밤에는 바버라의 탱탱한 갈색 배 위에서 코카인 한 줄을 흡입하는 꿈을 꿨다. 아침식사 때 차마 바버라의 얼굴을 똑바로 볼 수가 없었다.

그래도 몸은 조금씩 나아지고 있었다. 정신이 멍해지거나 극심한 피로가 닥치는 일이 줄었다. 그 대신 감정이 쓰나미처럼 밀려왔다. 죄책감, 후회, 두려움, 따분함, 걱정 따위가. 전에는 보드카나 코카인으로 마법처럼 사라지게 만들곤 했던 성가신 감정들이었다. 흥미를 끌려고 다른 사람의 비밀을 함부로 폭로해버린 일, 여자친구 모르게 다른 여자와 나이트클럽 화장실에서 해치우듯 섹스를 했던 일, 약기운 때문에 자신감이 넘쳐 위험한 투자를 하고 큰 손실을 입었던 일 등의 기억이 불쑥불쑥 찾아왔다. 그리고 이상한 일이지만, 이런 괴롭고 끔찍한 기억들 사이에서 연녹색 노트에 적혀 있던 이야기들도 자꾸 생각났다. 줄리언의 모델들에게 신경쓰지 않는 척하던 메리, 한밤중에 캔버스를 갈기갈기 찢는 줄리언, 도로 위에 떨어져 죽은 타냐, 머핀을 건네며 사랑을 꿈꾸는 모니카의 모습이 문득문득 떠오르곤 했다.

해저드는 노트를 돌려주려고 모니카스 카페에 갔었다. 그런데 직장을 그만두고 지금까지의 삶을 모두 정리하기로 결심하기 전날 밤 길에서 부딪쳤던 바로 그 여자가 모니카였다. 해저드는 기겁하고는 모니카의 눈에 띄기 전에 얼른 카페에서 나왔다. 그래서 노트는 아직도 해저드의 수중에 있었다. 노트를 지니고 있는 한 그 안에 담긴 비밀이 머릿속을 떠나지 않을 것 같았다. 해저드는 과연 모니카가 줄리언을 설득해서 미술 교실을 열었을까, 어떤 남자가 모니카한테 적당할까 하는 생각에 골몰했다.

해변에 종소리가 울렸다. 일곱시 저녁식사 시간이었다. 럭키마더에서는 저녁식사를 하루에 한 번만 제공했다. 걸어서 갈 수 있는 거리에 있는 유일한 식당이기 때문에 뭐든 주는 대로 먹어야 했다. 수십 년 동안 수도 없이 메뉴를 골랐고, 고른 다음에도 또 추가로 선택을 해야 했으니―티 아니면 커피? 카푸치노, 아메리카노, 라테? 보통 우유, 저지방 우유, 두유?—아무 선택도 할 필요가 없다는 게 오히려 신선했다.

식당 바닥에는 마루가 깔려 있고 지붕은 이엉으로 덮였고 한쪽 벽이 트여 있었다. 긴 테이블 하나가 전면을 다 차지하고 있는데, 따로 앉을 수 있는 작은 테이블도 있긴 하지만 이곳에 오면 공동 테이블에서 함께 식사를 하는 게 불문율이라는 걸 곧 알게 되었다. 따로 앉았다가는 뭐 숨기는 게 있나 의심하는 눈총을 받아야 했다.

해저드는 다른 사람들이 럭키마더로 걸어가는 모습을 보면서 아이디어를 하나 떠올렸다. 여기에 모인 사람 중에는 런던에서 온 사람도 꽤 많고 다음 여정으로 런던을 거쳐가는 사람도 있었다. 그 사람들을 체크해보고 모니카의 남자친구를 찾아주면 어떨까. 사실 해저드는 모니카에 대해 꽤 많이 안다고 할 수 있었다. 어쩌면 그동안 만났던 여자친구들보다 더 잘 안다고 할 수도 있을 것 같았다. 해저드가 모니카의 대모 요정이 되어 몰래 짝을 찾아주는 거다. 재미있을 것 같았다. 적어도 소일거리는 될 터였다.

새로운 임무를 띠고 활기를 되찾은 해저드는 식당에 자리를 잡고 앉아 다른 손님들을 몰래 살폈다. 해저드가 알기로 현재 이 섬에 머무는 사람 중에서 자기가 네번째로 오래된 사람이었다. 대체로 길어봐야 닷새 정도 머물다가 떠나곤 했다.

해저드 옆집인 9호에 사는 닐이 가장 오래된 주민이었다. 거의 일 년이 다 되었다고 했다. 무슨 앱 같은 걸 개발했는데 그걸 큰 회사에 팔았고 그뒤로 히피의 삶을 즐기고 있었다. 해저드의 내면이 복잡하다는 걸 느꼈는지 명상을 권했다. 하지만 해저드는 누런 굳은살로 덮였고 발톱은 무좀 때문에 두툼해져 바스러지는 닐의 발 생각을 머릿속에서 떨쳐버릴 수가 없었다. 일단 닐은 발 때문에 해저드의 후보군에서 탈락이었다. 모니카가 아무리 다급한 상황이라고 해도 그 발은 용서가 안 될 것 같았다. 닐은 잘 씻지도 않는데 모니카는 개인위생을 상당히 중요하게 여기는 사람이라는 느낌이 들었다.

그 밖에 여기 오래 머문 사람으로 리타와 대프니가 있었다. 둘 다 은퇴했고, 한 명은 남편과 사별했고 한 명은 독신이었으며, 두 사람 다 매너를 매우 중시했다. 한번은 손님 한 명이 매너 없게 리타 앞으로 손을 뻗어 물병을 가져가는데 리타가 무서운 눈으로 노려보는 게 눈에 들어왔다. 리타와 대프니는 오두막을 각각 썼다. 대프니는 7호에 사는 걸로 되어 있는데, 아침에 일찍 일어나는 해저드는 대프니가 아침에 7호에서 나오는 게 아니라 7호로 들어가는 것을 여러 번 보았다. 두 사람이 인생의 말년에 성적 지향을 찾아 비밀 연애를 하고 있는 게 아닌가 싶었다. 안 될 게 뭔가?

앤디가 큼직한 생선구이가 담긴 접시를 해저드 앞에 요란스럽게 내려놓았다. 서너 명이 나눠 먹어도 될 만큼 컸다.

해저드는 숙련된 눈으로 테이블에 둘러앉은 사람들을 스캔하면서 일단 커플들을 후보에서 빼고 서른 살이 안 된 남자들도 제했다. 물론 그 가운데 여자가 몇 살 연상이어도 상관없다고 할 남자도 있겠지만 서른 살 아래의 남자가 아기를 낳을 준비가 되어 있을 가능성은 낮았고, 모니카를 생각하면 그 점이 결격사유였다.

해저드의 눈길이 캘리포니아에서 온 젊은 여성 둘한테 잠깐 머물렀다. 복숭아처럼 싱그럽고 순진해 보였고 스물다섯 살도 채 안 되었을 것 같았다. 해저드는 둘 중 한 명한테 수작을 걸어볼까 하는 생각도 슬쩍 한번 해봤다. 아니면 둘 다한테. 하지만 술이나 약으로 거짓 자신감을 불러일으키지 않고 섹스를 할 수 있을지 자신이 없었다.

생각해보니, 블랜치 이후로 섹스를 하지 않았다. 멀쩡한 정신으로 섹스를 한 게 언제였더라…… 해저드는 기억을 뒤로 감고 또 감아보았지만 그랬던 기억을 떠올릴 수가 없었다. 그 생각을 하니 무시무시했다. 그렇게 나를 다 보여주는 내밀한 행위를 멀쩡한 정신으로 한다는 게 가능할까? 문대고 밀어넣고 헥헥거리고 어떨 때에는 방귀도 나오는데 정신을 몽롱하게 하는 약의 도움이 없다면 너무 부끄러울 것 같았다. 해저드는 아마 영영 섹스를 할 수 없을지 몰랐다. 그런데 이상한 일이지만 그 생각이 술이나 약을 평생 참으며 살아야 한다는, 이미 몇 주째 되새겨온 생각보다는 덜 무시무시했다.

해저드는 왼쪽에 앉은 스웨덴 사람을 돌아보며 손을 내밀었다. 첫번째 후보로 괜찮을 것 같았다.

"안녕하세요, 새로 오셨죠? 전 해저드라고 해요."

"군테르예요." 남자가 스칸디나비아의 발달된 치의술을 보여주는 인상적인 치아를 드러내며 대답했다.

"어디에서 와서 어디로 가는 길이에요?" 해저드는 이 섬에서 말을 틀 때 으레 하는 표준 질문을 던졌다. 런던에서 날씨 이야기로 말을 꺼내는 것하고 비슷한데, 이 섬에서는 날씨가 날마다 똑같으니 날씨 이야기는 의미가 없었다.

"스톡홀름에서 왔고요, 방콕, 홍콩을 거쳐 런던으로 갑니다. 당신은요?"

해저드는 런던이 나오자 마음속으로 하이파이브를 했다. 가능성이 있었다.

"런던에 살아요. 직장을 옮기는 사이 몇 주 쉬러 왔어요." 해저드가 대답했다.

해저드는 생선을 먹으면서 건성으로 군테르와 잡담을 했다. 군테르의 차가운 맥주에 자꾸 눈이 돌아가 대화에 집중하기가 힘들었다. 유리병에 물방울이 맺혀 흘러내리고 있었다. 다른 데로 정신을 돌리지 않으면 군테르의 손에서 맥주를 빼앗아 마셔버리고 말 것 같았다.

"백개먼 할래요?" 식사를 마치자마자 해저드는 물었다.

"좋아요." 군테르가 대답했다.

해저드는 구석에 있는 테이블로 갔다. 한쪽 면에는 체스판이, 다른 쪽 면에는 백개먼판이 그려진 상판이 얹힌 테이블이었다.

"무슨 일을 하세요?" 해저드는 보드 위에 말을 놓으면서 물었다.

"교사예요. 당신은요?"

아주 잘됐다고 해저드는 생각했다. 다른 나라에서 일하기 좋은 직업인 듯하고, 아이들하고 잘 지낸다는 뜻이기도 했다. 또 깔끔하게 다듬어진 손톱을 보니 위생에도 신경쓰는 사람일 것 같았다.

"은행에서 일했었어요." 해저드가 대답했다. "주식 트레이딩이요. 하지만 돌아가면 다른 일을 알아보려고요."

군테르가 굴린 주사위에 6과 1이 나왔다. 수비 위치로 말을 옮기는 게 정석인데 군테르는 그렇게 하지 않았다. 초짜인 모양이었다. 해저드에게는 탈락 요건이었다. 해저드는 얼른, 자기와 평생을 같이할 파트너를 구하는 게 아니라 모니카의 짝을 구하는 중이었음을 상기하고 아마도 모니카는 백개먼 실력에는 그다지 연연하지 않으리라고 생각을 정리했다.

"결혼했어요, 군테르?" 해저드는 단도직입적으로 물었다. 손에 결혼반지가 없는 것은 이미 확인했지만 그래도 확실히 해두는 게 좋을 것 같았다.

"결혼은 안 했고요, 여자친구는 있어요. 하지만 그걸 영어로 뭐라고 하죠? 여행지에서 생긴 일은 여행지에 묻어둔다고 하나요?" 군테르가 은근한 표정을 지으며 캘리포니아에서 온 여자 둘이 있는 쪽으로 고갯짓을 했다.

해저드는 풍선이 터질 때처럼 기운이 쭉 빠지는 걸 느꼈다. 군테르는 영어 관용구 사용 능력은 뛰어나지만 도덕관념이 너무 느슨했다. 해저드는 빨간 줄을 그어 군테르를 지웠다. 모니카는 더 나은 남자를 만날 수 있어, 라고 생각하면서 마치 아버지처럼 모니카를 보호하려는 마음이 드는 것에 스스로도 놀랐다. 자, 이제는 빨리 보드에서 군테르의 말을 쓸어버리고 잠이나 자러 가야 했다.

밤이 되어 전기가 끊겼기 때문에 해저드는 등유램프를 들고 8호로 돌아왔다. 이제는 전처럼 피곤하지 않았다. 그렇지만 다른 사람들처럼 멍키너츠에 가고 싶지는 않았다. 사람들이 술을 마시는 걸 보면서 다이어트 콜라를 마신다니 생각만 해도 끔찍했다. 해저드는 책꽂이에 꽂힌 책을 훑어보았다. 전부 한 번 이상은 읽었다. 대프니가 빌려준 바버라 카틀랜드의 로맨스만 빼고. 어제 너무 읽을 것이 없길래 앞부분을 읽어봤는데 눈에서 피눈물이 날 것 같았다.

그때 줄리언의 작은 노트가 나를 봐달라는 듯 삐죽 튀어나와 있는 게 보였다. 해저드는 노트를 책꽂이에서 꺼내고, 볼펜을 들고 빈 페이지를 펼쳐 글을 쓰기 시작했다.

10
줄리언

무언가 달라진 기분으로 줄리언은 자리에서 일어났다. 달라진 게 뭔지 생각해내는 데 시간이 좀 걸렸다. 요새는 몸이 움직이는 속도와 정신이 움직이는 속도가 다른 느낌이었다. 아침에는 몸이 먼저 깨고 한참 뒤에 정신이 깨어나면서 여기가 어딘지, 무슨 일이 일어나고 있는지가 천천히 머리에 들어왔다. 그것도 이상한 일이었다. 줄리언은 늘 같은 곳에 있었고 날마다 아무 일도 일어나지 않았으니까. 어느 시점에 몸과 정신이 같은 자리에서 잠깐 만나는 것 같다가, 그 이후에는 하루종일 몸이 마음을 따라잡으려고 애쓰면서 몇 발자국 뒤처져 따라갔다.

줄리언은 생각을 더듬으면서 침대 옆 벽 위에 그어진 녹색 선을 보았다. 조금씩 다른 녹색 계열의 선들이 햇빛 속에서 아롱거리는 풀잎처럼 보였다. 메리가 침실 분위기를 바꾼다며 벽을 무슨 색으로 칠할까 결정하려고 그어놓은 선들이었다. 결국 그 가운데 어떤 색도 선택되지 않았고 침실 벽은 여전히 꼬질꼬질한 아이보리색으로 남았다. 아마 메리는 그때 그래봐야 아무 소용이 없다는 걸 깨달았던 모양이었다.

마침내 줄리언은 오늘이 다른 날과 뭐가 다른지를 생각해냈다. 어떤 목적이 있었다. 할일이 있었다. 약속이 있었다. 사람들이 그를 기다리고 있었다. 그에게 기대하는 게 있었다. 줄리언은 평소보다 훨씬 힘차게 이불을 젖히고 침대에서 나와, 침실과 화장실이 있는 중이층에서 거실과 작은 부엌이 있는 아래층으로 나선계단을 타고 조심조심 내려갔다. 부엌 냉장고에 메모가 붙어 있었다.

의상 고르기
재료 준비
화방
소품
모니카스 카페에 일곱시 정각에 도착

정각에 밑줄을 두 번 쳐놓았다. 잊어버릴까봐 걱정이 되어서가 아니라, 몇 년 동안 치과 약속을 제외하고는 정각에 어디에 가야 할일이 없었던 탓에 그 단어가 어쩐지 짜릿한 느낌을 주었기 때문이었다.

오늘의 첫 커피를 진하게 마신 다음 줄리언은 옷방으로 갔다. 메리와 같이 살 때에는 손님들이 자고 가는 방이었지만 지금은 철제 옷걸이에 줄줄이 줄리언의 옷이 가득 걸려 있고 그 아래에는 부츠와 구두가 죽 놓여 있었다. 줄리언은 옷을 좋아했다. 하나하나에 기억이 서려 있었다. 어떤 시대, 어떤 사건, 어떤 연애. 눈을 감고 한껏 숨을 들이마시면 지나간 나날의 냄새를 맡을 수도 있었다. 메리가 만든 마멀레이드 냄새, 베네치아 가면무도회에서 밤하늘을 밝혔던 폭죽 냄새, 클래리지스호텔 결혼식에서 뿌려진 장미꽃잎 냄새.

구석에 있는 긴 의자 위에 오늘 입을 옷 후보들을 늘어놓았다. 뭘 입을지 자면서 생각해보고 정하려고 미뤄둔 것이었다. 요새는 옷 입는 데 시간이 오래 걸리기 때문에 하루 일과를 시작하기 전에 반드시 적당한 옷을 정해놓아야 했다. 아니면 욱신거리고 말을 안 듣는 손가락으로 단추를 잠그고 풀고 하다가 하루가 다 가버리기 십상이었다. 줄리언은 골라놓은 옷들을 날카로운 눈으로 훑어보다가, 가장 절제된 의상으로 결정했다. 프로페셔널한 느낌을 주는 것. 작업복 같은 옷. 옷 때문에 미술을 배우는 학생들의 주의가 흐트러지면 안 되니까.

다음으로 줄리언은 화실로 들어갔다. 층고가 두 배로 높고 유리 천장과 천장부터 바닥까지 이어진 유리창에서 빛이 넘치듯 들어오는 방이었다. 줄리언은 '연필'이라는 라벨이 붙은 서랍을 열었다. 줄리언은 정리를 잘하는 사람은 아니었다. 집안 상태는 누가 봐도 엉망진창이었다. 하지만 옷과 미술 재료, 이 두 영역만은 늘 깔끔하게 정리하고 잘 건사했다. 줄리언은 여러 종류의 연필, 흑연스틱, 지우개 등을 골랐다. 산 지 얼마 안 된 것도 있고 비틀스 시대의 물건도 있었다. 줄리언이 가장 좋아하는 연필들은 하도 많이 써서 이제 손에 쥐기 어려울 정도로 짧아졌지만, 그래도 버릴 수가 없었다. 오래된 친구처럼 느껴지기 때문이었다.

줄리언은 자기가 아직도 사람들을 불러모을 수 있다는 사실에
꽤 기분이 좋았다. 그 친절한 젊은이, 모니카가 오늘 저녁 수업에
열 명이 오기로 했다고 말했다. 너무 많아질까봐 돌려보낸 사람도
있단다! 그러니까 늙은 개가 아직 죽지 않은 모양이었다.

줄리언은 화실 안을 돌아다니면서 학생들한테 쓸모가 있을 법한
물건들을 모았다. 스케치를 붙여놓을 수 있는 화판 몇 개를 찾았
다. 인체 모형에 걸려 있던 천 중에서 배경으로 쓸 만한 것을 골랐
다. 아끼는 참고 서적들 중에서 초심자들에게 가장 도움이 될 만한
책을 뽑았다. 시대순으로 정리해놓은 전시회 도록 쪽으로는 일부
러 눈길을 주지 않았다. 그랬다가는 1960년대, 70년대, 80년대의
런던 미술계의 추억에 빠져 헤어나오지 못할 위험이 있었다.

모니카는 두 시간 수업에 한 사람당 15파운드씩 받기로 했다고
했다. 줄리언은 좀 비싸다고 생각했지만 모니카는 코웃음을 치면
서 이렇게 말했다. 여기는 풀럼이잖아요. 개 산책 시키는 사람도 그거
보다 더 받아요. 줄리언은 한 회 수업료로 75파운드를 받을 예정이
었고(상당한 돈이다!) 또 모니카가 화방에서 필요한 재료를 사는
데 쓸 "잡비"라며 현금을 주었다.

줄리언은 손목시계를 봤다. 아침 열시였다. 화방이 문을 열 시간
이었다.

줄리언은 카페 앞을 지나가면서 모니카가 음료가 담긴 쟁반을
들고 카운터 앞에 줄 선 사람들을 돌아서 움직이는 모습을 보았다.
모니카는 한시도 가만히 있는 법이 없었다. 앉아 있을 때에도 생기

가 넘쳤고 짙은 색 포니테일이 늘 경쾌하게 흔들렸다. 무언가에 집중할 때에는 흘러내린 머리카락 한 가닥을 집게손가락으로 계속 꼬았고 다른 사람이 하는 말을 들을 때에는 머리를 살짝 옆으로 갸웃했다. 그럴 때면 줄리언이 옛날에 키우던 잭러셀종 개가 떠올랐다.

줄리언은 요즘도 그 개, 키스 생각을 종종 했다. 메리가 떠나고 몇 달 뒤에 키스도 떠났다. 메리 때문에 너무 깊은 슬픔에 잠겨 잘 돌봐주지 못한 탓이라고 줄리언은 생각했다. 키스는 서서히 시들어갔다. 움직임이 점점 줄고 활력을 잃더니, 어느 날 아예 움직이지 않았다. 줄리언도 키스가 그랬던 것처럼 천천히 단호하게 세상을 뜨려고 했지만, 다른 많은 것에 그랬듯이 그것에도 실패했다. 줄리언은 키스의 시체를 웨이트로즈 슈퍼마켓 장바구니에 담아 묘지로 가져가 아무도 안 볼 때 제독 옆에 묻었다.

모니카는 늘 자기가 무슨 일을 하는지, 어디로 가는지 확실히 아는 것처럼 보였다. 사람들은 대부분 삶에 치여 휩쓸리며 사는 것 같은데 모니카는 삶을 이끌어가고 심지어 매 순간 삶과 싸워나가는 것처럼 보이기도 했다. 알게 된 지 일주일 정도밖에 안 되었지만 그 짧은 기간에 벌써 모니카는 자리를 딱 만들어놓고 줄리언을 끌어내어 낯설고 놀랍고 새로운 현실 속에 데려다놓았다.

하지만, 모니카가 자기 삶에 이렇게 큰 영향을 미치기는 했지만, 사실 모니카에 대해서는 잘 모르겠다는 느낌이 들었다. 줄리언은 모니카를 그리고 싶은 강한 욕구를 느꼈다. 모니카가 스스로를 보호하려고 단단히 세운 듯한 장벽 너머에 있는 진실을 붓으로 드러낼 수 있을 것 같았다. 누군가를 그리고 싶다는 생각이 든 건 거의 십오 년 만이었다.

지난 몇 년 동안, 이 길에서 마주치는 사람들을 보면서 다들 어디로 가는 걸까, 무슨 일을 할까 하는 생각을 했던 적이 얼마나 많았던가. 줄리언 자신은 아무 목적도 없이, 그저 걷지 않으면 더이상 걷지 못하게 될까 두려워 한 발을 다른 발 앞에 놓을 뿐이었는데. 하지만 오늘은 줄리언도 그중 한 명이었다. 어딘가 갈 곳이 있는 사람.

줄리언은 콧노래를 부르기 시작했고, 그러자 지나가던 사람 몇명이 줄리언을 보면서 웃음을 지었다. 줄리언은 그런 반응이 너무 낯설어서 자기도 모르게 의심스러운 눈으로 상대를 쏘아보았고, 그랬더니 다들 걸음을 재촉해 빨리 가버렸다. 줄리언은 화방에 들어가 고급 도화지 스무 장을 계산대로 가져갔다. 하얀 종이만큼 신나는 것도 없고 또 그만큼 무시무시한 것도 없지, 줄리언은 생각했다.

"미술 교실을 맡아서 재료를 사러 왔어요." 줄리언이 계산원에게 말했다.

"네에." 계산원이 심드렁하게 대꾸했다. 말하기를 좋아하는 사람은 아닌 듯했다.

"오늘 저녁 수업에 미래의 피카소가 있을지 궁금하네요." 줄리언이 말했다.

"현금이요, 카드요?" 계산원이 말했다. 옷깃에 고객서비스 별다섯 개를 받았다는 배지를 달고 있었다. 별 하나를 받은 계산원은 상태가 과연 어떨지 의문이었다.

다음에는 그림 소재로 쓸 소품을 구해야 했다.

줄리언은 과일과 채소가 담긴 바구니들을 늘어놓은 가게 앞에서 걸음을 멈췄다. 과일을 담은 그릇? 너무 빤하고 재미없는 소재였다. 아무리 초보자 수업이라도 새로운 시도를 해볼 수도 있지 않나? 그때, 마치 생선으로 얼굴을 얻어맞은 것처럼 생선가게 냄새가 줄리언의 코를 찔렀다. 가게 안을 들여다보니 바로 거기에, 그게 있었다.

11
모니카

모니카는 시계를 봤다. 일곱시 이 분 전이었다. 참가자 대부분이 벌써 와서 레드와인 한 잔으로 창의적인 기운을 북돋고 있었다. 모니카는 사람들을 끌어모으려고 첫잔은 무료로 제공하겠다고 광고했다. 사실 미술 교실에 올 사람을 모집하는 일은 상당히 고역이었다. 몇 자리는 아는 사람들에게 부탁해서 채웠다. 카페에 식자재를 공급하는 사람 두 명하고 벤지의 남자친구 배즈를 꼬셨다. 마지막 한 자리를 채우려고 창문 청소부한테는 애교를 부리기까지 했다. 모니카는 에멀라인 팽크허스트를 생각하면서 죄책감을 느꼈지만 목적을 달성하기 위해 어쩔 수 없었다. 이제, 모니카까지 포함해서 열 명이 되었다. 이 정도면 적당한 인원이었다. 벤지가 추가로 와인이나 다른 음료를 팔 수 있으면 (줄리언과 벤지에게 수고비를 주고 재료비를 제한 다음에) 본전치기는 할 수 있을 것 같았다. 첫 수업 수업료를 10파운드로 특별 할인하긴 했지만. 모니카는 다시 시계를 봤다. 줄리언이 자신감을 잃고 숨어버리지 않기만을 빌었다.

학생들은 서로 자기가 그림을 더 못 그린다며 경쟁하듯이 떠들고 있었다. 그때, 문이 열렸고 모두 조용해졌다. 모니카는 사람들에게 줄리언이 약간 특이한 사람이라고 말해놓았다. 그리고 경력은 살짝 부풀렸다. 줄리언이 여왕의 초상화를 그렸을 것 같지는 않지만 대충 그렇게 말해놓았다. 하지만 모니카가 뭐라고 말했더라도 줄리언의 첫인상에 놀라지 않은 사람은 없었을 것이다. 넉넉한 화가용 가운에 버건디색 페도라를 썼고, 목에는 화려한 패턴의 크라바트를 맨데다가 발에는 클로그를 신고 있었으니까.

줄리언은 학생들이 자기 모습을 감상하게 하려는 듯 잠시 그대로 서 있었다. 그러고는 가운 안으로 손을 집어넣더니 큼직한 바닷가재를 보란듯이 꺼냈다. 배즈가 컥 소리를 내면서 10번 테이블과 벤지의 새 티셔츠에 레드와인을 뿜었다.

"여러분!" 줄리언이 살짝 연극적으로 절을 하면서 말했다. "오늘 그릴 소재입니다."

"세상에!" 배즈가 외쳤다. "살아 있어?"

"나이는 꽤 된 것 같은데 아직 죽진 않았어." 벤지가 농담을 했다.

"바닷가재 말이야." 배즈가 눈을 흘기며 말했다.

"필록* 같으니. 빨갛잖아. 익힌 거라고."

"필록이 뭐야? 생선 아냐?" 배즈가 물었다.

"생선은 폴록이고." 벤지가 말했다.

---

* pillock. '얼간이'라는 뜻.

"폴록은 화가 이름인 줄 알았는데."* 배즈는 뭐가 뭔지 모르겠다는 얼굴이었다.

벤지와 배즈는 남는 의자가 많은데도 의자 하나에 같이 앉아 있었다. 배즈는 쿠션에 앉았고 벤지는 팔걸이에 걸터앉았다. 둘 다 이십대 중반이고 이름의 소리도 비슷하고 잘 어울리지만 외모는 극과 극이었다. 벤지는 빨강머리의 스코틀랜드인인데, 머리가 엉망인 날 맞바람을 맞으면 탱탱**이 키가 180센티미터까지 자라면 저렇게 생겼겠다 싶은 모습이 되었다. 배즈는 중국인이고 키가 작고 몸이 다부졌다. 배즈의 부모님은 풀럼브로드웨이역 건너편에서 조부모님 대부터 해온 중국음식점을 하고, 식당 위에 있는 집에서 삼대가 같이 살았다. 배즈의 할머니는 손자한테 적당한 짝을 찾아주려고 늘 눈에 불을 켜고 다녔다. 장래에 바쁜 식당 주방을 맡을 사람이 필요하기 때문이기도 했다.

모니카는 가운데 큰 테이블을 중심으로 작은 테이블을 둥근 모양으로 배치해놓았다. 줄리언은 모니카가 가운데 테이블에 얼른 갖다놓은 접시 위에 바닷가재를 올려놓고 사람들에게 도화지, 화판, 연필과 지우개 등을 나누어주었다.

"제 이름은 줄리언 제숍입니다. 이 잘생긴 갑각류 동물의 이름은 래리고요. 래리는 우리의 예술활동을 위해 목숨을 희생했습니다. 그의 죽음이 헛되지 않게 합시다." 줄리언이 입을 떡 벌리고 보고 있는 사람들을 매서운 눈으로 훑었다. "오늘은 스케치를 할 겁

---

* 벤지가 대구류 생선인 '폴락(pollack)'을 '폴록'이라고 잘못 말해서 배즈가 화가 잭슨 폴록을 떠올린 것.
** 벨기에 만화가 에르제의 '탱탱의 모험' 시리즈의 주인공.

니다. 경험이 있든 없든 전혀 중요하지 않습니다. 일단 해보세요. 돌아다니면서 도와드리겠습니다. 이번주에는 연필만 씁니다. 미술에서 드로잉은 문학에서 문법처럼 기본입니다." 모니카는 마음이 조금 편해졌다. 모니카는 문법을 특히 좋아했다. "다음주에는 목탄이나 파스텔을 쓸 거고, 익숙해지면 물감으로 넘어가죠." 줄리언이 과장된 동작으로 팔을 뻗자 가운 소매가 거대한 앨버트로스 날개처럼 펄럭였다. 줄리언의 날갯짓에 모니카의 종이가 날아가 테이블 아래로 떨어졌다. "시작하세요! 대담하게! 용감하게! 그리고 무엇보다도 자기 자신이 되세요!"

  모니카는 두 시간이 이렇게 후딱 지나간 게 얼마 만인지 모르겠다고 생각했다. 학생들이 고생물처럼 보이는 동물을 용감하게 도화지에 옮기는 동안 줄리언은 둘러앉은 사람들 사이를 조용히 우아하게 돌아다니면서 이따금 사람들을 다독이고 칭찬하고 명암을 고쳐주었다. 모니카는 자기가 그린 래리의 형태가 썩 마음에 들었다. 줄리언이 가르쳐준 방법대로 연필을 들고 한쪽 눈을 감고 정확하게 쟀더니 비율이 그럴듯했다. 자를 대고 재면 더 정확하고 효율적일 것 같다는 생각은 들었지만. 하지만 모니카가 그린 바닷가재는 높은 데에서 떨어진 무거운 물체에 짓눌린 것처럼 이차원적으로 납작해 보인다는 문제가 있었다. 모니카는 줄리언이 뒤에 와서 서는 걸 느꼈다. 줄리언이 연필을 쥔 손을 앞으로 뻗더니 도화지 구석에 순식간에 바닷가재 집게발을 하나 그렸다. 연필 선 몇 개로 도화지에서 튀어나올 것처럼 입체적인 모양이 생겨났다.

"이렇게요. 알겠어요?" 줄리언이 물었다. 모니카가 그런 것하고 다르다는 건 확실히 알 수 있었다. 하지만 그걸 따라 그릴 수 있을까? 가망이 없는 것 같았다.

이따금 휴대전화 벨소리, 트위터나 문자메시지 알림음이 울려서 고요를 깨뜨렸다. 줄리언은 돌아다니면서 사람들이 우는소리를 하는데도 아랑곳 않고 전화기를 싹 걷어서 페도라 안에 넣고 바 뒤쪽으로 치워버렸다. 모니카는 두 시간 동안 한 번도 전화를 들여다보지 않은 게 대체 얼마 만인가 하는 생각을 했다. 밤에 잘 때나 전화가 연결 안 되는 곳에 있을 때를 빼면. 뜻밖에 자유로운 기분이었다.

아홉시 정각이 되자 줄리언이 짝 하고 박수를 쳤다. 집중하고 있던 학생들이 깜짝 놀랐다. "이번주 수업은 이것으로 끝입니다! 아주 출발이 좋아요. 다들 잘했습니다! 그림에 날짜 적고 서명하고 여기 앞으로 가지고 와서 다 같이 봅시다."

각자 그린 그림을 들고 약간 쭈뼛거리면서 앞으로 나왔다. 모두 똑같은 바닷가재를 보고 그렸는데도 전혀 다른 그림이 나왔다. 줄리언은 한 장 한 장 무언가 칭찬할 만한 것을 찾아서 평가를 했다. 구성이 독특하다든가 빛을 잘 포착했다든가 모양이 보기 좋다든가 하면서. 모니카는 줄리언한테 의외로 세심한 구석이 있는 것에 감탄했다. 그러면서 머릿속 한편에는 이런 생각이 뿌듯하게 떠올랐다. 내가 성공한 건가?

"자, 이제 래리를 어떻게 하면 좋을까요?" 줄리언이 모니카를 돌아보며 물었다.

"어…… 먹어요?" 모니카가 대답했다.

"내 생각하고 같네요! 자, 접시하고 냅킨이 필요하겠네요. 빵이

나 치즈 같은 게 있을까요? 샐러드도 있으면 좋겠는데."

모니카는 지금 먹자는 얘기는 아니었다는 말은 차마 꺼내지 못했다. 맙소사, 디너파티를 열게 되었네. 계획이나 준비라고는 하나도 안 했는데? 이렇게 즉흥적으로 일을 벌이면 엉망이 되어버릴 텐데.

벤지와 배즈가 주방을 오가면서 접시, 점심 샌드위치 만들고 남은 바게트 몇 개와 숙성한 브리치즈 반 개, 샐러드 재료 몇 가지, 마요네즈 한 병을 가져왔다. 줄리언이 별안간 어디에선가 샴페인 한 병을 꺼냈다. 래리와 함께 가운 속에 숨겨놓았던 걸까? 저 나풀거리는 옷자락 속에 또 뭐가 감춰져 있으려나? 모니카는 몸을 부르르 떨었다.

그러나 얼마 지나지 않아 모니카도 편안한 마음으로 분위기에 젖어들기 시작했다. 모니카는 급격히 떨어지고 있는 이유에 신경 쓰지 않으려고 애쓰면서 카페 위층에 있는 자기 집에서 양초 몇 개를 가지고 와 불을 밝혔다. 곧 파티가 시작되었다.

줄리언이 의자에 기대앉아 '흥청망청 60년대'* 이야기를 들려주었다.

"메리앤 페이스풀? 정말 재밌는 사람이죠! 얼굴은 천사 같은데 성적 호기심 충만한 남자 중학생들보다 더러운 농담을 더 많이 알더라고." 줄리언이 이렇게 말하고는 은은한 촛불 조명 속에서 환한 표정을 지으니 한순간 내셔널갤러리에 걸린 초상화하고 똑같아 보였다.

---

* Swinging Sixties. 1960년대 런던을 중심으로 일어난, 모더니즘과 향락주의를 특징으로 하는 젊은이들의 문화.

"그때 풀럼은 어땠어요?" 모니카가 줄리언에게 물었다.

"아, 그때는 서부 황야나 다름없었죠! 첼시하고 거의 붙은 지역에 살았는데도 친구들이 풀럼 쪽으로는 넘어오지 않으려고 했다니까요. 지저분하고 가난한 공장지대였어요. 우리 부모님도 보고 놀라서는 다시는 안 오셨죠. 부모님은 메이페어, 켄싱턴하고 런던 교외 말고 다른 곳은 사람 살 곳이 아니라고 생각한 분들이라. 하지만 우리는 행복했어요. 서로 돌봐주며 살았죠. 래리에게 건배!" 줄리언이 샴페인잔을 들어올리며 말했다. "그리고, 당연하지만 모니카에게!" 줄리언은 이렇게 덧붙이며 모니카를 보고 씩 웃었다. "말이 나왔으니 말인데 다들 저녁값으로 내 모자에 10파운드씩 넣어주세요. 모니카한테 손해를 끼칠 수는 없으니까."

그 말에, 모니카도 환하게 웃었다.

12
해저드

앤디가 테이블 위에 커다란 생선 접시를 내려놓았다.

"와, 맛있네요!" 새로 온 남자가 외쳤다. 구식 유모한테 배우고 영국 시골 사립초등학교에서 다듬어지고 장교 식당에서 완성된 듯한 억양이었다. 치노팬츠와 맞춤 셔츠를 입었는데 어쩐지 불편하고 어색해 보였다. 그래도 긴팔 셔츠는 아니었다. 해저드는 이번주가 끝나기 전에 저 사람에게 사롱을 입혀보자고 속으로 목표를 세웠다.

해저드는 이미 사전조사를 마쳤다. 머리카락을 길게 늘어뜨렸고 당나귀 소리를 내면서 웃는 유쾌하고 사람 좋은 이 신참은 이름이 로더릭이고 대프니의 아들이었다. 해저드가 보기에 로더릭은 어머니와 리타가 연인 관계라는 사실을 전혀 모르는 것 같았다. 해저드에게 영국에서 어머니가 돌아오기를 기다리다 지쳐서 몇 주 휴가를 내고 어머니를 보러 왔다고 말했다. 여기가 뭐가 좋다고 돌아갈 생각을 안 하시는지 자기는 이해가 안 되지만 어머니가 이곳에서 지내면서 아버지가 돌아가신 슬픔을 잊을 수만 있다면 다행이라고 생각한다고 말했다. 해저드는 무거운 표정으로 고개만 끄덕였고, 그동안 명랑한 대프니한테서 슬픔의 기색은 한 번도 느낀 적이 없다는 말은 굳이 하지 않았다.

"어디에 사세요?" 해저드는 밥과 생선을 푸지게 먹으면서 말했다.

"배터시요!" 로더릭이 대답했다. "전 부동산업자예요!" 로더릭은 한 단어 한 단어를 힘주어서 외치듯이 말했다. 이 사람은 부정적인 기분이나 우울감에 빠질 일이 없을 것 같았다. 모니카의 기운을 북돋아줄 적임자가 아닐까? 해저드는 부동산업자라는 직업도 꽤 좋아하는 편이었는데, 은행가와 함께 사람들에게 가장 미움받는 직업이라 동지애를 느끼기 때문이었다. 모니카는 특정 직업 종사자를 전부 거부할 만큼 편협하지는 않을 것 같았고, 또 부동산업자면 아마 집도 있고 생활이 여유 있을 듯싶었다. 집이 배터시라는 점도 마음에 들었다. 풀럼에서 강만 건너면 배터시니까.

"아내분은 왜 같이 안 왔어요?" 해저드는 별 뜻 없는 듯 가볍게 물었다.

"이혼했어요." 로더릭이 입에서 생선 가시 하나를 빼내면서 대답했다. 치아가 잘 관리된 게 보였다. 로더릭은 가시를 접시 한옆에 올려놓았다. "그래도 사이좋게 지내요. 좋은 여자예요. 어린 시절 첫사랑이죠. 그냥 어쩌다보니 마음이 멀어졌어요. 어떤 건지 아시죠." 해저드는 이해한다는 듯 고개를 끄덕였다. 사실 누구와도 몇 달 넘게 사귀어본 적이 없어서 그게 어떤 건지 잘은 몰랐지만.

"그래서 결혼에 부정적이 되신 건 아니고요? 다시 결혼할 생각 있으세요?"

"아이코, 그럼요. 당연하죠. 아주 좋은 제도라고 생각해요." 로더릭은 대프니를 돌아보며 얼굴에 미소를 지었다. 대프니의 손이 리타의 무릎 위에 올라가 있다는 사실은 알아차리지 못한 듯했다. "우리 부모님도 아주 사이가 좋으셨죠. 사십 년 동안 결혼생활을 하셨으니까요. 어머니가 너무 외롭지 않으실까 걱정이에요." 로더릭은 잠시 생각에 잠긴 듯하더니 곧 활기를 되찾고 이렇게 말했다. "솔직히 말해서 혼자 사는 게 좀 힘들어요. 절 좀 챙겨줄 사람이 필요해요. 밥도 해주고. 하하! 날 받아줄 만큼 맹한 여자를 찾아야 하는데!"

해저드는 노트에서 읽은 모니카의 말을 떠올렸다. 너무 까다로운 기준을 내세우지 않으려고 애써요. 디킨스를 읽어본 적이 없다고 해도, 손톱 밑이 더러워도, 입에 음식을 물고 말을 해도 그냥 모른 척하려고요.

"혹시 읽을 책 좀 가져왔어요? 책이 다 떨어져서요. 디킨스 같은 거 있으면 읽고 싶은데." 해저드는 테이블 아래에서 손가락을 꼬아 행운을 빌면서 물었다.

"킨들밖에 안 가져왔어요. 디킨스는 학교 다닐 때 말고는 읽은 적이 없네요."

이 정도면 됐다. 해저드는 속으로 웃음을 지었다. 몇 주 동안 적당한 나이대의 독신 남자는 다 들쑤셔보았지만 쓸 만한 사람은 하나도 없었는데 이제야 적임자를 찾았다 싶었다.

로미오로 점찍은 남자와 잡담을 계속 주고받다가 해저드는 어쩐지 허전한 기분을 느꼈다. 무언가를 잃어버린 듯한 느낌이 들었다. 제대로 대화도 나눠본 적 없는 여자에게 짝을 찾아준다니 우스꽝스러운 일이 아니라고는 할 수 없겠지만 덕분에 그동안은 자기 문제를 머릿속에서 지울 수 있었다. 이제는 어떻게 할 것인가?

모니카와 로더릭. 로더릭과 모니카. 해저드는 모니카가 다시 자기를 쳐다보는 장면을 상상해보았다. 지난번에는 혐오감 가득한 얼굴이었지만, 이번에는 깊은 고마움을 담은 얼굴이었다. 자, 그렇다면 이곳 지구 반대편에서, 운명이 갈라놓은 두 연인이 서로를 만날 수 있게 해주려면 어떻게 해야 할까? 그때 노트가 생각났다. 그 노트를 로더릭의 짐 속에 집어넣을 방법을 찾아내기만 하면 됐다. 그 노트가 로더릭을 모니카에게 데려다줄 것이다.

노트를 가져오려고 오두막으로 가려는 참에 문득, 가장 중요한 최종 시험이 남아 있다는 게 떠올랐다.

"아내하고 사이에 아이도 있어요?" 해저드는 로더릭에게 물었다.

"네. 세실리아라고 딸이에요." 로더릭이 얼빠진 웃음을 지으며 지갑에서 사진을 찾아 보여줬다. 딸이 어떻게 생겼는지 해저드가 궁금해하리라고 생각하는지. 해저드에게 중요한 것은 오직 다음 질문의 답뿐이었다.

"언젠가 더 낳을 생각 있어요? 적당한 여자를 만나면?"

"그럴 가능성은 없어요. 이미 수술했어요. 와이프가 하라고 했죠. 다시는 그 고생 하고 싶지 않다면서. 입덧이니 기저귀 갈고 밤에 잠 못 자고 그런 거 알잖아요." 해저드는 몰랐다. 알고 싶지도 않았다. 적어도 지금은. "그것도 말다툼의 원인이 됐죠. 그러면서 조금씩 금이 갔달까. 어쨌든 전 아내가 원하는 대로 해야 된다고 생각했어요. 게다가 수술 안 하면 잠자리도 안 하겠다고 해서요. 하하!"

"하하." 해저드도 웃었지만 속으로는 신음소리를 냈다. 그 수술 때문에 로더릭의 정자 수와 함께 해저드의 잘 짜인 계획도 바닥으로 떨어졌기 때문이었다. 모니카에게는 아기가 무엇보다도 중요한 부분이었다. 로더릭도 명단에서 지우고 처음부터 다시 시작해야 했다.

그뒤 몇 주 동안 해저드는 중매 게임을 포기해야 하나 하는 생각을 수차례 했다. 이 작은 섬, 작은 바닷가에 완벽한 남자가 나타나리라는 기대 자체가 말이 안 되는 것이었다. 그렇지만 늘 그러듯이 이제 그만두어야겠다고 결심한 순간에, 우주가 우연을 가지고 장난을 치기라도 하듯 완벽한 해결책이 해저드의 눈앞에 떡하니 나타났다.

13
줄리언

오 주 전에 모니카스 카페에 노트를 두고 나올 때에만 해도, 줄리언은 자기 삶이 이렇게 많이 달라지리라고는 상상도 못했다. 처음에 무슨 일이 일어나리라고 상상하면서 그 노트에 글을 썼는지는 기억나지 않지만, 할일이 생기고 사람들을 만나게 되고 그 사람들과 친구가 되리라는 건 꿈도 꾸지 못한 일이었다.

지난 금요일에도 평소처럼 베일리스 병을 들고 제독 무덤으로 갔는데, 목적지에 가까워졌을 즈음 줄리언은 환영이 보이는 줄 알았다. 머릿속에서 과거와 현실이 뒤섞이는 일이 드물지 않아서, 무덤에서 옛날 친구들이 와인병과 잔을 들고 자기를 기다리는 모습을 보고 크게 놀라지는 않았다. 그런데 이번에는 기억의 잔상을 본 게 아니었다. 진짜 사람이, 벤지와 배즈가 거기에 있었다(참 좋은 녀석들이다). 모니카가 거기 가면 줄리언이 있을 거라고 말해준 모양이었다.

줄리언은 발걸음에 힘이 들어가는 걸 느꼈다. 얼마 전까지만 해도 발을 질질 끌다시피 걸었는데. 이렇게 큰 변화를 일으킨 그 노트는 지금 어디에 가 있을까? '진실 프로젝트'는 이미 좌초되어버린 걸까, 아니면 세상 밖 어딘가로 가서 또다른 마법을 일으키고 있을까?

오늘이 미술 수업 세번째 날이었다. 수업을 들으러 오는 사람이 열다섯으로 늘었는데 입소문이 퍼지기도 했고 모니카가 래리 그림 중에서 가장 잘된 것 몇 장을 카페 메모판에 붙여놓은 덕이기도 했다. 수업 후에 이어지는 간단하지만 왁자지껄한 저녁식사(모자에 10파운드씩 넣는 전통이 유지되고 있었다)도 미술 수업 못지않게 인기가 좋았다. 오늘 저녁 수업에서는 줄리언이 집에서 가져온 벨벳 슬리퍼, 가죽 장정 책, 오래된 파이프를 테이블 위에 천을 깔고 올려놓고 정물화를 그렸다. 연필과 목탄으로 일단 명암은 익혔기 때문에 오늘은 색조를 쓰는 법을 알려주려고 파스텔을 가져와서 몇 가지 간단한 기법을 선보였다.

줄리언이 드가가 그린 파스텔화 몇 장을 참고하라고 돌리고 있는데 카페 문 쪽에서 무슨 소리가 들렸다. 돌아보니 누군가가 잠긴 카페 문을 열고 들어오려고 하고 있었다. 모니카가 일어서서 문으로 갔다.

"죄송한데 카페는 문 닫았어요. 지금 미술 수업중인데, 원하시면 같이 하셔도 돼요. 15파운드하고 투지가 있으시다면요."

모니카가 남자를 안으로 데리고 들어오는 걸 보고 줄리언은 왜 모니카가 그를 돌려보내지 않았는지 알 것 같았다. 어딜 가든 문전박대는 당하지 않을 사람이었다. 얼굴의 균형과 골격 구조를 날카롭게 뜯어보는 줄리언의 눈으로 보기에도 상당히 잘생겼다는 걸 인정하지 않을 수 없었다. 피부가 어두운 편이고 눈 색깔도 진했는데 특이하게도 덥수룩한 머리카락은 금발이었다. 그것만으로도 홀릴 만한데, 게다가 "여어 안녕하세요? 라일리라고 합니다"라며 해변 풍경이 떠오르는 오스트레일리아 억양으로 사람들에게 인사를 했다.

모니카가 종이 한 장을 가져와서 자기하고 같은 테이블 위에 놓고 의자도 하나 가져왔다. 그러고는 테이블 위에서 자기 물건을 한쪽으로 치우고 라일리 자리를 만들었다.

"그냥 자신 있게 하면 돼요." 모니카가 설명하는 게 들렸다. "여기 줄리언 빼고 우리 다 아마추어니까 걱정 안 해도 돼요. 전 모니카예요." 다른 사람들도 돌아가면서 인사를 했고 줄리언은 마지막으로 무대 인사를 하듯이 고개를 숙이며 오늘 아침에 크림색 리넨 슈트와 맞춰서 고른 파나마모자를 멋들어지게 머리 위에 얹었다. 그 바람에 모자에 들어 있던 전화기 세 개가 우수수 떨어졌다. 줄리언이 팔로 전화기를 쓸어 담으며 순식간에 플랜테이션 농장주에서 소매치기로 변신했다.

줄리언은 새로 사람이 들어올 때마다 그룹 전체의 분위기와 역학이 바뀌는 걸 느꼈다. 팔레트에 새로 물감을 짜서 섞는 것하고 비슷했다. 라일리는 노란색을 더했다. 프림로즈의 연노랑이나 진한 카드뮴옐로 혹은 황토색이 아니라 햇살처럼 밝고 뜨거운 노란색이었다. 다들 조금 더 활기차고 따뜻해진 느낌이었다. 소피와 캐럴라인은 늘 나란히 앉아서 애들 이야기를 속닥거리는 중년 엄마들인데, 해를 좇는 수선화처럼 라일리에게 얼굴을 돌렸다. 배즈는 완전히 넋이 나간 얼굴이었고, 그걸 보고 벤지는 부루퉁해졌다. 라일리는 연못에 던져진 조약돌이 잔물결을 보지 못하는 것처럼 자기가 어떤 효과를 일으켰는지 전혀 모르는 것 같았다. 앞에 놓인 도화지를 노려보며 집중하듯 얼굴을 찡그렸다.

소피가 라일리 쪽으로 눈짓을 하며 캐럴라인의 귀에 뭐라고 속삭이자 캐럴라인이 웃음을 터뜨렸다.

"그만해! 나 웃기지 좀 마. 애를 셋 낳았더니 골반바닥이 느슨해졌다고."

"골반바닥이 뭔지는 모르겠지만 다음에는 수업에 방해 안 되게 집에 두고 오세요." 줄리언이 말했다. 줄리언은 따끔하게 한마디했다고 생각했는데 소피와 캐럴라인이 더 큰 소리로 웃음을 터뜨리자 약간 골이 났다.

줄리언은 평소처럼 돌아다니면서 한마디씩 칭찬을 해주고 색을 더하고 비율이나 원근감을 살짝 고쳐주었다. 모니카 옆에 서자 절로 웃음이 나왔다. 모니카는 늘 가장 열심히 하는 학생 중 하나였다. 귀기울여 듣고 배운 대로 잘하려고 애를 썼다. 그런데 오늘은 처음으로 머리만으로 그리는 게 아니라 마음으로 그리는 것 같았다. 선에서 여유가 느껴졌고 더 직관적이었다. 모니카가 라일리와 농담을 주고받으면서 웃는 걸 보니 뭐가 달라졌는지 알 것 같았다. 기를 쓰고 열심히 하기를 그만둔 것이었다.

로맨스가 시작되려는 것일까, 줄리언은 잠깐 생각했다. 위대한 사랑의 시작일 수도 있고, 아니면 잠깐 스쳐가는 연애일 수도 있다. 아니, 그럴 리가 없다. 화가로 사는 것의 이점 중 하나가 사람들을 관찰하면서 많은 시간을 보낸다는 것이었다. 얼굴의 음영과 윤곽만 보는 게 아니라 그 안의 영혼도 들여다보려 하고 그러다보니 남다른 통찰이 생기게 됐다. 특히 줄리언의 나이쯤 되니 사람들의 속마음이 보였고 어떻게 행동할지 대략 예측할 수도 있었다. 줄리언이 보기에 모니카는 독립적이고 목표가 확실한 사람이라 잘생긴 얼굴에 혹할 것 같지는 않았다. 결혼하고 애 낳고 하는 것보다는 훨씬 큰 야심이 있을 사람이었다. 그게 줄리언이 모니카를 높이 평가하는 이유 중 하나였다. 전성기 때의 줄리언이라도 모니카는 감히 넘보지 못했을 것이다. 모니카 같은 여자를 보면 줄리언은 무서웠다. 라일리는 시간 낭비만 하게 될 거라고 줄리언은 생각했다.

14
모니카

문이 덜컹거리는 소리에 모니카는 짜증이 났다. 슬리퍼 그림에 딱 맞는 버건디색을 찾으려고 한창 집중하던 터였다. 불청객을 쫓아내려고 갔는데 문을 열자 환하게 웃는 얼굴이 너무 매력적인 남자가 서 있었다. 모니카는 자기도 모르게 남자를 데리고 들어와 사람들 사이에 자리를 만들어주었다. 자기 자리 옆에.

모니카는 처음 만난 사람하고 스스럼없이 어울리는 성격은 아니었다. 좋은 인상을 주려고 너무 애쓰다보니 자연스럽게 굴기가 힘들었다. 처음 취직하려고 면접을 보기 전에 들었던, 사람 인상의 90퍼센트는 첫 이 분 동안에 결정된다는 말이 아직까지도 머리에 남아 부담을 줬다. 하지만 라일리는 어쩐지 처음 만난 사람 같지가 않았다. 라일리는 요리의 마지막 재료처럼 무리에 자연스럽게 어우러졌다. 어디를 가든 저렇게 잘 섞여드는 사람인 걸까? 정말 대단한 능력이었다. 모니카는 어디에 끼어들려면 완력을 써서 밀고 들어가거나 아니면 바깥에서 목을 쭉 뽑고 안쪽을 기웃거려야 하곤 했는데.

"런던에 온 지는 얼마나 됐어요?" 모니카는 라일리에게 물었다.

"그저께 공항에 내렸어요. 열흘 전에 오스트레일리아 퍼스에서 출발해서 두어 군데 들러서 여기로 왔죠. 얼스코트에 있는 친구의 친구 집에서 지내요."

라일리의 태도는 뻣뻣한 런던 사람들하고 달리 느긋하고 여유로웠다. 라일리는 신발을 벗고 햇볕에 탄 맨발을 까닥거렸다. 모니카는 발가락 사이에 아직도 모래알이 붙어 있을 것 같다는 생각을 했다. 연필을 떨어뜨리고 줍는 척하면서 테이블 아래로 들어가서 보고 싶은 생각이 굴뚝같았지만 참았다. 안 돼, 모니카. 모니카는 어머니가 잘하던 말을 떠올리며 스스로를 다잡았다. 여자한테 남자란 물고기한테 자전거만큼 쓸모없는 존재야. 하지만 엄마 말은 앞뒤가 안 맞을 때도 있었다. 너무 미루지 말고 가정을 꾸려 모니카, 라는 말이나 가족만큼 큰 행복을 안겨주는 건 없어, 라고도 했으니 모순이 아닌가? 사실 에멀라인 팽크허스트도 결혼을 했고 아이를 다섯이나 낳았다. 어떻게 사는 게 잘사는 건지 아직도 알 수가 없었다.

"전에도 런던에 온 적 있어요?" 모니카가 물었다.

"아뇨. 사실 유럽은 처음이에요." 라일리가 대답했다.

"내일 버러마켓에 장 보러 가는데 같이 갈래요? 런던에서 제가 제일 좋아하는 곳 중 하나예요." 모니카는 불쑥 이렇게 말해놓고는 대체 이런 말이 갑자기 왜 튀어나왔을까 생각했다.

"그거 좋네요." 라일리는 정말 진심인 것처럼 보이는 미소를 지으며 대답했다. "언제 가는데요? 사실 전 아무 계획이 없어요." 어떻게 아무 계획이 없는 사람이 있을 수 있지? 라일리는 심지어 버러마켓이 뭔지도, 어디에 있는지도 묻지 않았다. 모니카라면 절대 사전조사 없이 그런 제안에 덥석 동의하지 않았을 것이다. 그래도 모니카는 라일리가 가겠다고 해서 기뻤다.

"그러면 열시쯤 여기에서 만날까요? 아침 손님 한바탕 지나가고 난 다음에."

모니카는 평소 일할 때 입는 빳빳한 흰 셔츠와 검은색 바지에다가 밝은 빨간색 스웨터, 굽 낮은 부츠, 커다란 후프 귀걸이를 추가하고 빨간색 립스틱도 발랐다. 모니카는 장 보러 나가는 거지 데이트가 아니라는 걸 스스로에게 계속 상기시켰다. 라일리는 런던 구경을 하고 싶고, 모니카는 짐을 들어줄 사람이 필요하니까. 만약 정말 이게 데이트였다면 며칠 동안 무슨 옷을 입을까 고민하고, 대화를 하다가 말이 끊겼을 때 가볍게 꺼내기 좋은 재치 있는 이야깃거리를 준비하고, 계획이 갑자기 바뀌었을 때 갈 만한 장소도 미리 알아봤을 것이다. 마음 가는 대로 하고도 결과가 좋으려면 준비가 핵심이었다. 지금까지 그렇게 해서 잘되었다는 말은 아니지만. 벌을 사랑하는 비건 덩컨이 생각났다. 모니카는 욱신거렸던 치아가 계속 아픈지 확인하려고 찔러보듯이 덩컨의 일을 다시 떠올려보았다. 무지근한 통증밖에는 없었다. 잘했어, 모니카.

라일리는 늦게 왔다. 모니카가 열시쯤이라고 말하긴 했지만(모니카는 가볍고 여유 있는 것처럼 보이려고 그렇게 말했다) 당연히 열시에 오기를 기대하고 한 말이었다. 열시 삼십이분이 아니라. 하지만 라일리에게 화를 내는 건 강아지를 발로 차는 것하고 비슷한 일이었다. 모든 일에 즐거워하며 열정적으로 덤비는 태도가 모니카하고는 너무나 달라서 신기했다. 장단을 맞추자니 조금 피곤하긴 했지만. 끝내주게 잘생기기도 했지, 라는 생각도 들었지만 너무 경박한 것 같아 모니카는 스스로를 나무랐다. 어떤 상황에서든 성적 대상화는 옳지 않아.

"우리집 형제자매들도 여기 오면 좋아하겠어요." 시장에서 돌아다니던 중에 라일리가 말했다. 버러마켓은 복잡 다양한 런던을 구성하는 여러 문화와 유행이 서로 겨루듯 감각을 자극하고 손님을 끌어들이는 곳이었다.

"나도 형제자매가 있으면 좋겠어요. 전 늦게 얻은 외동딸이거든요." 모니카가 말했다.

"어릴 때 상상의 친구를 만들어내고 그러진 않았어요?" 라일리가 물었다.

"아뇨, 안 그랬어요. 내가 너무 상상력이 없어서 그랬을까요? 하지만 인형들한테는 다 이름을 붙여주고 매일 밤 전부 한 번씩 이름을 불러줬어요." 맙소사, 왜 물어보지도 않은 이야기까지 다 하고 있지? 확실히 쓸데없는 이야기를 너무 많이 하고 있어.

"난 어릴 때는 종일 형들하고 트리그비치에서 서핑하면서 놀았어요. 너무 어려서 내 힘으로 보드를 들 수 없을 때부터 형들이 데리고 다녔죠." 두 사람은 돼지고기를 넣은 롤빵을 파는 가판대 앞에 줄을 섰다. 라일리가 이어서 말했다. "난 길거리음식이 좋아요. 손으로 먹는 것도 좋고요. 아니 대체 누가 포크 나이프를 발명했대요? 재미를 다 망쳤잖아요!"

"솔직히 말하면 길거리음식은 좀 불안해요. 정기적으로 식품 안전 검사도 안 받을 테고, 식품 위생 인증서가 걸려 있는 곳도 없잖아요."

"아무 문제 없을 거예요." 라일리가 단호하게 말했다. 모니카는 라일리의 낙관주의가 귀엽게 느껴졌지만 뭐든 너무 쉽게 믿어버려서 위험할 것 같다는 생각도 들었다.

"그럴까요? 저 아주머니 봐요. 장갑도 안 꼈고 저 손으로 요리도 하고 돈도 받고 다 하잖아요. 돈이 세균의 온상인데." 모니카는 자기가 너무 까탈스럽게 보일 것 같다는 생각을 했다. 라일리는 식품 안전에는 모니카만큼 관심이 없을 것이었다. 게다가 모니카는 온상*이라는 말을 해놓고 자기도 모르게 얼굴이 달아오르는 걸 느꼈다. 정신 챙겨, 모니카!

하지만 어느덧 모니카는 잘 모르는 멋진 남자와 같이 길거리에서 손으로 음식을 무척 즐겁게 먹고 있었다. 평소의 조심스러움을 버리니까 꽤 기분이 좋았다. 문득 세상이 더 넓고 더 많은 가능성이 있는 곳처럼 느껴졌다. 두 사람은 추로스를 파는 노점으로 가서 설탕과 초콜릿이 묻은 따뜻한 추로스를 사 먹었다.

라일리가 손가락으로 모니카의 입가를 살짝 닦아주며 말했다. "초콜릿이 묻었어요." 모니카는 설탕보다 더 강력하게 갈망을 불러일으키는 무언가를 느꼈다. 얼른 머리를 굴려 느닷없이 떠오른 아찔하게 에로틱한 상상이 현실이 될 수 없는 이유들을 줄줄이 읊었다. 라일리는 여행중이야. 깊이 얽혀서 좋을 게 없었다. 라일리는

---

* hot bed. 글자 그대로 해석하면 성적인 함의가 있다.

서른 살밖에 안 됐어. 모니카보다 일곱 살이나 어린데다 네버랜드에 사는 길 잃은 아이들처럼 제 나이보다도 더 어려 보였다. 무엇보다 나한테 관심이 있을 리가 없어. 모니카는 매력 정도에 따라 여자들을 죽 늘어놓았을 때 자기가 대략 어디쯤에 위치하는지 알았다. 이국적인 외모의(아버지는 오스트레일리아인이고 어머니는 발리 사람이라고 했다) 라일리하고는 급이 달랐다.

"이제 돌아가야겠네요." 모니카는 마치 어떤 마법을 깨뜨리기라도 하는 것처럼 말했다.

"부모님도 미식가세요? 부모님한테 배운 건가요?" 두 사람은 녹색부터 검은색까지 온갖 색깔의 올리브가 담긴 바구니 옆을 지나 걸었다.

"어머니는 돌아가셨어요." 모니카는 말했다. 왜 이런 얘기를 했을까? 대화의 맥을 탁 끊어놓는 이야기라는 걸 알면서도. 모니카는 라일리가 대화의 진공을 메우려고 애쓰지 않도록, 얼른 말을 줄줄 늘어놓았다. "우리집에는 인스턴트 매시트포테이토, 핀더스 팬케이크 같은 간편식이 가득했어요. 특별한 날에는 막스앤드스펜서 치킨키예프를 먹었고요. 엄마는 열혈 페미니스트였거든요. 자기 손으로 요리를 다 한다는 건 가부장제에 굴복하는 일이라고 생각했어요. 학교에서 여자아이들은 가정 수업, 남자아이들은 목공 수업을 받는다고 하자 엄마가 들고일어나서 내가 원하는 걸 선택할 수 있게 해주지 않으면 학교 교문에 자기 몸을 수갑으로 묶겠다고 했다니까요. 나는 찌그러진 새집 만드느라 낑낑대는데 다른 친구들은 예쁘게 장식한 컵케이크를 들고 집에 가는 걸 보면서 어찌나 부럽던지요."

모니카는 엄마에게 소리질렀던 일이 아직도 생생히 기억났다. 엄마는 에멀라인 팽크허스트가 아니잖아! 그냥 우리 엄마잖아!

엄마는 얼음장처럼 준엄한 목소리로 이렇게 대답했다. 우리는 모두 에멀라인 팽크허스트야, 모니카. 아니라면 이게 다 무슨 의미가 있니?

"엄마가 지금 당신을 보면 정말 자랑스러워하실 거예요. 자기 사업을 꾸려가고 있으니까요." 라일리가 말했다.

너무나 상황에 딱 맞는 말이라 모니카는 울컥하는 것을 느꼈다. 아 안 돼, 울면 안 돼. 모니카는 다시 마돈나에게 빙의했다. 마돈나라면 절대, 절대로 사람들 앞에서 울음을 터뜨리지 않을 것이다.

"네, 그러실 거예요. 사실 그래서 카페를 하게 된 것이기도 해요." 모니카는 목소리가 떨리지 않게 누르면서 말했다. "어머니가 좋아하실 거라는 걸 알았으니까요."

"어머니 일은 안타깝네요." 라일리가 모니카의 어깨에 팔을 올리며 말했다. 장 본 물건들을 잔뜩 들고 있어서 자세가 좀 어색했다.

"고마워요." 모니카가 대답했다. "오래전 일이긴 해요. 어째서 엄마가 그렇게 되어야 했는지는 아직도 모르겠지만. 정말 씩씩하고 에너지 넘치는 선동가셨는데. 암은 쉬운 먹잇감을 골라 덮칠 거라고 생각했거든요. 엄마는 사람들이 암하고 '싸워야 한다'라거나 '이겨내야 한다'라고 하면 싫어하셨어요. 보이지도 않는 것하고 어떻게 싸워? 공정한 게임이 아니야, 라고 하셨죠."

두 사람은 약간 불편한 침묵 속에서 발을 맞추어 걸었다. 모니카는 시장의 가격 구조에 대한 이야기로 대화를 이끌어갔고 그러다 보니 조금 편해졌다.

"난 이 날씨에서 얼마나 오래 버틸 수 있을지 모르겠어요. 11월에 영국에 오다니 아무 생각이 없었네요. 이렇게 추운 나라에는 처음 와봐요." 런던브리지를 건너 강 북쪽으로 돌아가는 길에 라일리가 말했다. "배낭에 자리가 없어서 두꺼운 옷을 못 챙겨왔어요. 얼어죽을 것 같아서 이 코트를 샀죠." 오스트레일리아 억양 때문에 모든 문장이 질문처럼 들렸다. 바람이 세차게 불어와 모니카의 긴 갈색머리가 얼굴을 때렸다.

모니카는 다리 한가운데에서 잠시 걸음을 멈추고 템스강 가에 늘어선 명소들을 가리켰다. 세인트폴성당, HMS벨파스트호, 런던탑. 모니카가 말을 하는 도중에 이상한 일이 일어났다. 라일리가, 상자와 봉지를 양손에 든 채로 몸을 기울여 모니카에게 키스했다. 그냥. 모니카가 말을 하는 도중에.

이러면 안 되는 거 아닌가? 요즘 시대에는 있을 수가 없는 일이었다. 먼저 허락을 구해야 했다. 아니면 적어도 상대가 동의한다는 신호를 보여주기를 기다리거나. 모니카는 런던탑 까마귀들이 다 날아가면 왕가와 나라가 무너진다는 속설이 있다, 라고 말하고 있었는데, 그 말이 상대를 유혹하는 말로 들릴 리는 없었다. 모니카는 화를 내야 한다는 걸 알았다. 그런데, 그러기는커녕 같이 키스를 하고 있었다.

약한 자여, 그대 이름은 여자로구나! 모니카는 생각했고 곧, 망했다! 하는 생각이 뒤따랐다. 모니카는 머릿속에서 이러지 말아야 할 이유들을 다급하게 떠올려 얼른 목록을 만들기 시작했다. 그런데 그때 라일리가 다시 키스했고 모니카는 그 목록을 갈기갈기 찢어서 다리 너머로 던져 눈송이처럼 강물 위로 날려버렸다.

라일리와 이성적이고 오래가는 관계를 유지할 수 있을 리 없었다. 일단 두 사람이 너무 다르고, 나이 차이도 있고, 라일리는 곧 떠날 사람이고 또 디킨스도 읽은 적 없을 것 같았다. 하지만 짧은 연애는 아예 시작도 하면 안 되나? 어떻게 되는지 일단 두고 보는 거다. 순간에 몸을 맡기고. 화려한 옷을 한번 입어보는 것처럼 한 번쯤 즉흥적인 사람이 되어볼 수도 있지 않나?

15
라일리

런던 히스로공항을 향해 가는 비행기를 타고 몇 시간이 지났을 때였다. 라일리는 앞에 붙은 모니터에서 북반구를 가로질러 날아가는 조그만 비행기 영상을 신기해하면서 보고 있었다. 지난주에 라일리는 태어나서 처음으로 적도를 넘어 북반구에 왔다. 북반구는 배수구 물이 반대 방향으로 소용돌이를 일으키며 내려간다던데 정말일까? 오스트레일리아에서 물이 어느 방향으로 돌며 내려가는지 본 적이 없으니 그 말이 맞는지 확인할 길은 없을 것이다. 그런 걸 뭐하러 자세히 보겠나.

라일리는 읽다 만 스릴러 소설책을 꺼내려고 발 옆에 내려놓은 배낭에 손을 뻗었다. 그런데 연녹색 노트가 손에 잡혔다. 오스트레일리아에서 조경 일을 할 때 고객의 요구사항을 적어놓던 노트하고 비슷하게 보이긴 했지만 라일리 것은 아니었다. 잠시 가방이 바뀌었나 하는 생각도 들었으나 여권, 지갑, 여행안내서, 친절한 바버라가 싸준 치킨샌드위치 등 나머지 물건은 다 자기 것이 맞았다. 라일리는 옆자리에 앉은 중년 여자를 돌아보며 물었다.

"이 노트 혹시 선생님 거예요?" 여자가 라일리의 가방을 자기 것으로 착각하고 노트를 넣어두었을지도 모르겠다 싶어 물었지만 여자는 고개를 저었다.

라일리는 노트를 뒤집어 표지를 봤다. 위에 '진실 프로젝트'라고 적혀 있었다. 진실authenticity이라. 대단한 단어였다. 뭔가 굉장히 영국적인 느낌이 드는 말이기도 했다. 라일리는 그 단어를 발음해보았다. 혀가 꼬이고 발음 장애가 있는 사람 같은 소리가 났다. 라일리는 첫 장을 펼쳤다. 앞으로 비행이 여덟 시간 남았으니 자기 짐에 무임승차한 노트에 뭐라고 적혀 있는지 한번 읽어볼 생각이었다.

라일리는 줄리언의 이야기와 모니카의 이야기를 읽었다. 줄리언은 영국 사람은 이럴 거라고 라일리가 상상한 캐릭터에 딱 들어맞는 인물이었다. 모니카는 좀 여유를 가질 필요가 있을 것 같았다. 오스트레일리아에 와서 살아보면 좋을 텐데! 훨씬 느긋해질 거고 오스트레일리아 남자와 결혼해서 아이를 잔뜩 낳고는 키우기 힘들어 죽겠다고 하겠지. 라일리는 오스트레일리아를 떠나올 때 고객이 선물로 준 『런던 A-Z』에서 풀럼을 찾아보았다. 라일리가 묵을 집이 있는 얼스코트에서 가까웠다. 신기한 우연이었다. 아직 만나본 적 없는 사람들의 마음속 깊은 곳 비밀을 알게 되었다고 생각하니 기분이 묘했다.

라일리는 페이지를 더 넘겼다. 모니카의 깔끔하고 둥근 글씨체가 마구 휘갈겨쓴 글씨체로 바뀌었다. 벌레가 잉크병 속에 들어갔다가 지나간 것 같은 글씨였다.

내 이름은 티머시 해저드 포드입니다. 해저드 같은 가운데이름이 있으면 티머시라고 불릴 일은 없는 법이라, 그래서 지금까지 주로 해저드 포드로 통했습니다. 해저드라니 도로 표지판 같다는 농담 많이 들었습니다. 해저드는 외할아버지 성인데 그걸 이름으로 넣은 게 우리 부모님이 지금껏 한 일 중에서 가장 파격적인 일이 아니었을까 싶습니다. 부모님은 '다른 사람들이 뭐라고 할까?' 하는 생각에 따라 산다고 해도 과언이 아닌 분들이니까요.

해저드. 라일리는 이 글을 쓴 사람이 누군지 정확히 알았다. 태국에서 마지막으로 들른 여행지에서 만난 전직 은행원. 라일리의 삶과 계획에 지대한 관심을 보였던 남자다. 그런데 어쩌다 해저드의 노트가 이 가방에 들어온 걸까? 이걸 어떻게 돌려주지?

지금쯤 줄리언과 모니카의 이야기를 읽었을 겁니다. 줄리언은 만나본 적이 없어 덧붙일 말이 없지만 모니카에 대해서는 조금 더 알려줄 수 있어요. 우리집이 모니카스 카페에서 몇 분 거리라(카페 주소는 풀럼 로드 783, 노매드서점 옆이에요. 이 정보가 필요할 테니 미리 말해둡니다!) 모니카 이야기를 읽고 나서 카페에 들러보았습니다.

이 정보가 필요할 거라고? 라일리는 해저드가 누구를 상대로 말하고 있는지 궁금했다. 읽다보면 알게 되겠지.

사실 노트를 돌려주려고 갔는데, 그냥 도로 들고나와 태국의 파남이라는 작은 섬까지 가져왔어요.

어릴 때 나는 남학교를 다녔는데 대학 입시 준비 과정에는 여학생도 들어왔어요. 친구들하고 같이 학생식당에 앉아서 새로운 여학생이 들어오면 10점 만점으로 점수를 매기는 점수표를 한 장씩 들었어요. 지금 생각하면 너무 부끄럽지만 진짜 그러고 놀았어요. 어쨌거나 만약 모니카가 그때 식당에 들어왔다면 난 8점을 줬을 거예요. 아니지, 그때는 호르몬이 솟구치고 욕구가 왕성했을 때라 9점은 줬을 것 같네요.

모니카는 건강해 보이고, 날씬하고, 이목구비가 오목조목하고, 오뚝한 코에 머리카락은 공연장 조랑말 같은 단정한 외모입니다. 그런데 엄청 치밀한 면이 있어서 어쩐지 좋아하기 힘들고 무섭기까지 해요. 같이 있으면 내가 뭔가 잘못하고 있다는 느낌을 주는 (솔직히 말해 잘못하는 게 사실이지만) 스타일이에요. 찬장에 통조림이 모두 앞쪽을 향하게 배열하고 책꽂이에 책은 알파벳 순서로 정리할 사람이라고 할까요. 무언가 필사적인 느낌도 주는데 그건 내가 모니카의 글을 읽었기 때문에 상상하는 것일 수도 있어요. 어쨌든 나는 무서워서 도망가고 싶은 기분이 드네요. 또 인도를 가로막고 서는 짜증스러운 습관도 있는데, 이건 다른 이야기고.

요약하자면, 모니카는 내 스타일은 아니에요. 하지만 당신 스타일일 수는 있을 거고 그러길 바라요. 왜냐하면 모니카에게는 정말 좋은 남자가 필요하고, 당신이 나보다는 좋은 남자인 것 같거든요.

미술 선생을 구한다는 광고를 내서 줄리언을 돕겠다던 모니카의 계획에 성과가 있었는지 모르겠네요. 하지만 내가 끼어들지 않았다면 아무것도 안 됐을 거예요. 모니카는 눈에 잘 띄지도 않는 광고지를 달랑 한 장 카페 창문에만 붙여놓았더라고요. 줄리언의 눈에 띌 가능성은 전혀 없었어요. 그래서 내가 손을 좀 썼죠. 광고지를 떼어서 가까운 복사집으로 가서 열 장을 복사해 첼시스튜디오 사방에 붙였어요. 줄리언의 글에 나온 제독 무덤에도 찾아가서 붙였어요. 빌어먹을 묘지 안에서 헤매다가 비행기를 놓칠 뻔했네요. 지금 생각해보면 남을 돕겠다고 그런 장한 일을 했다기보다는 다른 데로 정신을 돌리려고 그랬던 것 같아요. 모니카의 광고 작전에 집중한 덕에 슈퍼마켓으로 달려가 보드카를 쟁이지 않을 수 있었죠. 어쨌든 그 노력이 헛되지 않았기를 바랍니다.

이제 줄리언의 질문에 대답할 때가 된 것 같습니다. 나 자신을 정의하는 단 하나의 진실, 나에 대한 그 외 다른 모든 것들을 일관되게 설명해줄 그 진실은 무엇인가? 오래 고민할 것도 없습니다. **나는 중독자입니다.**

지난 십 년 동안 내가 내린 결정 대부분을—중요한 것이든 사소한 것이든—좌지우지한 것이 중독이었습니다. 누구와 어울릴지, 여가시간을 어떻게 보낼지, 어떤 직업을 택할지까지. 주식 거래는 사실 합법적인 도박이라고 할 수 있죠. 만약 런던에서 나를 봤다면 멀쩡하게 잘사는 사람으로 생각했을 거예요. 아찔한 고소득, 고급 아파트, 멋진 여자들까지 거느리고. 하지만 사실은 날마다 거의 대부분의 시간을 언제 다시 취할지를 계획하면서 보냈어요. 살짝 불안해지거나 스트레스를 받거나 지루해지기만 해도 기분이 다운되어서 휴대용 술병에 든 보드카나 코카인 한 봉지로 달래야 했어요.

이 부분을 읽자 이 글을 쓴 해저드가 태국에서 만난 그 사람일리 없다는 생각마저 들었다. 섬에서 만난 사람은 건강 강박증이 있는 사람 같았다. 술도 안 마시고 파티에 어울리지도 않고 저녁 아홉시가 되면 잠자리에 들고 아침 일찍 일어나서 명상을 했다. 힙스터처럼 턱수염을 기르고 늘 사롱을 입고 돌아다니는 걸로 보아 철저한 비건일 거라고 생각했는데 생선을 먹는 걸 보고 놀라기도 했다. 하지만 해저드라는 이름을 가진 또다른 누군가의 노트가 이 가방에 들어올 가능성이 얼마나 될까? 있을 수가 없는 일이었다.

라일리는 눈살을 찌푸렸다. 어떻게 사람을 이렇게 잘못 볼 수가 있지? 인간이란 이렇게 복잡한 존재인가? 라일리 본인은 전혀 그렇게 복잡한 사람이 아니었다. 이런 식이면 어떤 사람을 안다고 말할 수나 있나? 라일리는 믿기지 않는 심정으로 계속해서 책장을 넘겼다.

취하면 기분이 좋아지는 단계는 이미 오래전에 지나갔어요. 언젠가부터는 좋아지려고 약을 하는 게 아니라 그냥 하루를 버티기 위해서 해야만 하게 됐죠. 삶의 반경이 점점 좁아졌고 지긋지긋한 쳇바퀴에서 벗어날 수가 없었어요.

얼마 전 스무 살 무렵에 찍은 사진을 우연히 보고는 내가 전혀 다른 사람으로 변했다는 생각이 들었어요. 그때는 친절하고 낙관적이고 용감했는데. 여행도 다니고 모험도 즐겼죠. 색소폰 부는 법을 배우고 스페인어도 배우고 살사 춤도 추고 패러글라이딩까지 했어요. 다시 그런 사람이 될 수 있을는지, 아니면 이미 너무 늦었는지 모르겠네요.

바로 어제, 이런 일이 있었어요. 한밤중에 신비한 푸른빛으로 빛나는 남중국해에 감탄하다가, 어쩌면 경이와 기쁨을 다시 찾을 수 있지 않을까 하는 생각이 들었어요. 그럴 수 있기를 바라요. 남은 평생 다시는 짜릿한 흥분감을 느낄 수 없을 거라고 생각하면 견디기가 힘들어요.

자, 그럼 이제 난 어떻게 해야 할까요. 전에 하던 일을 계속 할 수는 없어요. 맨정신으로 전에 어울리던 사람들과 어울리고 주식 거래를 다시 할 수 있을지도 의문이지만 그렇게 하려고 해도 할 수 없게 됐어요. 사장한테 사직서를 내러 갔을 때(당연히 이번이 마지막이다 하고 세게 취한 상태로 갔죠), 지난번 회사 파티 때 사장님 부인과 코카인 1그램을 같이 하고 지금 사장님이 앉아 있는 그 책상에서 섹스를 했다고 말했거든요. 그러고는 인상적인 퇴장이니 뭐니 농담을 했어요. 그러니 좋은 추천서를 받기는 어렵게 됐죠.

이 대목에 이르자 라일리는 눈이 튀어나올 지경이었다. 퍼스에도 이런 사람이 있을까? 아마 없을 것 같았다.

어쨌든 간에 시티에서 일하다보면 영혼이 갉아먹히는 것 같아요. 그저 돈으로 더 많은 돈을 벌 뿐 실제로 **만들어내는** 건 아무것도 없어요. 어떤 흔적도 남길 수 없고 세상에 변화를 가져올 수도 없죠. 다시 그 자리로 돌아갈 수 있다고 하더라도 그러지 않을 겁니다.

자, 그럼 라일리, 당신은 어떻게 할 건가요?

라일리는 노트에 자기 이름이 적힌 걸 보고 헉하고 놀랐다. 옆자리에 앉은 중년 여자가 이상하다는 듯 라일리를 쳐다보았다. 라일리는 변명하듯 미소를 지어 보이고 계속해서 읽었다.

'진실 프로젝트'가 당신 가방에 들어간 것은 우연이 아니에요. 나는 지난 사 주 동안 이 노트를 넘길 적당한 사람을 찾느라 눈에 불을 켜고 있었어요. 당신이 줄리언의 노트를 원래 이 노트가 있던 곳으로 가지고 갈 사람이에요. 당신이 줄리언의 친구가 되기에, 혹은 모니카의 연인이 되기에 적당한 사람이 아닐까 생각했어요. 둘 다가 되면 더 좋겠고. 가서 카페를 찾아보지 않을래요? 누군가의 삶을 바꿔보는 건 어때요? 당신 이야기도 여기에 적지 않겠어요?

언젠가는 나도 이다음에 어떤 일이 일어났는지 알게 되면 좋겠네요. 이 노트를 보내고 나면 많이 허전할 것 같아요. 우주에서 방향을 잃고 부유하고 있을 때 내 몸을 우주정거장에 묶어준 게 이 노트거든요.

여행 잘하기를, 또 행운을 빕니다!

해저드

런던에 도착하고 이틀이 지났는데 아직도 텔레비전 여행 프로그램 속에서 살고 있는 것처럼 비현실적인 기분이었다. 얼스코트에 있는 아파트는 거대한 건설 현장 가운데에 있는 것 같았다. 아파트 주변 사방에 파헤쳐지고 새로 지어지는 공사장이 있었다. 가만히 있다보면 라일리 자신도 해체되고 재건축될 것 같아 불안할 지경이었다.

'진실 프로젝트'가 손에 들어오지 않았더라면 좋았을 거라는 생각도 들었다. 다른 사람의 비밀을 아는 게 라일리에게는 기분좋은 일이 아니었다. 마치 남의 삶을 몰래 엿본 것 같았다. 그렇지만 일단 글을 읽고 나니 줄리언, 모니카, 해저드가 머릿속을 떠나지 않았다. 소설을 절반쯤 읽어서 캐릭터들에게 한창 몰입했는데 책을 기차에 두고 내려서 결말을 모르는 것 같달까.

라일리는 모니카스 카페에 가보고 싶은 충동을 억누르기 힘들었다. 모니카를 슬쩍 훔쳐보고 가능하면 줄리언도 보고, 머릿속을 떠나지 않는 이미지가 실물과 얼마나 잘 들어맞는지 확인하고 싶기도 했다. 그래서 안 될 건 없으니까. 다만 절대로 이 일에 끼어들지 말자고 라일리는 속으로 다짐했다. 그렇지만 발걸음이 카페에 가까워질수록 기대감이 점점 자랐다. 카페 문 앞에 다다랐을 때에는, 구경만 하자던 결심은 어느새 까맣게 잊은데다. 안에 사람들이 모여 있는 걸 보고는 반가워 자기도 모르게 들어가려고 문을 밀었다.

그러다 정신을 차리고 보니 자기가 줄리언이 하는 미술 교실의 일원이 되어 그림을 그리고 있었다. 지금은 모니카와 같이 끝내주는 시장을 구경하며 돌아다니고 있고.

모니카는 오스트레일리아에서 만났던 쾌활하고 태평한 여자들하고는 뭔가 달랐다. 모니카는 한순간 마음을 열고 돌아가신 어머니 이야기를 하는가 싶더니 다음 순간에는 도로 껍데기 안으로 쏙 들어가서 자기가 사는 물건의 이윤 구조에 대해 설명하고 있었다. 그 이야기도 신기하긴 했다. 라일리는 조경업을 하는데 작업비를 정할 때는 비용을 대략 산출해본 다음 거기에다가 고객이 얼마 정도 더 낼 여유가 있을지를 고려해 마진을 더했다. (최근에 남편을 잃은) 미시즈 퍼스 집의 일을 할 때에는 손해를 감수했지만 헤지펀드 투자가에게는 그 두 배를 청구했다. 라일리는 그게 공평한 방식이라고 생각했다.

그렇지만 모니카에게 그런 이야기는 하지 않았다. 모니카의 가격 정책이 아주 과학적이었기 때문이다. 모니카는 비율, 간접비, 대량 구매 할인 등등을 읊으며 계산기 없이 머릿속으로 숫자를 계산해서 주머니에 넣고 다니는 조그만 수첩에 메모를 했다.

모니카에게 다가가는 일은 '무궁화꽃이 피었습니다' 놀이를 하는 것하고 비슷했다. 모니카가 보지 않을 때 몰래 조금씩 다가가다가, 움직이는 걸 들키면 원점으로 돌아가야 했다. 그렇지만 그래서 해저드가 말한 것처럼 좋아하기 힘들다는 기분이 드는 게 아니라 더 알고 싶다는 생각만 들었다.

라일리의 즐거운 기분을 망치는 유일한 것은, 모니카가 세균에 지나치게 연연한다는 사실을 제외하면, 모니카에게 '진실 프로젝트'를 읽었다는 사실을 말하지 않았다는 점이었다. 모니카는 라일리에 대해 잘 모르는데 라일리는 더 많이 알다보니 모니카를 속이는 기분이 들었다. 라일리가 본성이 솔직하고 겉과 속이 똑같은 사람이라 더 그랬다.

처음 만났을 때에는 미술 수업 도중이라 말할 기회가 없었다. 다른 사람들 앞에서 "그런데 당신이 남편과 아이를 간절하게 원한다는 글 읽었어요"라고 말할 수는 없었다. 그런데 미루면 미룰수록 점점 말을 꺼내기가 어려워졌다. 지금은, 이기적인 생각이지만, 그런 말을 해서 즐거운 하루를 망치고 싶지 않다는 생각이 컸다. 마음속 깊이 감춘 비밀을 안다고 말하면 모니카가 엄청 부끄러워하고 당황할 게 뻔했다. 라일리는 수제 치즈, 햄, 초리조와 함께 터지지 않은 폭탄을 들고 다니는 기분이었다. 결국, 모니카에게 아무 말도 하지 말자고 결심했다. 어쩌면 오늘 이후로 다시 모니카를 볼 일이 없을지도 모르는데, 그런 경우라면 굳이 모니카가 알아야 할 이유도 없었다.

다만 그런데, 모니카에게 키스를 하고 말았다.

모니카는 런던의 명물 같은 것에 대해 이야기하고 있었다. 라일리는 사실 귀기울여 듣지 않고 그 대신 모니카의 짙은 색 머리카락, 붉은 입술, 흰 피부, 매운 찬바람에 발갛게 달아오른 두 뺨이 디즈니 만화에 나오는 백설공주처럼 보인다는 생각에 빠져 있었다. 모니카는 너무나 강하고 당당해 보였다. 라일리는 보통은 그런 여자를 만나면 겁나서 움츠러들곤 했다. 하지만 라일리는 모니카의 이야기를 알았다. 단단해 보이는 겉모습 아래에, 자기를 구해줄 사람을 기다리는 여자가 있었다. 순간 라일리는 자기가 동화 속의 잘생긴 왕자가 된 것 같은 생각이 들었고 자기도 모르게 키스를 하고 말았다. 그런데 모니카가 키스를 받았다. 그것도 상당히 열정적으로.

템스강 다리 위에서 그대로 얼굴을 맞대고 영원히 행복하게 있을 수도 있을 것 같았다. 두 사람 사이에, 두 사람을 가로막는 장벽처럼 끼어든 비밀만 없다면. 이제는 대체 어떻게 그 이야기를 꺼낼 것인가?

라일리는 해저드를 저주해야 할지, 그에게 고마워해야 할지 마음을 정할 수가 없었다.

16
줄리언

줄리언은 손님을 초대해 차를 마시기로 했다.

선거운동원이나 여호와의증인 말고 진짜 손님이 집에 온 게 언제 적인지 기억이 안 났다. 줄리언 나름의 '정리 정돈'이라는 것을 시도해보았지만 두어 시간 낑낑댔는데도 수십 년이 넘는 세월 동안 거실에 축적된 물건 무더기는 조금도 줄지 않고 그대로였다.

적어도 사람들이 앉을 자리는 마련해야 했다. 어쩌다가 집안 꼴이 이렇게 되었을까? 늘 집을 깨끗하고 깔끔하게 유지하던 메리가 이 꼴을 보면 뭐라고 할까? 어쩌면 집안을 발 디딜 틈 없이 물건으로 메우면 외로운 기분이 좀 덜 들기 때문이었는지도 모르겠다. 물건 하나하나에 행복한 나날의 기억이 깃들어 있는데다, 결국 물건이 사람보다 더 믿을 만한 존재로 판명되었으니 말이다.

집밖에 있는 쓰레기통 두 개가 쓰레기로 가득찼다. 남은 물건은 계단 아래 벽장을 열고 넣을 수 있는 한 최대로 쑤셔넣었다. 책, 잡지, LP판, 웰링턴부츠 세 켤레, 테니스채, 고장난 램프 두 개, 이십 년 전 잠깐 취미로 양봉을 할 때 마련한 양봉 장비. 최대한 욱여넣고 문을 몸으로 밀어 닫았다. 나중에 제대로 처리할 생각이었다. 이제 그래도 빈 소파와 의자 몇 개가 생겼다.

초인종이 울렸다. 정각에 왔네! 줄리언이 예상하지 못한 일이었다. 줄리언 자신은 모임이 있으면 반드시 삼십 분 늦게 갔다. 사람들이 모여 있을 때 '짠' 하고 나타나는 걸 좋아했다. 요새는 시간을 잘 지키는 게 트렌드인 모양이었다. 새로 익혀야 할 게 많았다.

줄리언은 집에서 나가 풀럼 로드에 있는 정문으로 갔다. 문을 열고 늘 그렇듯 과장된 동작으로 인사를 하며 세 손님을 맞았다. 모니카, 잘생긴 오스트레일리아 청년 라일리, 배즈가 왔다. 벤지는 가게를 보고 있다고 했다.

"어서 와요, 들어오세요!" 세 사람은 돌로 덮인 안뜰을 보고는 입을 떡 벌렸다. 가운데 작은 분수대가 있고 말끔하게 다듬은 잔디와 오래된 과일나무가 있고 작은 집들이 옹기종기 있었다.

"와, 여기 진짜 끝장이네요." 라일리가 말했다.

줄리언은 라일리가 오스트레일리아 억양으로 속어를 쓰는 게 거슬렸지만 아무 말 하지 않기로 했다. 지금은 영어의 아름다움과 유연함에 대해 강의를 할 때가 아니었다.

"『비밀의 화원』 같네요. 울새를 따라갔다 벽 뒤에 숨겨진 신비한 뜰을 발견한 아이가 된 기분이에요." 모니카가 말했다. 줄리언은 훨씬 서정적인 모니카의 반응이 마음에 들었다. "다른 시대, 다른 나라에 온 것 같아요."

"1925년에 지어졌어요." 열광적인 반응에 들떠 줄리언은 말했다. "마리오 마넨티라는 이탈리아 조각가가 만들었죠. 런던에서도 고향에 있는 기분을 느끼려고 피렌체 근처에 있는 자기 집을 본떠서 만들고 마음이 맞는 조각가나 화가들한테만 임대를 했지요. 지금은 전부 살림집으로 개조되었고 남은 화가는 나 하나뿐이라오. 나도 메리가 떠난 뒤에는 그림을 안 그렸지만……" 줄리언은 말을 맺지 못했다. 왜 메리가 떠나기 전에는 메리가 뮤즈라는 사실을 몰랐던 걸까? 뮤즈란 스쳐지나가는 신비로운 존재인 줄만 알았지 언제나 당연히 곁에 있는 사람이라고는 생각하지 못했다. 만약 그걸 알았다면 어쩌면 달랐을 수도 있지 않을까. 줄리언은 정신을 추슬렀다. 지금은 회오에 잠길 때가 아니었다. 할일이 있었다.

줄리언은 손님들을 밝은 파란색 현관문 안으로 데리고 들어왔다.

"바닥 좀 봐요!" 모니카가 마치 천장에서 무지개가 폭발하기라도 한 듯 온통 물감 얼룩으로 뒤덮인 마룻바닥을 가리키며 말했다. 얼룩진 마루 위 군데군데 모로코 스타일 킬림 러그가 깔려 있었다. "마룻바닥도 예술이네요."

"그러고 서 있지만 말고, 앉아요! 앉아!" 줄리언은 막 치운 의자와 소파로 사람들을 몰고 갔다. 고서를 쌓아 만든 기둥 네 개로 받친 베벨드유리판이 커피테이블 대신이었다. 그 앞에, 지역 의회 대기오염 정책을 비웃기라도 하듯 벽난로에서 불이 이글이글 타고 있었다.

"그럼 차를! 잉글리시브렉퍼스트, 얼그레이, 다르질링이 있어요. 페퍼민트도 있을지도 모르겠네요. 메리가 좋아하던 거라." 줄리언이 말했다.

줄리언은 부엌에서 티포트에 티백을 넣었고 모니카는 줄리언이 찾아보라고 한 페퍼민트티를 찾느라 찬장을 뒤졌다. 마침내 '페퍼민트'라는 누렇게 바랜 라벨이 붙은 캔을 찾아냈다. 모니카가 티백을 꺼내려고 뚜껑을 열자 안에서 작게 접은 종이쪽지가 나왔다. 모니카는 쪽지를 펼쳐서 안에 적힌 글귀를 소리 내어 읽었다. "손님들에게 비스킷 내놓는 것 잊지 말아요."

줄리언은 주전자를 내려놓고 두 손으로 얼굴을 감쌌다. "아, 이런. 메리가 남긴 쪽지예요. 집안 곳곳에서 쪽지가 나왔었는데 새 쪽지를 발견한 건 정말 오랜만이네요. 메리는 내가 혼자 어떻게 살아갈지 걱정이 됐던 모양이에요. 자기가 곧 떠나리라는 걸 알고는 여기저기에 나한테 도움이 될 만한 쪽지를 숨겨놨더라고요. 아, 비스킷을 깜박했네요. 하지만 괜찮아요. 크럼핏*이 있으니까!"

"메리가 언제 돌아가셨어요?" 모니카가 물었다.

"3월 4일이면 십오 년이 됩니다." 줄리언이 대답했다.

"그런데 그동안 이 차통을 한 번도 안 열었고요? 그냥 잉글리시 브렉퍼스트 마실게요."

모니카는 레인지 위 찬장에 붙어 있는 연필 스케치 앞에 멈춰 섰다. 커다란 캐서롤 냄비를 저으며 어깨 너머를 돌아보고 웃는 여자를 그린 그림이었다.

"이분이 메리예요?"

"아 맞아요. 내가 가장 좋아하는 기억 중 하나예요. 메리 그림을 사방에 붙여놨어요. 화장실에는 양치를 하는 메리 그림이 있고, 저기에는," 줄리언은 거실 쪽을 가리키며 말했다. "책을 들고 안락의

---

* 구멍이 숭숭 난 팬케이크 비슷한 빵으로 보통 버터와 함께 먹는다.

자에 웅크리고 앉은 모습이 있죠. 나는 사진은 별로 좋아하지 않아요. 영혼이 없어서."

다 같이 난롯가에 둘러앉아, 줄리언의 무너져내리는 가구 중 어디에 앉았느냐에 따라 저마다 편안하거나 불편한 자세로 불에 크럼핏을 구웠다.

"에니드 블라이턴 소설 속으로 들어온 것 같아요." 배즈가 말했다. "줄리언이 퀜틴 삼촌이고요. 모니카, 정어리 통조림하고 진저비어 챙겨서 키린섬으로 여행 가자고 하려고 하지 않았어요?"

줄리언은 자기가 퀜틴 삼촌이라는 게 기분좋은 일인가 잠시 생각에 잠겼다. 퀜틴 삼촌은 소아성애자 아니었나?

"사실 나를 좀 도와줄 수 있는지 물어보려고 했어요." 줄리언이 말했다.

"당연하죠." 배즈가 줄리언의 부탁이 무언지 듣기도 전에 냉큼 대답했다.

"휴대전화가 필요하지 않을까 싶어서요. 미술 수업에 무슨 문제가 있다거나 할 때 나한테 연락할 수 있게요." 줄리언은 말을 꺼내자마자 다시 주워 담고 싶어졌다. 애정에 주린 늙은이처럼 비치는 것도 원치 않았고 젊은 친구들이 연락을 해야 한다고 부담을 느끼는 것도 싫었다.

"진짜로 휴대전화가 없으세요?" 인터넷이 발명된 뒤에 태어난 배즈가 도저히 이해가 안 간다는 듯 물었다.

"흠, 사실 한동안 거의 밖에 안 나갔고, 전화할 사람도 없으니 필요가 없었죠. 그리고 저게 있어요." 줄리언은 다이얼 장치가 있고 묵직한 수화기가 구불구불한 코드로 연결된 진녹색 전화기를 가리켰다. 모니카가 자세히 보려고 그쪽으로 갔다. 다이얼 가운데 동그라미에 '풀럼 3276'이라고 전화번호가 적혀 있었다. "저런 전화는 쾅 하고 내려놓을 수 있잖아요. 휴대전화는 그럴 수가 없죠. 요즘 세대는 전화를 쾅 내려놓는 쾌감을 모른다니."

"나 어렸을 때 우리집 현관에 이런 전화기가 있었어요." 모니카가 말했다.

"아주 옛날에는 나도 휴대전화를 썼어요. 사실 나야말로 얼리어답터였죠." 줄리언이 말했다. "그때는 내가 유행의 첨단에 있을 때라, 초창기 모델을 써보라고 주더군요. 잡지 인터뷰에서 나한테 휴대전화가 유행할 것 같냐고 묻기도 했죠. 그 전화기가 아직 어디에 있을 텐데."

줄리언은 의자에서 몸을 일으키려고 했지만 의자가 평소에 앉던 것보다 훨씬 깊었다. 배즈가 손을 내밀어 줄리언을 일으켜주었다. "고마워요. 요즘에는 오래 앉아 있다보면 몸이 말을 듣지 않아요."

"태극권을 하셔야겠는데요. 우리 할머니처럼요. 할머니는 태극권 신봉자예요. 하루도 거르지 않고 아침마다 하세요. 낡은 몸이 돌아가게 하고 정신을 맑게 한대요."

"그래서, 유행할 거라고 그러셨어요? 휴대전화 말이에요." 모니카가 물었다.

"아니!" 줄리언은 웃으면서 말했다. "어디에 있는지 늘 추적당하고 싶은 사람이 어디 있겠느냐고 했죠. 나는 전혀 그러고 싶지 않았으니까. 프라이버시 침해잖아요!"

줄리언은 방구석에 높이 달려 있는 선반에 손을 뻗어 먼지투성이 종이상자를 꺼냈다. 상자 안에 휴대가 가능하다고 보기는 힘들

것 같은 전화기가 있었다. 벽돌 모양에 길고 단단한 안테나가 튀어나와 있고 크기는 모니카 핸드백보다 더 컸다. 이 휴대전화를 가지고 다니려면 서류가방에 넣어 다녀야 할 것 같았다.

"줄리언, 이건 영화 〈월 스트리트〉에서 고든 게코가 쓰던 모델이에요." 라일리가 말했다. "이베이에 올리면 비싼 값에 팔 수 있어요. 수집가들이 침을 흘릴걸요."

"더 최신품인 노키아 휴대전화도 있었어요." 줄리언이 말했다. "1990년대에. 메리가 떠나고 고장이 났는데 그뒤에는 굳이 새걸 안 샀어요. 그 똑똑한 폰인가 하는 건 가져본 적이 없고."

"스마트폰이요?" 라일리가 말했다.

"설마 집에 인터넷은 되죠?" 배즈가 충격받은 얼굴로 말했다. "집에 컴퓨터 같은 거 있어요?"

"나도 기계문명을 반대하는 사람은 아니라오. 컴퓨터도 있어요. 내 나름대로 시대를 따라가고 있지. 신문도 읽고 패션잡지도 보고 텔레비전도 봐요. 2019년 SS 시즌 패션에 대해서는 여러분보다 더 잘 알걸요! 사실 나한테 유일하게 넉넉한 게 남는 시간이니까."

배즈가 책장에 기대어 있는 먼지로 뒤덮인 비올라를 집었다. "비올라 연주하세요?" 배즈가 물었다.

"내 것이 아니고 메리 거예요. 내려놔요. 메리는 다른 사람이 자기 비올라 만지는 걸 안 좋아했어." 줄리언은 지나치게 까칠하고 무뚝뚝하게 말했다는 걸 깨달았다. 배즈는 딱하게도 당황한 얼굴이었다.

"더니* 좀 써도 돼요?" 라일리가 불편한 분위기를 깨뜨리며 말했다. '더니'라고? 여기는 아웃백이 아니라 런던 한복판이야. 줄리언은 못마땅한 기분을 억누르고 라일리에게 화장실 쪽을 가리켜 보였다.

와장창하는 소리가 나는 바람에 모니카가 차를 마시려다 무릎에 조금 쏟았다. 일시에 모두의 시선이 소리가 난 쪽으로 돌아갔다. 라일리가 깜짝 상자에서 튀어나온 장난감처럼 벽장에서 쏟아져나온 물건에 둘러싸여 어쩔 줄 모르고 있었다. 커버에서 빠져나온 산더미 같은 레코드, 웰링턴부츠, 잡지, 그리고 그 위에 양봉 모자가 얹혀 있었다.

"문을 잘못 열었나봐요." 라일리가 물건들을 다시 안에 넣으려고 하면서 말했다. 그런데 분명히 벽장에서 나온 물건들인데 도로 들어갈 자리가 없었다.

"그냥 둬요. 나중에 정리할게요. 어차피 쓰레기장으로 갈 물건들이에요." 줄리언이 말했다.

"그건 안 돼요, 줄리언!" 라일리가 소리를 질렀다. "틀림없이 보물이 있을 거예요. 인터넷에서 팔 수 있게 도와드릴게요."

"그런 부탁은 할 수 없어요. 그런 일에 소중한 시간을 쓰면 안 되죠. 적절한 돈을 받고 일을 해주면 모를까."

"그러면 이렇게 해요. 판매 수입의 10퍼센트를 저한테 주세요. 그러면 줄리언은 물건을 정리해서 좋고 저는 여행 비용을 벌어서 좋고요. 파리에 꼭 가보고 싶어요."

"전화 문제는 제가 해결할게요." 모니카가 말했다. "얼마 전에 전화를 바꿨거든요. 제가 쓰던 거 쓰시면 될 것 같아요. 선불 심카

---

* dunny. 호주에서 '화장실'을 뜻하는 일상어.

드만 사면 돼요."

줄리언은 소파 위에 나란히 앉아 있는 라일리와 모니카를 찬찬히 보았다. 화가의 날카로운 눈으로 보기에 라일리는 모니카에게 푹 빠진 것 같았다. 라일리가 모니카의 동작을 무의식적으로 따라하고 일반적인 경우보다 조금 더 밀착해서 앉아 있는 게 눈에 들어왔다(물론 소파 한쪽에 스프링과 솜이 튀어나와 있기 때문일 수도 있지만).

아, 낙관적인 젊음이여.

17
모니카

모니카는 카페 문을 열 준비를 하면서 카운터를 닦았다. 세척액 스프레이를 분사하고 소나무 향을 기분좋게 들이마셨다. 모니카는 자기도 모르게 콧노래를 부르고 있다는 걸 깨달았다. 요즘에는 희한하게 저절로 콧노래가 나왔다.

미술 교실을 시작한 뒤에 뜨개질 모임과 임신부 요가 클래스에서 저녁 시간에 카페를 쓸 수 있는지 물어왔다. 모니카스 카페가 동네 사람들의 모임 장소가 되어가고 있었다. 사탕가게가 문을 닫은 것을 처음 봤을 때부터 꿈꿔왔던 일이었다. 그뿐이 아니었다. 어젯밤에 수입 지출을 계산해보았는데 거의 수지가 들어맞았다. 길고 긴 마이너스 운영 끝에 드디어 돈벌이가 시작될 희망이 보인 것이다.

그리고 줄리언이 있었다. 줄리언과 같이 어울리는 것도 즐겁고 미술 수업도 좋았지만, 무언가 좋은 일을 했다는 것, 누군가의 삶을 더 낮게 바꾸었다는 것에서 오는 자기만족감과 훈훈한 기분도 무시할 수 없었다. 기업 변호사로 일하면서는 쉽게 얻기 힘든 감정이었다.

생각해보니 누군가를 돕기 위해 미술 수업을 계획했는데, 그게 모니카에게 더 큰 도움으로 돌아오고 있었다. 지금까지 카르마 따위는 믿지 않았었는데.

그리고 케이크 위의 크림 같은 라일리가 있었다. 라일리가 케이크 전체가 될 수 없다는 건 알았다. 너무 깊이 생각하면, 너무 먼 미래를 내다보면 안 되는 일이라는 건 알았다. 그래서 깊이 들어가지 않기로 했다. 지금 이 순간에 머무르기로, 하루하루를 오는 대로 반기고 그대로 즐기기로 했다. 다음 길모퉁이를 돌면 무엇이 있을지, 라일리가 런던에 얼마나 오래 머물지 누가 알겠는가?

자연스럽게 그렇게 된 일은 아니었다. 모니카가 이 정도로 여유를 갖게 되기까지는 많은 수련과 노력이 필요했다. 모니카는 평소보다 반시간 일찍 일어나서 태양경배 동작을 하고 만트라를 읊었다.

"어제는 역사고, 내일은 신비고, 오늘은 선물이다." 모니카는 양치를 하면서도 이렇게 중얼거렸다. "행복한 사람이 감사하는 사람이 아니라, 감사하는 사람이 행복한 사람이다." 머리를 빗으면서는 이렇게 말했다.

모니카는 전과 다른 자신의 '거의 느긋하다고도 할 수 있는' 태도가 자랑스러웠다. 예전 같으면 연애에서 이 단계쯤에 이르면 머릿속에서 시간을 앞으로 획획 돌려서 언제 어디에서 결혼식을 올릴지, 아이들 이름은 뭐라고 지을지, 손님용 욕실 수건은 무슨 색으로 할지(하얀색) 등을 고민하고 있었을 것이다.

모니카는 지금껏 읽었던 자기계발서들, 수강했던 마음챙김 클래스, 아이폰에 깔린 명상 앱 등을 떠올렸다. 앞날에 대한 걱정을 멈추려고 얼마나 애를 썼던지. 그런데 결국 라일리 같은 사람을 만남으로써 그 모든 고민이 사라진 것이나 다름없었다. 모니카는 이렇게 달라진 게 라일리 덕이라고 생각했다.

지금까지 만난 남자들은 대부분 콤플렉스가 있었다. 별 볼 일 없는 학교를 나왔다든가, 집안이 별로라든가, 복근이 없다든가, 여자를 만난 경험이 많지 않다든가. 하지만 라일리는 자기 자신에 완전히 만족하는 것 같았다. 솔직하고 태평하고 단순했다. 비밀이나 감춰진 내면 같은 게 없었고 좋게 말하면 순수하고 투명했다. 앞날을 고민하느라 스트레스 받는 모습은 볼 수가 없었다. 사실 생각 자체를 별로 안 하는 것 같기도 했지만, 완벽한 사람은 없으니까. 그런데 라일리의 그런 낭창한 태도가 전염성이 있는 것 같았다. 처음으로 모니카도 밀고 당기기를 해야 한다든가 자기를 보호할 장벽을 쳐야 한다는 따위의 생각을 떨쳐버릴 수 있었다.

어제는 같이 줄리언의 집으로 시간 여행 같은 것을 다녀왔다. 건강에는 무척 위험할 것 같았지만 그래도 즐거운 시간이었다. 줄리언 집 부엌에 들어갔을 때 천장에서 늘어진 누런 띠에 죽은 벌레 수백 마리가 말라붙어 있는 것을 보고 모니카는 자기도 모르게 소리를 지르고 말았다. 줄리언은 눈 하나 꿈쩍 않고 이렇게 말했다. "그냥 파리 끈끈이예요." 파리 끈끈이? 그런 물건이 아직도 존재하나? 음식을 준비하는 곳에 벌레 시체가 있는 게 바람직하지 않다는 건 설마 줄리언도 알겠지?

그러고 나서 긴 포크에 크럼핏을 꽂아 진짜 불에 구워 먹었다(기후변화나 빙하가 녹아 어미와 떨어진 새끼 북극곰 생각은 하지 않으려고 애썼다). 모니카는 소파에 라일리와 같이 앉았고, 아무도 보지 않을 때 라일리가 모니카의 손을 꼭 잡았다.

차를 마시고 나서 라일리와 같이 모니카의 집으로 왔다. 미리 얘기한 것은 아니었다. 모니카가 가자고 하지도 않았고 라일리가 가도 되느냐고 묻지도 않았다. 그냥 그렇게 됐다. 자연스럽게. 모니카는 냉장고와 찬장에 있는 걸 끌어모아서 저녁밥을 만들었다. 페스토 파스타와 토마토, 모차렐라, 바질 샐러드. 라일리는 이렇게 맛있는 걸 먹어본 게 몇 주 만인지 모른다고 말했다. 모니카는 전에 남자들을 집에 초대했을 때 철저하게 계획하고 준비해서 맘잡고 요리를 했던 것을 떠올리고 속으로 웃었다. 수플레, 플랑베, 특제 소스—그랬어도 이렇게 열렬한 반응을 들은 적은 없었다.

라일리가 책꽂이를 훑어보는 걸 보고 순간 식은땀이 흘렀다. 라일리가 집에 올 줄 알았다면 몇 권은 안 보이는 데에 치웠을 텐데. 특히 『그는 당신에게 반하지 않았다』 『그를 무시하고 그를 얻어라』 『사랑의 규칙』 『화성에서 온 남자 금성에서 온 여자』 같은 책들을 생각하니 부끄러워 견딜 수가 없었다. 모니카는 이 책들을 사전 준비 작업에 필요하다고 생각하고 읽었다. 데이트를 할 때에도 다른 프로젝트를 할 때와 똑같은 방식으로 접근했다. 사전조사를 하고, 계획을 수립하고, 목표를 설정했다. 하지만 라일리가 보기에는 지나치게 목매는 것 같을 게 빤했다. 둘 다 자기계발서에 대해서는 언급하지 않았고 다행히 어색한 순간은 금세 지나갔다.

라일리는 자고 가지 않았다. 두 사람은 소파에 같이 앉아서 토르티야 칩을 먹으면서 넷플릭스 영화를 봤다. 영화보다는 키스하는

데 정신이 팔려서 복잡한 줄거리를 하나도 못 따라가겠다고 하면서 같이 웃었다. 모니카는 라일리가 그다음 단계로 넘어가려고 하면 어떻게 기분 나쁘지 않게 거절할까 생각하고 있었다. 그런데 아무 일도 일어나지 않자 조금 실망했다.

18
줄리언

오전 일곱시 삼십분에 초인종이 울리다니, 줄리언에게는 정말 흔치 않은 일이었다. 그렇지만 '진실 프로젝트'를 세상에 내놓은 뒤에 새롭고 낯선 일들이 많이 일어나긴 했다. 아직 파자마 차림인 줄리언은 손에 닿는 대로 아무 재킷이나 걸치고(1995년 무렵에 나온 화려한 견장과 금사 프로깅 장식이 있는 알렉산더매퀸 재킷이었다) 계단 아래 벽장에서 튕겨나온 웰링턴부츠를 신고 밖으로 나갔다.

줄리언은 180센티미터 높이에서 방문객을 한참 아래로 내려다보았다. 새처럼 조그마한 중국인 노부인이었다. 얼굴은 호두 같고 눈은 건포도 같고 회색 머리카락은 짧고 거칠어 보였다. 줄리언보다 나이가 더 많을 수도 있을 것 같았다. 줄리언은 할말을 잃고 낯선 손님을 뜯어보았다.

"베티 우예요." 덩치에 비해 엄청 큰 목소리였다. 우 부인은 오

트쿠튀르 의상과 낡아빠진 잠옷과 고무장화 차림의 기묘한 조화에도 눈 하나 꿈쩍이지 않았다. "태극권 하러 왔어요."

"태극권이요?" 줄리언은 얼간이처럼 말을 따라 했다.

"우리 손자 비밍이 당신이 태극권을 배우고 싶어한다고 했어요." 우 부인이 좀 느린 사람이나 어린아이한테 이야기할 때처럼 천천히 설명하듯이 말했다.

"비밍이요?" 줄리언은 좀 느린 사람이나 어린아이처럼 말을 따라 했다. "아, 배즈 말이군요?"

"왜 중국식 이름을 안 쓰는지 모르겠어요. 부끄럽다는 건가?" 베티라고 스스로를 소개한 부인이 콧방귀를 뀌며 말했다. "손자가 당신이 나한테 태극권을 배우려 한다고 했어요."

줄리언은 그런 말을 한 기억이 전혀 없었지만 이 막강한 부인하고 말씨름을 해보아야 소용이 없겠다는 생각이 들었다.

"어, 오실 줄 몰라서 보시다시피 차림이 이렇습니다." 줄리언은 상황에 맞는 의상을 갖추는 걸 무엇보다도 중요시하는 사람이었다. "다음 기회에 할까요?"

"지금이 바로 그 기회예요." 우 부인이 눈살을 찌푸리며 말했다. "코트하고 부츠 벗어요." 우 부인은 못마땅한 눈으로 고무장화를 노려보았다. "두꺼운 양말 신었어요?" 줄리언은 두툼한 수면양말을 신고 있었기 때문에 말없이 고개를 끄덕였다.

우 부인이 포장된 안마당 한가운데로 가서 검은색 울 코트를 벗어 연철 벤치 위에 올려놓았다. 우 부인은 허리를 끈으로 조이는 헐렁한 검은색 바지와 연회색 주름블라우스 차림이었다. 추운 날이지만 안마당에 흐린 겨울해가 들어왔다. 엷은 서리가 햇빛을 받아 요정의 가루처럼 반짝였다.

"내가 하는 대로 따라 하세요." 우 부인이 다리를 약간 벌리고 무릎을 구부리고는 두 팔을 왜가리처럼 머리 위에서 과장된 동작으로 움직이며 코로 크게 숨을 들이마셨다.

"태극권은 자세, 순환, 유연성에 좋아요. 더 오래 살게 해줘요. 나처럼 백다섯 살이 될 수 있어요." 줄리언이 뭐라고 대답해야 예의에 어긋나지 않을까 생각하면서 멍하니 쳐다보는데 우 부인이 작고 띄엄띄엄한 치아를 드러내며 활짝 웃었다. "농담이에요! 태극권이 좋긴 한데 그 정도로 좋진 않아요."

우 부인이 다시 무릎을 구부리더니 몸을 옆으로 돌리며 한 팔은 등뒤에서 구부리고 다른 팔은 침입자를 물리치려는 듯 손바닥을 앞으로 가게 해서 내밀었다. "태극권은 음양의 조화입니다. 힘에 힘으로 맞서면 양쪽이 다 부서지죠. 태극권은 힘을 부드러움으로 맞아 들어오는 힘이 저절로 소멸되게 해요. 그게 삶의 철학도 될 수 있지요. 이해가 돼요?"

줄리언은 우 부인의 동작을 따라 하면서 동시에 우 부인이 하는 말까지 전부 따라가기는 힘들었지만 그래도 고개를 끄덕였다. 줄리언은 두 가지 일을 동시에 하는 재주가 부족했다. 그래서 피아노도 익히지 못했다. 두 손이 동시에 제각기 움직이게 만들 수가 없었다. 지금 줄리언은 한 발로 균형을 잡고 서서 오른쪽 팔꿈치를 오른쪽 무릎에 대려고 낑낑대고 있었다.

"1973년 처음 여기 정착했을 때 남자 둘이 우리 식당에 와서 '더러운 너네 음식 가지고 중국으로 돌아가'라고 했어요. 나는 '화가 났군요. 화는 배에서 나오죠. 앉아요. 수프를 줄 테니까. 공짜예요.

먹으면 좋아질 거예요'라고 대꾸했어요. 그러고 내가 만든 완탕을 줬죠. 할머니 레시피대로 만든 거예요. 그 사람들 지금은 사십 년째 우리집 단골이에요. 힘을 부드러움으로 맞으라. 삶의 레시피예요. 이제 이해하겠지요." 뜻밖에도 줄리언은 그 말을 이해할 수 있었다.

줄리언이 우 부인의 크고 우아한 동작을 따라 하는 동안에 울새 한 마리가 마당에 내려앉았다. 모니카가 『비밀의 화원』 이야기를 했던 것이 떠올랐다. 새가 분수대 가장자리에 내려앉아 고개를 갸웃하고는 대체 뭐하냐는 듯 줄리언을 쳐다보았다. 그러게 말이다, 줄리언은 한 다리로 비틀거리며 생각했다.

반시간쯤 지난 뒤에 우 부인이 손을 합장하고 줄리언에게 고개를 숙여 인사했고 줄리언도 우 부인을 따라 고개를 숙였다.

"첫 시간치고 잘했어요. 중국에서는 밥 한 끼로 살을 찌울 수는 없다고 말하죠. 조금씩 자주 해야 돼요. 내일 봅시다. 같은 시간에." 우 부인이 코트를 집는 동시에 한 동작으로 몸에 끼우며 말했다.

"수업료는 어떻게 드려야 할까요?" 줄리언이 물었다.

베티는 콧구멍으로 흥 하고 거센 숨을 들이마셨다. "돈 안 받아요! 비밍 친구잖아요. 화가라면서요? 나한테 그림 가르쳐줘요."

"알았어요." 줄리언은 대문으로 나가는 우 부인에게 외쳤다. "월요일 미술 시간에 오세요. 배즈하고 같이. 그러니까 비밍이요."

우 부인은 돌아보지 않고 알았다는 듯 손을 들고 떠났다. 우 부인이 떠나면서 에너지를 빨아들여 가기라도 한 것처럼 텅 빈 마당이 전보다 더 휑하게 느껴졌다.

줄리언은 재킷과 장화를 집어들고 집안으로 들어갔다. 발걸음이 조금 힘차진 것 같았다.

제독 무덤을 향해 걸으면서 줄리언은 금요일이 점점 더 빨리 돌아오는 것 같다는 생각을 했다. 지난번 갔던 때 이후로 한 주가 후딱 지나갔다. 이번에도 사람들이 코트와 목도리로 꽁꽁 싸매고 대리석 묘비에 기대앉아 있는 모습이 보였지만 지난번처럼 놀라지는 않았다. 가까이 가니 라일리, 배즈, 우 부인이 보였다.

"할머니한테 여기 간다고 했더니 완탕을 가져가야 한다고 하시잖아요." 배즈가 말했다.

"오늘 날이 춥잖아요. 내 완탕이 몸과 마음을 데워준다오." 우부인이 커다란 보온병에 든 국물을 배즈가 바구니에 넣어 가져온 머그 네 개에 따랐다.

"좀 앉으세요!" 줄리언은 대리석 석판을 가리키며 말했다. 우 부인이 다리가 아플까봐 염려해서 그런 게 아니라 키스를 묻은 자리 위에 서 있었기 때문이었다.

"메리를 위해!" 라일리가 머그를 들어올리며 말했다. 우 부인이 누구냐고 묻는 듯 눈썹을 치켜올렸다.

부인이요, 돌아가셨어요, 배즈가 입 모양으로 할머니에게 말했다.

"메리를 위해!" 다 같이 잔을 들었다.

19
라일리

라일리는 줄리언 집 계단 아래 벽장을 정리했다. 〈닥터 후〉에 나오는 타디스처럼 밖에서 보는 것보다 안이 훨씬 넓었다. 안쪽 벽이 나올 때까지 계속 파고들어가다보면 다른 세계가 나올 것 같다는 생각마저 들었다. 나니아왕국처럼. 그 너머에 눈이 내리고 있다고 해도 놀라지 않을 것 같았다. 난로에 불을 안 때서 집안이 냉골이었다.

지난주에 하루 시간을 내서 찾아낸 보물들을 사진으로 찍어서 이베이에 올렸고 그렇게 해서 라일리가 번 수수료만 해도 75파운드였다. 줄리언이 드레스룸도 뒤질 수 있게 허락해주기만 하면 한 재산 벌 수 있을 것 같았다. "거기는 양말 한 짝도 안 돼요." 줄리언이 으르렁거리다시피 말했다. 줄리언은 자기 뜻을 확실히 전달하려는 듯이 드레스룸 문간에 서서 가느다란 팔을 벌리고 아무도 들어가지 못하게 지켰다. 꼭 거대한 돌연변이 자벌레처럼 보였다.

라일리는 물건을 크게 세 무더기로 나누었다. 하나는 잘 팔릴 것 같은 물건, 하나는 버릴 물건, 나머지 하나는 보관할 물건이었다.

오늘은 줄리언이 아침 산책 나갈 시간에 맞춰서 열시가 되기 전에 왔다. 줄리언이 같이 있으면 속도가 엄청 느려졌다. 줄리언은 라일리가 일하는 동안 매처럼 위쪽에서 맴돌고 있다가 돌연 내리덮치며 버릴 물건 무더기에서 깨진 꽃병 따위를 꺼내곤 했다. "내가 1975년 뉴본드 스트리트에서 전시회를 했을 때 찰리가 준 꽃병이에요! 이틀 만에 그림을 다 팔았죠. 마거릿 공주도 왔었어요. 나를 꽤 좋아했는데." 줄리언은 연극적 태도로 먼 곳을 응시하며 말했다. "메리는 마거릿을 싫어했죠. 내 기억에는 이 꽃병에 분홍색 작약을 가득 꽂았었는데! 아니, 그건 버릴 수가 없어요. 안 돼요, 안 돼. 그럴 수는 없어요."

오늘 오전에는 혼자 한 시간 동안 일을 꽤 많이 했다. 줄리언이 돌아오면 길고도 고통스러운 협상 절차를 거쳐야 했다. 줄리언이 1960년대, 70년대, 80년대에 있었던 선정적이고 흥미진진한 이야기들을 중간중간 들려주어서 그나마 견딜 만했다.

줄리언은 LP판 무더기에서 한 장을 집어 먼지를 털고 낡은 레코드플레이어 위에 올려놓고는 시드 비셔스와 낸시와 같이 파티를 했던 이야기, 블론디의 〈Heart of Glass〉 음악을 배경으로 유혹했던 여자 이야기 등을 들려주었다. 라일리는 어디까지 믿어야 할지 몰랐다. 듣자니 줄리언은 현대사의 주요 사교 행사에는 전부 참석한 것 같았다. 크리스틴 킬러와 맨디 라이스데이비스*와 같이 식사

---

*1960년대 영국 정치권을 스캔들로 뒤흔들었던 여성들.

를 했고, 믹 재거와 메리앤 페이스풀이 마리화나 소지죄로 체포되었던 파티에도 있었단다.

어제는 줄리언이 섹스 피스톨스, 토킹 헤즈, 프랭키 고즈 투 할리우드 같은 옛날 밴드들의 노래를 들려주었다. 라일리가 퍼스의 바닷가에서 런던 여행을 상상했을 때에는 곧 쓰러질 것 같은 노인이 빈 맥주병을 마이크처럼 들고 〈Anarchy in the UK〉를 목이 터져라 부르는 것에 맞춰 기타를 치는 시늉을 하며 놀게 되리라는 건 상상도 하지 못했다. 라일리는 노래가 끝났을 때(그것도 노래라고 할 수 있을지는 모르겠지만) 줄리언의 눈가가 촉촉해진 것을 보고 놀랐다.

"괜찮으세요?" 라일리가 물었다.

"괜찮아요." 줄리언이 얼굴 앞에서 손을 죽어가는 나방처럼 파닥거렸다. "이런 노래를 들으면 옛일이 너무 생생하게 떠올라서요. 그 대단한 시대에 기이한 사람들, 친구들과 지금 같이 있는 것 같은 기분이 돼요. 그러다가 노래가 끝나면, 내가 매끈한 레코드판 위아래로 까닥이는 먼지 낀 턴테이블 바늘과 너무 많은 후회만 남은 늙은이일 뿐이라는 걸 깨닫는 거죠." 라일리는 뭐라고 대답해야 할지 몰랐다. 턴테이블 바늘이라는 게 대체 뭐지?

라일리의 런던 여행은 최고의 시절이자 최악의 시절인 것 같았다. 이가 시리게 춥긴 하지만 그래도 라일리는 런던이 좋았다. 멋진 친구들도 만났다. 유일한 문제가 모니카였다. 만나면 만날수록 모니카가 점점 좋아졌다. 모니카의 단호함, 적극성, 똑똑함이 좋았다. 줄리언을 은둔생활에서 끌어내어, 동정의 대상이 아닌 쓸모 있고 필요한 사람으로 만들어 자기 무리 안에 자연스럽게 끌어들인 것에도 감탄했다. 카페와 손님들에게 쏟아붓는 열정도 좋았다. 모니카와 같이 있다보면 더 용감하고 적극적이고 도전적인 사람이 되는 것 같았다.

그렇지만 두 사람의 관계가 거짓을 기반으로 이루어졌다는 사실이 너무 괴로웠다. 엄밀히 거짓은 아니더라도, 사실을 감추고 시작된 관계였다. 사실을 말하지 않고 보내는 시간이 길어질수록 털어놓기는 점점 어려워졌다. 만약 모니카가 코카인 중독자였던 남자가 자기를 불쌍히 여기고 이런 작전을 꾸몄다는 사실을 알게 되면 어떤 반응을 보일까? 당연히 분노할 것이다. 아니면 심한 충격을 받거나. 아니면 엄청난 굴욕감을 느낄 것이다. 셋 다일 수도 있고.

라일리는 '진실 프로젝트'를 머릿속에서 지우려고 애썼다. 그렇지만 읽은 게 안 읽은 게 될 수는 없었다. 보통 라일리는 마음에 들어오는 사람이 있으면 같이 있는 시간을 그냥 편하게 즐기면서 흘러가는 대로 따라가다가 어디로 가는지 보곤 했다. 그렇지만 모니카는 달랐다. 모니카가 노트에 쓴 말들을 무시할 수가 없었다. 라일리는 모니카가 오래 만날 사람, 결혼, 아기 등을 원한다는 걸 알았다. 하지만 라일리는 유럽을 여행하는 동안 그저 즐거운 시간을 보낼 생각이 아니었나?

모니카의 집에서 즐거운 시간을 보내면서도 라일리는 한편으로 해저드의 유령이 주변을 맴도는 것 같다는 생각을 했다. 모니카가 책을 알파벳 순서로 꽂을 거라고 했던 해저드의 말이 떠올라서 책꽂이를 확인해보지 않을 수가 없었다. 모니카는 책을 알파벳 순서로 정리하지 않았다. 색깔별로 분류했다. 그편이 시각적으로 더 만족스럽다고 모니카는 말했다.

사실 라일리는 지나치게 많이 알았고 모니카는 알아야 할 걸 몰랐고 그래서 모든 게 뒤죽박죽이었다. 라일리는 자기가 실제로 모니카를 얼마나 좋아하는지, 해저드가 다리를 놓았기 때문에 감정이 생긴 것인지 아니면 자연스레 솟아난 감정인지조차 분명히 알 수가 없었다. 만약에 그냥 아무 사전 정보 없이 모니카를 만났다면 어땠을까? 모니카가 덜 좋았을까? 아니면 더 좋았을까? 사실은 그 정보가 없었다면 아예 만날 일이 없었을 것이다.

라일리는 '진실 프로젝트'를 만나기 전까지만 해도 아주 진실한 사람이었다. 지금 그는 사기꾼이 되어 있었다.

라일리가 생각해낼 수 있는 유일한 방법은 너무 깊은 관계로 발전하지 않게 조심하는 것이었다. 그래야 몇 달 뒤에 떠나게 되더라도 모니카가 너무 큰 상처를 받지는 않을 테고, 무엇보다도 이 일이 어떻게 시작되었는지 끝까지 모를 수 있을 것이다. 다른 말로 하면 키스를 하면 안 된다는 뜻이었다. 그런데 그 즐거운 여행은 이미 시작되어버렸으니 어쩔 수가 없었고, 절대적으로, 확실하게, 섹스는 하면 안 되었다. 라일리는 섹스를 얼마든지 가볍게 생각할 수 있었지만 모니카는 그러지 않을 것 같았다.

20
해저드

해저드는 영화 〈사랑의 블랙홀〉에서처럼 날마다 반복되는 하루에 갇힌 느낌이었다. 날마다 해가 빛났다. 날마다 똑같은 일과가 되풀이되었다. 닐과 같이 명상, 바닷가 산책, 수영, 해먹에 누워 책 읽기, 점심밥, 낮잠, 수영, 저녁밥, 잠자기. '꿈같은 삶'을 누리고 있다는 건 알았다. 사무실 컴퓨터 바탕화면으로 쓸 만한 풍경 안에서 살고 있으니 마땅히 감사해야 할 일이었다. 그런데 지겨웠다. 정신이 멍해질 정도로 지겨웠다. 돌아버리게 지겨웠다. 죽을 것같이 지겨웠다.

오늘이 무슨 요일인지도 모른다는 사실이 문득 떠올랐다. 런던에서는 하루하루 달력에 따라 살았었다. 일요일 밤의 가라앉는 듯한 느낌, 월요일 아침의 느닷없는 각성, 이쪽도 저쪽도 아닌 수요일, 금요일 밤의 황홀경. 그렇지만 요즘은 무슨 요일인지 전혀 감도 오지 않았다. 공중에 둥둥 떠다니는 기분이었다.

날마다 섬으로 들어오는 사람도 있고 섬에서 떠나는 사람도 있었다. 그래서 날마다 새로운 사람을 만났다. 그렇지만 어느 정도 시간이 지나자 나누는 대화가 다 똑같게 느껴졌다. 어디에서 왔어요? 다음에는 어디로 가요? 직업이 뭐예요? 서로 인사하고 안면을 트는 절차를 대략 마치고 나면 어느덧 떠날 시간이 되어 다들 가버렸다. 중간도 만족스러운 결말도 없이 새로운 시작만 계속되는 것도 참 피곤한 일이었다.

해저드는 몇 주만 더 있다가, 새 삶을 시작할 수 있을 만큼, 유혹을 물리칠 만큼 강해졌다 싶을 때에 집으로 돌아가자고 스스로에게 되뇌었다.

날이 가면 갈수록 집 생각이 간절해졌다. 하지만 가족이나 친구들 생각은 일부러 하지 않았다. 생각하면 너무 많은 후회가 같이 떠올랐다. 해저드는 중독에서 벗어나는 단계 중에 '보상'이라는 게 있다는 걸 알았다. 일 년쯤 전 어느 날 저녁에, 웬디라는 여자한테 전화가 왔었다. 웬디는 '단계'를 밟고 있다고 말했다. 처음에는 무슨 말을 하는지 몰라서 대화가 엇나가다가 마침내 웬디가 중독에서 벗어나려고 수련을 하고 있다는 것을 알아차렸다. 웬디가 설명을 했는데 AA* 프로그램의 열두 단계 중에서 아홉번째 단계가 '보상하기'라고 했다. 그래서 몇 년 전에 해저드와 두 번 잠자리를 하고 연락을 끊어버린 것에 대해 사과하려고 전화를 걸었다는 것이었다. 그때 자기가 유부녀라는 사실을 말하지 않아 미안하다고. 해저드는 약간 당황했다. 전화를 끊고 아이폰에 저장된 사진을 한참

---

* Alcoholics Anonymous. 알코올중독자치료협회.

넘겨 보고 나서야 웬디가 누구인지 겨우 기억이 났기 때문이다. 그렇지만 지금 해저드는 웬디가 "상처를 준 사람들에게 사과를 해야 한다"고 우겼던 까닭을 이해할 수 있었다. 회복을 위해서는 반드시 해야 할 일이었다. 끊어진 인간관계를 다시 회복해야만 했다. 다만 아직은 때가 아니었다. 지금은 너무 먼 곳에 있었고, 아직은 너무 힘든 일이었다. 그래서 '집에 돌아가서 할 일'로 미루어놓았다.

그때까지는 줄리언, 모니카, 라일리 생각을 하는 편이 마음도 편하고 자기혐오감도 일지 않아 훨씬 나았다.

모니카는 줄리언을 설득해서 미술 교실을 열었을까? 줄리언은 덜 외로워졌을까? 특히 궁금한 것은 라일리가 모니카를 만났는지, 그리고 라일리가 모니카가 꿈꿔오던 남자가 맞을지 하는 것이었다. 해저드는 한창 이야기를 쓰고 있는데 도중에 캐릭터들이 빠져나가 제멋대로 움직이기 시작한 것 같은 기분이 들었다. 어떻게 감히? 이 모든 게 자기 덕이라는 걸 모르나? 해저드도 해피엔딩이 그렇게 쉽게 이루어질 수 없다는 건 알았지만, 믿을 수 없게 아름다운 곳에서 해먹에 누워 현실과 동떨어진 삶을 살다보니 무엇이든 다 가능할 것 같았다.

해저드는 무언가 좋은 일을 했다는 데에서 오는 익숙하지 않은 감정을 한껏 즐기고 있었다. 남을 위한 일. 친절한 일. 라일리가 해저드가 하란 대로 하기만 했다면, 누군가의 삶이 바뀌었을 거라는 말이었다. 모니카가 엄청 고마워하겠지! 물론 고맙다는 말을 들으려고 한 일은 아니지만.

해저드는 갈색으로 그을린 다리 한 짝을 해먹 밖으로 내려 발끝으로 덱의 나무판을 밀어 해먹을 살살 흔들었다. 라일리의 휴대전화 번호나 런던 주소를 받아두지 않은 게 후회됐다. 사실 라일리의 성이 뭔지도 몰랐다. "안녕하세요, 해저드예요. 런던은 어때요?"라고 문자를 보낼 수 있으면 얼마나 좋을까. 물론 문자를 보낼 전화기가 없다는 문제가 있었지만. 줄리언과 모니카의 연락처는 찾으려면 찾을 수 있겠지만, 두 사람은 해저드의 이야기를 읽지 않았기 때문에 라일리가 해저드 이야기를 안 했다면 해저드의 존재조차 모를 것이었다. 해저드는 자기만 소외된 듯한 느낌을 참을 수가 없었다. 해저드는 어디에서든 중심이 되고 싶었다. 아마 처음 약에 손대게 된 것도 그래서였을 것이다.

그때, 아이디어가 떠올랐다. 완벽한 방법은 아니었지만 이야기 한편에 자기를 다시 끼워넣을 방법이었다. 해저드도 '진실 프로젝트'의 일부라는 걸 그 사람들에게 알려주는 거다!

이 섬에서는 미니버스 두 대가 바닷가를 따라 돌면서 관광객들을 태워 우체국, 은행, 가게가 있는 섬 중심가에 내려놓았다. 다음 버스가 럭키마더 앞에 멈췄을 때 바버라가 해저드를 소리쳐 불렀고 해저드는 버스에 올라탔다.

버스가 울퉁불퉁한 흙길을 덜컹거리며 달렸다. 문이 없고 뒤쪽이 트여 있고 햇빛을 가리기 위해 캔버스 천으로 지붕을 덮은 차였다. 공기는 끈끈하고 땀냄새, 선크림냄새가 풍겼다. 마주보고 있는 긴 의자 두 개에 관광객들이 대여섯 명씩 배낭이나 비치백을 들고 앉아 있었다. 해저드는 자기 다리를 포함해 사람들 다리를 죽 훑어보았다. 흰색부터 갈색, 붉은색까지 다양한 색에 하나같이 모기에 물리거나 산호초에 긁힌 상처가 있었다. 다들 늘 똑같은 대화를 주고받았다. 어디에서 묵어요? 어디 다녀오셨어요? 어디가 좋아요? 해저드는 이 대화를 하도 많이 해서 이 섬과 근방의 구경할 만한 곳, 괜찮은 식당, 술집을 훤히 다 알았다. 다만 해저드 본인은 자기가 사는 바닷가와 중심가를 제외하고는 그중 어디에도 가보지 않았다는 사실은 굳이 밝히지 않았다. 왜냐고 물었을 때 이런 대답을 하기는 싫었다. 나 자신을 믿을 수가 없어서요.

버스가 작은 페리 선착장 앞에 멈췄다. 여기에서 배를 타면 사무이섬으로 갈 수 있다. 사무이섬에는 태국 본토 수라타니로 가는 더 큰 배가 있었다. 해저드는 그냥 저 배에 올라타버릴까 하는 생각을 잠시 했다. 여권하고 현금은 티셔츠 속에 찬 색에 들어 있었다. 정말 그럴 수도 있었다. 오두막에 두고 온 물건은 전혀 아깝지 않았다. 다만 앤디와 바버라에게 일주일 치 방값을 안 줬는데 친절하게 대해준 사람들의 뒤통수를 치고 싶지는 않았다.

해저드는 잡화점으로 들어갔다. 평소 사롱, 선크림, 샴푸, 치약 등을 사러 오는 곳이었다. 문 바로 옆 회전진열대에 엽서가 꽂혀 있었다. 해저드는 엽서들을 빙빙 돌려보다가 자기가 사는 바닷가가 나온 엽서를 찾아냈다. 항공사진이었다. 사진에서 자기 오두막을 찾을 수도 있을 것 같았다.

해저드는 잡화점에서 하는 카페 바깥쪽 테이블에 앉아 커다란 코코넛에 빨대를 꽂아 마시면서 사무이섬에서 온 페리에서 새로운 관광객들이 내리는 것을 보았다. 관광객들은 낑낑거리며 짐을 부리는 뱃사람들은 안중에도 없는 듯 들뜬 목소리로 정말 아름답다고 떠드느라 정신없었다. 해저드는 웨이터한테 빌린 볼펜으로 엽서를 썼다.

영국, 런던, 풀럼, 풀럼 로드 783, 모니카스 카페, 모니카

인근에서 가장 맛있는 커피를 파는 분께. 곧 만나요. 해저드.

해저드는 마음이 바뀌기 전에 얼른 우체국에 가서 우표를 사서
엽서를 부쳤다.

21
모니카

모니카는 카페에서 저녁 미술 수업 준비를 하고 있었다. 다섯번째로 휴대전화가 울렸다. 모니카는 누가 걸었는지 굳이 확인해보지도 않았다. 줄리언의 주머니가 하루종일 전화를 걸었다. 줄리언이 새 전화기에 익숙해지려면 시간이 좀 걸릴 것 같았다. 그래도 오늘 오전에 모니카에게 전화를 거는 데는 성공했었다. 줄리언은 이제 '인체'로 넘어갈 때가 된 것 같다면서 모니카에게 모델을 좀 구해달라고 부탁했다.

줄리언은 별일 아닌 것처럼 말했지만 쉬운 일이 아니었다. 광고를 내고 사람을 구할 시간이 없었기 때문에 벤지에게 사정했다. 아무 이유 없는 노출이 아니라 예술이라고 설명했다. 그리고 아무도 벤지의 몸이라고 생각하지 않고 그릴 대상으로만 볼 거라고, 바닷가재 래리와 똑같은 거라고, 저녁거리가 되지 않는다는 점만 다르다고 설득했다. 줄리언이 과하지 않고 조심스러운 자세를 택할 거라고. 아무도 그걸……(모니카는 이 대목에서 얼버무렸다) 보지 못할 거라고 했다. 결국은 초과근무 수당을 두 배로 주고 휴가도 하루 주겠다고 해서 협상을 마무리했다.

오늘 줄리언은 가죽옷을 입고 등장했다. 〈그리스〉의 주인공 대니가 그대로 늙은 것 같은 모습이었다. 수강생들이 하나둘 도착했다. "오싹한데. 사람들이 점점 늘어." 배즈가 작은 목소리로 벤지에게 말했다. 벤지는 웃지 않았다. 벤지는 카운터 뒤에 웅크리고 있었는데 긴장한 것 같으면서도 도전적으로 보였다. 사람들이 전부 자리에 앉자 줄리언이 종이와 연필을 나눠주었다.

"오늘은 다시 연필을 쓸 겁니다. 정물에서 인체로 넘어갈 거거든요. 시작하기 전에, 우 부인하고 인사들 하세요."

조그마한 중국인 부인이 일어서서 고개를 숙였고 다들 인사를 건넸다. 일어서도 앉아 있을 때하고 키가 별 차이가 없었다.

"베티라고 불러요!" 우렁찬 목소리가 울려퍼졌다.

"우리 벤지가 고맙게도 오늘 모델을 서주기로 했습니다." 인사가 끝나자 줄리언이 말했다. "벤지, 이쪽으로 와요."

벤지가 머쓱한 듯 다가오며 물었다. "어, 옷은 어디에서 벗죠?"

"옷? 그런 거 아니에요. 손만 보여주면 돼요! 걸음마도 하기 전에 뜀박질을 할 필요는 없지요. 자, 여기 의자에 앉아서 머그를 두 손으로 쥐고 손가락을 깍지 끼세요. 옳지. 손이 인체 중에서도 가장 그리기 어려운 부분입니다. 그러니까 오늘은 손에만 집중합시다."

벤지가 모니카한테 당했나 하는 생각에 모니카를 매섭게 노려보았다. 모니카도 도끼눈으로 마주보았다. 옷도 다 입은 채로 두 시간 의자에 앉아 있는 대가를 너무 후하게 쳐줬다는 생각이 들었다.

소피와 캐럴라인은 실망한 얼굴이었다. 소피가 캐럴라인에게 뭐라고 속닥이자 캐럴라인이 웃음으로 대꾸했다.

줄리언은 사람들 사이의 기류는 전혀 눈치 못 챈 듯 계속 말했다. "숙련된 화가들도 손 그리기는 어려워해요." 줄리언은 말을 멈추고는 자기한테는 해당되지 않는 일이라는 듯 한쪽 눈썹을 치켜올렸다. "손이나 손가락이 어떻게 생겼다는 선입견은 머리에서 지우세요. 그 대신 대상을 형체, 선, 윤곽의 조합으로 바라보세요. 연필 선을 이용해서 살과 뼈, 손이 쥐고 있는 물체의 차이를 어떻게 표현할지 생각해보세요. 그리고 제발 벤지의 멋있는 손을 바나나 송이처럼 그리지는 말고요."

차차 분위기가 조용하고 편안해졌다. 연필 사각거리는 소리, 중얼거리는 혼잣말소리, 줄리언이 이렇게 저렇게 하라고 일러주는 소리만 이따금 들렸다.

수업이 끝날 즈음에 라일리가 손을 들었다.

"왜요? 여긴 학교가 아니잖아요! 손 들 필요 없어요!" 줄리언이 교장선생님 같은 태도로 준엄하게 말했다.

"어, 파리에 가보고 싶은데 가볼 만한 미술관을 추천해주실 수 있나 해서요." 라일리가 어색하게 팔을 내리면서 구불구불한 금발 머리를 손으로 쓸었다.

모니카는 라일리가 런던을 떠난다는 말을 할 때마다 자기도 모르게 가슴이 덜컹하는 걸 느꼈다. 모니카는 카페 창문에 생긴 얼룩을 지우듯 그 느낌을 지웠다. 그냥 이 순간을 살기로 했잖아, 모니카는 스스로에게 다시 다짐했다.

"아, 파리. 나도 가본 지 이십 년은 됐네요." 줄리언이 말했다.

"좋은 곳이 정말 많지요. 루브르는 당연히 가야 하고. 오르세미술관과 퐁피두도. 거기에서부터 시작하는 게 좋을 것 같군요." 줄리언이 생각에 잠긴 듯 눈살을 찌푸렸다. "이건 어때요? 우리 다 같이 가는 거예요! 견학 여행! 어떨 것 같아요?"

새로운 프로젝트를 무엇보다도 좋아하는 모니카는 바로 맞장구를 쳤다. "정말 좋은 생각이에요! 유로스타를 단체로 예약하면 되겠네요. 지금 1월 표를 예약하면 할인받을 수 있어요. 비용을 추산해서 다음주에 보고할게요. 그건 그렇고 저녁 드시고 가실 분들, 오늘 10파운드 식사는 여기 탁월하신 베티 우 여사께서 준비해주셨습니다."

"게살옥수수수프, 새우골파만두, 야채스프링롤이에요." 베티가 메뉴를 소개했다. "비밍! 수저와 그릇 좀 놔주겠니."

"비밍?" 모니카는 벤지에게 속삭였다.

"그러게요. 아무 말 마요." 벤지가 대꾸했다. "배즈는 현실 부정 중이니까."

베티의 수프로 추운 밤공기에 맞설 기운을 얻은 사람들이 벤지의 손을 그린 그림을 저마다 부끄러워하거나 자랑스러워하면서 들고 돌아간 뒤에도 라일리는 카페에 남았다.

"가게 문 닫는 거 도와줄까요?" 라일리가 모니카의 등을 손으로 쓸어내리며 물었다. 그러더니 모니카의 청바지 고리에 손을 걸고 모니카를 자기 쪽으로 끌어당겼다. 서핑으로 탄탄해진 라일리의 허벅지가 닿는 걸 느끼자 모니카는 숨을 헉 멈췄다.

"고마워요." 모니카는 오늘 라일리가 자고 가겠다고 하면 그러라고 해야 할까 고민했다. 잠든 라일리의 얼굴, 길고 짙은 속눈썹을 드리운 감긴 눈이 떠올랐다. 짙은 색 팔다리가 모니카의 하얗고 빳빳한 시트에 얽힌 모습도 상상이 되었다. 얼굴이 엄청 뜨거운 걸로 보아 빨갛게 달아오른 게 분명했다. 과연 라일리를 거부할 수 있을지 자신이 없었다. 모니카는 금전출납기를 잠그려고 바 쪽으로 갔다. 라일리가 남은 유리컵 몇 개를 들고 따라왔다.

"이건 뭐예요?" 라일리가 카운터 뒤에 붙인 색색의 포스트잇 메모지를 가리키며 물었다.

"고객 노트예요." 모니카가 대답했다. 라일리가 한 장을 떼어 읽었다. '진실 프로젝트'에서 봤던 단정한 글씨체였다.

"미시즈 스키너. 유제품 알레르기. 아기 이름 올리. 새 강아지 잘 있냐고 물어볼 것." 라일리가 소리 내어 읽었다. "난 당신 기억력이 엄청나게 좋다고 감탄했었는데요."

"나 기억력 좋아요." 모니카가 대꾸했다. "벤지 보라고 쓴 메모예요. 와, 파리 여행 생각하니 정말 신나요!" 모니카는 라일리가 풀럼FC 광팬. 버트 조심. 손으로 코 닦음. 항균 물티슈 사용할 것, 같은 더 야박한 내용의 메모는 읽지 못하게 하려고 얼른 화제를 돌렸다.

"다들 간다고 할까요? 맛있는 식당을 알아봐야겠어요. 갈 데가 너무 많을 것 같은데. 당신도 정말 좋아할 거예요. 세상에서 가장 아름다운 도시 중 하나니까요." 모니카는 '낭만적인'이라고 하려다가 얼른 '아름다운'으로 바꿔서 말했다. 밀월여행이 아니라 문화탐방을 가는 거니까. 그 말을 하고 보니 예쁜 부티크호텔을 예약해서 둘이서 하룻밤을 더 보내고 오면 어떨까 하는 생각이 들었다. 센강에서 일몰을 보면서 산책하고 침대에서 아침으로 따뜻한 팽오쇼콜라와 진한 커피, 갓 짠 오렌지주스를 먹는 거다.

모니카가 몽상에서 깨어 정신을 차리고 보니 라일리가 어깨 너머 무언가를 보고 있었다. 돌아보니 라일리의 시선이 모니카가 메모판에 붙여놓은 엽서에 꽂혀 있었다.

"멋진 해변이죠? 태국 어디인가봐요." 모니카는 눈을 가늘게 뜨고 오른쪽 아래 적힌 글자를 읽었다. "파남섬이라고 써 있네요. 근데 진짜 이상해요. 누가 보낸 건지 모르겠는데 보낸 사람은 나를 아나봐요. 봐요." 모니카는 엽서를 떼어 뒤집어서 라일리에게 보여주었다. "모니카라고 내 이름이 있죠. 곧 만나요. 스토커 같은 사람일까요? 게다가 '해저드'라고 서명을 했어요. 사람 이름이 뭐 이래요? 도로 표지판도 아니고!"

그러자, 갑자기 라일리가 가야겠다더니 인사도 제대로 하지 않고 가버렸다. 혼자 남은 모니카는 수수께끼 같은 엽서를 든 채로 대체 내가 뭘 잘못한 걸까 어리둥절해했다.

22
줄리언

모니카가 온다는 말도 없이 줄리언의 집에 느닷없이 나타났다. 줄리언은 자기가 오지 못하게 할까봐 모니카가 예고 없이 들이닥친 게 아닌가 의심했다. 모니카는 요란한 색깔의 청소용품이 가득한 양동이를 들고 손에는 노란색 고무장갑을 끼고 문 앞에 서 있었다. 여기까지 저 장갑을 끼고 온 건가? 설마 아니겠지?

"오늘 카페가 한가해서요. 그래서 깨끗하게 해드릴까 하고 왔어요." 줄리언의 불안감이 얼굴에 드러났는지 모니카가 얼른 덧붙였다. "줄리언 말고요, 집이요. 걱정 마세요. 힘든 일 아니에요. 사실 청소는 제가 제일 좋아하는 취미활동이에요. 게다가 여긴 정말 대단한……" 모니카가 모자에서 토끼를 꺼낼 때처럼 잠깐 멈췄다가 말을 맺었다. "도전이에요. 청소 프로젝트계의 롤스로이스라고요."

"아, 정말 고마운 생각이네요." 줄리언은 이렇게 대꾸하면서도 솔직히 정말 고마운 일인지는 미심쩍었다. 모니카가 줄리언을 지나쳐 현관으로 들어왔다. 줄리언은 말했다. "하지만 꼭 그럴 필요는 없어요. 지금 이대로가 좋아요. 정말. 무엇보다도 메리의 냄새가 남아 있으니까요. 여기를 그…… 물건들로 공격하면 메리도 같이 씻겨나갈 것 같은데요." 이렇게 말하면 모니카도 포기하겠지?

모니카가 걸음을 멈추고 돌아서서 줄리언을 마주보았다.

"줄리언, 미안한 말이지만," 줄리언은 손가락으로 귀를 막고 싶은 충동을 억눌렀다. 이런 말을 하는 사람들은 보통 뒤이어 정말, 정말 기분 나쁜 말을 하곤 했다. "메리한테서 곰팡이, 먼지, 부엌 찬장 아래에서 죽은 뭔지 알 수 없는 생명체 냄새가 났단 말이에요?"

"아니, 당연히 아니죠!" 줄리언은 그 말에 충격을 받았고 솔직히 기분도 조금 상했다. 모니카도 느꼈는지 줄리언의 손을 두 손으로 잡았다. 우스꽝스럽고 흉측한 고무장갑을 벗고 잡아서 다행이었다.

"메리가 있을 때 집에서 어떤 냄새가 났었는지 말해주세요." 모니카가 말했다.

줄리언은 눈을 감고 잠시 기억을 더듬으면서 머릿속에서 냄새에 냄새를 하나씩 겹쳤다.

"장미꽃, 집에서 만든 딸기잼, 신선한 레몬 향기가 생각나요. 커다란 금색 깡통에 든 헤어스프레이의 냄새. 아, 당연히 유화물감냄새도 났죠." 줄리언은 말했다.

"알았어요. 삼십 분만 기다려줘요. 다시 올게요." 모니카는 이렇게 말하더니, 조금 전 나타났을 때처럼 또 홀연히 사라졌다.

이십구 분 뒤에 모니카가 물건들을 추가로 가지고 돌아왔다. 꾸러미를 구석에 쌓아놓고 줄리언이 보지 못하게 몸으로 가렸다.

"줄리언, 저한테 맡겨두고 나갔다 오시는 게 좋을 것 같아요. 카페에서 쉬고 계세요. 벤지한테 드시고 싶은 거 뭐든 직원 장부에 달아놓고 드리라고 했어요. 가능한 한 오래 나가 계시면 좋아요. 시간이 좀 걸릴 거예요."

줄리언은 모니카하고 입씨름하는 것은 시간과 에너지 낭비라는 걸 알기 때문에 시키는 대로 모니카스 카페로 가서 오가는 사람들과 잡담을 나누며 즐거운 오후 시간을 보냈다.

벤지가 거의 소형차만큼 거대하고 정교한 커피머신으로 카푸치노 만드는 법을 가르쳐주었다. 그다음에는 벤지와 같이 말썽꾸러기 소년들처럼 낄낄거리면서 모니카의 '고객 노트'를 읽고 자기들도 몇 개 만들어 추가했다.

줄리언은 자기 집이 어떤 대파괴를 겪고 있을지는 생각하지 않으려고 애썼다.

아마도 생전 처음으로, 줄리언은 자기 집 현관문에 노크를 하고 있었다. 집안에 들어가려니 약간 긴장이 되었고, 집주인이 아니라 방문객이 된 것 같은 기분이 들었다. 잠시 뒤에 모니카가 나타났다. 머릿수건으로 머리를 동여맸는데 젖은 머리카락 몇 가닥이 흘러내렸다. 모니카의 얼굴은 발갛게 상기되었고 눈은 반짝거렸다. 얼굴도 같이 대청소를 하기라도 한 것처럼 윤이 났다. 모니카는 메리의 앞치마를 입고 있었다. 대체 저걸 어디에서 찾아냈을까?

"거실하고 부엌밖에 못했어요. 나머지는 다른 날 와서 하죠, 뭐. 들어오세요."

"모니카!" 줄리언은 입을 떡 벌렸다. "다른 집이 됐어요." 사실이었다. 창문을 통해 햇빛이 쏟아져들어와 깨끗하고 반들반들한 표면에서 반짝거렸다. 진창 색깔이던 러그가 밝고 선명한 색으로 바뀌었고 거미줄은 하나도 안 보였다. 다시 집처럼 보였다. 모니카가 묵은 때와 함께 십오 년 세월을 씻어낸 것 같았다.

"무슨 냄새 나요?" 모니카가 물었다. 줄리언은 눈을 감고 숨을 들이마셨다.

"레몬냄새가 나네요." 줄리언이 말했다.

"네. 레몬향 세제를 썼어요. 또요?"

"딸기잼!"

"맞아요. 반짝반짝 깨끗한 레인지 위에서 졸여지고 있지요. 잼을 넣을 병을 찾아야 돼요. 마무리할 동안 좀 앉아 계세요."

모니카가 밖으로 나가더니 커다란 장미 다발 세 개를 들고 들어왔다. 마당 어딘가에 감춰두었던 모양이었다. 모니카는 분주하게 왔다갔다하며 꽃병 여러 개를 찾아 여기저기에 꽃을 꽂았다.

"자 이제, 화룡점정으로!" 모니카가 연극적으로 말하면서 엘넷 헤어스프레이─메리가 쓰던 바로 그 브랜드─를 꺼내서 거실에 칙 하고 뿌렸다. "눈을 감아봐요. 메리가 있을 때 같은 냄새가 나지 않아요?"

줄리언은 가장 좋아하는 의자에 기대어 앉아(때에 찌든 느낌이 안 들게 바뀌어 있었다) 숨을 들이마셨다. 모니카의 말대로였다. 줄리언은 눈을 감고 영원히 2003년에 머무르고 싶었다. 다만 한 가지 빠진 게 있었다.

"모니카, 그림을 그려야겠어요. 개인 교습을 해줄게요. 내가 해줄 수 있는 건 그것뿐이네요."

줄리언은 거실에서 화실로 가는 쌍여닫이문을 열어젖혔다. 캔버스 천 한 롤을 꺼내 바닥에 펼치고 물감을 아마유와 섞었다.

"오늘은 잭슨 폴록을 할 거예요. 모니카는 그림을 아주 깔끔하고 정확하게 그리더라고요. 보이는 걸 똑같이 옮기려고 하죠. 하지만 폴록은 회화는 자기 발견이다. 좋은 화가는 자기 자신을 그린다, 라고 했어요. 묘사이기만 한 게 아니라 감정의 분출이라고 했죠. 자, 이 붓을 들어요." 줄리언은 모니카에게 거의 손바닥만한 크기의 붓을 주었다. "폴록은 페인트를 썼지만 우리는 페인트가 없으니까 그냥 유화물감에 아마유와 테레빈유를 섞어서 씁시다. 폴록은 캔버스를 바닥에 놓고 온몸을 써서 그 위 공중에 그림을 그렸어요. 발레리나처럼. 준비됐어요?"

모니카는 준비가 안 된 것 같았다. 새로 청소한 집을 망칠까봐 걱정이 되는 것 같았다. 그래도 모니카는 고개를 끄덕였다. 줄리언은 거실로 가서 음반 하나를 골라 턴테이블에 얹었다. 이렇게 연극적인 작업에 어울릴 가수는 딱 한 명밖에 없었다. 프레디 머큐리.

줄리언은 실내화를 벗고 반짝거리는 마루 위에서 미끄러지듯 화실로 들어와 〈Bohemian Rhapsody〉를 프레디 머큐리 못지않게 열정적으로 불렀다. 붓을 하나 들어 번트시에나 통에 찍은 다음 캔버스 위에서 휘둘러 물감을 아치 모양으로 흩뿌렸다.

"자, 해봐요, 어서!" 줄리언은 외쳤다. "팔 전체를 써요. 안에서 우러나오는 힘을 느껴요. 분출시켜요!"

모니카는 처음에는 조심스럽게 살살 움직였지만 곧 웃음을 터뜨리고 점점 긴장을 풀더니 서브를 하는 테니스 선수처럼 머리 위로 물감을 흩뿌려 머리카락에 카드뮴레드 방울을 덮어썼다.

줄리언은 다리를 벌린 플리에 동작으로 캔버스 천 옆쪽을 따라 미끄러지며 손목을 흔들어 물감을 뿌렸다. "해볼래요, 모니카? 판당고를 춰볼래요? 그런데 판당고가 대체 뭐예요? 스카라무슈는 또 뭐고?" 마침내는 둘 다 지쳐 나가떨어져 웃으며 현란한 색의 향연이 펼쳐진 작품 옆 바닥에 드러누웠다. 물감냄새가 공중에 감돌며 장미, 레몬, 딸기잼, 엘넷 스프레이 냄새 들과 섞였다.

"메리는 집에서 돌아가셨어요?" 가쁜 숨이 가라앉고 차분해졌을 즈음 모니카가 물었다. "어떤 느낌인지 저도 알아요……"

"그 얘기는 하고 싶지 않네요." 줄리언은 모니카의 말을 끊었다. 그러고 나자 미안한 생각이 들었다. 모니카가 하고 싶은 말이 있는데 끊은 것 같았다. 다행히 모니카가 화제를 돌렸다.

"두 분 아이는 없었어요?" 모니카가 물었다. 새로운 화제도 그다지 더 나을 게 없었다.

"가지려고 했어요. 그런데 몇 번 고통스러운 유산을 겪고 이건 아니라는 결론을 내렸죠. 힘든 시기였어요." 힘들다는 말로는 표현이 안 되는 나날이었지만.

"입양은 생각 안 하셨고요?" 모니카는 한번 뼈다귀를 물면 절대 놓지 않던 키스 못지않게 고집스러웠다.

"안 했어요." 이건 정확한 사실은 아니었다. 메리는 입양을 간절히 원했지만 줄리언이 반대했다. 유전자를 물려줄 게 아니라면 아이가 무슨 의미가 있느냐는 생각이었다. 날마다 아이의 얼굴을 곰곰이 뜯어보면서 이 얼굴이 어디에서 왔을까를 생각해보게 되지 않겠나. 하지만 이런 말을 하면 나쁜 사람으로 비칠 것 같았다. 사람들은 아기에 대해서는 희한하게 감상적이 되곤 했다.

"다른 가족은요? 형제나 조카는 있으세요?" 모니카가 물었다.

"형은 사십대에 죽었어요. 다발경화증이었는데 끔찍한 병이죠. 난 별 도움이 못 됐어요. 나는 신체적 결함을 잘 받아들이지 못해요. 내 수많은 단점 중 하나죠. 형은 아이가 없었어요. 여동생 그레이스는 1970년대에 캐나다로 이민을 갔는데 영국에 안 온 지 십년이 넘었네요. 너무 늙어서 여행이 힘들다고 해요. 그레이스한테 자식이 둘 있는데 아기 때 보고는 못 봤어요. 페이스북에서 본 것 말고는. 대단한 발명품이죠. 내 외모가 아직 괜찮았을 때에 그런 게 없었다는 게 다행이에요. 있었다면 아마 중독되었을 거예요." 줄리언은 자기가 너무 떠들고 있다는 걸 느꼈다.

"그럼 크리스마스는 누구하고 같이 보내실 거예요?" 모니카가 물었다. 줄리언은 곰곰 생각해보는 척한 다음 대꾸했다. "아, 갈 데가 많아서 아직 결정을 못했어요." 모니카가 초대를 하려는 걸까? 그냥 궁금해서 묻는 것일 수도 있기 때문에 줄리언은 들뜬 기색을 감췄다.

"그게요," 모니카가 어색한 침묵을 깨며 말했다. "우리 아버지랑 새어머니는 카리브해로 크루즈 여행을 가신대요. 결혼 5주년이라고요. 그래서 전 혼자 보내게 됐어요. 라일리도, 식구들이 지구 반대편에 있으니까 같은 신세고요. 그래서 카페에서 크리스마스 오찬을 하면 어떨까 생각했어요. 오실래요?"

"그보다 좋은 일은 없을 것 같네요." 줄리언은 기쁨에 들떠 말했다. "내 노트가 모니카 손에 들어가서 얼마나 기쁜지 내가 말했나 모르겠네요."

"저도 제가 그걸 찾아서 기뻐요." 모니카가 줄리언의 손을 잡으며 말했다. 줄리언은 세월이 흐르면서 신체 접촉이 얼마나 낯선 일이 되었나 생각했다. 그동안 자기 몸에 손을 댄 사람은 이발사밖에 없었다.

"줄리언, 라일리를 그리면 어때요!" 모니카가 말했다. "끝내주는 모델이 될 거예요."

"으흠." 줄리언은 라일리라면 붓질이 여러 겹 필요하진 않겠군, 하는 생각을 하고는 스스로를 나무랐다. 지나치게 야박한 생각이었다. 이제 줄리언은 예전처럼 까칠한 사람이 아니었다.

"라일리 이야기가 나왔으니 말인데." 줄리언은 일부러 가벼운 말투로 말했다. "라일리가 모니카를 조금 좋아하는 게 아닌가 싶던데."

"그렇게 생각하세요?" 모니카가 살짝 서글픈 표정으로 물었다. "전 잘 모르겠어요."

"모니카도 노트에 글을 썼어요?" 모니카가 불편해하는 것 같아 줄리언은 얼른 화제를 돌렸다. 아마 아버지가 딸에게 느끼는 감정이 이럴 것 같다는 생각이 들었다. 관심을 보이고는 싶지만, 선을 넘을까봐 조심스러운 마음. 라일리 녀석이 모니카를 속상하게 만든다면 가만두지 않을 생각이었다.

"네. 그런데 지금은 거기 쓴 게 좀 부끄러워요. 그렇긴 한데, 거기에다가 자기 이야기를 하면 삶이 바뀔 수도 있을 거라고 쓰셨잖아요? 어쩌면 그냥 글을 쓰는 것만으로 뭔가 마법이 일어난 것 같기도 해요. 그 이후로 삶이 정말 달라졌거든요. 모든 일이 잘 풀리는 것 같아요. 적어도, 한동안은 그런 생각이 들었어요. 그 노트는 몇 주 전에 와인바에 놓고 왔어요."

"누가 가져갔으려나. 내가 그다음에 쓴 말 기억나요? 아직 만난 적도 없는 누군가의 삶이 바뀔 수도 있다고."

"사실 그 노트는 이미 상당히 많은 일을 이루었죠. 그렇게 생각하지 않으세요?" 그러고는 모니카가 줄리언의 얼굴을 마주보며 웃음을 지었다. 알게 된 지 얼마 안 된 친구지만 아주 오래된 친구 같은 기분이었다.

23
라일리

라일리는 무릎 위에 랩톱을 얹고 좁은 싱글베드 위에 앉아 있었다. 플랫메이트 중 한 명인 브렛한테 빌린 컴퓨터였다. 튀어나온 매트리스 스프링 하나가 오른쪽 허벅지 아래를 찔러서 랩톱을 들고 약간 왼쪽으로 몸을 옮겼다. 라일리는 우유 없이 차를 마시고 있었다. 어제 산 우유 한 병을 누가 다 먹어버렸기 때문이었다. 여섯 개들이 맥주는 네 개로 줄어 있었고 체다치즈는 귀퉁이가 잘려 나가고 잇자국이 남아 있었다. 라일리는 하는 수 없이 남은 식료품에 이름표를 붙여놓았는데 플랫메이트들이 자기를 쪼잔한 사람으로 만드는 것 같아 영 기분이 좋지 않았다.

워릭 로드를 밤낮으로 지나다니는 자동차 배기가스로 부예진 창문을 맥없는 12월 햇살이 뚫고 들어오려 하고 있었다. 라일리는 누렇게 뜬 식물이 된 기분이었다. 햇빛과 신선한 공기를 쐬지 못해 가늘게 시들어버린 식물. 원래 짙은 편이었던 얼굴색은 누레졌고

백금색이었던 머리카락은 짙어졌다. 조금 있으면 피부와 머리카락 색이 똑같아질 것 같았다.

런던에 오고 처음으로 갑자기 퍼스가 견딜 수 없이 그리워졌다. 남의 집 정원에서 햇빛을 받으며 식물에 퇴비와 물을 주고 잡초를 뽑고 가지치기를 하던 날들. 라일리는 집에서 가져와 침대 옆 메모판에 붙여놓은 사진에 눈길을 주었다. 십대인 라일리가 아버지와 형들과 같이 파도타기를 하는 사진. 네 사람은 사진을 찍는 엄마를 보며 웃고 있다. 늘 그렇듯 엄마는 구도를 잘 못 잡아서 사진에 하늘이 너무 많이 들어갔다. 엄마가 발리 친정에서 아기 라일리를 안고 있는 사진. 여행을 떠나기 전에 바비큐 파티를 열어준 친구들이 카메라를 향해 맥주병을 치켜든 모습. 왜 눈부시게 푸른 자연 속의 삶을 콘크리트로 둘러싸여 매연을 들이마시는 삶과 바꿨을까?

라일리는 이베이에 올려놓은 물건들이 어떻게 되었는지 확인했다. 줄리언의 (거의 새것이나 다름없는) 양봉 옷의 가격이 꽤 높이 올라가 있었다. 세상에 아마추어 양봉가가 이렇게 많을 줄 누가 상상이나 했겠나? 라일리가 '불이 켜지지 않음' '일부 복원 작업 필요'라고 솔직하게 적어놓은 티파니 램프도 시시각각 입찰가가 올라가고 있었다. 최고의 성과를 올리고 있는 것은 줄리언의 고대 유물 휴대전화였다. 보아하니 최신형 아이폰보다도 비싼 가격에 낙찰될 것 같았다. 라일리는 눈가에 흘러내린 곱슬머리를 입으로 훅 불어 치우고 화면을 계속 스크롤했다.

라일리 방에 있는 가구는 서랍장, 옷걸이 몇 개가 걸린 행거, 누가 취한 상태로 조립했는지 약간 삐뚜름한 이케아 책꽂이가 전부였다. 라일리는 곁눈으로 줄리언의 노트가 소설책과 여행안내서 사이에서 삐죽 튀어나와 자기를 노려보고 있는 걸 보았다.

수렁 속으로 점점 더 깊이 빠지는 느낌이었다. 모니카의 메모판에 그 바닷가 엽서가 붙어 있는 것을 보았을 때에는 속이 뒤집어질 것 같았다. 그저 우연이기를 얼마나 바랐던가. 모니카가 해저드라는 이름을 입 밖에 냈을 때 털어놨어야 했다. 아, 그 사람 내가 여기 오기 직전에 태국에서 만난 사람이에요. 그 사람이 나한테 노트를 줬고 그래서 당신을 찾을 수 있었어요. 그게 그렇게 어려운 일이었나? 하지만 이미 기회는 날아갔다. 그뿐 아니라 도망치기까지 했다. 엽서를 들고 어리둥절해하는 모니카를 남겨두고서. 이제 라일리는 거짓의 수렁에 빠져버렸다. 적당한 순간이 오지 않았다고, 말할 기회가 없었다고 주장할 수도 없게 됐다. 그 해저드가 이 해저드하고 같은 사람인 줄 몰랐다고 우길 수도 없는 일이었다. 평범한 이름을 가진 사람이었다면 얼마나 좋았을까. 제임스나 샘이나 라일리 같은. 라일리라는 이름 좋잖아.

라일리는 결심했다. 모니카에게 솔직히 말하고 결과를 받아들이는 것이다. 모니카가 다시는 라일리를 보고 싶지 않다고 하면 할 수 없고. 사실 이제 런던을 떠날 때가 되었는지도 모른다. 물론 모니카가 그냥, 그랬냐, 하고 대범하게 받아들일 가능성도 있었다. 두 사람이 어떻게 해서 만났는지 친구들이 물을 때 들려줄 재미있는 이야깃거리가 생겼다고 생각할지도. 두 사람이 해저드의 주선으로 만나긴 했지만 그 이후의 일은 라일리가 정말 모니카를 좋아하기 때문에 일어난 일이라는 걸 모니카도 이해하겠지. 아니, 그냥 좋아하는 것 이상이었다. 그 사실을 깨달으면서 라일리는 스스로도 놀랐다.

다만 크리스마스까지 일주일이 남았는데, 모니카가 공들여 준비한 크리스마스를 망칠 위험을 무릅쓰고 싶지 않았다. 모니카가 크리스마스 오찬 준비로 얼마나 들떠 있는지 알기 때문이었다. 모니카의 집 커피테이블 위에 온갖 목록이 있었다. 쇼핑 리스트, 분 단위로 계획된 요리 계획, 선물 목록(이건 모니카가 라일리가 보기 전에 얼른 치웠다). 모니카는 제이미 올리버와 나이젤라 로슨 중 누가 더 뛰어난 요리사인 것 같으냐며 대화를 시도했다가 라일리의 멍한 표정을 보고는 화제를 돌리기도 했다.

모니카는 식전 음료를 마시러 오라고 미술 교실 사람들 전부를 초대한 참이었다. 각자 가족들하고 파티를 하러 가기 전에 모일 수 있게 한 것이었다. 대부분 시외로 가야 해서 못 온다고 했지만 베티와 배즈는 오겠다고 했다. 벤지는 스코틀랜드에 있는 가족과 크리스마스 대신 호그머네이*에 모일 거라 점심식사도 같이 하기로 했다.

라일리는 크리스마스가 지난 다음에, 새해가 오기 전에 반드시 모니카에게 말하겠다고 마음을 먹었다.

이렇게 스스로에게 다짐을 하고 나니 가슴을 짓누르던 부담이 좀 덜해진 것 같았다. 라일리는 노트를 쳐다보았다. 어디로 치워버리고 싶었다. 결심을 했으니 일주일 동안이라도 '진실 프로젝트'는 잊고 싶었다. 하지만 노트가 여기 떡하니 있는 한은 그럴 수가 없었다.

그냥 버려버릴까 하는 생각을 안 한 것은 아니지만 고리를 끊는

---

* 스코틀랜드의 섣달그믐. 밤새 축제를 벌인다.

사람이 되고 싶지는 않았다. 사람들이 정성을 다해 진심으로 쓴 글을 버린다는 건 못할 일이었다. 모니카와 해저드가 그렇게 했듯이 다른 사람에게 넘겨줘야 할 것 같았다. 노트가 누군가에게 행운을 가져다줄지도 모르지. 라일리도 이 노트 덕에 모니카와 미술 교실의 친구들을 만났고 일거리도 구했으니까. 줄리언의 중고 물건 판매를 일이라고 할 수 있을지는 모르겠지만. 라일리는 다음에 이 노트를 손에 넣는 사람은 자기처럼 어리석은 사람이 아니기를, 이 노트가 강조하는 게 거짓이 아니라 진실이라는 걸 잊지 않기를 바랐다.

일정한 리듬으로 쿵쿵거리는 소리와 과장된 신음소리가 옆방에서 들려오기 시작했다. 엉망으로 개조된 아파트라 벽이 너무 얇아서 두 방 건너에서 살살 뀐 방귀 소리도 들렸고, 브렛의 상당히 활발한 애정생활도 속속들이 알 수밖에 없었다. 라일리는 브렛의 현 여자친구가 흥분한 척 연기를 하는 거라고 결론을 내렸다. 네안데르탈인 같은 브렛한테서 그렇게 큰 즐거움을 느낄 사람이 있을 리 없었다.

라일리는 책꽂이에서 노트를 꺼내고 배낭에서 펜을 찾아 글을 쓰기 시작했다.

펜을 내려놓고 나니 벌써 창밖이 어둑했다. 어깨를 짓누르던 묵직한 것이 노트로 옮겨간 것 같았다. 이제 모든 게 잘될 것이다. 얇은 커튼을 치려고 라일리는 창문으로 갔다. 그때 무언가 이상한 것이 눈에 들어왔다. 모니카에게 말해야 했다.

24
모니카

라일리가 나타났을 때 모니카는 카페 문에 붙은 'OPEN' 팻말을 막 'CLOSED'로 바꾸고 있었다. 라일리는 얼스코트에서 여기까지 쉬지 않고 뛰어온 것 같았다. 모니카가 카페 문을 열지 않았다면 그대로 문을 들이받을 기세였다.

"모니카! 봐요!" 라일리가 소리쳤다. "눈이 와요!" 라일리는 머리를 털어 사방에 물방울을 흩뿌렸다. 수영을 하고 신난 레트리버 개 같았다.

"알아요. 쌓일 것 같지는 않지만. 와봤자 금세 녹아버려요." 모니카가 말했다. 말하고 보니 라일리가 기대한 반응은 이런 게 아닐 거라는 생각이 들었다. "라일리, 전에 눈 본 적 없어요?"

"아, 물론 영화나 유튜브 같은 데서는 봤죠. 그런데 이렇게 하늘에서 떨어지는 건 처음 봐요." 라일리가 거의 진눈깨비에 가까운 눈을 가리키며 말했다. 모니카는 놀라서 신기하다는 표정으로 라일리를 쳐다보았다. 라일리가 뚱한 목소리로 말했다. "당신은 사막 폭풍이나 아웃백 산불 본 적 있어요?" 모니카는 고개를 저었다. "그럴 줄 알았어요. 어쨌든 우리 나가요! 역사박물관 옆에 스케이트장이 있어요. 가요!"

"자연사박물관이요." 모니카는 고쳐주었다. "근데 지금은 안 돼요. 여기 정리도 하고 정산도 하고 내일 영업 준비도 해야 돼요. 미안해요." 라일리는 지난번 만났을 때 모니카가 말하는 도중에 그냥 나가버렸으면서 그 일은 잊은 걸까?

"모니카, 좀 즐길 필요도 있어요. 그런 일은 미뤄도 돼요. 순간을 즐기자구요. 앞날 걱정은 그만하고 재미를 느껴봐요. 젊음은 지나가면 다시 안 온다고요." 모니카는 라일리의 입에서 할리우드 삼류 영화에 나올 것 같은 진부한 대사가 나오자 얼굴을 찡그렸다.

"그다음에는 죽기 직전에 생전에 더 열심히 일할 걸 그랬다고 후회하는 사람은 없다는 말 하려고 했죠?" 모니카는 이렇게 말하고는 기대감으로 반짝이는 라일리의 얼굴을 마주보았다. 그러자 안 될 게 뭐야? 하는 생각이 들었다.

모니카는 어릴 때 스케이트를 배운 적이 있었다. 발레, 피아노, 플루트, 체조, 연극도 배웠고. 열여섯 살 때 다 그만뒀지만. 그래도 얼음 위에 올라온 지 몇 분 만에 근육이 오래전 기억을 되찾았는지 곧 자신 있게 활주하고 멋지게 스핀도 할 수 있었다. 왜 그동안 한 번도 안 탔을까? 어릴 때 좋아했던 것들이나 가슴을 뛰게 하고 꿈을 꾸게 만들었던 것들 전부, 열심히 일하고 실용적으로 살고 앞날을 계획하느라 포기해버렸었다.

꿈 이야기가 나와서 말인데 라일리처럼 잘생긴 사람과 같이 다니게 되리라는 건 정말 꿈도 꿔보지 못했었다. 모니카는 자꾸 살을 꼬집어봤다. 어딜 가든 사람들이 라일리와 모니카 커플을 쳐다봤다. 라일리는 평생 사람들의 눈길을 받고 살았는지 사람들이 쳐다보거나 말거나 아랑곳하지 않았다. 사람들이 다 왜 저런 남자가 저런 여자와? 하며 의아하게 쳐다보는 걸까?

라일리는 자기가 어떻게 보일지 전혀 신경쓰지 않는 것 같았다. 지금 라일리는 태어나서 처음으로 얼음 호수에 놀러 나온 밤비 같았다. 팔다리가 자기 마음대로 가눠지지 않는 듯 얼음 위에 서 있을 때보다 자빠져 있을 때가 더 많았다. 얼음 위에 드러누운 라일리의 머리 주위를 금색 머리카락이 후광처럼 두르고 있어 하늘에서 떨어진 천사처럼 보였다. 모니카는 라일리를 일으켜세우려고 손을 내밀었다. 라일리가 모니카의 손을 잡고 몸을 일으키는 순간 라일리의 발이 앞으로 슉 미끄러졌고, 라일리는 모니카의 손을 붙든 채로 다시 엉덩방아를 찧었다.

모니카도 끌려가 라일리의 몸 위에 엎어졌다. 라일리의 웃음이 뱃속 깊은 곳에서 가슴을 타고 올라와 귓가에서 터지는 게 몸으로 느껴졌다. 모니카는 라일리의 입에 입을 맞추며 웃음을 자기 입으로 받았다. 너무나 자연스럽고 단순하고 무구한 웃음과 입맞춤의 느낌이 가슴 깊이 와닿자 모니카는 라일리가 한 진부한 말들이 다 사실이라는 걸 깨달았다. 라일리가 모니카의 기준 전부에 들어맞는 사람은 아니지만, 어쩌면 라일리가 아니라 그 기준이 잘못된 것일지 몰랐다.

라일리가 모니카를 보며 활짝 웃었다. "어떻게 그렇게 해요? 얼음 위에서 우아하게 움직이는 게 꼭 얼음나라 팅커벨 같아요. 진짜 감탄했어요." 모니카는 행복감으로 가슴이 터질 것 같았다. 내가 감탄을 불러일으키는 여자라니.

라일리가 일어서더니 옆에서 넘어진 작은 여자아이를 일으켜세웠다. 아이는 산타클로스라도 본 것처럼 입을 떡 벌리고 라일리를 쳐다봤다. 어린아이들까지도 라일리의 매력을 알아보는 것 같았다.

모니카와 라일리가 카페로 돌아왔을 때에는 거의 열시가 다 되어 있었다. 모니카는 아까 미뤄둔 일을 해야 한다는 걸 알았지만 아직 살짝 얼이 빠진 것 같은 즉흥적인 기분에 취한 상태였다.

카페 전등을 켜자 엽서가 다시 눈에 들어왔다. 모니카는 라일리에게 직접 물어보기로 마음을 먹었다.

"지난번에는 왜 그렇게 서둘러 갔어요?" 모니카는 너무 따지는 것처럼 들리지 않게 하려고 조심하면서 물었다. "내가 뭐 기분 상하게 했어요?"

"아니, 그럴 리가요. 그런 생각은 하지 마요." 라일리가 말했고 모니카는 그 말을 믿었다. 라일리는 너무 투명해서 거짓말을 하면 빤히 표가 날 것 같았다. "그냥 조금, 그러니까, 갑자기 겁이 났어요." 라일리가 발끝을 내려다보고 어색해하며 서성였다.

모니카는 이해할 수 있었다. 모니카도 라일리를 만나면서—남자를 만날 때면 늘—몇 번이고 덜컥 겁이 난 적이 있지 않나. 라일리한테 뭐라고 할 수는 없었다. 사실, 라일리도 복잡한 감정에 시달린다는 걸 알게 되자 마음이 놓이기도 했다. 어쩌면 두 사람 사이에 공통점이 생각보다 많은지도 모른다.

"뱅쇼 마실까요?" 모니카는 알코올이 아까처럼 편안한 분위기를 만들어주지 않을까 기대하며 말했다. 그리고 카페 뒤쪽 작은 주방으로 가서 가스불을 켜고 큰 냄비에 와인 한 병과 향신료, 오렌지, 정향을 넣었다. 라일리가 노래를 틀었다. 엘라 피츠제럴드였다. 좋은 선택이야. 모니카는 십 분 동안 와인을 젓다가 불에서 내렸다. 충분하지 않다는 건 알지만 오늘은 뭐든 즉흥적으로 하기로 했으니까.

모니카는 좀 덜 끓은 뱅쇼 두 잔을 들고 카페로 갔다. 라일리가 두 잔을 다 받아 테이블 위에 내려놓더니 모니카의 손을 쥐고 춤을 추기 시작했다. 모니카를 손끝만으로 붙들고 의자와 테이블 사이로 물 흐르듯 돌아 나온 다음 가까이 끌어당겼다. 아까는 그렇게 어설프던 팔다리가 어찌나 조화롭게 움직이는지 이 사람이 그 사람이라는 게 믿기지 않을 지경이었다.

모니카는 춤을 추면서 가슴 한구석에 늘 있던 불안감이 눈 녹듯 사라졌다는 걸 깨달았다. 적어도 지금만은 다음에는 어떻게? 만약에 이렇게 된다면? 어디로 가는 걸까? 등등의 걱정은 들지 않았다. 내가 노트에 쓴 그 바보 같은 글을 누가 읽고 있을까? 하는, 최근에 새로 생긴 걱정도. 지금은 오직 노래의 리듬과 라일리 품의 느낌만이 중요했다.

버스가 지나가면서 바깥쪽 인도가 잠깐 밝아졌다. 그런데 거기, 카페 창문 바로 앞에 젊은 여자가 세상에서 가장 귀엽고 통통한 아기를 현대의 성모자상처럼 안고 서 있었다. 아기는 엄마가 절대 자기를 버리지 못하게 하려는 듯 엄마의 머리카락을 손으로 감아쥐었다.

한순간, 모니카와 젊은 엄마의 눈이 마주쳤다. 아기 엄마는 당신 삶은 참 경박하고 공허하군요, 라고 말하는 것 같은 눈으로 모니카를 쳐다보았다. 정말 중요한 것은 이거예요. 내가 가진 것.

버스가 지나가고 나자 바깥쪽 보도가 다시 캄캄해졌고 여자와 아기의 모습도 사라졌다. 어쩌면 거기에는 아무도 없었는지도, 모니카가 상상한 장면일지도 몰랐다. 무의식이 모니카에게 이루지 못한 꿈을 잊지 말라고 다시 일깨우는 것 같았다. 그 모습이 실재였건 아니건, 아무 걱정 없이 행복감에 빠질 수 있던 순간은 이미 끝나고 말았다.

25
앨리스

밤 열한시가 거의 다 되었는데 앨리스는 아직도 번티를 유모차에 태우고 거리를 헤매고 있었다. 번티가 하도 안 자서 재우려고 나온 터였다. 조금 효과가 있는 것도 같았다. 끝나지 않던 울음이 조금씩 가라앉더니 한 십오 분 전쯤부터는 조용했다. 앨리스도 눈을 붙이기 위해 집을 향해 걸었다. 자기가 세상에서 가장 간절히 원하는 것이—돈보다도, 섹스보다도, 명성보다도, 마놀로블라닉 최신 제품보다도 더 간절히 원하는 것이—여덟 시간 동안 안 깨고 푹 자는 것이 될 줄 누가 상상이나 했을까?

앨리스는 가장 좋아하는 카페 앞을 지나가다가—이름이 뭐더라? 대프니? 벨린다? 그런 구식 여자 이름이었는데—걸음을 멈췄다. 안에 불이 켜져 있었고 남녀가 테이블 사이에서 춤을 추고 있었다. 할리우드 로맨스 영화에나 나올 법한, 믿을 수 없을 정도로 아름다운 장면이었다.

엿보면 안 된다고 생각하면서도 다리가 땅에 달라붙은 것처럼 움직이지 않았다. 앨리스는 인도 위 어두운 그늘에 숨어, 남자가 품에 안긴 여자를 다정함과 따스함이 가득한 눈으로 바라보는 걸 보았고 울고 싶은 심정이 되었다.

처음에는 맥스도 앨리스를 동화 속 공주 보듯이 바라봤고 자기가 세상에서 가장 운좋은 남자라고 생각하는 것 같았다. 하지만 그런 눈빛을 볼 수 없게 된 지 꽤 오래되었다. 전에는 맥스도 앨리스를 사랑했지만, 앨리스가 소리지르고 땀흘리고 쥐어뜯고 체액을 쏟아내면서 아기를 낳는 모습을 본 경험 때문에 애정에 변화가 생긴 건 아닐까 하는 의심을 지울 수가 없었다. 앨리스는 맥스에게 '머리 쪽'에 있으라고 했지만 맥스는 아기가 세상에 나오는 순간을 보고 싶다고 고집했고 그게 엄청난 패착이었다고 앨리스는 생각했다. 결국 맥스가 실신하면서 카트에 머리를 부딪히는 바람에 간호사를 더 불러와야 했다. 어제는 맥스가 앨리스의 치질 연고를 치약으로 착각했다. 두 사람 사이에 로맨스가 이미 시들어버렸다고 해도 놀랄 일은 아니었다.

앨리스는 눈앞에 펼쳐지는 영화 속의 여자에게는 갓난아기, 튼살, 치핵 같은 건 없을 거라고 확신했다. 자유롭고 홀가분하고 독립적이겠지. 뭐든 내키는 대로 하고 어디든 가고 싶은 데로 갈 수 있겠지. 그때 앨리스의 처지는 전혀 다르다는 걸 일깨워주기라도 하려는 듯 번티가 울음을 터뜨렸다. 유모차가 멈춘 걸 귀신같이 알고 잠에서 깬 모양이었다.

앨리스는 브로라 캐시미어 담요째로 번티를 안아올렸다. 짜증 말고 다른 감정도 느낄 수 있기를 속으로 빌었다. 그런데 번티는 엄마의 울고 싶은 마음은 아랑곳 않고 앨리스의 머리카락을 손으로 잡아당겨 자기 입으로 가져갔다. 머리가 뽑힐 것처럼 아팠다. 그때 버스가 지나가면서 인도가 환해졌고 순간 카페 안의 여자가 얼굴을 돌리더니 앨리스를 동정심 그득한 눈으로 쳐다보았다. 불쌍한 사람, 나와 처지를 바꾸고 싶지 않아요? 라고 말하는 것 같았다.

앨리스는 정말 그러고 싶었다.

설핏 잠이 들었다가 꿈에서 카페의 커플을 다시 봤다. 다만 꿈에서는 앨리스가 춤을 추는 여자였고 다른 사람이, 누군지 모를 사람이 그 광경을 보고 있었다. 앨리스는 떨쳐지지 않는 그 장면을 지우려는 듯 머리를 흔들었다. 그렇게 해서 떨쳐낸 건 머리에 끼고 있던 바보 같은 크리스마스 머리띠뿐이었다.

앨리스도 번티도 순록 뿔 머리띠를 하고 있었다. 앨리스는 번티와 코가 거의 맞닿을 정도로 얼굴을 가까이 대고 사진을 찍었다. 이 없이 활짝 웃는 번티의 얼굴은 다 보이고 앨리스 얼굴은 허니골드색 하이라이트(@danieldoeshair 협찬)를 넣은 머리카락과 옆모습만 조금 보이게 잡았다. 안전하게 추가로 몇 장 더 찍었다.

번티의 진짜 이름은 아멜리인데, 갓 태어났을 때 이름을 뭐라고 지을지 못 정하고 맥스와 다투는 동안(사실 지금까지도 온갖 일로 다투고 있다) 베이비 번티라고 불렀고 그게 그냥 입에 붙어버렸다. 지금 @babybunty는 거의 @aliceinwonderland만큼 팔로어가 많다.

앨리스는 가장 잘 나온 사진을 페이스튠으로 불러와 눈에 반짝이는 빛을 넣고 다크서클을 없애고 잔주름도 지웠다. 번티도 똑같이 처리했다. 번티를 인스타그램으로만 본 사람은 번티 얼굴에 태열이 있고 머리에 누런 각질이 있다는 사실은 전혀 모를 것이다. 다음에 앨리스는 '크리스마스가 다가와요!'라는 글자를 사진에 넣고 크리스마스 이모티콘 몇 개와 육아 패션 블로거들이 보통 다는 해시태그들을 줄줄이 달고 순록 머리띠를 보내준 @babydressesup을 태그하고 '공유'를 눌렀다. 앨리스는 전화기를 뒤집은 채로 테이블에 놓고 오 분 기다린 다음에 하트를 누른 사람의 수를 확인했다. 벌써 547명이었다. 이번 게시물은 잘될 듯했다. 엄마와 아기가 세트로 맞춰 입으면 늘 반응이 좋았다.

번티가 울음을 터뜨리자 앨리스의 왼쪽 가슴에서 젖이 흐르기 시작했다. 티셔츠까지 축축해졌다. 지금 막 갈아입은 옷인데다가 깨끗한 옷이라고는 이거 한 장 남았는데. 앨리스는 잠을 못 자서 정신이 멍했다. 자기 삶 속에 있는 게 아니라 삶을 옆에서 지켜보는 느낌이었다. 울고 싶었다. 요새는 울고 싶을 때가 많았다.

번티가 단단한 잇몸으로 헐고 갈라진 젖꼭지를 꽉 물자 앨리스는 얼굴을 일그러뜨렸다. 어제 @babybunty에 올린 번티가 젖을 먹는 사진은 아름답고 평화롭기만 했는데. 조명, 카메라 각도, 필터를 이용해서 물집, 고통, 눈물을 감췄으니까. 어떻게 자기 자식에게 젖을 먹인다는 지극히 자연스러운 행동이 이렇게 끔찍하게 느껴질 수가 있을까? 왜 아무도 이럴 거라는 이야기를 안 해준 걸까?

어떤 때에는 '모유가 최고 모유가 최고' 하는 문구가 연달아 인쇄된 목걸이 끈을 걸고 다니며 행여 분유를 섞어 먹여볼까 생각하는 엄마가 있으면 손가락을 흔들며 꾸지람하는 동네 조산사 목을 조르고 싶은 기분이 들었다. 조산사를 죽이고 싶다는 생각을 하는 엄마는 정상이 아닌 거겠지?

앨리스는 아침에 사진 찍은 으깬 아보카도를 바른 토스트는 옆으로 밀어놓고 번티를 왼쪽 젖에 매단 채로 찬장에서 비상용 자파 케이크를 꺼냈다. 어느새 한 통을 다 먹고 말았다. 앨리스는 익숙한 자기혐오감이 솟기를 기다렸다. 아 그래, 이거야, 정확하군.

번티가 젖을 다 먹고 트림을 하면서 먹은 것을 앨리스의 티셔츠 다른 쪽에 토해버렸다. 앨리스는 @babyandme에서 지원해준 아기 옷더미를 뒤졌다. 크리스마스 의상을 뽐내기에 너무 늦어버리기 전에 협찬받은 옷 사진을 하나 더 올려야 했다. 앨리스는 귀여운 더블브레스트 트위드 코트와 그 옷에 어울리는 모자와 신발을 골랐다. 이거면 됐다.

사진을 찍으려면 밖에 나가야 했다. 앨리스의 작은 테라스하우스* 안에는 종이상자, 장난감, 빨랫감더미가 사방에 널려 있고 싱크대에는 설거짓거리가 쌓여 있어 사진을 찍을 만한 데가 없었다. @aliceinwonderland는 세련되고 깔끔하고 누구나 부러워할 만한 집에 살기 때문이었다. 사실 아기와 같이 산책을 다니는 게 요즘 엄마들 트렌드 아닌가? 브랜드 이미지에도 잘 맞고.

앨리스는 다른 깨끗한 옷을 찾아 헤맬 기운이 없어 그냥 젖과 토가 묻은 티셔츠 위에 겉옷을 걸쳤다. 아무도 냄새를 맡을 수 있을 만큼 가까이 다가오지 않기를 바랄 뿐이었다. 앨리스는 순록 머리

---

* 18~19세기 영국 도시주택의 전형적 형식으로 수십 호의 주택을 이어붙인 연립주택형 집.

띠를 벗고 귀여운 털방울이 달린 털모자(@ilovepompoms)를 써서 며칠째 안 감은 머리를 감췄다. 현관 거울에 모습을 비춰보았다. 이런 꼴이니 적어도 아무도 앨리스를 알아보지는 못할 것 같았다. 앨리스는 맥스가 퇴근하고 오기 전에 단장을 좀 하자고 속으로 다짐을 했다. 맥스 같은 남자에게는 외모가 매우 중요했다. 앨리스는 아기를 낳기 전까지는 맥스에게 늘 완벽히 화장하고 드라이하고 면도한 모습만 보여줬다. 그뒤로는 계속 조금씩 망가져가는 추세였다.

커다란 숄더백에 꼭 필요한 물건만 챙기는 데에도 한참이 걸렸다. 속싸개, 물티슈, 기저귀 발진 크림, 수유패드, 기저귀, 치발기, 딸랑이, 두두(번티가 제일 좋아하는 토끼인형). 네 달 전 번티가 태어난 뒤로는 집에서 나서는 일이 에베레스트 등반 준비하고 맞먹을 지경이었다. 그전에는 열쇠와 지갑을 챙기고 청바지 주머니에 휴대전화만 넣으면 준비 끝이었다. 그때의 자기는 지금과 전혀 다른 삶을 사는 완전히 딴사람인 것처럼 느껴졌다.

옷을 차려입힌 번티를 유모차에 앉히고 안전벨트를 채운 다음 뒷걸음질로 계단에서 인도로 내려갔다. 번티가 울기 시작했다. 아니 젖 먹은 지 얼마나 됐다고 벌써 배가 고플 리는 없지 않나?

아기 울음소리만 들어도 무얼 원하는지 알게 될 줄 알았다. 배고픈지, 졸린지, 불편한지, 따분한지 구분할 수 있을 거라고. 그런데 번티의 울음소리는 전부 딱 한 가지 뜻처럼 들렸다. 실망감. 내가 기대한 건 이런 게 아니야, 라고 말하는 것 같았다. 앨리스도 똑같은 심정이었기 때문에 이해할 수 있었다. 앨리스는 유모차의 움직임이 번티의 울음을 달래주길 기대하며 빠르게 걸었다. 사진을 찍기 전에 번티가 잠이 들면 안 되었다.

동네 공원에 있는 작은 놀이터로 갔다. 번티를 아기그네에 앉히면, 옷이 잘 보이기도 하고 번티가 그네를 좋아하니까 웃을 가능성도 높았다. 번티는 얼굴을 찡그리면 기이하게도 윈스턴 처칠과 닮아 보였다. 그런 얼굴을 올렸다가는 팔로어들이 확 줄 것이다.

앨리스는 고등학교나 대학교 친구들 중에 자기처럼 아기를 낳은 사람이 있으면 얼마나 좋을까 하는 생각을 했다. 그러면 솔직하게 어떤 심정인지 털어놓을 수라도 있을 것 같았다. 아기 키우기가 이렇게 힘들고 피곤하게 느껴지는 게 정상인지 아닌지도 알 수 있을 테고. 그렇지만 친구들은 스물여섯 살에 아기는 너무 이르다고들 했다. 왜 앨리스는 그렇게 생각하지 않았던 걸까? 앨리스는 완벽한 그림을 하루빨리 완성하고 싶었다. 잘생기고 돈 잘 버는 남편, 풀럼에 있는 빅토리아시대 테라스하우스, 예쁘고 행복한 아기. 지금 앨리스는 누구나 부러워할 꿈같은 삶을 살고 있지 않나? 앨리스의 팔로어들은 분명 그렇게 생각했다. 그 생각을 하면, 지나치게 욕심이 많은 것 같아 죄책감이 들었다.

놀이터는 텅 비었는데 아기그네 위에 무언가가 있었다. 가까이 가보니 노트 한 권이 그네 위에 놓여 있었다. 앨리스는 누가 놓고 갔나 주위를 둘러보았지만 아무도 없었다. 노트를 집어들었다. 번티가 젖 먹은 시간을 기록하던 노트하고 비슷해 보였다. 5.40 A.M. 왼쪽 십 분, 오른쪽 삼 분. 수유 시간을 꼼꼼히 기록하면서 전문가들이 하라는 대로 수유 간격을 일정하게 맞춰보려고 했었다. 그 시도는 오래 못 갔다. 결국은 기분이 바닥이었을 때 노트가 자기 실패의 기록처럼 느껴지길래 기저귀 쓰레기통 안에 던져버렸다.

앨리스의 노트는 표지에 이렇게 적혀 있었다. '번티 수유 일기'. 번티의 이름 둘레에 하트를 그렸었다. 이 노트도 제목이 적혀 있는데 훨씬 아름다운 글씨체였다. '진실 프로젝트'. 제목이 마음에 들었다. 사실 앨리스의 브랜드(그리고 번티의 브랜드)도 진실성을 중요시하니까. 현실 엄마와 아기들을 위한 실생활 패션. 웃는 얼굴 이모티콘.

앨리스가 노트를 펼쳐 막 읽으려고 할 때 빗방울이 떨어지기 시작했다. 윽. 하늘마저 우는구나. 굵은 빗방울이 떨어져 벌써 책장 위에 잉크 얼룩이 생겼다. 앨리스는 소매로 빗물을 닦고 노트를 가방 안 기저귀와 물티슈 사이에 넣었다. 이걸 어떻게 할지는 나중에 생각해볼 참이었다. 지금은 우선 흠뻑 젖기 전에 서둘러 집에 가야 했다.

26
줄리언

　줄리언은 인터넷에서 구입한 태극권 의상이 썩 마음에 들었다. 생각해보니 메리가 떠난 뒤 처음으로 산 옷이었다. 줄리언은 인터넷 쇼핑이 얼마나 쉬운지 알게 된 김에 새 속옷과 양말을 대량 주문했다. 새것을 구비할 때가 됐다 싶었다. 라일리한테 낡은 속옷과 양말을 이베이에서 팔라고 해야겠다는 생각이 들었다. 그 말을 듣고 라일리가 어떤 반응을 보일지 생각만 해도 기대가 됐다. 감히 줄리언의 드레스룸을 털어 팔겠다고 말한 것에 대한 복수였다.
　줄리언은 늙은 닌자 스타일을 택했다. 헐렁한 바지와, 소매통이 넓고 앞섶을 브레이드끈으로 여민 셔츠를 위아래 검은색으로 맞췄다. 우 부인도(아직도 베티라는 이름이 입에 붙지 않았다) 꽤 감탄하는 것 같았다. 눈썹을 어찌나 높이 치켰던지 순간 미간의 이어진 데가 떨어지기까지 했다.
　줄리언과 우 부인은 어느덧 익숙해진 워밍업 동작을 시작했다.

줄리언은 이 주 전 우 부인이 처음 나타났을 때에 비해 자신이 훨씬 덜 비틀거리고 더 유연해졌다 싶었다. 우 부인은 언제부턴가 씨앗이 든 봉지를 가지고 와서 운동을 시작하기 전에 마당에 뿌렸다. 그러면 곧 새들이 날아와 주위를 둘러쌌다.

"자연에 둘러싸이면 기분이 좋지요. 좋은 일이기도 하고요. 새들은 춥고 배고파요. 먹이를 주면 새도 행복하고 우리도 행복하고." 우 부인을 따라 팔을 뒤로 돌리고 몸을 앞으로 숙이자 새들이 씨앗을 먹으러 땅으로 내려오는 게 줄리언의 눈에 들어왔다. 새들이 아침 운동을 함께 하러 온 것 같은 묘한 기분이 들었다. "조상의 존재를 느껴요, 줄리언?"

"아뇨. 느껴야 돼요?" 줄리언은 물었다. 어디에 있는 조상을 어떻게 느껴야 한다는 말이지? 줄리언에게는 어쩐지 불편한 생각이었다. 줄리언은 아버지가 벤치에 앉아 안경 너머로 자기를 못마땅하게 보고 있을 것 같아 주위를 둘러보았다.

"항상 우리와 같이 있지요." 우 부인은 전혀 불편하게 느끼지 않는 듯 말했다. "여기에서 느껴요." 우 부인이 주먹으로 가슴을 탁 치면서 말했다. "영혼으로."

"어쩌다 우리는 이렇게 늙었을까요?" 줄리언은 좀더 편한 쪽으로 화제를 돌렸다. 무릎이 운동하는 게 못마땅하다는 듯 두둑 소리를 냈다. "마음은 아직도 스물한 살인데, 주름지고 검버섯투성이인 손을 보면 내 것 같지가 않아요. 어제 모니카스 카페 화장실에서 핸드드라이어로 손을 말리는데 손등 피부가 출렁이더라니까요."

"이 나라에서는 늙는 게 좋은 일이 아니지요." 우 부인이 말했다. 우 부인이 좋아하는 대화 주제였다. "중국에서는 노인이 현명한 존재라고 존경을 받아요. 오래 살면서 많이 알게 되었으니까요. 영국에서는 늙은이를 성가시게 생각하죠. 가족들이 멀리 요양원으로 보내버려요. 노인을 가두는 감옥이죠. 우리 가족은 절대 그러지 않을 거예요. 감히 그런 생각을."

줄리언은 아무도 우 부인에게는 감히 그러지 못할 거라고 생각했다. 그렇지만 자기가 현명해졌다거나 많이 알게 되었다는 생각은 들지 않았다. 이십대 때와 별로 달라진 게 없는 듯했다. 그래서 거울에서 자기 모습을 볼 때마다 큰 충격을 받곤 했다.

"우 부인 가족은 좋은 분들이잖아요." 줄리언은 오른발을 앞으로 들고 팔을 양옆으로 뻗으며 말했다.

"베티라고 하라니까요!" 우 부인이 무서운 표정으로 말했다.

"배즈, 그러니까 비밍은 아주 좋은 청년입니다. 아주 좋은 남자친구이기도 하고요. 벤지한테."

우 부인이 동작 중간에 움직임을 멈췄다. "남자친구요?" 우 부인이 놀란 표정으로 물었다.

줄리언은 중대한 실수를 저질렀다는 걸 깨달았다. 배즈가 대놓고 벤지한테 애정 표현을 하기 때문에 줄리언은 당연히 우 부인도 손자가 남자에게 끌린다는 걸 알 거라고 생각했었다. "아, 그러니까 남자인 친구요. 둘이 아주 사이좋게 지내잖아요. 친구로. 아시겠지만."

우 부인은 줄리언을 무섭게 노려보며 아무 말도 하지 않더니 곧 다음 동작으로 우아하게 넘어갔다.

줄리언은 안도의 한숨을 내쉬었다. 다행히 줄리언은 보통 사람들에 비해 눈치가 빨랐다. 상황을 잘 모면한 것 같았다.

27
모니카

올해는 카페에 크리스마스 장식을 대대적으로 했다. 줄리언의 미술 수업이 오래 묻혀 있던 예술적 감성을 일깨운 것 같았다. '서재' 자리에 트리를 놓고 전통적인 유리 장식과 하얀색 LED 전구를 달았다. 테이블마다 호랑가시나무와 아이비로 장식하고 바 위에는 겨우살이 다발을 걸었다. 벤지는 남자고 여자고 가리지 않고 누구에게나 기쁘게 키스를 했다.*

"타르트!"** 배즈가 6번 테이블에서 소리쳤다.

"아몬드 타르트 아니면 레몬 타르트?" 벤지가 웃으며 대꾸했다.

하루종일 크리스마스 노래가 반복적으로 흘러나왔다. 모니카는 U2가 오늘이 크리스마스라는 걸 아느냐고 묻는 노래를 한 번만 더

---

* 크리스마스에 겨우살이 장식 아래에서는 누구에게나 키스를 해도 된다는 풍습이 있다.

** '헤픈 여자'를 일컫는 속어.

들으면 벤지의 아이패드를 싱크대에 설거짓거리와 같이 던져넣고 싶어질 것 같았다.

뱅쇼의 진하고 오묘한 향기가 카페에 가득했다. 크리스마스이브 였으므로 모니카는 벤지에게 단골손님들에게 뱅쇼를 무료로 주라고 말해두었다. 벤지는 와인과 함께 찬사도 무료로 마구 건네고 있었다. 미시즈 코셀리스, 오늘 정말 섹시해 보여요! 아이들한테는 동전 초콜릿 하나씩을 공짜로 주었더니 웃는 얼굴과 초콜릿 손자국이 사방에 생겨났다. 모니카는 아이들 뒤를 따라다니며 손자국을 지우고 싶은 충동을 애써 억눌렀다. 엄마가 되었을 때를 대비하는 좋은 연습이야, 하고 생각하며 마음을 다스렸다. 모니카는 시계를 봤다. 다섯시가 거의 다 되어 있었다. 월요일이었지만 크리스마스이브니까 라일리, 줄리언과 묘지에서 만나 축하주를 한잔하기로 했다.

"벤지, 이거 한 병만 얼른 담아줄 수 있어? 묘지로 가져가게." 모니카가 말했다.

"귀신들도 뱅쇼를 마셔요?" 줄서 있던 여자 손님이 농담을 했다.

모니카는 버스에 올라타며 산타 모자를 쓴 운전사를 보고 활짝 웃었다. 크리스마스라고 이렇게 기분이 들뜬 게 얼마 만인지 몰랐다. 엄마가 돌아가시기 전에, 엄마 아빠와 같이 살던 때의 크리스마스 같은 느낌이었다.

플럼 로드 쪽에서 제독 무덤을 향해 걸어가는데 얼스코트 쪽에서 걸어오는 라일리가 보였다. 라일리가 손을 흔들었다.

라일리는 〈God Rest Ye Merry, Gentlemen〉이라는 캐럴을 부르면서 모니카와 함께 대리석판 위에 앉았다. 라일리가 모니카에게 키스를 했다. 키스의 열기, 깊이, 아찔함이 조금 전까지 마시던 뱅쇼처럼 온몸에 퍼졌다. 주변 묘비를 덮은 담쟁이처럼 그렇게 얽힌 채로 시간이 얼마나 지났는지도 모르고 있는데 줄리언의 목소리가 들렸다.

"으흠, 나 다른 데로 갈까?" 두 사람은 얼른 몸을 뗐다. 모니카는 학교 댄스파티장 밖에서 키스하다가 아빠한테 들킨 기분이 들었다.

"아뇨, 아뇨, 아뇨." 라일리가 말했다. "우리보다 먼저 오셨잖아요. 최소 사십 년 먼저."

"뱅쇼 가져왔어요." 모니카는 보온병을 흔들며 말했다.

"흠, 두 사람이 이렇게 잘 지내서 놀랐다고는 말 못하겠네요. 라일리가 미술 수업 도중에 들어왔을 때부터 나는 예상했거든. 우리 예술가들은 다른 사람이 보지 못하는 걸 보지. 우리의 축복이자 저주라오." 줄리언이 셰익스피어 연극에 나오는 배우처럼 말했다. "오, 참 좋군요, 크리스마스가 이 이상 좋을 수는 없을 거라고 생각했는데."

모니카는 뱅쇼를 한 잔씩 따라주었다. 줄리언의 베일리스를 마시지 않아도 될 핑계가 있어서 다행이었다. 메리가 가장 좋아하는 술이었다는데 너무 달아서 모니카는 베일리스를 마시면 치아가 녹는 것 같았다. "메리 크리스마스, 메리." 모니카는 메리에게 미안한 생각이 들어 이렇게 말했다.

"메리 크리스마스, 메리!" 다른 사람들도 따라 인사했다.

"이베이 쪽에서 좋은 소식이 있어요." 라일리가 말했다. "거의 1천 파운드를 벌었어요. 계단 밑 벽장이 그냥 노다지예요."

"라일리 정말 대단하네요." 줄리언이 대답했다. "나는 온라인

쇼핑을 할 수 있게 됐어요. '미스터 포터'라는 아주 좋은 사이트를 찾았어요. 패션에 관심 있는 신사에게 필요한 물건이 전부 갖춰져 있더군요. 라일리도 한번 들어가봐요."

"전 그냥 프라이마크에서 사려고요. 거기가 가격대가 더 잘 맞아서."

"줄리언, 전 카페로 가서 벤지가 마감하는 걸 도와야 해요. 대신 내일 오전 열한시에 봐요."

"바래다줄게요, 모니카." 라일리가 말했다. 그 말을 듣고 줄리언이 다른 노인이 했다면 정말 안 어울렸을 법한 윙크를 했다.

두 사람은 폴럼 로드를 따라 걸었다. 라일리의 팔이 모니카의 어깨 위에 둘려 있었다. 크리스마스가 코앞이라 런던은 한산했고 거리가 조용했다. 지금 돌아다니는 사람들은 특별한 사연이 있을 것 같았다. 마지막 순간에 급하게 선물을 사러 나온 남자, 양말에 넣을 선물을 포장해야 돼서 아이들을 몰고 서둘러 집으로 가는 엄마, 사무실 점심 회식이 늦게까지 이어져서 이제야 집으로 돌아가는 젊은이들.

모니카는 이렇게 마음이 느긋한 게 얼마 만일까 생각했다. 라일리가 런던을 곧 떠나든 말든 별로 마음 쓰지 않게 되었다는 걸 깨닫고 스스로도 놀랐다. 라일리가 어떻게 할 생각인지 신경쓰지 않게 됐다. 일단 지금은, 아기를 가질 수 없는 독신녀로 늙으리라는 걱정도 머릿속에서 '보류' 폴더로 옮겨놓았다. 라일리의 어깨에 머리를 기대고 술집에서 흘러나오는 크리스마스캐럴에 발을 맞추어서 걷는 지금 가장 중요한 것은 이 순간을 어떻게 완벽하게 보내느냐는 것이었다. 모니카는 자기가 완벽히 마음을 다스리고 있는 것 같아 기뻤다.

"모니카," 라일리가 평소답지 않게 약간 머뭇거리며 말했다. "내가 당신을 얼마나 좋아하는지 알아줬으면 좋겠어요." 모니카는 롤러코스터를 탔을 때처럼 뱃속이 출렁거렸다. 기쁨과 두려움이 한 덩이로 뭉쳐져서 어디부터가 기쁨이고 어디부터가 두려움인지 알 수가 없었다.

"라일리, 지금 꼭 소설에서 남자주인공이 사실은 고향에 아내와 자식들이 있다고 털어놓으려고 입을 떼는 장면 같았어요." 모니카는 농담처럼 들리게 하려고 애쓰면서 말했다. 당연히 아니겠지, 그렇겠지?

"하하! 아니, 당연히 아니죠. 그냥 당신이 알았으면 좋겠어서요. 그것뿐이에요."

"나도 당신 많이 좋아해요." 모니카는 말했다. 지금이 한동안 머릿속으로 준비해오던 말을 하기에 절호의 순간인 것 같았다. 아무렇지도 않은 듯 말하려고 연습도 많이 했다. 심지어 아이폰으로 녹음해서 다시 들어보기까지 했다. 아, 설마 녹음한 거 틀림없이 지웠겠지? "오늘 자고 갈래요? 어차피 내일 오전에 올 거니까. 저녁에 칠면조 속 채우고 방울양배추 다듬고 해야 해서 정신없긴 할 테지만."

라일리는 바로 대답하지 않았다. 무슨 답이 나올지 모니카가 충분히 짐작할 수 있을 만큼 늦게 답이 나왔다. "그러고 싶은데, 플랫메이트들하고 저녁에 파티를 하기로 해서요. 내일은 내가 일정이 있으니까요. 정말 미안해요."

모니카는 머릿속에서 익숙한 목소리를 들었다. 이 남자는 널 그렇게까지 좋아하진 않아. 모니카는 그 목소리를 성가신 각다귀처럼 쳐냈다. 오늘은 어떤 것도 모니카의 기분을 망칠 수 없었다. 내일은 완벽한 날이 되어야 하니까.

28
앨리스

앨리스가 크리스마스 선물로 가장 간절히 원한 것은 늦잠이었다. 아침 일곱시까지만이라도 자고 싶었다. 하지만 번티의 생각은 달랐다. 번티는 새벽 다섯시에 깨어 젖과 관심을 달라며 앙앙 울었다. 하지만 번티가 싫어하는 분유를 먹일 수밖에 없었다. 어젯밤 술을 마셔서 젖에 알코올 성분이 있을 수 있기 때문이었다. 젖은 유축기로 짜서 버려야 했다. 또다시. 앨리스는 아기 하나 먹이는 것조차 제대로 못한다는 자책감에 휩싸였다. 부엌은 장난감가게에 난동이 일어난 것 같은 꼴이었다. 원래는 어젯밤에 청소도 하고 크리스마스 점심에 먹을 채소도 다듬어놓고 잠자리에 들 작정이었지만 맥스와 대판 싸우고 나서 그냥 손을 놔버렸다. 앨리스는 찬장을 열고 진통제를 꺼냈다. 약으로 어젯밤의 기억을 숙취와 같이 지워버리고 싶었다.

맥스는 어제 오후 꽤 늦게 피곤한 모습으로 돌아왔다. 팀원들을 데리고 점심 회식을 했는데 분위기가 들떠 자리가 길어졌단다. 맥스가 집에 왔을 무렵에 앨리스는 완전히 녹초가 된데다 유선염이 시작되려는 조짐이 있었다. 가슴이 돌처럼 단단해져 건드리지도 못할 정도로 아팠고 열이 났다. 구글로 검색해보았더니 차갑게 식힌 양배춧잎을 수유브라 안에 넣어두면 증상이 완화된다고 했다. 양배추를 사러 나가려면 번티를 깨울 수밖에 없을 텐데 드디어 고맙게도 깊은 잠이 든 번티를 깨우고 싶지는 않았다. 그래서 마침내 맥스가 귀가했을 때 양배추를 사다달라고 했다.

양배추를 사러 간 맥스는 감감무소식이었고, 기다리는 동안 맥스가 종일 즐겁게 놀고 있을 때 자기는 기저귀와 물티슈와 씨름했다는 생각을 하자 속이 부글부글 끓었다. 드디어 맥스가 나타났는데 손에는 방울양배추 한 봉지가 들려 있었다. 맥스 말이 크리스마스이브라 가게가 전부 문을 닫았고 연 곳도 물건이 없더라고 했다.

"나더러 이 조그만 잎사귀 가지고 뭐하라고 이걸 사온 거야!" 앨리스는 소리를 질렀다.

"나는 먹으려는 줄 알았지. 크리스마스에는 다들 방울양배추를 먹지 않아? 법이나 다름없다고." 듣고 보니 맥스의 말에도 일리는 있었다. 하지만 이미 방울양배추 봉지를 맥스에게 던진 뒤였다. 맥스가 몸을 숙였고 양배추는 벽으로 날아가 번티의 인스타그램 사진을 콜라주해놓은 액자에 부딪쳤다.

앨리스는 냉장고에서 와인 한 병과 민트초콜릿 한 상자를 꺼내서(둘 다 크리스마스에 먹으려고 아껴둔 것이었다) 소셜미디어를 훑어보면서 기록적인 속도로 전부 해치웠다. 앨리스는 암울한 기분으로 이걸로 맥스에게 확실히 보여줬겠지, 라고 생각했었다.

지금 앨리스는 자기 행동이 맥스에게 아무것도 보여주지 못했고, 뭔가 보여줬더라도 앨리스가 의도한 것과는 다른 걸 보여줬으리란 걸 깨달았다. 덕분에 앨리스는 새벽 세시에 목이 타서 땀을 흘리고 소비뇽블랑 냄새를 풍기며 깼다. 그뒤에는 두 시간 동안 잠자리에서 뒤척이며 바보짓을 한 자신을 나무랐고 곧 번티가 깨어 더 큰 소리로 앨리스를 같이 나무라기 시작했다.

맥스가 부엌으로 들어와 앨리스의 정수리에 입을 맞추고(앨리스는 아직까지 두 손으로 머리를 감싸쥐고 있었다) "메리 크리스마스"라고 말했다.

"메리 크리스마스." 앨리스는 최대한 밝은 말투로 말했다. "잠깐 나 눈 붙일 동안 번티 좀 봐줄 수 있어?"

맥스는 앨리스가 이웃에 사는 노부부를 초대해 스윙 댄스를 추자고 말하기라도 한 것처럼 휘둥그레진 눈으로 쳐다보았다. "평소라면 당연히 그러겠지만(평소에도 그런 적은 없었다) 곧 부모님이 오실 테니 우리 할일이 많잖아." 맥스는 나무라는 듯한 말투로 말하면서 널려 있는 장난감, 설거지, 쓰레기통, 껍질 안 깐 감자 등에 눈길을 주었다.

"우리라고 했으니까 같이 하겠다는 말이지?" 앨리스는 말투에 최대한 감정을 담지 않으려고 애쓰면서 말했다. 크리스마스 날까지 싸우고 싶지는 않았다.

"당연하지! 귀찮은 일 몇 가지만 얼른 처리하고 도와줄게. 그건 그렇고 부모님 오시기 전에 옷 다른 걸로 갈아입을 거지?" 맥스가 말했다.

"당연하지." 그래야겠다는 생각은 없었지만 그래도 그렇게 대답했다. 맥스가 서재로 들어가고 나자 앨리스는 옷을 갈아입듯이 삶도 바꿀 수만 있다면 얼마나 좋을까 생각했다.

앨리스는 번티가 울지 않고 잘 버티도록 아기띠로 둘러업고 집 안 청소를 하고 시부모님 점심 준비를 했다. 앨리스는 시어머니를 싫어하지 않았다(적어도 싫어하지 않으려고 노력은 했다). 하지만 시어머니는 기준이 너무 높았다. 대놓고 나무라는 일은 없었지만 속으로는 하나하나 뜯어보며 못마땅하게 여긴다는 걸 느낄 수 있었다. 시어머니는 앨리스가 버밍엄 외곽 공영주택 단지에서, 학교 식당에서 일하는 싱글맘 손에 자랐다는 사실을 아직도 받아들이기 힘든 듯했다.

앨리스의 아버지는 앨리스의 남동생이 갓난아기일 때 집을 나갔다. 시어머니는 결혼식 내내 라벤더색 투피스 차림으로 대쪽같이 꼿꼿하게 앉아 곁눈으로 건너편에 앉은 앨리스의 가족을 실망스러운 기색으로 보았다. 외동아들이 이보다는 나은 짝을 택하리라고 기대했던 것이다. 시어머니의 기준이 하도 높아서 앨리스는 외모도 흠잡을 데 없이 가꾸고 늘 예의바르게 행동하고 발음도 다듬었지만 그 기준에 도달하기란 기대조차 어려웠다.

맥스는 물론 이런 건 아무것도 몰랐다. 맥스의 눈에 어머니는 완벽한 사람이었다.

두 시간 동안 미친듯이 움직였더니 부엌이 그럭저럭 볼만해졌고 점심 준비도 끝났다. 점심때에 맞춰 먹을 수는 없어도 적어도 세시에는 먹을 수 있을 듯했다. 하지만 앨리스 본인은 전혀 볼만하지 않았고 준비도 안 되어 있었다. 안 감은 머리는 대충 틀어올렸고 얼굴은 와인, 초콜릿, 수면 부족 때문에 엉망이었고 출산 뒤에 남은 뱃살은 자파 케이크 중독 때문에 제자리로 돌아오지 않고 요가 팬츠 위로 늘어졌다.

앨리스는 노크를 하지 않고 맥스의 서재에 들어갔다. 맥스가 얼른 랩톱을 닫았다. 앨리스에게 보여주고 싶지 않은 뭐가 있길래? 앨리스는 번티를 맥스의 무릎에 턱 내려놓고 샤워를 하러 갔다.

아기가 생기면 부부 사이가 더 가까워질 거라고 생각했다. 새로운 목표를 위해 함께 모험을 해나갈 거라고. 그렇지만 번티가 태어난 뒤로 두 사람은 계속 멀어지기만 하는 것 같았다.

앨리스는 서둘러 닫은 랩톱, 야근, 둘 사이 대화가 점점 없어지는 것 등을 떠올렸다. 맥스가 바람을 피우는 걸까? 만약에 정말 맥스가 바람이 났다면, 그게 그렇게 끔찍한 일일까? 바람이라면 적어도 그동안 앨리스가 섹스하기 싫어서 자는 척하거나 머리가 아프다고 둘러댔던 것에 대한 죄책감을 덜 수는 있겠다. 그렇지만 맥스에게 배신을 당했다는 생각은 숨도 쉬기 어려울 정도로 고통스러웠다. 앨리스는 이미 자기가 별 볼 일 없고 섹시하지도 않고 사랑스럽지도 않다고 느끼고 있었다. 맥스가 그런 생각을 확인해주면 완전히 무너져버리고 말 것 같았다. 만약 맥스가 이혼을 하자고 하면? 수천 명의 여자들이 인스타그램으로 구경하며 동경하는 완벽한 삶을 이루려고 그렇게 노력했는데, 그냥 포기할 수는 없었다.

그만해, 앨리스. 호르몬 때문일 거야. 이제 괜찮아질 거야. 샤워기의 세찬 물줄기를 지친 몸으로 받으며 앨리스는 이렇게 중얼거렸다.

나중에야 앨리스는 깨달았다. 맥스가 자기를 떠날지도 모른다고 걱정하면서도 맥스가 그리울 거라는 걱정은 한 번도 하지 않았다는 사실을. 당연히, 맥스가 보고 싶겠지.

29
줄리언

특별한 날이라 줄리언은 특히 공을 들여 옷을 차려입었다. 옛친구 비비언 웨스트우드(아무래도 다시 연락을 해봐야겠다. 비비언은 아마 줄리언이 죽었다고 생각할 것이다)가 디자인한 킬트와 재킷인데 서로 다른 타탄체크무늬를 썼고 단이 비대칭이었다. 크리스마스에 웨스트우드를 안 입는다면 언제 입겠나? 줄리언은 〈Fairytale of New York〉이라는 노래가 나오는 라디오방송을 틀어놓고 '나도 대단한 사람이 될 수 있었다'는 가사를 따라 불렀다.

줄리언은 한때 대단한 사람이었다가, 지금은 아무것도 아닌 사람이 되었다. 그런데 오늘은 다시 대단한 사람이 된 기분이었다. 크리스마스 오찬에 초대받는 사람. 친구들한테. 그이들이라면 진짜 친구라고 부를 수 있겠지? 모니카가 줄리언을 가엾게 여겨서 혹은 의무감에서 초대한 것은 아닐 거라고 줄리언은 믿었다.

줄리언은 메리가 떠난 뒤 처음 맞은 크리스마스를 떠올렸다. 그

날이 무슨 날인지도 모르고 있다가 오후에 텔레비전을 켜고 알았다. 텔레비전이 축제 분위기로 들썩이는 걸 보고는 차가운 베이크드빈 통조림, 포크와 후회를 품고 다시 침대로 들어갔다.

줄리언은 드레스룸에 있는 전신 거울 앞에서 태극권 동작 하나를 해보았다. 스코틀랜드 미치광이처럼 보였다. 모니카, 라일리, 벤지, 배즈, 우 부인에게 줄 선물을 포장하려고 거실로 갔다. 말 안 듣는 손으로 셀로판테이프 들러붙은 걸 떼느라 생각보다 시간이 오래 걸렸다. 이로 테이프를 물고 떼려다가 입과 손이 들러붙었다.

풀럼 로드로 나왔을 때 라일리가 저쪽에서 걸어오고 있었다. 얼스코트에서 묘지를 통과해서 풀럼 로드로 나온 모양이었다. 그러니 모니카의 집에서 자지 않았다는 말이었다. 라일리가 의외로 구식 젊은이인 모양이었다. 줄리언은 마땅히 구식이어야 했을 때에도 구식인 적이 없었는데. 라일리는 줄리언의 의상을 보고 조금 놀란 표정을 지었다. 단단히 감명받은 모양이었다.

모니카가 사랑스러운 모습으로 카페 문을 열었다. 빨간색 드레스 위에 평범한 하얀색 요리용 앞치마를 둘렀다. 뜨거운 불가에서 일하고 있었는지 뺨이 발갛게 달아올랐고 묶은 머리에서 삐져나온 머리카락 가닥이 젖어 있었다. 모니카가 손에 든 나무 숟가락을 흔들면서 말했다. "들어와요!"

카페 한가운데 여덟 사람이 앉을 수 있는 테이블 위에 네 사람 자리가 차려져 있었다. 모니카는 흰색 리넨 식탁보를 깔고 금색 스프레이를 뿌린 장미 꽃잎을 흩뿌려놓았다. 자리마다 작은 이름표를 끼운 금색 솔방울이 놓여 있었다. 빨간색 크리스마스 크래커*, 빨간색과 금색 양초, 호랑가시나무와 아이비로 만든 장식이 있었다. 줄리언의 까다로운 심미안으로 보기에도 훌륭했다.

"밤새운 거예요, 모니카? 정말 멋있어요. 모니카 당신도요. 전문가의 관점에서 말하는 거예요." 줄리언의 말에 모니카의 뺨이 더 빨갛게 물들었다.

"오늘 좀 일찍 일어나긴 했죠. 벤지는 '서재'에 있어요. 선물은 거기 트리 밑에 두세요."

커피테이블 하나에는 얼음 버킷에 든 샴페인 한 병이 있고 훈제 연어블리니도 큰 접시로 있었다. 칠면조 굽는 냄새와 킹스칼리지 합창단이 부르는 캐럴이 실내를 넉넉하게 채웠다. 계획했던 것이 다 그대로 이루어지는 날인 것 같았다.

모니카가 앞치마를 벗으며 자리에 앉았다. "자, 한 시간 더 기다렸다가 마지막 채소를 넣어야 돼요. 그사이에 선물부터 열어볼까요? 지금 일부 보고 나머지는 점심 먹고 풀어도 되고요."

줄리언은 모니카처럼 지금 누릴 수 있는 기쁨을 나중으로 미루는 걸 좋아하는 사람이 아니라 선수를 쳤다. "내 것부터 먼저 풀면 안 될까요?" 줄리언은 반대할 시간도 주지 않고 자기 선물 꾸러미를 트리 아래에서 꺼내어 사람들에게 나누어주었다.

"사실 새로 산 건 하나도 없어요. 그냥 집에서 찾았어요." 줄리언은 덧붙여 말했다.

벤지가 가장 먼저 포장지를 부욱 뜯고는 입을 떡 벌리고 무릎 위에 놓인 선물을 보았다. "〈서전트 페퍼〉 레코드판이잖아요! 이런

---

* 영국에서 크리스마스 장식으로 쓰는 튜브 모양의 물건으로, 양옆에서 당기면 폭죽 터지는 소리가 나고 안에는 작은 선물이나 농담이 들어 있다.

걸 주시면 어떻게 해요. 엄청 비싸게 팔릴 텐데요." 벤지는 안 된다고 하면서도 도저히 손에서 놓을 수 없다는 듯 판을 꼭 붙들고 있었다.

"진가를 알아주는 사람에게 주는 게 낫지요. 벤지가 비틀스 좋아하는 거 아니까. 나는 비틀스가 아주 좋고 그렇진 않더라고. 너무 착한 느낌이랄까. 섹스 피스톨스가 딱 내 스타일이지."

줄리언은 오리지널 롤링 스톤스 티셔츠를 감탄어린 눈으로 보고 있는 라일리를 돌아보았다. "한참 전부터 내 옷에 눈독들였잖아요, 그래서. 팔고 싶으면 팔아도 좋고, 그런데 라일리한테 잘 어울리는 것 같네요."

줄리언이 속으로 가장 기대하며 준 선물은 모니카의 것이었다. 그런데 모니카가 테이프를 살살 뜯고 있어 시간이 한없이 오래 걸렸다.

"그냥 뜯어버려요!" 줄리언은 말했다. 모니카가 충격받은 얼굴을 했다.

"찢어지면 다시 쓸 수가 없잖아요." 모니카가 너무 들뜬 아이를 꾸짖듯이 말했다.

마침내 포장지가 열렸고 모니카가 헉하고 숨을 들이마셨다. 바로 줄리언이 원하던 반응이었다. 다른 사람들도 모니카 옆으로 와서 선물을 구경했다.

"줄리언, 너무 아름다워요. 나보다 훨씬 훨씬." 모니카가 말했다. 줄리언은 모니카를 일부는 기억에 의존해서, 일부는 미술 수업 도중에 몰래 그린 스케치를 기반으로 유화로 그렸다. 모니카가 한 손으로 턱을 괴고 다른 손으로는 머리카락 한 가닥을 꼬는 모습을 그린 작은 그림이었다. 줄리언의 다른 그림들처럼 붓놀림이 대담하고 빠르고 거의 추상화에 가까울 정도로 디테일이 생략되어 있는데도 강력하게 말을 하는 그림이었다. 줄리언은 진짜 모니카를 보았고 그려냈다. 모니카가 막 울음을 터뜨릴 듯한 얼굴을 했다. 좋은 의미의 울음이겠지, 줄리언은 생각했다.

"지난번에 같이 한 잭슨 폴록 협동 작품을 빼면 십오 년 만에 처음 그린 그림이라오. 실력이 녹슬었어도 이해해줘요."

그때 문 두드리는 소리가 들렸다. 배즈와 할머니가 오기로 되어 있어 벤지가 문을 열러 갔다. 줄리언은 배즈와 우 부인의 선물을 미리 옆 테이블 위에 올려놓았다. 줄리언은 문을 등지고 있어서 배즈의 얼굴을 미처 못 봤는데 사람들이 일순간 조용해졌다.

"무슨 일 있어, 배즈?" 모니카가 물었다. "할머니는 왜 안 오셨어?"

줄리언은 다음에 무슨 일이 일어날지 짐작 가는 데가 있어 처참한 기분이 되었다. 배즈의 눈이 자기를 무섭게 노려보는 걸 느꼈지만 차마 눈을 들어 배즈를 마주볼 수가 없었다. 대신 줄리언은 자기 신발에 눈을 고정했다. 반짝반짝 윤을 낸 검은색 클래식 브로그였다. 요즘은 구두를 제대로 광을 내서 신고 다니는 사람이 드물었다.

"할머니는 어젯밤부터 방밖으로 안 나오세요." 배즈가 분노를 꾹꾹 누르는 듯한 딱딱한 목소리로 말했다.

"왜? 아프셔?" 벤지가 물었다.

"줄리언한테 물어보지 그래." 배즈가 대답했다.

줄리언은 블리니를 입에 넣었지만 목구멍이 콱 막힌 것 같아 삼킬 수가 없었다. 줄리언은 샴페인잔을 들어 크게 한 모금 들이켜 넘겼다.

"배즈, 정말, 정말 미안해요. 나는 아시는 줄 알았어요. 요즘에는 그런 게 전혀 문제가 안 되지 않아요? 60년대에야 내가 아는 사람 중에서 내 친구 앤디 워홀 혼자만 동성애자라는 걸 밝혔고 나머지 무수한 사람들은 벽장 밖으로 안 나왔지만요."

다른 사람들도 무슨 일이 있었던 건지 짐작하고 조용해졌다.

"할머니는 요즘 시류 같은 건 잘 모르세요. 깨어 있다고는 할 수 없죠. 그동안의 고생이 다 헛된 게 되어버렸다고 몇 시간째 울부짖고 계세요. 자손한테 물려줄 수가 없게 됐는데 뼈빠지게 일해서 가게를 일으킨 게 다 무슨 소용이냐면서요. 지금 제정신이 아니세요." 배즈가 털썩 주저앉더니 두 손으로 머리를 감쌌다. 줄리언은 배즈가 화를 내는 게 저렇게 좌절하는 것보다는 차라리 더 낫겠다 싶었다.

"부모님은? 괜찮으셔?" 벤지가 배즈의 손을 잡으며 물었다. 배즈는 할머니가 보고 있기라도 한 듯 잡힌 손을 확 뺐다.

"놀랄 정도로 아무렇지 않으셔. 알고 계셨나봐."

"배즈, 무심코 비밀을 누설한 내 잘못을 용서해달라는 건 아닌데, 그래도 다 터놓는 게 좋지 않아요? 어떤 면에서는 마음이 놓이지 않아요? 비밀을 지니고 있으면 편할 수가 없어요. 나도 잘 알죠." 줄리언이 말했다.

"줄리언, 비밀이 아니잖아요! 내가 적당한 때에 내 방식으로 말하려고 했다고요. 아니면 아예 말 안 하거나. 정직이 언제나 최선의 방책이라고는 생각 안 해요. 비밀을 지킬 이유도 있는 거라고요. 사랑하는 사람을 보호하려고요. 할머니가 내가 중국 여자하고 결혼해서 식당을 물려받고 아기들로 가득 채우리라고 믿으면서 돌아가시는 게 나쁜 일은 아니잖아요?"

"하지만……" 줄리언이 입을 열었지만 배즈가 말을 끊었다.

"더 듣고 싶지 않아요. 그리고, 당신이 앤디 워홀 친구였다는 것도 안 믿어요. 메리앤 페이스풀이나 마거릿 공주 이야기도요. 당신은 우스꽝스러운 체크무늬 치마를 입은 가짜라고요. 내 일에 끼어들지 말고 당신 쓰레기장으로 다시 돌아가지 그래요!" 그 말과 함께 배즈는 벌떡 일어나 나가버렸다.

배즈가 남기고 간 충격의 잔상 속에서 아무도 입을 열지 못했다. 반짝이는 마룻바닥에 솔잎 하나 떨어지는 소리마저 들릴 지경이었다.

30
라일리

라일리는 작고 다정하고 사람 좋은 배즈가 그렇게 심하게 화를 내리라고는 상상도 못했다. 배즈는 최대치의 분노를 줄리언에게 쏟아부었고 줄리언은 그 자리에서 거미줄에 걸려 말라비틀어진 파리처럼 쭈그러들었다. 라일리가 줄리언을 만난 이래로 줄리언은 키가 점점 커지는 듯했고 자신감과 기력이 흘러넘치는 것처럼 보였는데, 단 몇 분 사이에 활기가 싹 사라지고 말았다.

라일리는 2차 피해를 입고 정신을 못 차리고 있는 벤지를 보았다. 충격과 공포에 얻어맞은 얼굴이었다. 배즈가 문을 쾅 닫고 나간 뒤에 문소리가 카페 안에서 진동했다. 벤지가 평소답지 않게 작은 목소리로 말했다.

"따라가봐야 될까요? 어떻게 하죠?"

"당분간은 혼자 두는 게 나을 것 같아. 생각도 정리하고 식구들하고 얘기도 하게." 모니카가 말했다.

"배즈네 식구들이 날 싫어하면 어떡하죠? 다시 만나지 못하게 하면?"

"알겠지만 벤지한테 유감이 있을 것 같지는 않아요. 배즈 부모님은 배즈가 게이인 게 큰 문제라고 생각하시지 않는 것 같고. 지금은 2018년이잖아요. 할머니도, 가업도 중요하겠지만 이제 시대를 받아들이셔야죠." 라일리는 말했다. "어쨌건 두 사람이 못 만나게 하실 수는 없죠. 둘 다 성인이니까. 『로미오와 줄리엣』 상황은 아니에요."

"난 가봐야겠어요." 줄리언이 자기 나이를 한번에 다 먹은 것 같은 목소리로 말했다. "더 문제를 일으키기 전에."

"줄리언." 모니카가 무서운 얼굴로 줄리언을 돌아보며 차를 멈춰 세우는 교통경찰처럼 손바닥을 앞으로 들었다. "거기 그대로 계세요. 배즈 말은 진심이 아니에요. 그냥 막 쏟아부은 거예요. 줄리언 잘못이 아니에요. 줄리언은 알 수가 없었잖아요. 줄리언이 일부러 그런 게 아니란 거 알아요."

"정말 아니었어요. 내가 말실수를 했다는 걸 깨닫고 얼른 말을 바꿨는데. 그래서 잘 무마한 줄 알았어요." 줄리언이 말했다.

"결국은 다 잘될 거예요. 벤지, 배즈네 가족이 알게 될까봐 계속 전전긍긍 안 해도 되니 다행 아니야? 둘이 손잡고 식당 앞을 지나갈 수 있게 됐잖아. 같이 살 수도 있고. 언젠가는 줄리언이 너희한테 큰 도움을 줬다고 생각할지도 몰라. 아 맞다, 감자!"

모니카가 주방으로 달려갔고 줄리언은 가방에 손을 뻗어 먼지 앉은 포트와인 한 병을 꺼냈다.

"점심 먹고 마시려고 가져왔는데 지금 한 잔 마시는 게 이 상황에서는 약이 되겠네요." 줄리언이 벤지와 라일리의 잔에, 그리고 자기 잔에 와인을 가득 따랐다.

라일리는 다툼을 좋아하지 않았다. 갈등 상황을 별로 겪어본 적이 없었다. 영국 사람들은 다 이렇게 복잡한가? 아니면 이 사람들이 유달리 복잡한 사람들인가?

세 사람은 말없이 앉아 끈적한 핏빛 포트와인을 마셨다. 조금 전 일의 충격 때문에 다들 말문이 막힌 것 같았다. 몇 시간 같던 십오 분이 지나고 모니카가 점심 준비가 다 됐다고 불렀다.

다행히 '서재'에서 식탁으로 자리를 옮기면서 분위기도 바뀌었다. 각각 크래커를 터뜨리고 종이 모자를 썼고 이전의 화기애애한 분위기가 서서히 돌아왔다. 네 사람은 최소한 지금만이라도 아까 일은 잊기로 했다.

"모니카, 정말 맛있어요. 당신 정말 대단해요." 라일리는 테이블 아래에서 모니카의 무릎을 꽉 쥐면서 말했다. 그러고는 충동을 억누르지 못하고 손가락으로 모니카의 허벅지 안쪽을 훑었다. 모니카는 얼굴을 붉혔고 방울양배추가 목에 걸려 컥컥거렸다. 라일리는 모니카의 반응이 칭찬 때문인지 신체 접촉 때문인지 알 수 없었다. 손을 약간 더 위쪽으로 가져갔다.

"아아아악!" 모니카가 포크로 손을 찌르는 바람에 라일리는 소리를 질렀다.

"왜 그래요, 라일리?" 벤지가 물었다.

"쥐가 나서요." 라일리가 말했다.

라일리는 친구들이 식사하는 모습을 구경했다. 모니카는 음식을 정확하게 한입 크기로 자르고 입에 넣은 다음 꼭꼭 씹어서 삼켰다.

줄리언은 접시 위에 음식을 추상화처럼 늘어놓았고 먹는 도중에 가끔 눈을 감고 맛을 음미하는 것처럼 미소를 지었다. 한편 벤지는 울적한 모습으로 음식을 접시에서 이리저리 옮기기만 하고 거의 먹지를 않았다.

네 사람은 돌아가면서 크래커에 들어 있는 끔찍한 농담을 읽었고, 현명하다고는 할 수 없는 속도로 와인을 마셨고, 그러다보니 다시 크리스마스 분위기가 나는 것 같았다. 배즈 일은 나중에 고민할 생각이었다.

라일리는 모니카와 같이 테이블에서 접시를 치우고 식기세척기에 그릇을 넣었다. 정확히 말하면 라일리가 식기세척기에 그릇을 넣으면 모니카가 다시 꺼내 다른 자리에 넣었다. 모니카는 나름의 시스템이 있다고 말했다. 그다음에 라일리는 모니카를 안아올려 주방 조리대 위에 앉히고 두 팔로 감싸안고 끌어당기면서 키스했다. 모니카한테서 블랙커런트와 정향 냄새가 났다. 키스, 와인, 오늘의 흥분감이 합해져 라일리는 머리가 아찔해졌다.

라일리는 모니카의 묶은 머리카락을 풀고 손가락으로 빗질을 했다. 손가락으로 모니카의 머리카락을 쥐고 부드럽게 뒤로 당겨 축축하고 짭짤한 목 아래쪽에 키스를 했다. 모니카가 다리로 라일리의 허리를 감고 더 바짝 당겼다. 라일리는 여행을 사랑했다. 런던을 사랑했다. 크리스마스를 사랑했다. 그리고 모니카도 사랑한다는 생각이 들기 시작했다.

"방을 잡아요, 방을!" 벤지가 소리쳤다. 라일리가 돌아보니 벤지와 줄리언이 주방 문가에 서서 웃으며 보고 있었다. 줄리언은 소스 그릇을, 벤지는 남은 방울양배추 그릇을 들고 있었다.

"일단 푸딩부터 먹고 나서!" 줄리언이 덧붙였다.

모니카가 크리스마스 푸딩을 테이블 가운데에 올려놓았고 다 같이 둘러섰다. 줄리언이 브랜디를 푸딩 위에 부었고 라일리는 성냥으로 불을 붙이다가 손가락을 데었다.

"불장난하면 그렇게 되는 거예요." 모니카가 한쪽 눈썹을 치키며 말했다. 라일리는 사실 줄리언과 벤지가 언제 갈까 그것 한 가지에만 관심이 있었다.

"오, 무화과푸딩을 가져다주세요!"* 벤지가 노래를 불렀다. 라일리는 모니카의 허리에 팔을 둘렀고 모니카는 라일리의 어깨에 머리를 기댔다.

그때 문이 텅 열렸다. 배즈가 나간 뒤에 문을 안 잠근 게 생각났다. 라일리는 배즈나 우 부인이 왔겠거니 생각하며 돌아보았다. 그런데 아니었다.

"메리 크리스마스, 여러분!" 짙은 머리카락의 키 큰 남자가 카페 안을 가득 채울 정도로 쩌렁쩌렁 울리는 목소리로 외쳤다. "계획이 다 이루어지니까 정말 너무 좋은데요!"

해저드였다.

---

* 캐럴 〈We Wish You a Merry Christmas〉의 가사.

31
해저드

크리스마스 사흘 전이었다. 섬에 새로 온 사람들이 바닷가에 바글거렸다. 신혼여행중인 커플이 최소 세 쌍 있었는데, 말끝마다 우리 신랑, 우리 아내를 붙이면서 사람들 앞에서 더 진하게 애정 표현하기 경쟁이라도 하는 것 같았다. 해저드는 럭키마더에서 대프니, 리타, 닐과 같이 차를 마시고 있었다. 몇 주 전부터 이렇게 지극히 영국적인 일과를 하게 됐는데 차를 마시다보면 고향 영국이 떠올라 마음이 편해지는 효과가 있었다. 사실 해저드가 런던에서 오후에 티타임을 가진 게 대체 언제인지는 기억이 까마득했지만. 해저드는 오후에 티와 케이크가 아니라 주로 루코제이드*와 케타민**을 입에 털어넣었다. 리타가 바버라에게 스콘 굽는 법도 알려주어서

---

* 고카페인 고칼로리 음료.
** 환각 작용을 일으키는 향정신성의약품.

코코넛잼을 곁들인 따뜻한 스콘까지 있었다. 클로티드크림만 있으면 완벽했을 텐데.

닐이 지난번 사무이섬에 갔을 때 한 문신을 보여주었다. 왼 발목 둘레에 태국어 글귀를 문신으로 새겼다.

"뭐라고 쓴 거예요?" 해저드가 물었다.

"고요와 평화요." 닐이 대답했다. 바버라의 놀란 얼굴로 미루어 보건대 그런 뜻이 아닐 거라는 의심이 들었지만 해저드는 바버라에게 눈짓을 하고 입술에 손가락을 갖다댔다. 모르는 편이 닐한테는 약일 것 같았다.

"크리스마스에는 뭐 먹어요, 바버라?" 대프니가 물었다. "칠면조가 있나요?"

"닭고기요." 바버라가 대답했다. "이 동네에서 나는 비쩍 마른 닭 말고요, 사무이에 아주 통통한 닭이 있어요. 사무이는 뭐든 다 통통해요. 관광객들도 통통하고." 바버라가 뺨에 공기를 불어넣고 손으로 뚱뚱한 사람의 체형 흉내를 내자 손님들은 칭찬으로 받아들이고 만족스러워했다.

해저드는 느닷없이 런던이 그리웠다. 밤을 속에 채워넣은 칠면조, 구운 감자, 방울양배추. 얼어 죽을 것 같은 날씨와 크리스마스 캐럴. 이층버스, 대기오염, 초만원인 지하철. BBC, 말하는 시계*, 뉴킹스 로드에 있는 케밥키드. 그 순간 해저드는 깨달았다.

집에 갈 때가 되었다는 것을.

---

* 표준시각 안내 전화 서비스.

유일하게 빈자리가 남은 항공편은 아무도 원하지 않는 시간대에 출발하는 것이었다. 크리스마스이브 밤새 비행해서 크리스마스 오전에 히스로공항에 도착하는 비행기였다. 기내는 축제 분위기였다. 승무원들이 공짜 샴페인을 나눠주고 주류를 평소의 두 배로 제공했다. 다들 기분좋게 취해가고 있었다. 해저드만은 앞만 똑바로 쳐다보며 앞쪽 모니터에 틀어놓은 영화에서 눈을 떼지 않았고 샴페인병 철사 푸는 소리와 코르크 따는 소리에 귀를 닫으려고 애썼다. 언젠가는, 코르크 따는 소리를 듣고도 뱃속 깊은 곳에서 갈망이 솟구치지 않는 날이 올까?

공항 안도 거리도 스산할 정도로 한산했다. 좀비가 창궐해 인류의 종말이 찾아온 것처럼 썰렁했지만 그래도 분위기는 명랑했고 누더기를 입은 살아 있는 시체들도 없었다. 몇 안 되는 사람들끼리 인류에 대한 사랑이 넘치는 듯 밝게 인사를 나눴고 우스꽝스러운 모자나 스웨터를 걸친 사람도 종종 눈에 띄었다.

택시가 몇 대 없었지만 합승을 해서 겨우 풀럼브로드웨이역까지 왔다. 해저드는 택시에서 내려 찬 공기를 오랜 친구처럼 맞으며 배낭을 어깨에 들쳐 멨다. 마지막으로 여기에 온 게 한평생 전인 것처럼, 마치 전생의 일처럼 느껴졌다. 부모님께는 아직 영국에 돌아왔다고 말씀드리지 않았다. 부모님이 크리스마스 계획을 조정하게 만들고 싶지는 않았고, 해저드 자신도 관계 회복이라는 힘겨운 과정을 시작하기 전에 최소 며칠은 적응 기간이 필요할 듯싶었다.

해저드는 풀럼 로드를 따라 자기 아파트를 향해 걸어갔다. 앞쪽에 모니카스 카페가 보였다. 라일리에게 '진실 프로젝트'를 들려보낸 뒤에 어떤 일이 일어났을지 너무나 궁금했다. 골치 아픈 생각에서 탈출하려고 지나치다 싶을 정도로 그 노트에 매달렸다는 건 알았다. 모니카가 실제로 줄리언을 다시 만났을 것 같지는 않았고 라일리를 만났을 가능성은 더 낮았다. 그런 시나리오는 머릿속에서 열심히 상상하면서 굴려본 이야기에 불과하다는 것을 해저드는 알았다.

그렇지만 카페 근처에 이르자 안을 들여다보지 않을 수가 없었다. 마치 크리스마스카드에 인쇄된 그림 같은 광경이 보였다. 촛불, 호랑가시나무, 아이비, 크리스마스 정찬이 펼쳐졌던 듯한 테이블. 한순간 해저드는 헛것을 보는 줄 알았다. 자기 눈앞에 상상했던 그대로의 광경이 펼쳐져 있었기 때문이다. 모니카와 라일리가 서로 끌어안고 있었다. 게다가 특이한 투톤 타탄체크 투피스를 입은 노인은 줄리언 제숍이 아니면 누구겠나!

해저드는 천재였다! 해저드가 기획한 대로 모든 게 완벽하게 이루어진 것이었다. 친절한 행동이 좋은 결과를 낳은 셈이었다. 해저드는 당장 모니카와 줄리언과 인사를 나누고 자기가 이 드라마를 이루어낸 주역이라는 사실을 밝히고 그동안의 곡절을 이야기하고 싶었다. 해저드는 귀환하는 전쟁 영웅 같은 기분으로 카페 문을 열고 들어갔다.

사람들 반응은 해저드가 기대한 것과 많이 달랐다. 모니카, 줄리언, 그리고 누군지 모르는 붉은 머리 젊은이가 어리둥절한 표정으로 해저드를 멀뚱멀뚱 보았다. 라일리는 놀란 토끼 같은 표정이 되었다. 겁에 질린 것 같기도 했다.

"저는 해저드예요!" 해저드는 자기소개를 했다. "라일리, 그 노트를 발견했나보네요!"

"당신이 엽서 보낸 사람이군요." 모니카가 해저드를 쳐다보았는데, 해저드가 기대한 것처럼 고마워하는 얼굴이 아니라 의심과 불쾌감이 가득한 얼굴이었다. "어떻게 된 일인지 설명을 좀 듣고 싶은데요."

해저드는 이렇게 불쑥 찾아온 게 잘한 일이 아니라는 사실을, 한 발 뒤늦게 깨달았다.

32
모니카

모니카는 하루종일 바쁘게 뛰어다니고 감정이 오르락내리락한 데다 술도 너무 많이 마셔 몸이 노곤했지만 이렇게 행복했던 적은 없었던 것 같았다. 따뜻한 감정과 우정에 취했고 주방에서 라일리와 뜨거운 입맞춤을 나눈 덕에 페로몬에도 취해 있었다. 영업장 조리대 위에서 애정 행위를 했을 때 생길 수 있는 건강 위생 문제까지도 머릿속에서 지워버렸을 정도였다.

그런데 그때 어떤 남자가 카페로 들이닥쳤다. 자른 지 꽤 된 듯 짙은 색 곱슬머리는 치렁치렁하고 만화책에 나오는 슈퍼히어로처럼 굵은 턱선은 짧은 턱수염으로 덮였고 피부는 그을린 남자였다. 커다란 배낭을 멨고 어딘가 외국에서 날아와 막 도착한 것 같은 차림새였다. 어쩐지 낯익은 얼굴인데다 우리가 당연히 자기를 알아볼 거라 기대하는 기색이었다. B급 연예인이라도 되나? 그런 사람이 대체 왜 크리스마스 날 우리 카페에 나타난 거지? 남자는 자기 이름이 해저드라고 선언했다.

그 이름을 어디에서 들었는지 한 박자 뒤에 떠올랐다. 엽서! 그러고 나니 얼굴도 어디에서 봤는지 기억났다. 몇 달 전 카페 앞 인도에서 부딪쳤던 거만하고 재수없는 놈이었다! 살이 좀 빠지고 얼굴색은 짙어지고 수염도 생겼지만. 그때 모니카한테 뭐라고 했지? 재수없는 년? 멍청한 년? 뭐 그런 말이었는데.

모니카는 그 생각에 골몰하느라 해저드가 다음에 한 말을 잘 못 들었는데 라일리와 아는 사이인 것 같았다. 뭔가 이상한 기분이 들었다. 모니카가 라일리에게 엽서를 보여줬을 때 라일리는 해저드를 안다고 말하지 않았었다. 사실을 하나하나 꿰어 맞추다보니 불안감이 뱃속에서 요동을 쳤다.

모니카는 해저드에게 앉으라고 말하지 않았다. 이 사람을 환대할 생각은 눈곱만큼도 없었다. 선 채로도 무슨 일이 있었던 건지 충분히 설명할 수 있을 거다. 멍청한 년. 맞아, 그렇게 말했어.

"어," 해저드가 라일리를 불안한 기색으로 흘긋 보면서 말했다. "그 노트, '진실 프로젝트'를 술집 테이블에서 발견했어요. 바로 저 건너편이요." 해저드가 건너편 와인바를 가리켰다. "줄리언 이야기를 읽었어요." 해저드가 줄리언에게 고갯짓으로 인사를 했다. "모니카가 붙여놓은 광고는 효과가 없을 것 같아서 내가 좀 거들어야겠다고 생각했죠." 모니카가 얼어붙을 듯 차가운 눈으로 해저드를 쏘아보았다. 해저드는 헛기침을 하고 말을 이었다.

"그래서 광고지를 복사해서 적당한 곳에 붙였어요. 그리고 노트를 들고 태국에 있는 섬으로 갔어요. 모니카 당신한테도 도움을 줄 수 있겠다 생각했죠." 모니카는 해저드가 자기와 아는 사이인 것처

럼 이름을 막 부르는 게 마음에 안 들었다. "그래서 거기에 있는 동
안 섬에 오는 독신 남자마다 괜찮은 남자친구가 될 수 있을지 알아
봤어요. 그러니까 당신한테……"

해저드가 말꼬리를 흐렸다. 모니카가 얼마나 큰 충격을 받았는
지가 눈에 들어온 모양이었다. 모니카의 표정에 역력하게 드러났
을 것이다.

"그런데 라일리 당신이 그 섬에 갔군요. 그런 거예요?" 모니카
는 라일리의 얼굴을 쳐다보지 않은 채로 물었다. 라일리가 아무 말
도 하지 않고 불쌍하게 고개만 끄덕였다. 겁쟁이. 배신자.

모니카는 새로 알게 된 현실을 머릿속에서 짚어보았다. 라일리
는 우연히 미술 수업에 등장한 게 아니었다. 해저드가 라일리를,
영국에 가서 불쌍한 나이든 여자하고 재미 좀 보라고 보낸 것이었
다. 라일리는 모니카가 너무 사랑스러워서 자기도 모르게 입을 맞
춘 게 아니었다. 당연히 아니었다. 모니카가 바보처럼 착각한 거
였다. 라일리는 노트에서 모니카의 이야기를 읽고 모니카가 불쌍
하다고 생각했을 거다. 아니면 절박한 상황이니 쉽게 넘어오겠다
고 생각했거나. 혹은 둘 다이거나. 둘이서 모니카의 등뒤에서 비웃
고 있었을까? 모니카를 두고 내기라도 한 걸까? 그 꼬장꼬장한 카
페 사장을 침대로 데려가나 못 데려가나 50파운드 내기할까요. 혹시 해
저드가 그날 저녁 길에서 부딪친 뒤에 모니카를 공격 목표로 삼고
이 모든 일을 꾸민 걸까? 만약 그랬다면 왜? 모니카가 뭘 잘못했다
고? 줄리언도 이 일에 공모했나?

모니카는 갑자기 극도의 피로를 느꼈다. 맛있게 먹고 마신 음식
과 술이 뱃속에서 요동을 치기 시작했다. 토할 것 같은 기분이었

다. 아름답게 장식해놓은 테이블 위 금색 스프레이를 뿌린 장미꽃잎 위에 당근 조각을 쏟아내고 말 것 같았다. 이제는 모니카가 꿈꾸던 앞날, 머릿속에서 조금씩 형체를 잡아가기 시작하던 우스꽝스러울 정도로 낙관적인 기대를 되감아 삭제하고, 지루하고 단조롭고 익숙한 일상으로 돌아가야 했다.

"모두 가주세요." 모니카가 말했다. "내 음식 먹었고, 내 와인 먹었으니 이제 내 카페에서 꺼져요."

모니카는 절대 험한 말을 하지 않는 사람이었다.

33
라일리

어떻게 이렇게 모든 게 엉망이 되어버렸을까? 크리스마스 푸딩과 섹스 생각에 설렜었는데. 그때 유일한 걱정거리라고는 섹스를 망칠 위험 없이 크리스마스 푸딩을 얼마나 먹을 수 있을까 하는 거였는데. 그런데 다음 순간에 모니카가 사람들을 몽땅 쫓아냈다. 모두 해저드 때문이었다.

"정말 미안해요, 모니카." 해저드가 말했다. "좋은 뜻으로 한 일이었는데."

"내 삶을 가지고 게임을 한 거겠죠. 우리가 리얼리티 쇼 등장인물이라도 되는 것처럼요. 난 당신이 동정해줘야 할 상대도 아니고 사회적 실험 대상도 아니에요." 모니카가 해저드에게 쏘아붙였다.

모니카에게 해명하려면 도대체 뭐라고 말을 해야 할까, 라일리는 머리가 터질 것 같았다.

"모니카, 내가 당신을 만난 게 해저드 때문일 수는 있지만, 당신

곁에 남아 있었던 건 이 사람 때문이 아니에요. 정말 좋아해요. 내 말 믿어줘요." 라일리는 말했지만 자기 말은 하나도 모니카 귀에 들어가지 않는 것 같았다. 모니카가 몸을 홱 돌려 라일리를 노려보았다. 차라리 아무 말도 하지 말걸.

"당신이 하는 말은 하나도 못 믿겠어요. 나한테 내내 거짓말을 했잖아요. 난 당신을 믿었어요. 당신이 진짜인 줄 알았어요."

"당신한테 거짓말한 적은 없어요. 사실을 전부 말하지 않았다는 건 인정해요. 하지만 절대 거짓말은 안 했어요."

"의미론적 궤변이에요!" 의미론? 무슨 뜻이지? "그 노트를 봤기 때문에 나한테 온 거잖아요. 그런데 난 운명이라고 생각했어요. 신기한 우연이라고요. 어떻게 이렇게 바보 같을 수가 있지?" 모니카가 울음을 터뜨릴 것 같았다. 화를 낼 때보다 더 무서웠다.

"그게 어떤 면에서는 사실이에요." 라일리는 진심을 담아 말하려고 애썼다. "당신은 정말 강해 보이는데, 노트를 읽었기 때문에 사실 당신의 내면은……" 라일리는 적합한 단어를 찾으려고 잠시 말을 멈췄고 다행히 그 말이 떠올랐다. "상처받기 쉽다는 걸 알았어요. 그랬기 때문에 당신을 사랑하게 된 것 같아요." 라일리는 모니카에게 전에는 사랑이라는 말을 쓴 적이 없다는 걸 깨달았다. 그런데 이제 너무 늦었다.

한순간 라일리는 자기 진심이 모니카에게 전해진 게 아닌가 생각했다. 그런데 그때 모니카가 크리스마스 푸딩을 집어들어 투포환 던지듯 머리 위로 날렸다. 다행히 불은 꺼졌지만 뾰족한 호랑가시나무 장식이 꽂혀 있었다. 라일리를 겨냥한 건지, 해저드를 겨냥한 건지, 아니면 둘 다를 겨냥한 건지 알 수 없었다. 라일리는 옆으로 몸을 피했고 푸딩은 바닥에 떨어졌다.

"나가!" 모니카가 소리쳤다.

"라일리." 해저드가 낮은 목소리로 말했다. "이분께서 하라는 대로 하는 게 좋을 것 같아요. 일단 좀 진정될 때까지 기다리죠."

"아, 그래, 이제는 내가 멍청한 년이 아니라 이분이야? 잘난 척하는 개자식아!" 모니카가 말했다. 라일리는 모니카가 대체 왜 그런 소리를 하는지 알 수가 없었다. 완전히 이성을 잃은 걸까?

두 사람은 모니카가 자기들 쪽으로 또 뭘 던질까봐 일단 후퇴했다. 라일리는 줄리언이 몇 블록 앞쪽에 걸어가고 있는 것을 보았다. 라일리가 소리쳐 불렀지만 줄리언은 못 듣는 듯했다. 뒤쪽에서 보니 라일리가 아는 줄리언보다 훨씬 더 나이들어 보였다. 구부정하게 다리를 끌며 걷는 모습이 주위 세상에 최대한 흔적을 남기지 않으려고 하는 듯 보였다. 택시가 옆으로 지나가며 진창을 줄리언의 맨다리에 튀겼다. 줄리언은 알아차리지도 못하는 것 같았다.

"다 당신 탓이에요, 해저드." 라일리는 자기 말투가 투정 부리는 어린아이처럼 들린다 싶긴 했지만 그게 문제가 아니었다.

"아니 그건 좀 억울한데요! 난 당신이 모니카한테 '진실 프로젝트' 이야기를 안 했으리라고는 생각을 못 했잖아요. 그건 당신이 선택한 거고, 미안하지만 어리석은 선택이었네요. 핵심 정보를 은폐하면 좋은 결과가 있을 수 없다는 걸 알았어야죠." 해저드가 반박했다. 라일리는 해저드의 말에 마음이 상했다. 모니카 말이 옳았다. 해저드는 잘난 척하는 개자식이었다.

"저기 술집 열었네요. 한잔해요." 해저드가 라일리 팔을 붙잡고 길 건너로 잡아끌었다.

라일리는 마음을 정할 수가 없었다. 지금 해저드와 같이 있고 싶지는 않았지만 누군가와 모니카 이야기를 하고 싶기는 했고 숙소로 돌아가서 술 취한 플랫메이트들하고 어울리기는 싫었다. 결국 이야기를 하고 싶은 욕구가 더 커서 라일리는 해저드를 따라 술집으로 들어갔다.

"여기에서 줄리언의 노트를 발견했어요." 해저드가 말했다. "바로 저 테이블 위에서요. 아주 오래전 일 같네요. 뭐 마실래요?"

"콜라요." 오늘은 이미 많이 마셨기 때문에 라일리는 이렇게 말했다.

"콜라하고 더블 위스키요." 해저드가 반짝이는 순록 뿔을 쓴 바텐더에게 말했다. 라일리가 끼어들었다.

"아 그거 말고요, 그냥 콜라로 두 잔 주세요." 라일리는 해저드를 돌아보았다. "잊어버렸나본데 나 당신이 쓴 글 읽었어요. 술 마시고 싶지 않을걸요."

"사실은 너무 마시고 싶어요. 내가 자기파괴에 빠지든 말든 당신은 상관없잖아요? 지금 내가 전혀 곱게 보이지 않을 텐데."

"그건 맞아요. 그렇더라도 내 눈앞에서 인생을 망치는 걸 두고 볼 수는 없어요. 지금까지 아주 잘해왔잖아요. 파남섬에서 만났을 때 나는 당신이 건강 강박증인 줄 알았어요."

"딱 한 잔만 할게요. 그 정도는 괜찮아요. 게다가 오늘은 크리스마스잖아요." 해저드가 안 될 줄 알면서도 떼를 써보는 어린아이 같은 얼굴로 라일리를 쳐다보았다.

"아, 그래요. 하지만 십 분 뒤에는 딱 한 잔은 더 마셔도 된다고 할 테고, 자정쯤 되면 나는 대체 당신을 어떻게 집으로 끌고 가야 하나 고민하겠죠. 솔직히 오늘 사고는 이미 충분히 쳤잖아요." 라일리의 말에 해저드는 맥이 빠지는 듯 보였다.

"아, 제길. 맞는 말이에요. 내일 아침이면 엄청 후회하겠죠. 끊은 지 오늘로 팔십사 일 됐어요. 하루하루 헤아린 것도 아닌데." 해저드가 바텐더에게서 힘없이 콜라를 받아들며 말했다. 그러고는 아까 자기가 가리켰던 테이블 쪽으로 걸어가 의자에 앉았다.

"우리가 지난번에 이렇게 앉았을 때에는 지구 반대편에 있는 세상에서 가장 완벽한 바닷가에 있었다니 이상하지 않아요?" 해저드가 말했다.

"그러게요. 그때는 모든 게 단순했는데." 라일리는 한숨을 쉬며 말했다.

"맞아요. 하지만 두 달만 그러고 있으면 그 모든 게 가볍게 느껴져요. 스치듯 사람을 사귀고 헤어지고 하는 게 지겨워지더라고요. 진짜 친구가 있는 곳으로 돌아가고 싶은 생각이 간절했어요. 문제는 진짜 친구가 남아 있느냐는 거였죠. 원래 친구들하고는 멀어진 지 오래고 나만큼 파티를 좋아하는 사람들만 곁에 남았어요. 그 파티 친구들은 만나면 내가 자리에 앉기도 전에 술과 약을 들이대겠죠. 중독자들은 취하지 않은 사람을 싫어해요. 내가 너무 잘 알죠." 해저드가 콜라를 너무나 구슬픈 눈으로 바라봐서 라일리는 해저드에게 더 화를 낼 수가 없었다.

"가벼운 게 나쁜 건 아니에요." 라일리가 말했다. "너무 복잡한 게 문제죠. 모니카한테 대체 뭐라고 말해야 하죠? 모니카는 우리가 무슨 게임이라도 했다고 생각해요. 모니카가 겉으로는 단단해 보이지만 속으로는 자신감이 별로 없어요. 지금 엄청 비참한 심정일 거예요."

"내가 여자 심리 전문가는 아니지만, 모니카도 마음이 좀 가라앉으면 과잉 반응했다고 생각할 거예요. 그건 그렇고 반사신경이 대단하던데요. 모니카가 무화과푸딩으로 당신을 적중시킬 줄 알았는데." 해저드가 씩 웃으며 말했다.

"내가 아니라 당신한테 던진 거라고요! 정말로 화가 났나봐요. 모니카가 제일 싫어하는 게 바닥에 음식이 떨어지는 건데. 맨눈에는 보이지도 않는 빵부스러기 하나도 그냥 안 돼요." 라일리는 씁쓸한 말투로 말했다.

"그래서 얼마나 좋아하는 거예요?" 해저드가 물었다. "그러니까 결국 내가 옳았던 거죠?"

"이제 아무 소용 없잖아요?" 좀 심했다 싶어서 라일리는 이렇게 덧붙였다. "솔직히 말해 좀 혼란스러워요. 그 노트 때문에요. 그 노트를 읽었기 때문에 내가 모니카를 진정으로 이해한다고 생각했어요. 한편 겁도 났고요. 그러니까 나는 여기 잠시 머무르는 사람인데 모니카한테는 앞날을 같이할 사람이 필요하니까요. 어쩌면 이렇게 된 게 잘된 일인지도 모르겠네요." 이렇게 말하면서도 자기 진심과는 정반대의 말을 했다는 생각이 들었다.

"그러지 말고 하루이틀 기다렸다가 다시 연락해봐요. 이번에는 진실하려고 노력하고요. 하하." 해저드가 말했다. "모니카는 용서해줄 거예요. 틀림없어요."

하지만 해저드가 어떻게 알겠는가? 해저드와 모니카는 극과 극

같아서 서로 전혀 통하는 데가 없을 것 같았다. 지금 라일리에게 유일하게 위안이 되는 사실은 모니카가 자기를 미워하기는 해도 해저드를 훨씬, 훨씬 더 미워하리라는 것이었다.

34
앨리스

점심식사는 재앙이었다. 시부모님이 오전 열한시에 오셨는데 그때 맥스가 샴페인을 땄다. 앨리스는 빈속에 두 잔을 마셨다. 그러고는 요리를 하면서 그레이비에 넣으려고 따라놓은 레드와인 한 잔도 마셔버렸다. 잠을 못 잔데다가 신경은 곤두섰고 술을 너무 많이 마시는 바람에 정신이 혼미해져서 요리가 엉망이 되었다. 칠면조는 바싹 말라버렸고 방울양배추는 곤죽이 되었고 구운 감자는 총알처럼 단단했다. 그레이비는 아예 까맣게 잊고 만들지도 않았다.

맥스의 어머니는 식사 중간중간 적절한 칭찬의 말을 곁들였지만 늘 그러듯이 비판을 칭찬으로 위장한 말이었다. "칠면조 스터핑을 사서 쓰다니 얼마나 영리하니. 나는 늘 직접 만드느라 고생이지. 딱 적당하게 만들려면 시간이 어찌나 많이 걸리는지 몰라." 앨리스는 시어머니의 말뜻을 정확히 간파했지만 맥스는 아무것도 몰랐다.

앨리스는 지금 친정 식구들과 같이 친정에 있다면 얼마나 좋을까 하고 생각했다. 좁은 거실에 모여서 복닥거리면서. 보기 좋아서가 아니라 싸다는 이유로 엄마가 사 모은 카펫, 커튼, 가구 들이 어울리지 않는 불협화음을 이루는 유쾌한 집. 다들 화려한 크리스마스 스웨터를 입고 종이 모자를 쓰고 서로 투닥거리며 놀리고 있겠지.

풀럼에 있는 앨리스의 집은 딱 적당한 색의 패로앤드볼 페인트로 칠했고 가구들은 서로 조화를 이루었고 딱 한두 군데만 요즘 유행하는 포인트 색상이 들어가 있었다. 건물 내벽을 최소로 줄여 열린 평면을 추구했고 조명 전문가를 데려오고 맥스가 보너스로 받은 돈을 투입해서 어느 상황에서든 적절한 분위기를 조성할 수 있게 만들었다. 최고로 세련되었고 최고로 무미건조한 집이었다. 싫어할 만한 구석은 하나도 없지만 사랑할 만한 구석도 없었다.

점심을 먹고 나서 앨리스는 번티와 같이 번티의 선물을 풀었다. 앨리스는 번티에게 선물을 지나치게 많이 사줬다는 걸 깨달았다. 심리학자가 보았다면, 앨리스가 어린 시절 크리스마스에 물려받은 물건이나 직접 만든 물건만 받았던 것에 대한 보상 심리가 발동했다고 할 것 같았다. 열 살 때 엄마가 공들여 직접 만든 반짇고리에 바늘, 무지개색 색실, 단추, 천조각 등을 넣어 선물로 준 적이 있었다. 앨리스는 그때 실망해서 거들떠도 안 보았던 일이 생생하게 기억났다. 반짇고리가 아니라 CD플레이어를 받고 싶었기 때문이다. 어떻게 그렇게 못돼먹을 수가 있었을까?

앨리스는 다시 현재로 돌아와 번티가 선물 포장지를 입에 집어넣는 귀여운 모습을 찍어 인스타그램에 업로드하고 해시태그들을 줄줄이 달았다. 맥스가 느닷없이 전화기를 낚아챘다.

"하루종일 사진만 찍지 말고 좀 실제 현실을 살아!" 맥스가 벌컥 화를 내며 휴대전화를 방구석으로 집어던졌다. 전화기는 블록이 들어 있는 상자 위에 떨어졌고 상자가 넘어지면서 블록이 와르르 쏟아졌다.

순간 적막이 흘렀다.

앨리스는 누군가가 자기편을 들어주기를 바랐다. 맥스더러 너무 했다고, 아내한테 그렇게 말하면 안 된다고 말해주기를.

"앨리스, 번티 낮잠 시간이 언제니?" 시어머니가 아무 일도 없었던 듯이 이렇게 말했다.

"어, 정해진 낮잠 시간이 없어요." 앨리스는 눈물을 삼키며 말했다. 시어머니는 못마땅한 듯이 입을 다물었다. 규칙적인 일과가 얼마나 중요한지 아느냐는 둥, 맥스는 병원에서 집에 온 날부터 밤새한 번도 안 깨고 잔 완벽한 아기였다는 둥 수도 없이 들은 잔소리가 나올 차례였다.

"맥스하고 같이 아기랑 산책 나갔다 오면 어떻겠니? 내가 여기 정리 좀 해줄게. 바람 좀 쐬고 오면 훨씬 나을 거야."

앨리스는 시어머니의 의도를 알았다. 친절을 가장해 앨리스의 살림 솜씨를 비난하는 것이었다. 하지만 토를 달 생각은 없었다. 일단 잠시라도 여기에서 벗어나고 싶었다. 앨리스가 집밖으로 나가는 순간 시부모님이 자기 흠을 잡으리라는 걸 알았지만. 앨리스는 차마 장난감더미를 뒤져 전화기를 찾는 굴욕을 감수할 수는 없어 번티와 가방만 챙겨 나왔다. 맥스는 자기도 앨리스만큼이나 단둘이 있기는 싫다는 기색으로 마지못해 따라 나왔다.

현관문이 닫히자마자 앨리스는 맥스를 돌아보고 말했다.

"어떻게 시부모님 앞에서 그렇게 나를 망신 줄 수 있어? 우리 같은 편 아니야?" 앨리스는 이렇게 말하고 맥스가 사과하기를 기다렸다.

"글쎄, 같은 편이라는 생각은 잘 안 드는데. 당신은 번티 볼 때 아니면 늘 그 빌어먹을 소셜미디어에만 매달리잖아. 나도 필요한 게 있다고!"

"세상에 맥스! 아기한테 질투하는 거야? 당신 애한테? 당신 비위 맞춰주는 데 시간을 더 못 쏟아서 미안하네." 사실 전혀 안 미안했지만. "그런데 당신보다는 번티한테 더 내가 필요해서 말이야. 당신도 좀 도와줄 수 있을 텐데."

"그것만이 아냐, 앨리스." 맥스는 이제 화가 난 게 아니라 슬픈 듯한 표정이었다. "당신이 달라졌어. 우리 사이가 달라졌다고. 나도 적응하느라 힘들어."

"당연히 달라졌지! 우린 이제 부모잖아! 난 얼마 전에 열쇠 구멍으로 멜론을 밀어낸데다가 하룻밤 사이에 이동식 우유 급식소가 됐고 몇 주째 쪽잠밖에 못 잤어. 당신이 알던 속 편한 광고회사 여직원하고는 당연히 다른 사람이 되었겠지. 대체 어쩔 기대한 거야?"

"모르겠어." 맥스가 작은 목소리로 말했다. "우리 결혼식 날이 생각나. 당신이 식장으로 들어오는 걸 보면서 내가 세상에서 가장 운좋은 남자라고 생각했지. 우리 삶은 축복일 거라고 생각했어."

"나도 마찬가지였어. 그리고 우리 삶은 축복이 맞아. 지금은 힘들 수밖에 없어. 아기가 태어나면 첫 몇 달은 누구나 힘든 거잖아?" 앨리스는 맥스가 맞장구쳐주기를 기다렸지만 맥스는 말이 없었다.

"들어가서 부모님하고 이야기해." 앨리스는 말했다. "이제 더 싸우고 싶지 않아. 너무 피곤해. 번티 목욕 시간 되면 돌아올게."

두 사람의 결혼을 떠받치고 있는 토대에서 벽돌 하나가 더 빠져 나간 것 같은 기분이었다.

앨리스는 텅 빈 놀이터 벤치에 앉았다. 발로 유모차를 앞뒤로 밀며 번티가 잠이 들기를 기다렸다. 아기는 주먹을 잇몸으로 씹으면서 순록 무늬 우주복(@minimes) 위에 침을 흘렸고 눈꺼풀이 점점 무거워졌다.

앨리스는 휴대전화가 없으니 무얼 해야 할지 몰랐다. 계속 주머니에 손을 넣어보았다가 아무것도 없다는 걸 재차 깨달았다. 집으로 돌아가고 싶지는 않았지만 하트를 누르고 글을 올리고 댓글을 달 수가 없으니 초조했다. 맥스와 다툰 일을 잊기 위해 무언가 정신 팔 데가 필요했다. 기분이 너무 우울했다. 소셜미디어를 시작하기 전에는 남는 시간에 뭘 했더라? 기억이 안 났다.

앨리스는 〈그라치아〉 한 부라도 들어 있지 않나 보려고 가방을 열었다. 아쉽게도 없었다. 그런데 며칠 전 놀이터에서 주워놓고 까맣게 잊었던 연녹색 노트가 눈에 들어왔다. 다른 할일도 없었으므로 앨리스는 노트를 꺼내 읽기 시작했다.

누구나 자기 삶에 대해 거짓말을 합니다. 아, 얼마나 맞는 말인가! @aliceinwonderland의 수십만 팔로어들은 앨리스의 비참한 삶에 대해서는 아무것도 모르지. 앨리스는 맥스와 같이 사랑스러운 눈으로 서로를, 아기를 바라보며 찍은 사진들을 생각했다. 이 노트 대체 뭐지? 누가 나 보라고 놓고 간 건가?

그런데 만약 진실을 말한다면 어떤 일이 일어날까요? 진실을 알고 싶은 사람도 있나? 정말로? 진실은 추할 때가 많다. 부러움을 불러 일으킬 수도 없고. 인스타그램의 작은 정사각형 안에 말끔하게 담을 수도 없다. 앨리스는 자기가 진실의 한 면을 보여준다고 생각했다. 특히 사람들이 보고 싶어하는 면을. 너무 현실적으로 보여줬다가는 팔로어들이 줄줄이 떨어져나갈 테니까. 사람들은 삐걱거리는 부부 사이, 배의 튼살, 번티의 결막염과 머리 각질 따위는 알고 싶어하지 않는다.

앨리스는 줄리언이 쓴 글을 읽었다. 대단한 사람인 것 같았지만 딱하기도 했다. 오늘 줄리언은 무얼 하고 있을까 궁금했다. 크리스마스를 같이 보낼 사람이 있을까? 아니면 혼자 첼시스튜디오에 있을까? 아직까지도 죽은 아내 몫까지 상을 차릴까?

앨리스는 이어서 모니카의 이야기를 읽었다. 모니카스 카페는 앨리스도 잘 알았다. 최근에 게시물을 올릴 때 몇 번 태그하기도 했다. 우유 거품으로 하트 모양을 그린 커피와 과일과 그래놀라를 넣은 요거트로 건강한 식사를 하는 나를 보세요, 혹은 지역 독립 점포를 후원하는 나를 보세요, 하는 게시물이었다. 카페에서 부지런히 돌아다니던 모니카의 모습도 떠올랐다. 앨리스보다 열 살 정도 위로 보였지만 아직 미인이고 진지하고 깐깐해 보이는 스타일이었다.

그 순간 앨리스는 며칠 전 밤에 홀린 듯 바라보았던 사람이 바로 모니카였다는 걸 깨닫고 충격을 받았다. 세상 근심 하나도 없는 듯한 모습으로 춤을 추고 있던 여자. 그때는 낮에 보았던 모습과 너무 달라 보여서 같은 사람이라는 걸 미처 알아차리지 못했다.

앨리스는 아기를 원한다는 모니카의 글을 읽었다. 함부로 소원을 빌면 안 돼요, 앨리스는 번티가 뒤척이기 시작하는 걸 보면서 울적한 기분으로 생각했다. 번티가 한바탕 울음을 터뜨릴 것도 같았다. 앨리스 자신도 그렇게 간절히 아기를 원했던가? 그랬던 기억은 없지만 아마 그랬을 거라고 생각했다.

앨리스는 모니카의 삶을 부러워했는데 정작 모니카가 가장 간절히 원하는 건 앨리스가 당연히 여기는 삶이라니 얼마나 얄궂은 일인가. 강해 보이지만 쓸쓸한 모니카라는 여자와 앨리스 사이에 보이지 않는 질긴 끈이 있는 것 같은 생각이 들었다. 앨리스는 번티의 통통한 뺨과 초롱초롱한 파란 눈을 들여다보며 불현듯 사랑이 샘솟는 걸 느꼈고 이 느낌을 절대 잊지 말자고 다짐했다.

해저드. 와, 로맨스 소설의 주인공 같은 이름이었다. 잘생긴 사람이었으면 좋겠다고 생각했다. 해저드라는 이름으로 불리는 사람이 비쩍 마르고 목울대가 툭 튀어나오고 여드름투성이라면 얼마나 아쉬울까. 앨리스는 해저드라는 사람이 웃옷을 벗은 채로 말을 타고 콘월의 산길을 따라 달리는 모습을 상상했다. 아, 아무래도 호르몬 때문인가봐.

앨리스는 약에는 절대 손을 대지 않지만 해저드의 글을 읽다보니 요즘 자기가 마시는 술이 해저드가 흡입하는 코카인과 크게 다르지 않은 것 같다는 불편한 생각이 들었다. 요새 앨리스가 마시는 술은 파티에서 분위기를 즐기려고 마시는 술이 아니라 하루를 버텨내려고 마시는 술이었다. 앨리스는 불편한 생각을 한쪽으로 밀어냈다. 힘든 하루를 보냈으니 저녁에 와인 한 잔(혹은 세 잔) 정도는 즐길 자격이 있었다. 다른 사람들도 다들 그러지 않나. 소셜미디어에도 '와인 어클락'이니 '엄마의 도우미' 따위로 술을 지칭하는 밈이 흥한다. 술을 마실 때면 어쩐지 나도 어른이라는 느낌, 아직도 나의 삶이 있는 것 같은 느낌이 들었다. 그 시간이 앨리스에게는 '나만의 시간'이었고 솔직히 그 정도는 누릴 자격이 있다고 생각했다.

앨리스는 해저드의 글을 끝까지 읽고 해저드가 무슨 짓을 했는지를 깨달았다. 맙소사! 다니엘 스틸의 로맨스 소설이 현실에 찾아온 것 같았다! 해저드가 모니카가 꿈꾸던 남자를 찾아내서 쓸쓸한 독신의 삶에서 모니카를 구해내라고 런던으로 보낸 것이다. 이렇게 로맨틱한 일이! 그리고 그게 성공한 거다! 카페에서 모니카와 춤을 추던 그 남자가 바로 라일리겠지? 애정 가득한 눈으로 모니카를 바라보던 사람?

앨리스는 라일리가 쓴 다음 글을 당장 읽고 싶었다. 남자 글씨체로 그다음 세 쪽에 걸쳐 휘갈겨쓴 글이 있었다. 하지만 번티 목욕 시간에 맞춰 집에 돌아가야 했다. 가는 길에 조금 돌아서 모니카스 카페 앞을 지나가면서 창문 안을 살짝 들여다볼 수도 있을 것 같았다. 그렇게 해서 맥스와 다툰 일을 잠시라도 잊고 싶었다. 크리스마스라 아마 문을 닫았을 테지만 크게 돌아가는 길도 아니니까. 번티가 유모차 타고 돌아다니는 걸 좋아하기도 하고.

앨리스는 놀이터에서 나와 왼쪽 풀럼 로드로 들어가 중국음식점 앞을 지나쳤다. 오래전부터 그 자리에 있었지만 가본 적은 없는 식당이었다. 앨리스는 치킨차오멘보다는 아보카도와 게살이 들어간 마키를 좋아했다. 명절이라 사람들이 다 시외로 갔는지 거리는 거의 텅 비어 있었다. 그래서 중국음식점 앞에 서 있는 두 남자가 눈에 들어왔다. 대조적인 한 쌍이었다. 한 사람은 중국계인 것 같았다. 체구가 작고 화가 나 있었고 체구에 비해 엄청난 에너지를 뿜었다. 다른 쪽은 키가 크고 빨강머리를 단정히 다듬었는데 틀림없이 어딘가에서 본 적이 있는 사람이었다. 키 큰 남자는 우는 것 같았다. 이게 대체 무슨 일이지? 오늘 앨리스만 힘든 하루를 보낸 건 아닌 모양이었다. 그렇게 생각하니 어쩐지 기운이 났고 그래서 미안해졌다.

카페를 향해 걷자니 정말 오랜만에 해야 해서가 아니라 신이 나서 무언가를 한다는 생각이 들었다. 지난 몇 달 동안은 똑같은 일의 반복 또 반복이었다. 먹이고 치우고 닦고 갈아주고 요리하고 다림질하고 빨래하고 그렇게 무한반복. 그런데 지금은 다음에 무슨 일이 일어날지 모른다는 게 신이 났다. 아기와 같이 보내는 하루는 늘 똑같고 너무 빨했다. 앨리스는 그런 생각을 한 스스로를 나무라고 자기가 얼마나 운이 좋은지 되새겼다.

카페 가까이 왔는데 불이 켜져 있는 것 같았다. 문을 열지는 않았겠지만. 스물네 시간 불을 켜놓는 가게도 많았다. 그런 모습을 보면 앨리스는 심기가 불편했다. @aliceinwonderland는 환경에도 관심이 많았다. 일회용 컵과 비닐봉지를 안 쓰는 게 유행이 되기 전에 이미 사용을 중단했었다. 심지어 한동안은 천기저귀도 시도해보았는데, 그건 결과가 좋지 않았다.

앨리스는 카페 유리창 안을 들여다보았다. 그런데, 여러 사람을 위해 차린 듯한 테이블에 모니카가 혼자 있었다. 모니카는 울고 있었다. 그것도 아주 본격적으로. 눈물 콧물 범벅에 얼굴이 엉망이었다. 사진으로 찍으면 상당히 흉할 모습이었다. 모니카는 사람들 앞에서는 울지 않는 게 바람직할 것 같았다. 앨리스는 만약에 모니카와 친해지게 되면 살짝 귀띔해줘야겠다고 생각했다.

앨리스의 들떴던 기분이 착 가라앉았다. 행복한 결말을 바랐는데. 대체 뭐가 잘못된 걸까? 며칠 전 그 완벽하게 로맨틱했던 장면이 어떻게 이렇게 비참한 모습으로 바뀌어버린 걸까?

앨리스는 여자들 사이의 연대를 믿는 사람이었다. 여자들이 서로를 돌봐야 한다고 믿었다. "어떤 사람이든 될 수 있는 세상이라면, 따뜻한 사람이 되어라"를 신념으로 삼기도 했다. 이 문구가 새겨진 티셔츠를 주문제작하기도 했다. 저렇게 우는 여자를 못 본 척 그냥 지나칠 수는 없었다. 무엇보다도 모니카가 모르는 사람으로 느껴지지 않았다. 앨리스는 모니카를 안다고, 조금이나마 안다고 생각했다. 솔직히 말해 자기 '베프들'보다 더 잘 아는 것 같기도 했다.

앨리스는 소개말 삼아 노트를 가방에서 꺼내들고 허리를 죽 편다음 다정하면서도 염려하는 듯한 미소를 띠고 카페 안으로 들어갔다. 마룻바닥 위에 있는 무시무시해 보이는 갈색 덩어리를 피해서 발을 디뎠다. 대체 저게 뭐람?

모니카가 고개를 들었다. 얼굴에 마스카라 자국이 번져 있었다.

"안녕하세요, 전 앨리스예요. 제가 '진실 프로젝트'를 주웠어요. 괜찮으세요? 도와드릴까요?"

"그 빌어먹을 노트를 못 봤더라면 좋았을 텐데. 다시는 보고 싶지 않아요." 모니카가 한마디 한마디를 기관총 쏘듯이 내뱉었고 앨리스는 움찔했다. "무례하다고 할지 모르겠지만, 당신도 다른 사람들처럼 내가 쓰지 말았어야 할 글을 읽었을 테고 내가 어떤 사람인지 안다고 생각할 테지만, 아니 몰라요. 나도 물론 당신이 누군지 모르고 알고 싶지도 않아요. 그러니까 제발 꺼져줘요."

앨리스는 하라는 대로 했다.

35
모니카

모니카는 크리스마스 다음날 저녁 무렵에야 집에서 나와 카페로 내려왔다. 카페는 중단된 연극 세트처럼 보였다. 테이블 위에는 푸딩을 먹으려고 차린 접시와 포크가 그대로 있고 술잔에는 술이 반쯤 차 있었다. 크리스마스트리 아래에는 뜯어보지 않은 선물들이 있었다. 마룻바닥에는 호랑가시나무 가지 하나가 뾰족 튀어나온 무화과푸딩이 거대한 소똥처럼 널브러져 있었다.

모니카는 양동이에 뜨거운 비눗물을 담아와 고무장갑을 끼고 청소를 시작했다. 청소를 하면 기분이 좀 풀리곤 했다. 솔직히 말해 좀 지나칠 정도로 청소를 좋아했다. 모니카가 가장 자랑스러워하는 성취 가운데 하나가 카페 유리창에 눈에 잘 띄게 붙여놓은 위생최고 등급 인증패였다. 모니카는 일소—掃라든가 손을 씻는다든가 그 남자를 깨끗하게 떨쳐버린다든가 하는 청소와 관련된 표현들도 좋아했다.

시간이 좀 흐르고 마음이 진정되자 해저드와 라일리가 일부러 일을 꾸몄을 것 같지는 않다는 생각도 들었다. 라일리가 모니카를 진심으로 좋아한다고 했던 말도 믿을 수 있었다(그 키스들이 가짜였다고는 생각할 수가 없었다). 그래도 모욕감은 떨쳐지지 않았다. 라일리가 내내 자기한테 거짓말을 했다는 게 너무 화가 났다. 해저드와 라일리가 자기를 불쌍하게 생각했다는 게 싫었다. 두 사람이 뒤에서 자기 이야기를 했고 불쌍한 여자를 어떻게 도와줄지 계획을 세웠다는 사실이. 게다가 자기가 바보가 되었다고 생각하니 속이 부글부글 끓었다. 바보 같은 느낌은 정말 낯설었다. 에이레벨* 경제학 시험에서 케인스상을 받은 모니카인데!

이유 없이 좋은 일이 일어날 수 있다는 것, 자기도 라일리처럼 멋진 사람에게 사랑을 받을 수 있다는 것을 이제 막 믿게 된 참이었다. 그런데 그 모든 일이 계획에 따라 만들어진 것이었다니. 어머니는 늘 믿기지 않을 정도로 좋아 보이는 일이 있다면 아마 실제로 믿을 수 없는 일일 거라고 말했었다. 라일리는 믿을 수 없을 만큼 멋있는 사람이었다.

지난 몇 주 사이에 모니카는 자기가 느슨해지는 걸 느꼈다. '순간을 따라 살기' 시작했고 강박적으로 계획을 세우는 것도 그만뒀다. 더 행복해진 것 같고 걱정은 줄었다. 그런데 그러다 결국 이런 꼴이 되고 말았다.

모니카는 이제 어떻게 해야 할지 몰랐다.

확실한 것은 그 사람들 중 누구도 다시 보고 싶지 않다는 것이었

---

* 영국 대학 입학 자격시험.

다. 적어도 당분간은. 카페에서 그 바보 같은 노트를 발견하기 이전으로, 노트에 자기 이야기를 써서 자기도 모르는 사이에 다른 사람이 짠 계획의 졸이 되기 전으로 돌아가고 싶었다. 그전에는 세상이 무미건조하고 지루했을지라도 적어도 안전하고 예측 가능하기는 했으니까.

모니카는 불현듯 이번주 미술 수업을 취소하지 않았다는 사실을 떠올렸다. 전화기를 꺼내 미술 교실 단체 채팅방에 글을 썼다. 추가 공지까지 미술 수업은 없습니다. 설명이나 사과의 말을 덧붙여야 된다는 생각은 들지 않았다. 내가 왜 그래야 하나?

모니카는 '서재' 자리로 갔다. 줄리언이 그려준 아름다운 초상화가 테이블 위에 놓여 있었다. 다른 모니카가 모니카를 올려다보았다. 자기 삶이 거짓으로 이루어졌다는 사실을 몰랐던 모니카.

모니카는 트리 아래로 손을 뻗어 '모니카에게 라일리가 사랑을 담아 xxx*'라고 적힌 선물을 집었다. 풀어보지 않고 던져버리는 게 자존심을 지키는 일일 것 같았지만 뭔지 보고 싶은 마음이 더 컸다.

모니카는 살살 포장지를 뜯었다. 아름다운 청록색 노트가 나왔다. 스마이슨 제품이었다. 모니카가 가장 좋아하는 브랜드라고 라일리에게 말한 적이 있던가? 엄청 비쌌을 텐데. 노트 앞표지에 금색으로 '희망과 꿈'이라는 단어가 새겨져 있었다. 모니카는 노트를 코에 대고 가죽냄새를 맡아보았다. 겉장을 열어 보니 안에 글귀가 쓰여 있었다. "메리 크리스마스, 모니카! 당신이 좋은 문구를 좋아한다는 것, 당신이 목록 만들기를 좋아한다는 것, 그리고 당신은

---

* 키스를 뜻하는 기호.

희망과 꿈을 모두 이룰 자격이 있다는 것을 알아요. 사랑하는 라일리가 xxx."

완벽한 선물이었다. 라일리가 쓴 글이 흐릿해지기 시작할 때에야 모니카는 자기가 울고 있다는 걸 알았다. 완벽한 노트 커버에 물방울 얼룩이 생겼다. 그걸 보고 모니카는 더 울었다.

한동안 눈앞에서 아른거렸고 현실이 될 수 있을지도 모른다고 믿었던 완벽한 미래의 모습이 사라졌기 때문에 울었다. 또 자기가 강하고 똑똑하다고 생각했지만 실은 이렇게 쉽게 속아 넘어가는 바보였기 때문에도 울었다. 무엇보다 자기가 즉흥적이고 충동적이며 결과를 걱정하지 않고 삶을 즐기는 여자가 되어간다고 믿었기 때문에 울었다. 노트에 속마음을 털어놓고 바람에 흩날려 보냈던 여자. 누군지 잘 모르는 잘생긴 남자와 무턱대고 사랑에 빠졌던 여자.

그 여자는 사라지고 없었다.

36
앨리스

밤 열한시였다. 앨리스는 아기방 흔들의자에 앉아 비어트릭스 포터 취침등을 어둡게 켜놓고 번티에게 젖을 먹였다. 어제 맥스와 말다툼을 한 뒤로 계속 기분이 너덜너덜했다. 두 사람 다 그 일에 대한 이야기는 일부러 피했다. 게다가 모니카한테 문전박대당한 것도 기분좋은 일은 아니었다. 자매애는 허상이었나. 앨리스는 가방에 손을 넣어 노트를 꺼내고 글을 읽을 수는 있지만 번티를 깨우지는 않을 정도로 살짝만 전등 밝기를 높였다. 앨리스는 기대감을 느끼며 해저드의 글에서 라일리의 글로 넘어가는 부분을 펼쳤다. 라일리처럼 근사한 남자의 숨은 비밀은 대체 뭘까?

내 이름은 라일리 스티븐슨입니다. 서른 살이고 퍼스에서 정원사로 일합니다. 오스트레일리아 퍼스요. 스코틀랜드에도 퍼스가 있는 모양이더라고요. 줄리언의 질문에 먼저 대답하자면, 나는 내가 사는 집 근처 이웃들을 다 알고 그 사람들도 나를 압니다. 아주 어렸을 때부터 알고 지냈죠. 그렇게 지내다보면 솔직히 좀 답답할 때도 있어요. 그래서 여행을 떠난 것이기도 해요.

이런, 런던에서 지내기 힘들었겠는데? 극에서 극으로 옮겨온 셈이니. 앨리스는 책장을 넘기기 위해 번티를 살짝 치켜들었다.

나의 진실이라면, 내가 대부분의 영국 사람들처럼 삶이 엉망진창이 아니라는 이유로 나를 사람 좋은 얼간이로 여기는 사람들 때문에 화가 난다는 겁니다. 이건 나의 피해망상이 아니에요. 사람들이 정말로 그렇게들 생각한다고요.

낙천적이고 솔직한 건 인격적 결함이 아니라 좋은 점 아닌가요? 복잡하지 않다는 게 단순하다는 뜻은 아니잖아요?

어머나, 어쩜 이렇게 귀여울까, 앨리스는 생각했다.

가끔 모니카나 줄리언이 나를 마치 어린아이 보듯이 볼 때가 있어요. 속으로 이렇게 생각하고 있겠죠. '이런, 정말 귀엽잖아?'

이크. 노트가 마음을 읽나?

사실 난 이 노트가 썩 마음에 들지는 않아요. 이 노트 덕분에 좋은 사람들을 만나게 되긴 했지만, 이 노트를 손에 넣은 뒤로 삶이 더 진실해지긴커녕 그 반대가 됐어요. 모니카와 나 사이에는 거짓이 있습니다. 이 노트 때문에 우리가 만나게 되었다는 사실을 아직 모니카에게 말하지 못했어요. 왜 말을 못했는지 이제는 기억도 안 나네요.

해도 없고 식물도 없고 땅도 없는 도시에 살다보니 나도 달라지는 것 같아요. 내 뿌리로 돌아가야 할 것 같습니다. 여기에 쓴 글도 내가 쓴 글 같지가 않아요. 나는 이런 식으로 자기분석 같은 걸 하는 사람이 아니에요. 겉과 속이 똑같은 타입이라고 할까요. 적어도 전에는 그랬어요.

그리고 이거 압니까? 이 노트는 다른 사람들에 대해서도 진실을 말해주지 않아요.

줄리언의 글을 읽으면 눈에 안 띄는 쓸쓸한 노인을 상상하게 되겠죠. 하지만 내가 아는 줄리언은 그 누구보다 놀라운 사람입니다. 일상을 다채롭고 흥미진진한 것으로 만드는 재주가 있어요. 줄리언은 새로운 곳에 가고 새로운 경험을 하고 싶게 만들죠.

해저드도 직접 만나보지 않고 글로만 봤다면 거만하고 자기중심적이고 재수없는 인간이라고 생각했을 것 같아요. 하지만 태국에서 만난 해저드는 조용하고 온화하고 약간 쓸쓸해 보였어요.

그리고 자기가 사랑받을 수 없을 거라고 생각하는 모니카가 있죠. 하지만 모니카는 따뜻하고 너그럽고 다정해요. 사람들을 한데 모으고 돌보죠. 그런 면에서 나처럼 타고난 정원사 같아요. 또 아주 좋은 엄마가 될 거예요. 조금 느긋해지기만 하면 원하는 일 모두 이룰 수 있을 거라고 생각합니다.

모니카에게 사실을 털어놓을 생각이에요. 그러고 나면 어떻게 될지는 모르겠어요. 적어도 모래가 아니라 제대로 된 땅에 우리 사이가 뿌리내릴 수 있을 거고 그러면 일말의 가능성이라도 생기겠죠.

당신은 어떻게 할 생각인가요? 이 노트가 나보다는 당신에게 더 많은 행운을 가져다주기를 바랍니다.

앨리스는 말할 수 없이 우울한 기분이 되었다. 어제 모니카의 모습으로 미루어보건대 라일리가 바란 대로 일이 풀리지는 않은 듯했다. 모니카는 전혀 따뜻하고 너그럽고 다정해 보이지 않았고 앨리스를 돌보아줄 것 같지도 않았다. 솔직히 좀 사나운 사람 같았다.

사랑스러운 라일리. 정원이 없는 정원사.

그때 앨리스에게 새로운 계획이 떠올랐다.

37
줄리언

줄리언은 이불을 고치처럼 돌돌 말고 있었다. 멀리 어딘가에서 초인종이 울리는 소리를 들었지만 꿈쩍도 할 수가 없었다. 모든 것으로부터 너무 멀리 떨어진 곳에 와 있는 기분이었다.

"줄리언! 일어날 시간이야. 하루종일 침대에 누워 있을 셈이야?" 메리가 말했다.

"나 좀 내버려둬." 줄리언은 투덜거렸다. "밤새 그림 그렸다고. 화실 가서 보면 알 거야. 거의 끝났어."

"봤어. 언제나처럼 훌륭해. 당신 정말 최고야. 하지만 점심때가 다 됐잖아." 그리고 메리는 줄리언이 그것에 사족을 못 쓴다는 걸 알기 때문에 이렇게 말했다. "에그베네딕트 만들어줄게."

줄리언은 키스가 침대 끄트머리에 누워 있는지 발로 만져보려고 한쪽 다리를 뻗었다. 아무것도 없었다.

한쪽 눈을 떠보았다. 메리도 없었다. 이미 오래전부터 메리는 없

240

었다. 줄리언은 다시 눈을 감았다.

줄리언이 완전히 저 너머로 가지 않게 막는 것, 아슬아슬하게 땅에 줄리언을 붙들어놓는 것이 딱 하나 있었다. 줄리언이 해야만 하는 어떤 일이 있었다. 사람들이 줄리언에게 의지하고 있었다. 줄리언이 맡은 책임이 있었다.

땡 하는 알림음이 들렸다. 이번에는 바로 귓가에서 들렸다. 줄리언은 손을 뻗어 자기한테 있는 줄도 잊고 있었던 휴대전화를 집어 들었다. 화면에 메시지가 떠 있었다. 추가 공지까지 미술 수업은 없습니다. 이거였다. 줄리언을 붙들고 있던 것. 이제는 놓아버릴 수 있었다. 어쩌면 여기 이불 속에 이렇게 있다가 불도저에 밀려 치워지고 그 자리에 복합위락시설이 들어설 수도 있겠지.

배터리 전원 부족, 화면에 알림이 떴다. 줄리언은 충전기를 연결하지 않은 채 전화를 내려놓고 이불을 다시 머리 위로 덮어쓰고는 익숙한 퀴퀴한 냄새를 들이마셨다.

38
해저드

해저드는 옥스퍼드셔 부모님 집에서 나흘을 지내고 다시 런던으로 돌아왔다. 신기하게도 두 분은 딱히 섭섭한 게 없는 듯했고 해저드가 건강하고 비교적 밝은 모습으로 나타나서 마음을 놓은 기색이었다. 해저드가 아침식사 때마다 얼굴을 비치자 어머니는 좀 놀란 것 같기도 했다. 기어이 밤에 집을 빠져나가서 진탕으로 취하리라고 생각했던 것 같았다. 옛날 같으면 당연히 그랬을 테니까. 해저드는 어머니의 신뢰를 다시 회복하려면 얼마나 걸릴까 생각했다. 어쩌면 영영 불가능할지도 몰랐다.

부모님 집에 며칠 더 있을 생각이었는데 부모님이 새해 전날 밤에 로터리클럽 사람들을 초대해 파티를 한다고 했다. 해저드는 새해 전날 밤은 혼자 보내는 게 안전하겠다고 생각했다. 자정이 되기 한참 전에 잠자리에 들어가, 새해를 자기 침대에서 숙취도 없고 이름이 기억 안 나는 여자도 없이 혼자서 맞을 수 있게 된 것에 감사

할 계획이었다.

해저드는 전화기를 집어 시간을 확인했다. 구형 모델의 선불 폰이었다. 오늘 오전에 번호를 알려드린 어머니를 빼면 번호를 아는 사람이 아무도 없어서 아직 한 번도 울린 적은 없었다. 사실 벨소리가 어떻게 설정되어 있는지도 몰랐다. 해저드는 사람들과 어울리기를 좋아하는 붙임성 있고 부지런한 성격이라 친구도 일거리도 없는 새 삶에 적응하기가 쉽지 않았다. 계속 이런 식으로 아무것도 안 하고 지낼 수는 없었다.

오후 네시 삼십분이었다. 해저드는 코트를 걸치고 아파트 문을 잠그고 공동묘지를 향해 걸었다. 지금쯤이면 자기가 크리스마스날 의도치 않게 터뜨린 폭탄의 여파가 가라앉아 모니카, 줄리언, 라일리가 다시 관계를 회복했으리라고 생각했다. 해저드는 이제 예전 친구들은 다시 만날 수가 없었기 때문에 그 무리에 끼어들고 싶었다.

모니카스 카페 앞을 지나쳐 갔다. 안이 캄캄했다. 문에 '1월 2일까지 휴무'라는 안내문이 붙어 있었다.

해저드는 제독의 무덤에 앉아서 줄리언이나 모니카가 오지 않는지 묘지 남쪽을 보고 있느라 북쪽에서 온 라일리는 코앞에 다가올 때까지 못 봤다. 라일리에게 전화번호를 알려줄까? 어떻게 말하면서 번호를 알려주면 없어 보이거나 불쌍해 보이지 않을까?

"아무도 안 왔어요?" 라일리가 말했다. "여기 오면 만날 수 있을까 하고 한 주 내내 금요일 다섯시가 되기만 기다렸는데."

"아무도 안 왔어요. 십오 분 전에 왔는데 까마귀 말고는 그림자도 없네요. 모니카하고는 어떻게 됐어요?" 해저드는 라일리의 축 처진 어깨를 보고 대답을 짐작하면서도 물었다.

"전화해도 안 받고 카페는 문 닫았어요. 줄리언도 걱정이에요. 전화기가 꺼져 있길래 크리스마스 이후로 날마다 집으로 가서 벨을 눌렀는데 답이 없어요. 줄리언은 보통 오전 열시에서 열한시 사이에만 외출하고, 따로 어디 간다는 말도 없었거든요. 경찰에 연락해야 할까요?"

"지금 가서 다시 한번 눌러봐요. 여기 더 앉아 있다가는 엉덩이가 얼어서 제독 무덤에 들러붙을 것 같아요." 해저드는 말했다.

줄리언 집 초인종 옆에 J&M 제숍이라는 이름표가 붙어 있었다. M이 이 집에 살지 않은 지 십오 년 가까이 되었는데도. 그걸 보니 해저드는 가슴이 아팠다. 달라진 해저드는 무척 감상적인 사람이 되어가는 것 같았다. 오 분 가까이 계속 벨을 눌렀는데도 아무 응답이 없었다.

"좋아요. 줄리언이 어디 있는지 모니카가 아나 한번 확인해보고, 모른다고 하면 경찰을 부르죠." 해저드는 말했다.

"나하고는 이야기 안 할 거예요. 당신이 한번 연락해봐요. 모니카가 당신이라고 썩 좋아하지는 않겠지만." 라일리는 자기 혼자 미움받는 게 아니라는 사실에서 위안을 받는 것 같았다.

"모니카가 이 근처에 살아요?" 해저드는 물었다.

"네, 카페 위에요." 라일리가 대답했다.

"잘됐네요. 가봅시다."

공통의 목표가 생기자 특수임무에 나선 군인들처럼 유대감이 생겼다. 두 사람은 말없이 사이좋고 씩씩하게 카페를 향해 행군했다. 라일리가 모니카 집으로 이어지는 노란색 문을 가리켰고 해저드는 초인종을 눌렀다. 아무 대꾸가 없었다. 카페 문을 두들겼다. 역시 조용했다. 해저드가 모니카 집 창문을 올려다보려고 뒷걸음질로 인도에서 도로로 내려가자 지나가던 택시가 급히 핸들을 꺾으며 경적을 울렸다.

"도로가 하나밖에 없는 섬에 너무 오래 살았나보네요!" 라일리가 말했다.

"A급 마약을 십 년 가까이 하다보면 죽음 따위는 두렵지 않게 되죠. 하긴 그렇게 살아놓고 결국 풀럼 로드에서 택시에 치여 죽는다면 아이러니한 일이겠네요." 그러더니 해저드는 이렇게 말했다. "봐요, 저기 불이 켜져 있어요. 모니카! 얘기 좀 해요! 모니카! 문제가 있어요! 줄리언 본 적 있어요?"

해저드가 막 포기하려는 순간 창문이 열리고 모니카의 머리가 나타났다.

"세상에, 이웃 사람들이 뭐라고 하겠어요?" 모니카가 소리를 죽여서 사납게 말했다. 무시무시하게도 꼭 어머니 목소리 같다고 해저드는 생각했다. "기다려요. 내려가요."

몇 분 뒤에 문이 열렸다. 모니카는 머리카락을 대충 틀어올려 연필을 꽂아 고정하고 큼직하고 펑퍼짐한 티셔츠와 트레이닝 바지를 입고 나타났다. 해저드로서는 모니카한테 그런 옷이 있을 거라고는 상상 못한 차림이었다. 모니카가 두 사람을 카페로 밀어넣었다.

"모니카, 너무 이야기하고 싶었어요." 라일리가 말했다.

"라일리, 일단은 당면한 문제부터 해결합시다." 라일리가 다급한 마음에 다른 문제로 빠져버릴까봐 해저드는 얼른 말을 막았다. "그 얘기는 조금 나중에 하고요. 중요한 건 최근에 줄리언하고 연락한 적이 있느냐는 거예요. 크리스마스 이후에."

모니카가 눈살을 찌푸렸다. "아뇨. 아, 어떡하죠. 내 생각에만 빠져 있느라 줄리언을 까맣게 잊었네요. 친구라면서 어떻게 이럴 수가 있죠. 집에도 가보고 휴대전화도 걸어본 거죠?"

"수도 없이요." 라일리가 대답했다. "집 전화번호를 알면 좋을 텐데요. 전화번호부에는 등록이 안 되어 있어요."

"풀럼 3276." 모니카가 말했다.

"와. 어떻게 그걸 기억해요?" 라일리가 말했다.

"그 정도 기억력 없이 어떻게 기업 변호사가 됐겠어요?" 모니카가 라일리의 칭찬에도 흔들리지 않고 딱딱하게 대꾸했다. "그 동네가 아마 385번일 거예요. 그러니까 전화번호는 0207 385 3276이에요." 모니카가 휴대전화로 번호를 누르고 스피커를 켰다. 신호음이 울리고 또 울렸지만 아무 응답이 없었다.

모니카의 전화기에 온 신경이 쏠려 있어, 카페 문을 두드리는 소리를 한참 만에 알아차렸다. 배즈가 존 레넌 같은 안경과 검은 가죽재킷 차림에 지친 표정으로 문가에 서 있었다. 모니카가 문을 열어주었다.

"안녕하세요. 벤지하고 연락이 안 돼요. 어디에 있는지 아세요?" 배즈가 다급하게 말했다. "미안하다고 해야 돼요. 제가 너무 심하게 화를 냈어요."

"조금 늦었네." 모니카가 매몰차게 말했다. "호그머네이라 스코틀랜드에 갔어. 며칠 동안 너랑 연락이 안 돼서 안달하다가. 배즈, 이쪽은 해저드야." 모니카가 해저드를 돌아보지도 않고 말했다. 해저드의 이름을 마치 욕설을 하듯 내뱉었다.

"안녕하세요." 배즈가 건성으로 인사를 하고 이어 말했다. "집 전화번호 아세요? 전화기를 꺼놨거나 아니면 통화가 안 되는 지역에 있나봐요."

"아니, 몰라. 사실 우리도 비슷한 이야기 하고 있었는데. 줄리언하고 연락하려는 중이었어. 크리스마스 이후로 연락이 안 된대." 크리스마스라는 단어가 나오자 다들 그날 일을 떠올리며 불편한 심경이 되었다.

"어떡하죠. 할머니한테 가봐요. 아침마다 같이 태극권 하셨으니까 줄리언 상황을 아실 거예요."

네 사람은 중대한 문제가 눈앞에 있었으므로 서로에 대한 적의를 제쳐놓고 풀럼브로드웨이역 쪽을 향해 함께 걸었다.

베티는 고개를 강하게 저었다. "정해진 시간에 태극권 하러 갔는데 월요일, 화요일, 수요일, 목요일, 금요일까지 아무 응답이 없었어." 베티가 손가락으로 하루하루 꼽으면서 말했다. "가족들하고 같이 있겠지."

"줄리언은 영국에 가족이 없어요." 모니카가 말했다. "일단 집에 가서 안으로 들어갈 수 있는지 봐요."

다섯 사람은 풀럼브로드웨이역을 지나 첼시스튜디오로 갔다. 이제는 초인종에 누가 응답하리라는 희망은 거의 버린 상태였다. 역시나 아무 반응이 없었다.

"이웃 사람을 찾아야겠다." 우 부인이 집게손가락을 세워 줄리언의 초인종 위아래 아무 버튼이나 꾹꾹 눌렀다. 오케스트라를 동원해서 실험적 음악을 연주하는 것 같았다.

"할머니는 1970년대에 중국에서 탈출하신 분이에요." 배즈가 라일리와 해저드에게 속삭였다. "할머니하고 우리 아버지는 귀중품을 등에 거북이처럼 묶고 만을 헤엄쳐 건너 홍콩으로 갔대요. 베티 우를 잘못 건드렸다가는 뼈도 못 추려요."

마침내 화난 듯 날카로운 목소리가 인터컴으로 흘러나왔다.

"행주를 사라든가 영원한 구원에 대해서 알려주려는 거라면 관심 없어요."

"좀 들여보내주세요. 친구 때문에 걱정이 돼서 왔어요. 며칠 동안 못 봤어요." 우 부인이 말했다.

끙 하는 소리가 뚜렷이 들렸고 잠시 시간이 흐른 뒤에 은발머리를 멋지게 단장한 부인이 나와 대문을 열어주었다. 얼굴은 매끈한데 에르메스 스카프를 두른 목은 칠면조 목처럼 쭈글쭈글했다. 남편이 운전대를 잡으면 뒷좌석에 앉는 타입의 여자처럼 보였다.

"누굴 찾는데요?" 여자가 인사도 없이 물었다.

"줄리언 제슙이요." 누구 앞에서도 기죽지 않으려 하는 모니카가 대답했다.

"흥, 잘해보세요. 여기 산 지 육 년이 됐는데 그 사람 얼굴 본 게 두 손으로 꼽을 정도네요." 여자가 완벽하게 손질된 손을 눈앞에서 흔들면서 말했다. "어쩌면 한 손으로 꼽을 수 있을지도 모르겠네.

입주자 모임에도 한 번도 안 왔어요." 여자는 줄리언이 참석하지 않는 게 그들 잘못이라는 듯 눈을 가늘게 뜨고 노려보았다. "내가 입주자 대표예요." 필요하지도 않고 놀랍지도 않은 정보였다. "일단 들어와요. 맙소사, 대체 몇 명이 온 거예요?"

다섯 사람은 고맙다는 뜻으로 고개를 까닥이며 들어가 바로 줄리언의 집 문을 향해 갔다.

"그 사람 만나면 퍼트리샤 아버클이 긴급한 용건으로 보자 한다고 전해요! 빨리 연락 안 하면 변호사를 알아볼 거예요!" 여자가 등뒤에서 소리쳤다.

라일리가 문을 세게 두드렸다. 해저드는 손바닥에 땀이 차는 걸 느꼈다. 자기는 사실 줄리언하고 아는 사이도 아닌데. 그래도 어쩐지 아는 사이 같은 느낌이었다.

"줄리언!" 우 부인이 작은 체구에 비해 놀라울 정도로 큰 목소리로 외쳤다. 모니카와 라일리가 앞쪽 창문으로 집안을 들여다보았다. 모니카가 손댄 덕에 다행히 창문이 전처럼 불투명하지는 않았다.

"방안이 흐트러져 있거나 그런 것 같진 않아요. 확실하게 말하기는 어렵지만. 집안이 다시 뒤죽박죽이 되었네요." 모니카가 창문을 밀어올렸는데 30센티미터 정도밖에 안 올라갔다. 어린아이가 있으면 들여보낼 수 있겠다고 해저드는 생각했다.

"내가 들어가지!" 우 부인이 말했다. 딱 어린아이 몸집이었다. "비밍! 발을 잡아! 거기 키 큰 친구! 몸을 잡아!" 해저드는 우 부인이 자기한테 한 말이라는 걸 몇 초 뒤에야 깨달았다.

우 부인이 팔을 머리 위로 올렸고 배즈와 라일리는 우 부인의 다리를 잡았고 해저드는 몸통을 잡았다. 우 부인이 공중에 엎드린 자세가 되었다. "오른쪽! 앞으로! 안으로 밀어!" 우 부인이 사령관처럼 소리를 쳤고 세 사람은 우편함에 소포를 밀어넣듯 우 부인을 좁은 창문으로 밀어넣었다. 잠시 뒤에 우 부인이 바닥으로 안전하게 내려가서 몸을 일으켜세웠다.

"할머니! 현관문이요!" 배즈가 말했다. 곧 모두 집안으로 들어왔다.

줄리언의 집에서는 버려진 집 같은 냄새가 났다. 커튼은 꽁꽁 닫혀 있고 실내는 얼어붙을 듯 추웠고 애써 없앤 거미줄이 다시 더욱 번성해 있었다. 집안 구조를 잘 아는 라일리가 얼른 일층을 둘러보았다.

"여기는 없네요. 침실로 가봐요. 위쪽이에요." 라일리가 중이층으로 올라가는 연철 나선계단을 가리켰다. 모니카가 앞장섰고 라일리와 우 부인이 뒤를 따랐다.

해저드는 모니카가 외치는 소리를 들었다. "줄리언!" 줄리언을 찾은 모양이었다. 해저드는 최악의 사태를 두려워하며 숨을 멈추었다. 마침내 모니카가 침실 밖으로 나왔다.

"줄리언은 괜찮아요. 춥고 좀 정신이 없는 것 같아요." 해저드는 천천히 숨을 내쉬었고 입김이 하얗게 서리는 것을 보았다. "마지막으로 식사를 한 게 언제일지 모르겠네요. 배즈, 난방기 좀 켜줄래? 우 부인, 그 마법의 수프 좀 가져다주실 수 있어요? 줄리언이 절대 병원에는 안 가겠다고 고집하니, 저는 왕진 가능한 의사가 있는지 알아봐야겠어요. 라일리, 혹시 문 연 가게가 있으면 에인절딜라이트가 있는지 좀 봐줄래요? 버터스카치맛이요, 당연하지만."

그게 왜 당연하지? 해저드는 생각했다. 해저드는 손을 들고 자기한테도 시킬 일이 있는지 묻고 싶었지만, 그랬다가는 모니카가 자기한테 또 무얼 집어던질 것 같았다. 해저드는 물주전자를 찾으러 갔다. 어머니는 항상 힘든 상황에서는 따끈한 차 한 잔이 최고라고 했다.

39
모니카

모니카가 아는 줄리언 같지 않았다. 쉼표 같은 모양으로 꼬부라져서 침대에 웅크리고 있었다. 몸이 너무 마르고 쪼그라들어서 이불에 굴곡조차 만들지 못했다. 침대 옆 바닥에 텅 빈 베이크드빈 깡통 세 개와 포크 한 개가 있고 그 옆에 휴대전화도 있었다. 마지막으로 보았을 때 입었던 타탄체크 킬트와 재킷은 문가에 무더기로 쌓여 있었다. 마치 옷을 입고 있었던 사람이 증발했거나 〈오즈의 마법사〉에 나오는 마녀처럼 자연발화로 소멸한 것 같았다.

끔찍하게도 한순간, 모니카는 줄리언이 죽었다고 생각했다. 미동도 하지 않는데다가 손을 잡았는데 너무 차고 축축했다. 하지만 큰 소리로 이름을 부르자 줄리언의 눈꺼풀이 살짝 떨렸고 끙 하는 신음소리가 났다.

지금 줄리언은 활활 타는 벽난로 옆 안락의자에 앉아 있었다. 배즈가 보일러를 찾느라 한참 돌아다닌 끝에 이 집에는 난방설비가 없다는 걸 알게 됐다. 전기 라디에이터 몇 대가 있는데 전부 꺼져 있었다. 줄리언은 담요 몇 장을 두르고 베티의 치킨옥수수수프를 머그에 담아 마시고 있었다.

동네 병원 의사 한 명이 들러서 몸을 따뜻하게 하고 영양분과 수분을 충분히 공급하라고 했고 욕창 방지용 항생제를 처방해줬다. 의사가 "이런 일이 자꾸 있으면" 안 그래도 약한 심장에 무리가 갈 수 있다고 암울하게 말하는 것으로 보아 처음 있는 일이 아닌 모양이었다. 어쨌든 지금은 줄리언의 뺨에 생기가 조금씩 돌아오고 있고 적어도 시체처럼 보이지는 않았다.

모니카는 줄리언이 이렇게 된 게 크리스마스 날의 말다툼 때문이라고 생각해서 일단 줄리언 앞에서는 라일리와 사이좋은 척하기로 했다. 한편 라일리는 다시 모니카의 환심을 사려고 온갖 애를 쓰는 것 같았다. 모니카는 라일리가 어디까지 할지 알아보고 싶은 생각에 줄리언 집 화장실을 청소해야겠더라고 말했다. 라일리는 말 잘 듣는 강아지처럼 양동이와 표백제, 청소용 솔을 들고 화장실로 갔다. 모니카는 다시 라일리와 연애를 할 생각은 전혀 없지만, 줄리언 때문에라도 친구로 지낼 수는 있겠다는 생각을 했다.

하지만 해저드는 용서가 안 됐다. 사람의 인생을 가지고 그렇게 쉽게 장난을 친 사람을 좋아할 수는 없을 것 같았다. 그건 그렇고 저 남자는 대체 여기에서 뭐하는 거지? 누구 마음대로 여기 껴 있는 거지? 모니카는 해저드 같은 타입의 사람을 전에도 본 적이 있었다. 사람들에게 떠받들어지고 자기 멋대로 하는 게 너무 당연해서 자기가 여기 낄 자격이 있는지 없는지 고민도 안 하는 사람.

모니카는 해저드의 모든 면이 못마땅했다. 영화배우같이 너무 완벽한 미소부터 머저리 같은 힙스터 턱수염, 프레피 스타일 로퍼까지 하나도 마음에 드는 게 없었다. 열여섯 살 때, 어머니가 돌아가시고 얼마 안 되었을 때에 모니카는 학교 프롬에 별로 가고 싶지 않았다. 하지만 아버지가 가라고 부추겼다. 그리고 프롬에서 꼭 어린 해저드 같은 남자아이가 모니카에게 키스를 했다. 그 순간 모니카는 어쩌면, 혹시 어쩌면 조금이라도 삶이 나아지지 않을까 하는 기대를 했었다. 그런데 그애가 다른 애들하고 내기를 걸고 한 행동이었다는 걸 알게 되었다. 저 범생이 한번 꼬셔봐. 모니카는 그 일 이후로 몇 달 동안 학교에 안 갔다.

게다가 해저드라니, 무슨 그런 이름이 다 있담? 잘 어울리는 이름이기는 했다. 경고 표지판을 붙이고 다녀야 할 법한 남자였다.

모니카가 자기 생각을 하는 걸 알아차리기라도 했는지 해저드가 말을 걸었다.

"저, 모니카. 그래서 줄리언이 카페에서 미술 가르치게 됐어요?" 해저드가 물었다.

"네." 모니카는 줄리언을 위해서 최대한 빨리 미술 수업을 다시 열어야겠다고 머릿속에 메모를 남겼다. 모니카의 무뚝뚝한 대꾸에 굴하지 않고 해저드가 계속 물었다.

"저도 같이 해도 될까요? 대학 졸업한 뒤로는 그림을 그린 적이 없지만요. 다시 해보고 싶어요."

모니카는 대학 시절 해저드의 모습을 머릿속에 그려보았다. 정장을 갖춰 입어야 하는 파티를 열고 로딘스쿨*에 다니는 대비나 따

---

*브라이턴에 있는 고급 여자 사립학교.

위의 이름을 가진 여자의 날카로운 골반뼈에서 아이스크림이나 핥아먹었을 것 같았다.

"자리가 없을 것 같은데요." 모니카는 이렇게 말하고는 뒤늦게 생각났다는 듯 무성의하게 "미안하지만" 하고 덧붙였다.

안타깝게도, 줄리언은 나이는 많아도 귀는 박쥐처럼 밝았다.

"당연히 자리는 있지요. 의자 하나만 더 갖다놓으면 돼요!"

"제 전화번호 알려드릴까요?" 해저드가 어울리지 않는 구형 전화기를 꺼내며 물었다.

"그쪽 전화번호를 제가 왜요?" 모니카는 쏘아붙였다. 이 사람은 여자들이 다 자기한테 관심이 있을 거라고 생각하는 건가?

"어, 미술 수업에 대해 알려주시려면요?" 해저드가 좀 놀란 기색으로 말했다.

"아, 그거요. 그럴 필요 없어요. 그냥 오시면 돼요. 월요일 저녁 일곱시요." 모니카는 지나치게 공격적이었나 싶어 아주 작은 화해의 제스처를 보이기로 했다. "태국에서는 뭘 했어요?" 모니카는 말투를 누그러뜨리려고 애쓰면서 물었다.

"어. 디톡스*를 했어요." 해저드가 대답했다. 모니카는 눈을 부라리고 싶은 충동을 억눌렀다. 머릿속에 훤히 그림이 그려졌다. 사람들이 카페에 두고 간 잡지를 들춰 보면 디톡스를 하는 유명인들 사진이 심심찮게 나와 어떤 건지 알았다. 고급 스파에서 쉬면서 유기농 스무디를 마시고 하루에 몇 번씩 마사지를 받으면서 파티 시

---

* 중독 치료라는 뜻도 있지만 특정 식단 등으로 몸속 유해물질을 제거하는 대체의학을 가리키기도 한다.

즌이 되기 전에 살을 좀 뺐다는 이야기겠지. 틀림없이 비용은 엄마 아빠 주머니에서 나왔을 테고.

"운이 좋네요. 그렇게 오래 휴가를 얻을 수 있었다니." 모니카는 자기 가설을 검증해보기 위해 이렇게 말했다.

"아, 사실 지금 일을 쉬는 중이에요." 해저드가 말했다. 물려받은 게 많아서 굳이 일할 필요가 없다는 뜻이겠지. 해저드는 평생 시험 성적을 잘 받아야 한다거나 월세를 감당할 수 있을 만큼 카푸치노를 팔아야 한다는 걱정 따위는 할 필요가 없었을 거라고 모니카는 생각했다. 인맥과 학연 네트워크를 가동해서 사교생활이나 휴가나 '디톡스'를 즐기는 데 방해가 안 되는 고상한 일자리를 구하면 되니까.

배즈가 부모님을 도우러 레스토랑으로 돌아갔다. 섣달그믐이라 식당 예약이 꽉 차 있었다. 스코틀랜드에 간 벤지에게서 드디어 연락이 와서 배즈는 체셔 고양이처럼 만면에 미소를 띠고 갔다. 다른 사람들은 발을 떼려고 하지 않았다. 모니카는 줄리언을 혼자 내버려두면 다시 동면에 들어갈까 불안했다. 베티가 식당으로 갔다가 다 같이 먹을 분량의 찐만두와 스프링롤을 가지고 돌아왔다. 줄리언이 새해 축하 건배를 하자며 라일리에게 지하실에 가서 샴페인을 꺼내 오라고 시켰다. 라일리는 얼굴이 하얗게 질려서는 몸을 떨면서 올라왔다. 모니카는 지하실에 뭐가 있었느냐고 묻고 싶었는데 기회가 없었다.

"우 부인." 줄리언이 갈라진 목소리로 말했다.

"베티라니까요!"

"배즈와 벤지 이야기를 꺼내 충격을 줘서 미안합니다."

"비밍이라니까요!"

"아시겠지만 벤지는 정말 착한 애예요. 비밍하고 같이 있으면 두 사람 다 행복하고요. 그게 중요한 거 아닙니까?" 줄리언이 조곤조곤 말했다. 모니카는 베티를 돌아보았다. 눈살을 하도 세게 찌푸려서 눈썹 두 개가 거대한 회색 지네처럼 하나로 이어져 있었다. 모니카는 줄리언이 정말 죽음을 각오한 걸까 하는 생각이 들었다.

베티가 한숨을 내쉬었다. "나도 당연히 비밍이 행복하기를 바라죠. 그애를 사랑하니까요. 나의 하나뿐인 손자예요. 벤지가 좋은 애라는 것도 알고요. 하지만 비밍의 아내가 될 수는 없잖아요! 아기를 낳을 수도 없고요. 우리 식당에서 중국 음식을 만들 수도 없고."

"그렇지 않아요. 입양을 하면 돼요. 요즘 게이 커플들 많이 그렇게들 해요." 줄리언이 말했다.

"중국에서 여자아이를 입양한다?" 베티가 생각에 잠긴 듯 말했다.

"그리고 벤지는 요리를 아주 잘해요." 모니카는 얼른 덧붙였다. "카페에서도 요리는 거의 벤지가 해요. 나보다 훨씬 잘해요."

"흠." 베티가 헛기침을 하며 팔짱을 꼈다. 하지만 모니카는 베티의 태도가 약간 누그러진 것을 느낄 수 있었다.

"비밍이 당신한테 소리를 질렀다고 하데요." 베티가 줄리언에게 말했다. "비밍에게 매우 부끄럽다고 말했어요. 마땅히 어른을 공경해야 하는데."

"그러지 마세요, 우 부인. 비밍이 아까 사과했어요. 전혀 사과할 필요 없는 일인데도요." 줄리언이 대답했다.

모니카는 그 말에 웃음을 지었다. 배즈가 줄리언에게 사과하는 것을 언뜻 들었는데 참담한 심정으로 하는 진심어린 사과하고는 거리가 멀었다. 줄리언 집을 쓰레기장이라고 불러서 미안하다고, 모니카가 청소를 해서 그런지 훨씬 나아 보인다는 말이었다. 그 생각을 하니 모니카에게 아이디어가 떠올랐다.

"줄리언, 새해맞이 기념으로 청소를 한번 더 하면 어때요? 다음 주에 들를게요. 괜찮으시다면."

"모니카, 이왕 나선 김에 우리집도 해주면 안 돼요?" 해저드가 말했다.

더이상은 참을 수가 없었다.

"왜요? 당신은 너무 게을러서 청소 같은 건 할 수가 없나보죠? 아니면 청소는 여자들이 하는 일이고 당신 같은 남자한테는 격이 안 맞는 일이에요?"

"진정해요! 그냥 농담이었어요!" 해저드는 당황한 표정이었다. "당신은 너무 심각하게 받아들이는 경향이 있어요. 그냥 좀 웃자고요. 게다가 오늘은 올해 마지막날이잖아요."

모니카는 해저드를 노려보았다. 해저드도 눈길을 맞받았다. 모니카는 여전히 해저드가 싫었지만 위축되지 않는 점은 마음에 들었다. 변호사로 일할 때부터 너무 쉽게 굴복하는 상대는 싫었다.

"오 분만 있으면 자정이네요!" 라일리가 말했다. "모두 샴페인 들었어요?"

"난 페퍼민트티요." 해저드가 대답했다. "요즘은 티가 유행이에요. 다들 티를 마신다고요."

"새해 결심을 오늘부터 실천하는 거예요?" 모니카는 결심을 워낙 좋아해서 한 해 중에도 몇 번씩 새로운 다짐을 하곤 했다. 꼭 1월에만 해야 한다는 법은 없으니까.

"비슷해요." 해저드가 대답했다.

모니카는 해저드에게 페퍼민트티 유통기한을 확인했는지 물어볼까 하다가 그만두었다. 먹는다고 죽지는 않을 테니까. 아쉬운 일이지만.

그때 풀럼과 첼시 위쪽 하늘이 별안간 환해졌다. 폭죽 터지는 소리가 높은 건물 사이에서 메아리쳤다. 모니카는 줄리언의 화실에 있는 전면 유리창 쪽을 바라보았다. 빛의 향연이 펼쳐지고 있었다.

새로운 해가 시작되었다.

40
라일리

그다음주 금요일, 라일리는 줄리언이 제독 무덤으로 걸어오는 걸 보고 마음을 놓았다. 모니카가 시키는 대로 라일리는 새해 첫날부터 날마다 줄리언의 집에 들렀다. 표면적 이유는 줄리언의 잡동사니를 추가로 정리한다는 것이었지만 무엇보다도 줄리언이 자리에서 일어나고 먹을 것을 챙겨 먹고 따뜻하게 지내는지 확인하기 위해서였다. 줄리언이 예전 모습으로 돌아갔다고 할 수는 없을지 몰라도 좋아지고 있는 것 같았다. 오늘 저녁에는 확실히 활기차 보였다.

"라일리! 반가워요! 무슨 일이 있었는지 알아요?"

"무슨 일이요?" 라일리가 물었다.

"모니카가 미술 교실 견학 여행을 위해 유로스타 표를 예약했어요! 그래서 오후 내내 미술관 순방 계획을 짰어요."

"끝내주네요!" 라일리는 십대 때 〈물랑루즈〉에서 니콜 키드먼을 본 이래로 죽 파리에 가보는 게 소원이었다. 라일리는 자기가 빈손이 아니라는 걸 줄리언이 알아차리길 기다렸다.

"그 친구는 누구예요, 라일리?" 흔들리는 꼬리를 보고 줄리언이 물었다.

"어, 실은 줄리언 친구가 되면 좋을 것 같아서요. 빈집에서 혼자 사는 걸 공사장 인부들이 발견했어요. 최근에 돌아가신 동네 할머니가 키우던 개 같대요. 인부들이 샌드위치와 소시지롤을 나눠준다고 하는데, 지낼 집이 있어야 할 것 같아서요." 라일리는 말했다. 사실은 줄리언한테 돌볼 대상이 있어야 한다는 생각이 컸지만. 그래야 살아가기를 또다시 그렇게 쉽게 포기해버리지 않을 것 같았다.

"뭔데요?" 줄리언이 물었다.

"개요." 라일리가 대답했다.

"아니, 무슨 품종의 개냐고요."

"모르죠. 그 동네에서는 자유연애가 이루어졌던 것 같은데요. 잡종이겠죠. 테리어에 가까운 것 같네요."

"잭러셀이 확실히 섞여 있네." 줄리언이 말했다. 줄리언과 개가 서로 마주보았다. 똑같이 닮은 눈곱 낀 눈, 잿빛 수염, 삐걱거리는 관절, 만성 피로감 등을 말없이 서로 읽었다.

"이름이 뭐예요?" 줄리언이 물었다.

"모르겠어요. 인부들은 보이치에흐라고 부르던데요."

"맙소사."

"폴란드 사람들이거든요."

"난 키스라고 부를 거요. 개 이름으로 완벽한 이름이지." 줄리언이 말했다.

"키우시게요?" 라일리가 물었다.

"그럴까 싶은데. 불쌍한 늙은이 둘이 의지하고 살 수 있겠죠. 어
떠냐, 키스?"

"한 가지 말 안 한 게 있는데…… 방귀를 좀 많이 뀌더라고요."
라일리가 말했다.

"천생연분이군. 공통점이 하나 또 있네요. 이제 손님들이 찾아왔
을 때 실례를 하면 키스 핑계를 댈 수 있겠어요. 키스도 파리를 좋
아하려나?" 줄리언이 새 반려동물을 내려다보며 말했다. 그러고는
바로 이어 이렇게 물었다. "하루에 현대미술과 르네상스를 다 훑으
려면 너무 무리일까요? 하지만 뭘 넣고 뭘 뺄지 어떻게 정하죠? 나
는 포기하는 게 잘 안 돼요. 메리도 늘 그 점을 지적했었는데."

라일리는 어깨를 으쓱했다. 대화가 약간 불편해지고 있었다.
"에펠탑에 올라갈 시간은 꼭 남겨주세요!" 라일리가 말했다.

"이런, 그날은 문화를 향유하는 날이지 유명 관광지를 다 훑는
날이 아니잖아요. 하지만 빤한 관광지 중 하나를 꼭 넣겠다면 라
투르 에펠에 가는 것도 괜찮겠지요."

라일리는 어떤 여자가 유모차를 운동 장비라도 되는 것처럼 씩
씩하게 밀며 자기들 쪽으로 걸어오는 모습에 정신이 팔렸다. 흔히
'섹시 맘'이라고 부를 타입의 엄마였다. 은수저를 물고 태어났을
상류층 여자. 이십대 중반으로 보였고, 하이라이트를 넣은 머리는
완벽하게 관리되어 있었다. 런던에서 저런 머리를 하려면 한 재산
이 들지만 오스트레일리아에서는 햇볕이 자동으로 머리카락을 밝
게 만들어줬다. 여자는 잘 꾸며서 마장마술경기에 참석하러 가는
팔로미노* 말처럼 보이기도 했다. 물병(재사용 가능)을 든 손은 멋

지게 매니큐어로 꾸며져 있었다. 퍼스에서 보는 엄마들은 저런 모습과는 딴판이었다. 보통 머리가 헝클어져 있고 후줄근한 원피스와 슬리퍼 차림이었다. 라일리는 여자가 지나가기를 기다렸다. 그런데 뜻밖에 여자가 걸음을 멈췄다.

"안녕하세요." 여자가 말했다. "줄리언이시죠. 이쪽은 라일리?"

"네." 라일리는 어리둥절해하며 대답했다.

"그럴 줄 알았어요. 오스트레일리아 억양이 뚜렷하네요! 전 앨리스예요!" 여자가 손을 내밀어 두 사람과 각각 악수를 나눴다. "얘는 번티예요!" 앨리스가 유모차를 가리켰다. "쟤는요?" 앨리스가 제독 무덤 위, 줄리언 옆에 앉은 개를 보며 물었다.

"키스요." 줄리언과 라일리가 동시에 대답했다.

"우릴 어떻게 아세요?" 라일리가 물었다. 이 여자 스토커인가?

"제가 '진실 프로젝트'를 발견했어요. 놀이터에서요."

라일리는 그 바보 같은 노트가 입힌 엄청난 피해에 골몰하느라 자기 아파트와 카페 사이에 있는 놀이터에 노트를 두고 온 일은 까맣게 잊고 있었다. 녹색 공간이 그리워질 때 라일리가 종종 가서 앉아 있곤 하던 놀이터였다.

"아, 이럴 수가!" 줄리언이 말했다. "내 작은 노트가 아직도 돌아다니고 있군요! 안녕하세요? 반가워요." 라일리는 눈을 흘겼다. 줄리언은 예쁜 얼굴을 보면 사족을 못 썼다.

"와우! 줄리언, 재킷 너무 멋있어요. 베르사체 아녜요? 맞죠? 1980년대?"

---

* 몸은 옅은 갈색이고 갈기와 꼬리는 흰색인 말.

라일리는 이제 줄리언의 패션 감각에 익숙해져서 줄리언이 코트 아래에 받쳐 입은 화려한 무늬의 실크 재킷을 보고도 놀라지 않을 정도는 됐다. 그런데 앨리스는 그걸 보고 급격히 흥분하는 기색이었다.

"아, 드디어! 나 같은 패셔니스타를 만났군요! 주변에 온통 무지한 사람들만 있어서 희망을 버리려던 참이에요. 맞아요. 잔니의 디자인이죠. 너무나 안타깝게 세상을 떴지요.* 전 아직도 그 충격에서 벗어나지 못했답니다."

무지한 사람들이라고? 라일리는 발끈했다. 라일리가 이베이에서 구입한 한정판 나이키 운동화를 신었다는 사실도 모르면서? 라일리는 줄리언이 실크 손수건으로 눈가를 훔치는 것을 보았다. 줄리언은 들어주는 사람이 생기자 곧 과장된 연기를 시작했다. 앨리스도 간파했겠지?

"혹시 제가 사진 한 장 찍어도 될까요? 잠깐 코트 좀 벗어주시겠어요?" 앨리스가 물었다. 이 여자 정말 진심인가? 줄리언은 최근에 저체온증으로 거의 죽을 뻔해놓고도 한 해 중 가장 추운 날에 기꺼이 코트를 벗었다. 심지어 포즈까지 취했다.

앨리스가 또 무의미한 질문을 하자 줄리언이 신이 나서 대답했다. "카우보이부츠요? 이 신발은 킹스 로드에 있는 R. 솔스 제품이에요. 이름 멋지지 않아요? 아마 지금은 문 닫았을 것 같지만. 프레타망제 샌드위치나 그런 끔찍한 곳으로 바뀌었겠죠." 줄리언은 지

---

* 이탈리아 패션 디자이너 잔니 베르사체는 1997년 자택에서 연쇄살인범의 총에 맞아 사망했다.

나간 나날을 생각하는 듯 그리운 표정이 되었다. "재미있네요. 내 절친한 친구 데이비드 베일리*와 같이 보낸 날들이 떠올라요."

앨리스는 흥분해서 거의 까무라칠 지경이었다. 라일리는 줄리언이 십오 년 은둔생활을 하는 동안 그 수많은 '절친한 친구들'은 대체 어쩌고 있었을까 궁금해졌다.

"두 분이 얘기하시고 전 이만 가봐도 될까요?" 말하고 보니 샘난 어린아이 말투 같았다고 라일리는 생각했다. 앨리스가 라일리를 돌아보며 말했다.

"사실은 라일리한테 할말이 있어서 온 거예요. 줄리언을 만나서 너무 좋긴 하지만요." 줄리언이 실실 웃었다. 라일리는 모니카라면 절대 이렇게 노골적으로 추파를 던지지 않을 거라고 생각했다. "제 안드릴 게 있어서요." 앨리스가 종이쪽지 한 장을 내밀었다. "내일 오전 열시에 여기에서 뵐 수 있을까요? 줄리언도 오세요! 줄리언도 거기가 맘에 들 거예요! 혹시 못 오게 된다거나 하면 뒤에 전화번호 있으니까 연락 주세요. 하지만 꼭 오시리라고 믿어요. 그럴 거죠? 자, 이제 저는 번티 데리고 멍키뮤직에 가야겠어요. 이만요!"

이만요???

"와. 정말 멋진 여자네요." 줄리언이 말했다. "대체 무슨 일인지 궁금해 죽겠네요. 안 그래요? 저 사람 모니카한테도 소개해줘야겠어요. 모니카도 좋아할 거예요."

앨리스 같은 사람 백 명이 있어도 모니카 한 명에 못 미치지, 라일리는 생각했다. 무슨 용건으로 보자는 건지는 몰라도 앨리스가

---

* 영국의 유명한 패션 사진작가.

오라고 한 데에 별로 가고 싶은 생각이 없었지만 줄리언이 꼭 가야
한다고 우길 게 빤했다.

41

앨리스

줄리언과 라일리와 만나기로 한 시간이 다가오자 앨리스는 들뜬 마음을 가라앉히기 힘들었다. 번티가 태어난 뒤로는 하루하루가 판에 박은 듯 똑같았다. 오늘도 내일도 아기와 관련된 일들의 반복이었다. 아기 수영, 아기 마사지, 아기 요가. 다른 엄마들과 나누는 대화는 늘 발달 단계니 수면 패턴이니 젖니니 이유식이니 하는 이야기뿐이었다. 그러다보니 앨리스 자신의 정체성은 사라지는 것 같았다. 이제는 단순한 부속물, 번티의 엄마이거나 맥스의 아내로만 남은 것 같았다. 그래도 온라인에서만은 달랐다. 온라인에서 앨리스는 여전히 @aliceinwonderland였다.

줄리언과 라일리가 걸어오는 모습이 보였다. 라일리의 걸음걸이는 런던 시내보다는 바닷가에서 어슬렁거리기에 더 잘 어울릴 듯했다. 생기와 에너지가 넘쳐서 도시라는 새장에 갇혀서는 살 수가 없는 사람처럼 보이기도 했다. 라일리의 글을 읽었기 때문에 그런 생각이 드는 걸 수도 있지만. 한편 줄리언은 정말 시각적으로 압도적이었다. 극락조처럼 절대로 새장에 가둘 수 없는 존재였다.

"줄리언! 오늘은 어제보다도 더 멋있게 입으셨네요!" 앨리스가 말했다.

"당신도요. 정말 친절하네요." 줄리언이 이렇게 말하며 심지어 앨리스의 손을 잡고 입을 맞추기까지 했다. 앨리스는 이런 일은 영화에서만 일어나는 줄 알았다.

"이 옷은 숀 코너리가 1962년 〈007 살인번호〉에 입고 나왔던 바로 그 실크 네루재킷이에요. 악어가죽 브로그하고 특히 잘 어울리지 않아요?"

"숀도 절친한 친구였어요?" 라일리가 물었다. 앨리스는 라일리의 말투가 약간 짜증스러운 것 같다고 느꼈다.

"그건 아니고요. 그냥 인사만 나눈 정도였죠. 이 옷은 자선단체 경매에서 샀어요." 줄리언이 대답했다.

"사진 좀 찍을 수 있게 해주세요. 제발요." 앨리스가 사정했다. 줄리언은 기뻐하며 기꺼이 가로등에 기대어 포즈를 취했다. 재킷 안쪽 주머니에서 레이밴 에이비에이터 선글라스까지 꺼내어 꼈다. 나비넥타이로 줄리언 못지않게 멋을 낸 키스가 줄리언 옆에 쭈그리고 앉았다.

"패션쇼를 방해해서 안됐지만 왜 오라고 했는지 좀 알려주실래요?" 이 상황에 몰입하지 못하는 라일리가 끼어들었다.

"아, 아마 잘 모르시겠지만 전 인플루언서예요."

"뭐라고요?" 줄리언과 라일리가 동시에 물었다.

"팔로어가 십만 명 정도 돼요." 앨리스를 실제로 따라다니는 사람이 있나 보려는 듯 줄리언이 주위를 둘러보았다. "인스타그램에서요." 앨리스는 이해시키기가 쉽지 않겠다고 생각했다. 인터넷의 발명부터 설명해야 하나? "라일리는 인스타 하죠?"

"아뇨. 인스타그램에는 비쩍 마른 사람들이 해질녘에 요가를 하는 무의미한 사진만 가득하던데요."

"아, 그런 것도 있죠. 하지만 그것 말고 다른 것도 많아요." 앨리스는 기분 나쁘게 받아들이지 않으려고 애쓰면서 대꾸했다. "예를 들어서 이 집은요." 앨리스는 옆에 있는 커다란 빅토리아시대 테라스하우스를 가리켰다. "소유주가 사망하면서 지역 자선단체에 기증했어요. 지금은 약물과 알코올 중독에서 회복중인 지역 여성 아이들을 위한 무료돌봄시설이 됐어요. 아이들을 뺏기게 될까봐 치료를 거부하는 여자들이 많거든요. 그러니까 중독 여성들이 아이들을 계속 키우면서 중독 치료를 받을 수 있게 도와주는 시설이죠. 자원봉사자들이 아이들을 돌봐주고요. 먹이고 입히고 씻기고 같이 놀아줘요. 이 어린이집 이름이 '엄마도우미'예요."

"멋지네요. 그래, 여기서 일하세요?" 라일리가 물었다.

"아, 꼭 그런 건 아니고요." 앨리스가 말했다. "여기에서 가끔 기금 마련 행사를 할 때면 제가 @aliceinwonderland에서 홍보를 해요." 두 사람의 멍한 표정을 보고 앨리스는 설명을 덧붙였다. "제 인스타그램 계정이에요. 제가 글 하나를 올리면 수천 파운드를 모을 수 있어요. 그러니까 인스타에는 엎드린 개 자세 사진만 있는 건 아니라고요." 앨리스는 조금 삐친 듯 말했다.

"그래서 우리는 왜 온 거라고요?" 라일리가 두번째로 물었다. "쿠키 판매 행사에 일손이 필요한가요?"

"하! 아뇨. 그런 거 할 엄마들은 많아요. 그리고 솔직히 줄리언은 할일이 있어서가 아니라 그냥 분위기를 화사하게 만들라고 부른 거고요. 사실 라일리한테 부탁할 일이 있어요. 어서 들어오세요." 자기가 쓸모 있을 거라는 말에 라일리의 기분이 좋아졌다. 분위기를 화사하게 만든다는 말에 줄리언의 기분도 좋아졌고. 앨리스가 벨을 누르자 가슴이 자동차 범퍼처럼 당당한 부인이 문을 열어주었다. "리지, 이쪽은 라일리와 줄리언이에요." 앨리스가 말했다.

"아, 들어오세요! 기다리고 있었어요. 좀 정신없지만 이해하세요. 시끄럽기도 하고. 냄새도 나죠! 막 기저귀 갈던 참이라." 리지의 말에 줄리언이 얼굴이 좀 창백해지더니 리지와 악수를 피했다. "아, 미안해요." 리지가 말했다. "개는 데리고 들어올 수 없어요."

"키스는 개가 아니에요." 줄리언이 말했다. 리지는 난동을 부리는 아이들을 한순간에 제압할 법한 준엄한 눈으로 줄리언을 쳐다보았다. "내 보호자예요." 줄리언이 굴하지 않고 대꾸했다. "계속 안고 있을게요. 절대로 바닥에 안 내려놓겠습니다." 줄리언은 대답을 기다리지 않고 바로 키스를 옆구리에 끼고는 안으로 들어갔다. 키스가 리지 옆을 지나가며 방귀를 뀌었는데 뭘 알고 그런 걸까 앨리스는 생각했다. 그랬을 수도 있을 것 같았다. 보기보다 영악한 개였다.

복도 벽에는 아이들이 그린 그림이 빼곡히 붙어 있고 놀이방에서는 〈Old MacDonald〉 노랫소리에 맞춰 노래하고 두들기고 울부짖는 불협화음이 들렸다. 플레이도와 물감과 세제와 똥 냄새가 섞인 독특한 냄새가 났다.

"이쪽으로 오세요." 앨리스는 뒤쪽 부엌으로 두 사람을 안내했다. "이것 때문에 오시라고 한 거예요." 앨리스는 뒷마당으로 나가는 유리문을 가리켰다. 마당이 정글이 되어 있었다. 풀이 무릎까지 자라고 꽃밭은 거대한 잡초로 뒤덮여 그 아래 꽃이나 관목이 있는지 없는지조차 알 수 없을 지경이었다. 덩굴장미가 함부로 자라 잠자는 공주를 보호하는 가시덤불처럼 장벽을 이루고 있었다.

"와." 라일리가 감탄했다. 바로 앨리스가 바라던 반응이었다. "제가 사실 정원사예요." 라일리가 말했다.

"헐. 저 그 노트 읽었거든요. 당연히 정원사인 줄 알죠. 그래서 오시라고 한 거예요. 지금은 애들을 마당에 내놓을 수도 없어요. 그 랬다가는 건강과 안전에 대재앙이겠죠."

"그 점에 대해서는 모니카하고 상의해봐요. 건강과 안전이 모니카 특기라." 라일리가 말했다.

"라일리 말이 맞아요." 까칠한 모니카를 누가 더 잘 아는지 서로 경쟁이라도 하듯 줄리언도 끼어들었다. "모니카가 〈마스터마인드〉 퀴즈 쇼에 출연한다면 선택 주제로 건강과 안전을 고를걸요."

맙소사. 대체 어떻게 건강과 안전을 특기로 삼는 사람이 있을 수 있지. 앨리스는 아무 말도 덧붙이지 않기로 했다. 두 사람 다 모니카를 엄청 좋아하는 게 분명했다.

"우리 아이들 대부분 집에 마당이 없어서 이 공간을 마당으로 잘 꾸미면 정말 좋을 것 같아요. 놀이집하고 모래밭을 만들어줘도 좋을 것 같은데 어떻게 생각해요?"

"당장 시작하고 싶네요!" 라일리가 벌써 땅을 파는 상상을 하는 듯 손을 쥐었다 펴면서 말했다.

"그런데 죄송하지만 수고비는 드릴 수가 없어요. 그리고 당장 시작하기는 어려울 것 같은데, 원예 장비나 식물 구입 자금으로 쓸 수 있는 돈이 별로 없거든요. 동네 화원에서 지원해주면 좋겠지만 될지 어떨지 알아봐야 돼요."

"그 부분은 내가 도울 수 있겠네요!" 조금 소외된 기분이었던 줄리언이 말했다. "라일리, 이베이 프로젝트에서 얻은 수익금에서 내 몫을 마당 가꾸기 기금으로 내놓을게요!" 줄리언은 파티에서 사탕을 나눠주는 사람 좋은 삼촌 이미지가 썩 마음에 드는 것 같았다.

"그러시면 안 돼요! 연금으로 생활하시잖아요. 여윳돈이 필요하실 거예요." 라일리가 반대했다.

"아녜요. 나 나라에서 주는 연금에 의존해 살지는 않아요. 한때 돈을 꽤 벌었다오. 그 돈을 투자해놓아서 먹고살기는 충분해요. 나는 기꺼이 그렇게 하고 싶은데." 줄리언이 환하게 웃었다. 앨리스와 라일리도 환하게 웃었다.

"맥도널드 할아버지한테 농장이 있어!" 앞쪽 놀이방에서 함성이 터져나왔다.

"이-아이-이-아이-오." 라일리가 후렴을 불렀다.

42
줄리언

　줄리언은 일곱번째로 주머니를 다시 확인했다. 표는 모니카가 다 가지고 있기 때문에 챙길 필요가 없었다. 모니카가 아무래도 일행을 못 미더워하는 게 아닌가 싶었다. 유로화—있고, 여권—있고, 일정표—있고, 가이드북—있고. 출발을 딱 두 주 앞두고 라일리가 유효한 여권이 있느냐고 물었는데 줄리언은 외국에 나간 지 십오 년이 넘었기 때문에(풀럼 밖으로 나간 지도 십오 년이 넘었고) 여권이 만료되었다는 걸 그제야 깨달았다. 모니카가 초고속으로 여권을 재발급받을 수 있게 도와주었다.

　키스를 위해 동물여권도 발급받아야 한다고 고집을 부렸더니 모니카가 거의 화를 낼 뻔했다. 줄리언은 배수진을 쳤다. 둘 다 가거나, 둘 다 안 가거나 둘 중 하나라고. 좀 심하게 드라마틱하게 굴었다는 생각이 들긴 했지만, 키스가 부쩍 늙은데다가 누구나 죽기 전에 한 번은 파리를 봐야 하니까.

어쨌거나 세상에서 가장 효율적으로 일하는 사람 중 한 명인 모니카가 그 일을 성사시켰다. 줄리언이 오늘이 며칠인지도 모르고 어디로 가야 할지도 모르고 살았던 1960년대에 모니카가 가까이에 있었다면 어땠을까. 메리는 모니카를 어떻게 생각했을까?

카페에서 만나서 같이 출발하기로 했고 라일리가 엄마도우미 미니버스 기사에게 부탁해 유로스타 역까지 타고 갈 수 있게 되었다. 줄리언은 무척 들떠 있었다. 다이애나 왕세자비 초상화를 그려달라는 부탁을 받은 이래로 이렇게 흥분한 적이 없었던 것 같았다. 생각해보니 실제로 그런 부탁을 받은 적이 있었나 확실하지가 않았다. 다이애나 초상화를 그린 적이 없으니 그런 부탁을 받은 적도 없었을 것 같기도 했다. 가끔 줄리언은 어떤 게 진짜고 어떤 게 꾸며낸 이야기인지 헷갈렸다. 어떤 이야기를 수없이 반복하다보면 사실이 되기 마련이다. 적어도 사실 비슷한 것은 된다.

줄리언은 카페에 도착하기 몇 미터 전에 걸음을 늦췄다. 사람들이 자기와 키스가 나타났다는 걸 알아차리고 등장하는 모습을 보아줄 때까지 기다렸다. 기대대로 다들 감탄을 연발하며 맞아주었다.

"줄리언! 키스! 영국 국기를 휘날리려는 거군요!" 라일리가 말했다.

"내가 새삼스레 왜 놀랐을까요." 모니카가 줄리언과 키스를 위아래로 훑어보며 말했다. 줄리언은 'God Save the Queen'이라고 적힌 섹스 피스톨스 티셔츠, 닥터마틴 부츠, 비비언 웨스트우드 유니언잭 보머재킷으로 차려입었다. 키스도 유니언잭 조끼를 입고는 패션모델처럼 시크하고 자신감 있게 걸었다. 고관절 염증은 감출 수 없었지만.

모니카가 카페를 맡아줄 아르바이트생 두 명을 구해놓아서 모니카와 벤지 둘 다 갈 수 있게 되었다. 소피와 캐럴라인은 직장에서 휴가를 낼 수가 없어 못 왔고, 그래서 줄리언은 빈자리를 메우려고 해저드와 앨리스를 불렀다. 배즈는 식당에 손이 모자라 못 왔지만 할머니는 꼭 가셔야 한다고 보냈다. 우 부인이 파리에 가본 적이 없었기 때문이다.

사람들이 한 줄로 미니버스에 올라탈 때 모니카가 사람 수를 세는 걸 보고 줄리언은 모니카가 초등학교 선생님을 하면 아주 잘할 거라고 (다시 한번) 생각했다.

"다섯 명에 나까지, 그러니까 여섯 명에 개 한 마리네요. 누가 안 왔죠? 줄리언 친구가 온다고 했죠?"

"맞아요. 아, 저기 오네요!" 줄리언이 앨리스가 번티를 아기띠에 메고 오는 모습을 보고 말했다. 앨리스는 커다란 가방을 어깨에 멨는데 아냐힌드마치 가방이라는 걸 줄리언은 바로 알아보았다. "모니카, 여기는 앨리스예요. 모니카도 앨리스가 마음에 쏙 들걸요."

모니카와 앨리스는 같은 극의 자석처럼 반응했다. 둘 사이에 파지직 전류가 흐르는 것 같았다. 줄리언은 영문을 알 수 없었다.

"아, 네. 전에 만난 적 있어요." 모니카가 말했다.

"그랬죠. 내 기억이 정확하다면 나한테 카페에서 꺼져달라고 했었죠. 안녕하세요? 저는 앨리스고 얘는 번티예요." 앨리스가 손을 내밀며 말했고 모니카는 손을 잡아 흔들었다.

"미안해요. 그날 일이 좀 있었어요. 그 일은 없던 걸로 할 수 있을까요?"

"좋아요." 앨리스가 대답했다. 앨리스의 얼굴에 놀라움과 망설임이 스치더니 곧 환한 웃음이 번지며 여러 해 동안 큰돈을 들여 관리했을 치아가 드러났다.

"자, 모두 타세요! 머리 조심하고요!" 모니카가 이 말을 마치기도 전에 키가 180센티미터가 훌쩍 넘는 해저드가 버스에 올라타다가 머리를 찧고 말았다. 줄리언이 보기에는 꼭 모니카가 웃는 것처럼 보였지만 잘못 본 거였겠지. "안전벨트 잊지 말고요! 안전이 최우선이에요!"

"우리 꼭 A특공대* 같지 않아요! A특공대는 안전벨트를 안 맸을 테지만. 당연히 내가 미스터 T예요." 줄리언은 사람들의 멍한 얼굴을 보고는 이렇게 덧붙였다. "아 이런. 다들 너무 어려서 A특공대를 모르는 거예요?"

"모든 사람이 다 청동기에 태어나진 않았잖아요. 와, 학교 때로 돌아간 것 같아요. 서로 버스 뒷자리에 앉으려고 다퉜던 거 생각나요?" 라일리가 말했다.

"난 언제나 앞에 앉았었는데요." 앞쪽 운전석 옆에 앉은 모니카가 말했다. 모니카는 무릎 위에 올려놓은 여행가방을 양손으로 꼭 붙들고 있었다.

"식당에서 포춘쿠키 가져왔어요! 여행 중에 심심하면 먹으라고." 우 부인이 가방을 뒤져 낱개 포장된 쿠키를 나눠주었다. 해저드는 참고 기다리는 성미가 아니라 바로 봉지를 뜯어 쿠키를 쪼개 안에 든 종이를 꺼냈다.

"뭐라고 써 있어요?" 해저드 옆에 앉은 줄리언이 물었다.

---

*1983년부터 1987년까지 방영된 미국 NBC 액션 드라마.

"이런! 도와주세요! 쿠키 공장에 감금돼 있어요!라고 써 있네요."
해저드가 말했다. "아니, 농담이고요. 이렇게 돼 있어요. 당신은 홀
로 초라한 행색으로 죽을 것입니다. 썩 희망찬 운세는 아니네요."

"나한테는 절대 일어날 수 없는 일이네." 줄리언은 말했다. "홀
로 죽을지는 몰라도 절대 초라한 행색은 아닐 테니까."

"절대 초라하지 않을진 몰라도 늘 과하죠." 라일리가 뒤쪽에서
말했다. 줄리언은 라일리의 머리 쪽으로 손을 휘둘렀다. 하지만 라
일리가 피하는 바람에 그 옆에 있던 앨리스를 때리고 말았다.

카시트에 앉은 번티가 울음을 터뜨렸고 줄리언은 사과를 했다.
"아, 정말 미안해요!"

"버스의 바퀴는 돌고 돌고!" 앨리스가 번티를 달래려고 노래를
불렀다.

"버스의 노인은 '난 웨스트우드를 입었어'라고 말하고." 벤지가
모니카에게 말했다.

"다 들린다고!" 줄리언은 말했다. 줄리언은 생각보다 훨씬 귀가
밝았다.

"내 포춘쿠키에 뭐라고 써 있게요." 벤지가 얼른 화제를 돌리며
말했다. "여행을 떠날 것입니다. 와, 이거 족집게네요!"

줄리언은 우 부인이 손자의 남자친구를 패딩턴* 못지않은 매서
운 눈으로 노려보는 것을 보았다. 어쨌거나 누구도 오늘을 망칠 수
는 없었다. 오늘은 끝내주는 날이 될 것이다.

---

* 마이클 본드가 쓴 동화에 나오는 곰 패딩턴은 마음에 안 드는 사람이 있으면 강하
게 노려보아 꼼짝 못하게 만든다.

43
해저드

한 팔로 키스를 안고 식당칸에서 돌아오던 줄리언이 기차 통로에서 이리저리 비틀거렸다. 해저드는 줄리언이 고관절 골절이라도 일으켜 들것으로 기차에서 내려야 하는 사태가 벌어지는 게 아닌가 싶어 걱정이 되었다.

"예상했던 대로 기차 와인 셀렉션은 끔찍하구만. 내가 미리 준비를 했길래 망정이지." 줄리언이 말하며 가방에서 샴페인 한 병을 꺼냈다. 해저드는 언제쯤 모니카가 한마디할까 생각했다.

"줄리언, 아직 아침이잖아요." 예상대로 바로 반응이 나왔다.

"하지만 여행중이잖아요! 어차피 한 사람에 한 잔씩밖에 안 돌아가요. 우 부인은 한잔하실 거죠? 앨리스도?"

해저드가 그 병을 줄리언의 손에서 빼앗아 전부 비워버리고 싶은 욕구를 꾹 누르고 있다는 사실을 줄리언은 꿈에도 모를 것이다. 잔을 찾을 것도 없이 병째로 마셔버리고 싶었다. 주변에 앉은 다른 여행객들이 그들 일행을 흘깃흘깃 쳐다보았다. 별난 그룹으로 보일 것이다. 줄리언에서부터 벤지와 앨리스까지 나이 차이가 거의 오십 살쯤 되니. 번티까지 치면 일흔아홉 살 차이였다. 우 부인은 줄리언보다 나이가 많을까 적을까? 아무도 차마 물어볼 용기를 내지 못했다.

줄리언은 샴페인과 스케치북을 들고 기분좋은 얼굴로 앉아 있었다. 그리고 맞은편 자리에서 차창 밖 들판 위의 양들을 구경하는 키스를 그리고 있었다. 키스는 양을 처음 보는 모양이었다. 차장이 못마땅한 기색으로 다가와 권위 있게 말했다.

"죄송합니다만 개는 의자에 앉힐 수 없습니다. 바닥에 내려놓으세요."

"얘는 개가 아니에요." 줄리언이 말했다.

"그럼 뭔데요?" 차장이 말했다.

"내 뮤즈요."

"뮤즈도 의자에 앉을 수 없습니다." 차장이 말했다.

"미안합니다만," 줄리언이 전혀 미안해하지 않으며 말했다. "뮤즈가 의자에 앉으면 안 된다고 적힌 규정집이 있습니까?"

"줄리언!" 모니카가 말했다. "시키는 대로 해요. 키스! 내려와!" 키스가 바로 아래로 내려갔다. 키스는 모니카 말에는 복종해야 한다는 걸 알았다. 줄리언은 아직 모르는 것 같지만.

모니카는 계속해서 파죽지세로 스도쿠퍼즐 책을 풀어나갔다. 풀다 막히면(자주 있는 일은 아니었다) 모자에서 토끼를 꺼내는 마술사처럼 연필 끄트머리로 머리 옆을 톡톡 두들겼다. 번티는 조그만 얼굴을 기차 유리창에 대고 주먹으로 유리창을 두드렸고 앨리스는 그 모습을 아이폰으로 찍었다. 라일리는 유튜브에서 서핑 동영상을 보면서 커다란 엠앤엠즈 초콜릿 봉지를 사람들에게 돌렸다. 베티는 테이블 위에 털실 뭉치를 펼쳐놓고 뜨개질을 했다.

줄리언이 파리 여행을 같이 가자고 했을 때 해저드는 무척 기뻤다. 별별 다양한 사람들이 뒤섞인 이 모임의 일원이 되어 사람들과 친해지고 싶었다.

오늘을 마음껏 즐기는 데 유일한 걸림돌이 모니카였다. 모니카는 대놓고 해저드를 쌀쌀맞게 대했다. 여자에게 무시당하는 일은 해저드에게는 드문 경험이었다. 자기는 파남섬에 있을 때 모니카를 도우려고 몇 주나 나름 애를 썼는데 좀 너무한다 싶기도 했다. 엽서도 보냈는데! 어머니도 여러 차례 지적하셨듯 부모님한테도 안 보낸 엽서를. 고맙다는 말은 못할지언정. 해저드는 다시 화해를 시도해보았다.

"모니카?"

모니카가 스도쿠 책 너머로 미심쩍은 눈길을 던졌다.

"오늘 데려가줘서 고마워요. 얘기 듣고 정말 기뻤어요."

"내가 아니라 줄리언한테 고맙다고 해야 돼요. 줄리언 생각이었으니까." 퉁명스러운 말투였다. 모니카에게 다가가는 일은 고슴도치를 품에 안는 것하고 비슷했다.

해저드는 다른 사람이 자기를 어떻게 생각할지에 대해 크게 신경쓴 적이 없었지만 중독을 끊은 뒤로는 아주 가끔이라도 누군가가 너 정말 잘하고 있다고, 너는 끔찍한 인간이 아니라고 말해주기를 바라게 되었다. 해저드도 그 누군가가 모니카일 가능성은 매우 낮다는 건 알았다.

해저드는 〈탑건〉에 나온 톰 크루즈를 떠올리며 다시 용기를 냈다. 구스, 다시 들어가는 거야.

"저, 당신한테 정말 감탄했어요." 해저드는 이 말을 꺼낸 순간 진심에서 우러나온 말이라는 걸 깨달았다. 보통 해저드가 여자한테 감탄할 때는 거의 언제나 육체적인 이유였는데, 이렇게 극히 건전한 이유로 감탄하는 것도 무척 새로운 경험이었다. 모니카가 고개를 들었다. 하! 관심을 끌었군! 일발 장전.

"그래요?" 모니카가 여전히 좀 미심쩍은 듯 물었다. 목표물 조준!

"이렇게 가지각색이지만 다 나름 멋진 사람들을 한자리에 모은 걸 봐요!" 해저드가 말했다.

"줄리언의 노트가 한 일이죠." 반박하기는 했지만 조금 전보다는 덜 까칠한 태도였다.

"그 노트가 출발점이긴 하죠. 하지만 사람들을 한데 모을 수 있었던 건 당신하고 카페가 있었기 때문이에요."

모니카가 웃었다. 해저드를 보고 웃은 것은 아니지만 그래도 해저드 쪽을 보고 웃었다. 명중! 기지로 귀환. 살아남아서 다시 싸워야 하니까.

해저드는 앨리스에게로 주의를 돌렸다. 모니카하고는 전혀 다른 타입의 물고기였다. 사실 앨리스는 전혀 물고기 같지 않았기 때문에 부적절한 표현인 것 같기도 했다. 어쩌면 매끈하고 사진발도 잘 받는 돌고래라고는 할 수 있을지 모르겠지만, 돌고래는 포유류니까. 앨리스는 모니카보다 훨씬 사교적이고 천성도 느긋했다. 게다가 이번에 알게 된 사실인데 앨리스가 @aliceinwonderland였다! 전에 잠깐 사귄 여자친구가 @aliceinwonderland에 푹 빠져서는 앨리스가 자기 인스타그램 포스트에 하트를 눌러주면 기뻐서 소리를 질렀었다. 그런 모습을 보면 해저드는 진저리가 났지만 그래도 앨리스가 그렇게 열성 추종자들을 모았다는 건 대단한 일이라고 생각했다. 해저드는 전화기를 꺼냈다. 고대 유물 같은 노키아에서 업그레이드하기를 잘했다고 생각하면서 슬쩍 앨리스의 인스타그램 페이지를 열어보았다.

예상했던 대로 앨리스가 적절한 옷을 입고 적절한 장소에 적절한 사람들과 같이 있는 사진들이 많았다. 그런데 전혀 예상하지 못했던 줄리언의 사진도 두 장 보였다! 한 장은 확실히 공동묘지 제독 무덤 근처에서 찍은 거였고 나머지 한 장은 줄리언이 키스를 데리고 런던 거리 가로등에 기대선 모습이었다. 인스타그램의 줄리언은 현실에서보다도 더 기이하고 경이롭게 보였다.

"앨리스!" 해저드는 쿨한 척하기로 한 건 깜박하고 말했다. "인스타그램에 줄리언 사진을 올렸네요!"

"정말 멋있지 않아요? 몇 명이 '좋아요' 했어요?"

"두번째 것은 만 개가 넘는데요." 해저드가 말했다.

"개가 있어서 그래요. 인스타에서 개는 거의 필수 요소예요."

"댓글도 엄청 많이 달렸어요. 줄리언을 팔로우하려면 어떻게 해야 하느냐고 묻는데요. 줄리언 계정을 만들어야겠어요." 해저드가 말했다. "줄리언, 전화기 좀 빌려주실래요?"

해저드는 앨리스 옆자리로 옮겨 앉아 같이 줄리언의 전화기를 들여다보았다.

"아이디를 뭐라고 하죠?" 해저드는 물었다.

"팔십 세에도 멋지다는 뜻으로 @fabulousat80 어때요?"

"나 일흔아홉밖에 안 됐어요! 전쟁이 선포된 해에 태어나서 아무도 나한테 관심을 안 췄어요. 그뒤로 죽 관심을 끌려고 애써왔죠." 두 줄 앞쪽에 앉은 줄리언이 소리를 쳤고, 덕분에 다른 승객들이 읽던 신문을 내리고 줄리언을 돌아보았다.

"일흔아홉밖에 안 될 수는 없어요. 어불성설이라고요. 어쨌거나 팔십이 거의 다 되셨으니까요. 자, 내가 찍은 사진 두 장을 올리고 줄리언이 입은 옷 브랜드를 다 태그하고 패션 블로거 해시태그를 더하는 거예요. 그러고 나서 제 팔로어들에게 줄리언 계정을 알려줄게요. 곧 센세이션이 될 거예요."

앨리스가 소셜미디어를 주무르는 모습은 마법 같았다. 앨리스는 십 분 정도 눈살을 찌푸린 채로 미친듯이 손가락을 놀리더니 일을 완벽하게 해냈다는 만족스러움을 풍기며 줄리언의 전화기를 탁 내려놓았다. "다 됐어요." 앨리스가 말했다.

"둘이서 뭘 하는지는 모르겠지만 불법은 아니었으면 좋겠네요." 줄리언이 말했다. "1987년 조앤 콜린스와 같이 있을 때 이후로는 한 번도 체포된 적 없거든요."

줄리언에게는 실망스럽게도 아무도 줄리언에게 그때 무슨 일이 있었느냐고 묻지 않았다.

44
모니카

한참 줄을 서야 하긴 했지만 에펠탑 위에서 아래를 내려다보니 올라오길 잘했다 싶었다. 그래도 모니카는 기진맥진했다. 지하철을 타고 파리 시내를 돌아다니고 박물관을 둘러보는 것도 힘들었지만 계속 머릿수를 헤아리고 사람들이 흩어지지 않게 챙기는 것도 만만치 않은 일이었다. 인파 속에서도 잘 보고 따라오라고 우산을 들고 다니려고 했지만 해저드가 놀리는 바람에 그냥 접어서 가방에 넣었다. 혹시라도 누가 길을 잃는다면 전부 해저드 탓이었다. 모니카는 배즈에게 할머니를 잃어버렸다고, 마지막으로 보았을 때 루브르박물관 피라미드 근처에서 포춘쿠키를 드시고 계셨다고 말하는 장면을 상상하고 몸을 떨었다.

키스도 골치를 썩였다. 대부분의 박물관이 개 출입을 금했다. 줄리언은 퐁피두센터에서는 키스가 안내견이라고 우겼다. 퐁피두 관리인은 줄리언이 맹인이라면 미술 관람을 할 필요가 없지 않으냐며 합리적으로 반박했다. 하는 수 없이 줄리언은 기념품점에 가서 '부모님이 파리까지 가서 나한테는 이 촌스러운 가방만 사다줬어요'라고 적힌 큼직한 캔버스백을 샀다. 줄리언은 가방에 키스를 넣고 보안 검색대를 통과했다. 모니카는 불안해서 식은땀을 흘렸다. 줄리언은 심지어 가장 좋아하는 그림 앞에 서서 가방 안을 들여다보며 이렇게 말해서 모니카를 기겁하게 만들었다. "키스! 이 그림은 대표작이라 꼭 봐야 돼."

줄리언의 작품 해설은 흥미진진했지만 딱 정확하지는 않은 것 같다는 의심이 들었다. 줄리언은 질문을 받았을 때 모른다고 시인하기를 싫어해서 뭔가 이야기를 지어내서 대답했다(모니카가 줄리언의 말과 안내책자를 대조해보고 알아낸 사실이다). 다른 사람들도 알아차렸는지는 몰랐지만 어쨌거나 곧 알게 될 터였다. 자신감이 점점 자라는지 줄리언의 해설은 갈수록 자극적이고 부정확해졌다.

센강이 흐릿한 겨울 햇빛을 받아 반짝였다. 모니카는 처음 이 여행을 계획할 때 라일리와 함께 센강 가를 걷는 로맨틱한 상상을 했던 걸 떠올렸다. 다시 한번 어리석었던 자신을 나무랐다. 삶은 모니카가 기대한 대로 펼쳐지지 않았다.

모니카는 해저드와 앨리스가 줄리언 사진을 찍는 것을 보았다. 줄리언은 늙고 쭈글쭈글한 케이트 모스처럼 난간에 기대어 파리를 내려다보는 포즈를 취했다. 무슨 유명인인가 싶어 사람들이 주위에 모여들었다. 베티는 비둘기를 손 위에 얹은 채로 태극권 동작을 선보여 볼거리를 더해줬다(베티가 거대한 가방 안에 챙겨온 온갖 물건들 가운데는 새 모이도 있었다). 새가 똥을 쌀까 걱정되지도 않나? 그 생각만으로도 모니카는 아찔했다.

모니카는 완벽한 얼굴과 몸매에 귀여운 아기까지 있는 앨리스를 좋아하려고 부단히 애썼다. 해저드와 앨리스를 보면 학교 다닐 때 봤던 인기 있는 애들이 생각났다. 어디를 가든 편안하게 어울리고 상황에 딱 맞는 말과 행동을 하고 적절한 옷을 입는 아이들. 이런 애들은 뭔가 우스꽝스러운 행동을 하더라도 아무도 비웃지 않았고 심지어 그게 유행이 되기도 했다. 모니카는 그러거나 말거나 자기는 신경쓸 여유가 없다고 스스로 열심히 되뇌곤 했다. 자기는 케임브리지대학에 갈 거고 뭔가 의미 있는 일을 할 거라고 생각했다. 하지만 그 아이들이 (아주 드물게) 같이 점심 먹자고 하면 가슴이 떨릴 정도로 기뻤다.

보통 모니카는 자기가 뭔가 부족한 존재로 느껴질 때면 겉보기에라도 최대한 만족스러운 것처럼 보이려고 전력을 쏟았다. 하지만 지금은 그 빌어먹을 노트 때문에 그럴 수도 없었다. 해저드도 앨리스도 모니카가 자기 삶에 얼마나 만족 못하는지 훤히 아니까. 흥, 그래도 나는 소셜미디어에서 모르는 사람들한테 인정을 갈구할 정도로 얄팍하지는 않다고, 하고 모니카는 두 사람이 머리를 맞대고 줄리언의 전화기로 사진을 올린다고 법석을 떠는 걸 보고 생각했다.

모니카의 어머니는 앨리스를 딱히 마음에 들어하지 않았을 것 같았다. 모니카는 어머니와 같이 가정폭력 피해자 여성 쉼터에 봉사를 하러 갔던 때를 생각했다. 그때는 그런 사람들을 '매 맞는 여자'라고 불렀는데, 모니카는 그 말을 들으면 늘 생선튀김이 생각났다.* 너는 꼭 재정적 독립을 유지해야 한다. 너나 네 아이들의 기본 욕구를 충족하기 위해 남자에게 의존하면 안 된다고. 무슨 일이 일어날지 모르는 거니까. 항상 네 앞가림은 할 수 있어야 돼. 앨리스의 인스타그램 활동을 제대로 된 직업이라고 부를 수는 없겠지? 그냥 허영심을 충족시키려고 하는 일이겠지.

"원피스 예쁘네요, 앨리스." 모니카는 잘 지내보려는 노력의 일환으로 이렇게 말했다. 또 앨리스 같은 사람들에게는 이런 말을 해줘야 하니까.

"아, 고마워요." 앨리스가 뺨에 보조개를 만드는 완벽한 미소를 지으며 대답했다. "사실 아주 싸구려예요. 그래도 다른 사람들한테는 말하지 말아요!" 도대체 누구한테 말할까봐서 저런 소리를 하는 걸까?

누군가가 손을 잡는 게 느껴졌다. 라일리였다. 모니카는 손을 바로 뺐다. 너무 야박하게 군 것 같아서 좀 미안하기도 했다.

"오늘 여행 준비해줘서 고마워요. 정말 즐거웠어요." 라일리의 말을 듣자 모니카는 전에 이 여행에 기대했던 것이 떠올라 더 슬퍼졌다. 두 사람 사이의 편안하고 단순하고 행복했던 관계를 다시 회복하고 싶었지만 그럴 수는 없었다. 카펫에서 얼룩을 제거하려고 애쓰는 것이나 다름없는 부질없는 일이었다. 아무리 문지르고 김을 쏘고 솔질을 해봤자 엎질러진 자리에는 영영 사라지지 않는 희미한 흔적이 남을 것이다. 설령 시간을 되돌릴 수 있다고 하더라도 무슨 의미가 있나. 라일리는 곧 유럽을 돌아보러 떠날 것이고 그러고 나면 오스트레일리아로 돌아가겠지. 오스트레일리아는 왔다갔

---

* 'battered'라는 단어에는 '매 맞은'이라는 뜻과 '튀김옷을 입힌'이라는 뜻이 있다.

다할 수 있는 거리가 아니었다. 감정을 가두어두려고 세운 벽을 그 자리에 그대로 단단히 세워두는 게 현명한 일일 것이다.

"이런, 저 세 사람 인스타그램에 완전히 영혼을 팔았네요." 라일리가 말했다. "여기 세상에서 제일 끝내주는 도시를 내려다보는 끝내주는 건물 꼭대기에 올라와서는 줄리언의 옷에만 몰두하는 꼴이라니."

그 순간 모니카는 라일리의 모든 걸 용서하고 싶은 심정이었다. 끝내주는이라는 말을 말끝마다 붙이는 돌아버릴 것 같은 습관만 빼면.

일행을 끌고 탑 아래로 내려오는 데 시간이 한도 없이 걸렸다. 모니카 말고는 아무도 런던행 기차의 출발시간이 다가온다는 걸 걱정하지 않는 것 같았다. 모니카는 양떼를 모는 목동처럼 무리 맨 끝에서 사람들을 출구로 몰아갔다. 베티가 가장 앞에 있었는데 거대한 가방을 메고 좁은 회전식 출구를 통과하느라 낑낑댔다. 그때 출구 너머에서 서글서글한 표정의 젊은이가 가방을 받아주겠다고 손짓을 했다. 몇 초 뒤에 젊은이는 베티의 가방을 들고 전속력으로 달아나기 시작했다. 그러니 실제로 서글서글한 사람은 아니었던 모양이었다.

베티가 중국어로 소리를 질렀다. 모니카는 한마디도 알아들을 수 없었지만 요지는 파악할 수 있었다. 분명 욕이 섞인 말이었다. 벤지가 액션 히어로 영화의 주인공처럼 사람들을 밀치고 한 손으로 회전식 출구를 짚고 풀쩍 뛰어넘어 도둑을 쫓기 시작했다.

바글바글 모인 관광객들이 온갖 언어로 응원을 보냈다. 마치 챔피언스 리그 결승전을 보는 관중 같았다. 벤지가 도둑의 팔을 붙잡았다. 사람들이 환호를 보냈다. 우 부인은 허공에 주먹질까지 했다. 그런데 그때 도둑이 웃옷을 훌렁 벗으며 우 부인의 가방을 움켜쥔 채로 빠져나갔고 벤지 손에는 도둑의 옷만 남았다. 지켜보던 사람들이 탄식하며 저마다 알아들을 수 없는 욕설을 내뱉었다. 벤지가 다시 추적을 시작해 이번에는 인상적인 태클로 도둑을 바닥에 메다꽂았다.

"득점!" 라일리가 소리쳤다. 벤지가 도둑 위에 걸터앉아 손을 등 뒤로 모으자 사람들이 미친듯 환호성을 질렀다. 베티의 가방이 바닥에 떨어져 안에서 포춘쿠키, 새 모이, 털실 등이 쏟아졌다. 모니카는 경찰을 불렀다.

베티가 도둑의 정강이를 야무지게 걷어차줬다.

"날 얕보지 말라고." 베티가 말했다.

저 사람은 감히 베티 우를 건드린 날을 평생 후회하겠지, 모니카는 생각했다. 키스가 베티의 뜨개질 무더기 위에서 한쪽 다리를 들어올린 걸 베티가 모르길 바랄 뿐이었다.

45
라일리

런던으로 돌아가는 기차 안은 갈 때보다 조용했다. 종일 돌아다니고 문화를 감상하고 막판 드라마까지 겪은 터라 다들 지쳐 있었다.

라일리는 베티가 자리에서 일어나 벤지 옆 빈자리로 옮겨 앉는 것을 관심 있게 지켜보았다. 벤지는 놀란 것 같았고 조금 겁먹은 것처럼 보이기도 했다. 아까 도둑과 싸울 때보다도 더 겁에 질린 얼굴이었다. 라일리는 가이드북을 읽는 척하면서 베티가 뭐라고 하는지 귀를 쫑긋 세우고 들었다.

"그래, 모니카가 자네가 요리를 잘한다고 하던데." 베티가 말했다.

"아, 요리를 좋아하긴 하는데 우 부인 요리에는 비교할 것이 못 됩니다." 벤지가 대답했다. 라일리가 듣기에 존경과 아부가 적절히 섞여 있다 싶었다. 베티는 베티라고 부르라니까! 하고 소리치지 않았다.

"다음주에 우리 식당으로 오게. 완탕 만드는 법 가르쳐줄 테니." 제안이 아니라 명령이었다. "나는 요리법을 어머니한테 배웠고, 어머니는 어머니한테 배웠어. 글로 적어놓은 건 없어. 이 안에 있지." 베티가 손가락을 들어 딱따구리가 나무를 부리로 두들겨서 벌레를 파낼 때처럼 똑 부러지게 자기 머리를 두들겼다. 그러더니 대답을 기다리지 않고 일어나 자기 자리로 갔다. 벤지는 놀란 표정으로 앉아 있었다. 라일리는 가슴이 따뜻해지는 걸 느꼈다. 어쩌면 사랑의 도시가 마법을 부린 것일지도 모르겠다. 라일리는 해피엔딩을 좋아했다.

앨리스가 줄리언 옆에 앉아 줄리언의 인스타그램 페이지를 열었다. "와우, 줄리언! 팔로어가 벌써 삼천 명이 됐어요!" 앨리스가 말했다. 줄리언은 어리둥절한 표정이었다.

"좋은 건가요? 그 사람들이 날 어떻게 알았죠?" 줄리언이 물었다.

"그냥 좋은 정도가 아니라요. 엄청난 거예요. 열두 시간 만에 삼천 명이라니. 줄리언은 센세이션이 될 거예요. 내가 줄리언 사진을 내 페이지에 올리고 내 팔로어들한테 팔로우하라고 알려줬죠. 그래서 사람들이 몰려간 거예요. 댓글 좀 봐요! 다들 줄리언을 좋아해요! 잠깐만요, 메시지도 왔네요. 보세요." 앨리스가 줄리언의 전화기를 손끝으로 몇 번 치더니 화면을 보고 눈을 가늘게 떴다.

"말도 안 돼요!" 앨리스가 소리를 지르자 번티가 울기 시작해 다른 승객들이 못마땅한 눈으로 노려보았다. "비비언 웨스트우드가 메시지를 보냈어요! 진짜 웨스트우드요." 비비언 웨스트우드가 대체 누군데? 라일리는 생각했다. 앨리스는 왜 저렇게 흥분하는 걸까. 진짜 웨스트우드라니 가짜 웨스트우드도 있다는 말인가? 라일리는 앨리스가 저렇게 소리를 질러대지 않았으면 좋겠다는 심정이었다. 머리가 떵해지는 것 같았다. 라일리는 사람 때문에 피곤하고 지치는 일이 있으리라고는 생각해본 적이 없는데 앨리스가 그렇게 만들고 있었다.

"웨스트우드가 줄리언이 아직까지 자기 옷을 입어줘서 기쁘다고 하네요. 제가 웨스트우드를 태그했거든요. 자기 사무실로 와서 최신 제품을 입어보라고 하네요."

"오, 다정한 비비. 참 좋은 사람이라오. 하지만 이제는 그이가 만든 옷을 입을 수가 없을 것 같네. 그림을 판 지 십 년이 넘어서요."

"그게 바로 인스타의 멋진 점이에요. 일단 팔로어가 어느 정도 생기면요, 공짜로 옷을 보내줘요. 제가 이 물건들 다 돈 주고 샀을 것 같아요?" 앨리스가 옷과 가방을 가리키며 말했다.

"세상에. 그러면 그거 어떻게 하는지 좀 가르쳐줘요. 전화기 다루는 거 잘 못하겠어요. 손가락이 너무 둔하고 무뎌서. 바나나 송이를 가지고 타자를 치는 꼴이에요."

"걱정 마세요. 끝이 뾰족한 터치펜을 사드릴게요." 앨리스가 말했다. "인스타가 마음에 드실 거예요. 예쁜 게 정말 많아요. 예술하고 비슷한데 더 현대적이죠. 줄리언의 전문 분야잖아요. 피카소가 오늘날 살아 있었으면 당연히 인스타그램에 빠졌을걸요." 앨리스의 말에 줄리언의 눈이 약간 튀어나오는 것 같았다.

줄리언은 파리 북역에 있을 때 샴페인을 또 샀다. 돌아가는 길에 벤지의 영웅적 행동에 경의를 표하기 위해서라고 했다. 줄리언이 테이블에 플라스틱 컵 몇 개를 늘어놓고 조심스레 한 잔씩 채웠다. 그 모습을 보던 라일리는 해저드의 이야기를 읽은 사람이 자기와 앨리스밖에 없다는 사실을 깨달았다. 라일리는 해저드가 혼자 앉아 기차 창문에 머리를 대고 있는 모습을 보았다. 얼핏 잠든 것처럼 보였지만 해저드의 손을 보니 어찌나 세게 움켜쥐었던지 손마디가 하얗게 보였다. 라일리는 해저드 옆으로 가서 앉았다.

"해저드, 알겠지만 정말 잘하고 있어요. 당신이야말로 진짜 슈퍼 히어로예요." 라일리가 말했다.

해저드가 고개를 돌려 라일리를 마주보았다. "고마워요." 해저드는 진심으로 고마운 듯하면서도 엄청나게 지친 목소리로 말했다.

"아직 일자리 안 구했죠? 앨리스가 저한테 정원 관리 일을 시켰는데 시간 여유가 있으면 좀 도와줄 수 있어요?"

"그럼요. 그거 좋네요. 솔직히 말하면 뭘 해야 할지 고민이에요. 금융계로 돌아가고 싶지는 않은데 달리 무슨 일을 할 수 있을지 모르겠어요. 시간이 너무 많으면 나한테는 좋지 않은데. 요새는 드라마 〈네이버스〉하고 〈카운트다운〉 퀴즈 쇼에 빠져 지냈어요. 중독 성향은 어디 안 가나봐요. 사실 돈도 절실하고요. 마지막 보너스를 거의 다 써버려서 빨리 일자리를 구하지 않으면 아파트를 팔아야 될 듯해요."

"그 부분에는 도움이 안 될 것 같네요. 이 일은 동네 자선단체 일이라서요. 그래도 생각 있어요?" 라일리가 물었다.

"그럼요!" 해저드가 열렬한 얼굴로 말했다. "돈 문제는 차차 해결하죠. 뭔가가 나오겠죠. 그건 그렇고 모니카는 걱정 안 해도 될 것 같은데요. 결국은 다시 돌아올 거예요."

라일리는 만약 자기들이 여자였다면 이 시점에서 포옹을 했을 거라는 생각을 했다. 하지만 여자가 아니니 그냥 쿨하게 해저드의 팔을 주먹으로 툭 치고 자기 자리로 돌아갔다.

번티는 너무 피곤한 나머지 얼굴이 빨갛게 되도록 울어젖혔다. 아무도 저 아이가 @babybunty라는 걸 못 알아볼 것 같았다. 앨리스는 아기를 안고 복도를 계속 오르락내리락했다. 끊임없이 움직여야만 아기가 좀 진정이 됐다. 라일리는 이런 일들을 보면서 아기를 낳고 싶은 모니카의 마음에도 변화가 생기지 않았을까 생각했다. 라일리는 확실히 생각이 바뀌고 있었다. 늘 대가족을 꾸리고 싶다고 생각했던 라일리인데도.

잠시 뒤에 라일리는 객차 사이 화장실에 가서 자동문 버튼을 눌렀다. 그런데 벌거벗은 채로 세면대에 누워 하늘로 다리를 뻗은 번티가 보였다. 사방이 똥투성이였다. 세면대도, 거울도, 벽에도. 물티슈를 뭉텅이로 들고 있던 앨리스가 헉하고 놀라면서 말했다. "미안해요. 문을 잠근 줄 알았어요." 라일리는 겨우 "아아아아아아" 하는 소리를 내며 문이 닫히도록 버튼을 다시 눌렀다. 하지만 방금 전에 목격한 장면이 쉽사리 잊히지 않았다. 문이 닫히는 동안 라일리는 뭐라고 웅얼거렸다. 문 너머에서 앨리스의 목소리가 들렸다.

"라일리, 사실은 도움이 좀 필요해요!"

"알았어요! 모니카 데려올게요!" 앨리스가 그러라는 뜻으로 한 말이겠지?

46

모니카

라일리가 창백한 얼굴로 화장실에서 돌아왔다.

"무슨 일 있어요?" 모니카가 물었다.

"아, 아니에요. 그런데 앨리스가 도움이 필요한 것 같아요." 라일리가 뒤도 안 돌아보고 얼른 자기 자리에 앉으면서 말했다. 모니카는 놀라서 얼른 라일리가 온 쪽으로 갔다. 여행이 무탈하게 거의 끝나가는 마당에 무슨 일이 일어난 건 아니길 바랐다. 화장실 문이 잠겨 있어서 노크를 했다.

"앨리스, 안에 있어요? 모니카예요. 도와줄까요?" 모니카가 물었다.

"잠깐만요!" 앨리스가 대답했다. 일이 분 정도 지난 뒤에 문이 열렸고 앨리스가 번티를 모니카에게 넘겼다.

"잠깐 번티 좀 안고 있어줄래요? 여기 안을 치워야 해서. 기저귀 교환대에 올려놓자니 기차가 커브를 돌 때 떨어질 것 같아서요. 일분이면 돼요. 정말 고마워요!"

화장실 문이 다시 닫혔다. 모니카는 혼자가 되자 번티의 솜털 같
은 머리카락에 코를 대고 냄새를 들이마셨다. 존슨앤드존슨 제품
냄새, 보송한 면직물 냄새, 그리고 모니카에게 없는 것을 뼈아프게
일깨워주는 뭐라 말할 수 없는 갓난 인간의 냄새가 났다. 문이 열
리고 앨리스가 나왔다.

"번티 너무 예뻐요." 자리로 돌아가며 모니카는 앨리스에게 말
했다. 모니카는 앨리스가 빤한 대답을 할 줄 알았다. 정말 너무 예
쁘죠? 아니면 겸손한 척하면서 새벽 세시에 깨울 때에는 전혀 아니에
요!라고 하거나. 그런데 앨리스는 걸음을 멈추고 모니카의 눈을 똑
바로 쳐다보며 이렇게 말했다.

"그게, 아기가 영원한 행복을 안겨주는 건 아니에요. 가끔은 결
혼이 세상에서 가장 외로운 곳일 수도 있어요. 난 왜 몰랐을까요."

"맞아요. 앨리스." 모니카는 이 대화가 어디로 가려나 생각하며
대답했다. "싱글이어서 좋은 점도 많죠." 모니카는 처음으로 그 말
이 진실일 수도 있다는 걸 깨달았다.

"저도 기억한다고요! 먹고 싶은 걸 먹고 싶을 때 먹고, 텔레비전
채널 내 마음대로 바꾸고, 어디 가는지 누구랑 만나는지 알릴 필요
도 없고, 요가팬츠와 슬리퍼 차림으로 늘어져 있고, 섹스도 자주
했죠. 하하. 지금은 다 옛날 일이 됐지만요!" 앨리스가 말을 멈추
고 아쉬운 듯한 표정을 지었다.

"모니카, 얼마 전에 인스타그램에서 이런 글을 읽었어요. 뭐냐면,
어머니는 명사가 아니라 동사다. 그 말뜻은 실제 어머니가 되지 않아
도 어머니 노릇을 할 방법은 많다는 얘기인 것 같아요. 모니카의 카

페를 좀 봐요. 날마다 수없이 많은 사람들을 먹이고 보듬잖아요."

모니카는 오늘 아침에만 해도 경박한 사람이라고 쉽게 치부해버렸던 여자한테서(가르치는 태도여서 살짝 거슬리기는 했지만 그래도) 삶을 바꾸어놓을 만한 말을 듣게 되리라고는 상상도 못했다. 그것도 기차 화장실 앞에서, 감상적인 인스타그램 문구를 인용하면서.

모니카는 번티를 안고 복도를 몇 차례 오르락내리락하면서 달랜 다음에 다시 앨리스에게 돌려주었다. 아쉬움만큼 안도감도 컸다. 그러고 나서 모니카는 라일리 옆에 앉았다.

라일리는 줄리언이 준 샴페인 덕에 대범해졌는지 뭔가 중요한 말을 하려고 할 때의 표정을 지으며 모니카를 바라보았다. 모니카는 마음의 준비를 했다.

"모니카, 그 노트 이야기 안 한 거 정말 너무 미안해요. 감추려던 건 정말 아닌데 우리가 처음 만난 날에는 사람이 너무 많아서 말할 수가 없었고 그다음에는 타이밍을 놓쳐버린 것 같아요. 너무 늦어버리고 나니까 어떻게 수습해야 할지 몰랐어요. 안 믿을지도 모르겠지만 정말로 크리스마스가 지나면 꼭 말하려고 했어요." 라일리가 하도 진지한 얼굴이어서 모니카는 그 말을 믿지 않을 수가 없었다. 그렇다고 해서 없던 일이 되는 것은 아니었지만, 확실히 기분은 많이 풀렸다. 모니카는 라일리의 손을 잡고 라일리의 어깨에 머리를 기댔다.

47
앨리스

앨리스는 곧바로 냉장고로 가서 샤블리 와인을 한 잔 가득 따랐다. 돌아오는 기차에서 샴페인을 자기 몫보다 더 많이 마셨다는 건 알았지만(아무도 알아차리지 못했어야 하는데), 그래도 간에 기별도 안 갔다. 앨리스는 검은 화강암 조리대에 걸터앉아 광택이 나는 콘크리트 바닥에 신발을 벗어던졌다. 완벽한 선과 각으로 이루어진 미니멀리즘 스타일 부엌은 맥스가 종종 말하듯 '감탄을 자아내는 요소'이긴 하지만 따스하지는 않았다. 가끔은 방이 어떤 주장을 하거나 소유주의 개성을 드러내는 대신 그냥 입 닥치고 방이기만 했으면 좋겠다는 생각이 들 때가 있었다.

아주 멋진 하루였다. 우는 번티를 달래고 줄리언에게 충격을 주지 않으면서 번티에게 젖을 먹이느라 신경쓰고 비좁은 기차 화장실에서 기저귀를 갈아야 하지만 않았다면 완벽한 날이었을 것이다.

기저귀를 가는 도중에 화장실에 들이닥쳤던 라일리의 얼굴 표정은 잊을 수가 없을 것 같았다. 자연과 교감하면서 산다더니. 라일리는 토할 것 같은 얼굴로 화장실 문을 닫으면서도 "앨리스 괜찮아요?"라고 겨우 목소리를 끌어내어 물었다. 역겨움과 예의가 라일리의 머릿속에서 서로 다투는 모양이었다. 착한 사람. 게다가 벤지는 또 어떤가. 크리스마스 날은 중국음식점 밖에서 울고 있더니 오늘은 용감하게 우 부인의 가방을 되찾아오는 모습이라니! 넷플릭스 드라마 같은 광경이었다. 현관문에서 쾅 하는 소리가 났다. 맥스가 평소처럼 느지막이 직장에서 돌아왔다.

"잘 지냈어, 여보? 번티가 아직도 깨어 있네? 아홉시 반인데. 저녁은 뭐야? 배고파 죽을 것 같아."

앨리스는 냉장고 안을 들여다보았다. 술이 아닌 음식이라고는 레몬 반쪽, 버터 한 덩이, 시들시들한 샐러드, 키시* 4분의 1조각밖에 없었다. 맥스는 늘 진정한 남자는 키시 따위는 먹지 않는다고 했다.

"미안해, 여보." 앨리스는 미안해하려고 노력하면서 말했다. "아무것도 준비 못했어. 하루종일 파리에 있었잖아. 방금 돌아왔어."

"아, 당신은 정말 좋겠다. 당신이 파리에서 유람 다니고 점심 먹고 그러는 동안 나는 한시도 못 쉬고 번티 기저귓값을 벌었는데. 그냥 배달업체에 시켜야겠다."

앨리스는 벽돌하고 크기도 모양도 비슷한 버터덩이를 보면서 저걸 얼마나 세게 던지면 아프기는 하지만 영구적 손상은 일으키지 않을 수 있을까 생각했다. 앨리스는 맥스의 눈부시게 흰 캘빈클라

---

*파이 반죽에 달걀, 치즈, 고기, 채소 등을 넣고 구운 요리.

인 팬티를 실수로 빨간 양말하고 같이 빼는 것으로 보복하기로 결심했다. 모니카와 싱글로 사는 것의 장점에 대해 이야기했던 기억이 다시 돌아와 자기를 조롱하는 것 같았다.

냉장고 한기를 너무 오래 쐰 탓인지 번티가 다시 울음을 터뜨렸다. 앨리스는 번티를 안고 한마디도 하지 않고 맥스 옆을 지나쳐 위층 아기방으로 갔다.

앨리스는 번티에게 젖을 먹이는 동안 한 손으로는 번티의 보드라운 머리를 받치고 다른 손으로는 인스타그램을 훑어보았다. 팔로어 육만 명의 〈포터〉 잡지 편집자 루시 요먼스가 줄리언의 파리 사진을 리포스트했다. 줄리언의 팔로어는 이만 명이 넘었다. 이제 '보이지 않는 존재'하고는 거리가 머네요, 줄리언. 그런 생각을 하자 앨리스는 그 노트가 떠올랐다. 앨리스는 흔들의자 옆쪽에 놓아두었던 노트를 꺼내고 다행스럽게도 졸린 듯한 번티를 요람에 눕히고 가방에서 펜을 꺼내 글을 쓰기 시작했다.

앨리스는 엄마도우미에 가는 걸 좋아했다. 어릴 적 살았던 동네에는 약물이나 알코올 중독 문제가 있는 엄마들이 꽤 있었는데, 학교 식당에서 일하던 앨리스의 엄마는 밥을 잘 못 챙겨먹는 동네 아이들을 그냥 두지 못하고 이웃 사람들과 함께 돌아가면서 챙겼다. 밥도 먹이고 애들이 자라서 못 입게 된 옷이나 장난감을 물려주고 숙제를 할 조용한 장소도 내어주고 아이들이 하는 말도 들어주었다. 그런 비공식적 돌봄 시스템이 대도시 런던에는 있을 수 없어서 이곳이 그 빈틈을 메우는 셈이었다.

앨리스는 이제야 엄마가 얼마나 대단했는지를 깨닫는 참이었다. 자기 아이 넷을 키우고 그 아이들을 부양하기 위해 일을 하면서도 방과후에는 아이들 곁에 있어주고 저녁을 차려주고 숙제를 봐줬다. 그런데 앨리스는 학교에서 엄마에게 점심을 배식받을 때에 다른 아이들처럼 아줌마라고 부르면서 엄마를 모르는 척했다. 엄마는 얼마나 속상했을까. 앨리스는 그 생각을 하면 몸이 부르르 떨렸다.

하원 시간이 되어 아이를 데리러 온 엄마들은 보통 얼른 아이만 챙겨서 바삐 가기 마련이었다. 지금까지는 뒷마당에 눈길이라도 준 사람도 없었다. 그런데 오늘은 한 무리의 엄마들이 부엌 창가에 서서 라일리와 해저드, 라일리의 오스트레일리아인 플랫메이트 브렛이 거대한 엉겅퀴와 제멋대로 자란 덩굴장미와 씨름하는 걸 구경하고 있었다. 힘이 많이 드는 일인지 세 사람은 날씨가 추운데도 티셔츠 한 장만 입고 일하고 있었다.

"우리집 정원도 와서 하라고 해야겠네." 누군가 말했고 다른 사람이 뭐라 대꾸했는데, 낄낄거리는 웃음소리가 번지는 것으로 보아 뭔가 성적인 농담이었던 모양이었다.

앨리스는 남자들이 정원에서 나온 쓰레기를 쓰레기장에 갖다버리려고 미니버스에 싣는 것을 거들었다. 그때 잔뜩 멋을 낸 젊은 엄마가 지나가다가 걸음을 멈췄다.

"정원사예요?" 멋쟁이 엄마가 기숙학교 여학생 목소리와 포르노 배우 목소리가 섞인 소리로, 해저드를 책임자로 찍었는지 해저드에게 물었다.

"어, 그런 듯요." 그전까지는 자기가 정원사라는 생각은 안 해봤을 해저드가 이렇게 대답했다.

"여기 제 명함이에요. 우리 정원 견적 보러 올 수 있으면 전화 주세요."

해저드가 명함을 받아들더니 생각에 잠긴 듯 한참 보고 있었다. 그때 해저드는 뭔가 계획이 있는 사람처럼 보였다.

그날 밤 늦은 시간, 앨리스는 노트가 없어졌다는 사실을 알게 됐다. 틀림없이 가방에 넣었는데. 혹시 맥스가—아니면 다른 누구라도—자기가 쓴 글을 읽을까봐 아무데나 놓아둘 수가 없었다. 격앙된 상태에서 스스로도 인정하고 싶지 않았던 것들을 노트에 마구 털어놓았던 것이다. 줄리언이 아무리 진실이 어쩌고 말했어도 앨리스는 죽어도 그 글을 남에게 보여줄 생각이 없었다. 맥스의 서재에 있는 파쇄기에 노트를 통째로 넣어버릴까 했는데, 다른 사람이 쓴 글까지 없애버리는 건 옳은 일이 아닌 것 같아 나중에 시간이 날 때 자기가 쓴 페이지만 곱게 잘라내어 줄리언에게 돌려줄 생각으로 그냥 가방에 넣어두었다.

그런데 노트가 사라진 것이다.

48
줄리언

줄리언은 앨리스도 미술 교실에 오라고 꼬셨다. 이번주에는 키스를 그리기로 했다. 키스는 한자리에 오래 가만히 있을 리가 없으니 좋은 모델이라고 할 수 없었지만 카페에 개를 데려오면 안 된다는 모니카의 터무니없는 원칙 때문에 생각해낸 고육지책이었다. "모니카, 키스는 개가 아니에요. 모델이라고요."

"평소처럼 모자에 전화기를 넣어주세요!" 줄리언은 모자를 돌리면서 말했다. 앨리스가 겁에 질린 얼굴이 되었다. 앨리스는 번티를 캐럴라인과 소피에게 넘겨줄 때에는 아무 거리낌이 없었지만 전화기에는 아기가 애착인형을 꼭 붙들듯 매달렸다.

"절대로 안 건드린다고 약속해요. 스카우트의 명예를 걸고. 가슴에 십자가를 긋고 맹세합니다." 앨리스가 말했다. "그냥 테이블 가장자리에 올려놓고 혹시 중요한 알람이 오나 보기만 할게요."

"그럼요. 화제의 신상 핸드백이 나왔다는 중대한 알람을 놓치면 안 되니까요." 해저드가 이렇게 말하자 앨리스는 눈을 부라리더니 마지못해 줄리언에게 전화기를 건네주었다.

"영국 패션 산업이 500억 파운드 규모라는 거 알아요? 패션이 그냥 알맹이 없는 허세는 아니라고요." 앨리스가 말했다.

"정말요? 정확한 수치예요?" 해저드가 웃으며 말했다.

"흥, 사실 정확한 수치는 기억 안 나지만 정말 크다는 건 알아요." 앨리스가 시인했다.

캐럴라인과 소피는(줄리언은 누가 누군지 아직도 잘 구분을 못했지만 중요한 문제는 아니라고 생각했다) 돌아가며 번티를 무릎에 앉히고 어르며 귀엽다고 감탄을 했다.

"아기 보니까 또 낳고 싶지 않아?" 둘 중 한 명이 다른 한 명에게 물었다.

"수업 마치면 다시 돌려줄 거라 예쁜 거지. 수면 부족의 나날로 다시 돌아가고 싶진 않아."

"똥 기저귀 갈고. 젖꼭지가 너덜너덜해지고. 윽." 두 사람은 다 안다는 듯 같이 낄낄거렸다.

줄리언은 두 사람이 하는 말이 다정한 앨리스에게 충격을 주지나 않을까 염려가 되었다. 인스타그램에 올린 사진과 글만 봐도 알 수 있듯이 앨리스는 타고난 엄마라 번티와 함께하는 모든 순간을 행복해하는데.

"좋아요, 여러분. 할 이야기가 있습니다." 줄리언은 흥분감을 애써 감추면서 최대한 진지한 목소리로 말했다. 이런 일들에 대해서는 심드렁한 척해야 더 멋있으니까. "오늘 수업에 〈이브닝 스탠더드〉의 사진사와 기자가 방문하기로 했어요. 나하고 인스타그램 인기에 대해 취재를 한다고 하네요. 여러분은 신경 안 써도 돼요. 여러분이 아니라 나한테 관심이 있는 거니까. 여러분은 그냥 그 자리에서 배경 역할만 하면 됩니다."

"맙소사, 우리가 괴물을 만들었네요! 대체 왜 그랬을까요?" 해저드가 줄리언에게도 충분히 들릴 정도로 큰 목소리로 앨리스에게 말했다. 줄리언은 교장선생님 같은 근엄한 눈빛을 두 사람에게 쏘아주었다.

오늘 줄리언은 프레피룩이었다. 거장 중 한 명인 랠프 로런에게 경의를 표하는 뜻으로. 줄리언이 랠프 로런을 만난 적이 있던가? 틀림없이 만났을 것이다. 사진사와 기자가 들어와 주위에서 부산스레 움직이는 걸 보며 줄리언은 '진실 프로젝트'를 바로 이 카페에 두고 간 넉 달 전으로부터 삶이 얼마나 많이 달라졌는지, 그리고 자기가 "인스타그램의 세계를 흔들어놓기"(줄리언이 한 말이 아니라 〈이브닝 스탠더드〉를 인용한 것이다) 시작한 이래로 또 얼마나 많은 변화가 있었는지를 되새겼다.

줄리언에게는 낯선 일이 아니었다. 마침내 한 바퀴 돌아 제자리로, 원래 있어야 할 자리로 온 듯한 묘한 기분이 들었다. 세상의 이목이 쏠리는 자리. 십오 년 동안 보이지 않게 살았던 것은 다른 사람에게 일어났던 일 같았다. 만약 정말로 보는 사람이 있어야만 존재하는 것이라면, 자기가 눈에 띄지 않게 되었을 때에 더이상 존재하지도 않게 된 게 아닐까 하는 생각에 괴로웠었다. 그런 생각을 한다는 게 깊이가 없는 사람이라는 뜻일까? 만약 그렇다면, 그러면 안 되나? 줄리언을 인터뷰하고 싶어하는 사람들, 파티나 시사회나 패션쇼에 초대하는 사람들은 그렇게 생각하지 않는 것 같았다. 줄리언이 아주 멋지다고 생각하는 것 같았다. 사실 그렇지 않나?

지금 줄리언의 모습을 메리가 봤다면 뭐라고 했을까? 예전 모습으로 돌아간 걸 보고 기뻐할까? 솔직히 말하면 기뻐할 것 같지는 않았다. 메리는 아마 눈을 흡뜨며 뭐가 진짜고 진실인지, 뭐가 헛되고 부풀려진 것인지 설교를 늘어놓았을 것이다. 사실 메리의 그런 설교가 자꾸 기억에 맴돌아서 그 노트에 '진실 프로젝트'라는 이름을 붙인 것이기도 했다. 모든 것을 바꾸어놓은 그 노트.

줄리언은 사진사가 시키는 대로 테이블 가장자리에 걸터앉아 다리를 꼬고 자연스럽게 뒤로 몸을 기울였다. 현실 세계가 아니라 학문과 예술의 세계를 내다보는 듯 먼 곳 어딘가를 응시했다. 줄리언이 잘하던 특징적 표정 중 하나였다. 어떻게 하는지 잊어버렸을까 걱정했는데 자전거 타는 법처럼 몸이 기억하고 있었다. 그런데 자전거를 타본 적은 있던가? 당연히 있겠지? 물론 아주 멋있게.

"줄리언?" 라일리가 불렀다. "우리가 배경 역할이라는 건 알지만, 제 그림이 균형이 맞는지 좀 봐주실래요?" 조금 뚱한 말투였다.

"줄리언은 균형감을 잃었어요." 해저드가 말했다. 줄리언도 다른 사람들을 따라 웃었다. 스스로를 비웃을 줄 알아야 진짜 쿨한 사람이니까. 이 친구들은 대중의 눈앞에서 살아가는 게 어떤 건지 모르겠지. 줄리언이 받는 압박감을 이해할 리가 없었다.

수업도 끝나고 신문사에서 온 사람들도 가고 나자 벤지가 주방에서 불렀다.

"저녁 먹고 가실 분은 완탕이 준비되어 있습니다. 새우만두도요. 전부 제 고운 손으로 만들었죠." 손이 커다랗고 주근깨투성이인데다가 손톱은 죄 물어뜯겨 있는 남자가 이렇게 말했다.

"걱정 말아요. 먹어도 안전해요. 내가 가르쳤으니까." 우 부인이
덧붙였다.

49
해저드

해저드는 엄마도우미에서 일하는 게 즐거웠다. 엄마들과 잡담을 하다보면 다양한 중독에 대한 이야기가 나오고(헤로인, 코카인, 필로폰), 그 엄마들과 공통점과 공감대를 찾을 수 있었다. 욕구가 솟구칠 때 어떻게 대처하는지 팁을 나누고 '어두운 나날'의 충격적인 일화를 경쟁이라도 하듯 서로 들려주기도 했다.

"잘했어, 애들아! 핀, 잭, 퀴니, 이제 담아!" 해저드는 오늘의 '도우미'들에게 말했다. 네 살부터 여덟 살 사이의 꼬마들이 해저드를 졸졸 따라다니며 해저드가 지시 내리길 기다렸다. 여기 땅을 파라, 저기 씨를 심어라, 낙엽을 자루에 집어넣어라 등. 해저드는 아이들에게 쓰레기봉투를 나눠주면서 꽃밭에서 뽑은 잡초를 담으라고 했다. 세 쌍의 눈이 해저드를 마치 우러러보고 닮고 싶은 사람인 양 초롱초롱하게 올려보았다. 덕분에 자존감은 좀 높아졌지만 덜컥 겁이 나기도 했다. 이 아이들을 실망시키는 일이 있어서는 안 되었다. 안 그래도 지금까지 실망할 일이 많았을 테니까.

"핀, 이리 와봐!" 꼬질꼬질한 아이가 얼굴을 빨갛게 물들이며 달려오자 해저드는 무릎을 꿇고 앉아 눈높이를 맞추고 이렇게 말했다. "이거 퀴니한테는 비밀인데, 집에 가기 전에 점퍼 주머니 안에 봐. 민달팽이 넣어놨어."

해저드는 얼마 안 남은 돈을 쪼개서 어린이용 손수레와 갈퀴, 모종삽까지 샀다. 전에는 아이들과 같이 시간을 보낸 적이 거의 없었다. 사실 누가 해저드에게 아기를 안아보라고 안기거나 아니면 아이를 봐달라고 맡기는 일도 없었다. 그런데 해저드는 아이들과 함께 있는 게 뜻밖에 즐거워서 스스로도 놀랐다. 그동안은 일상의 짜릿한 순간들을 즐기는 법을 잊고 살았었다. 힘들게 땅을 파고 난 다음에 마시는 시원한 오렌지주스 한 잔이라든가, 지렁이 밭을 만들고 달팽이 경주를 시키는 재미라든가.

하루종일 정원에서 일하고 나면 녹초가 되곤 했다. 그런데 그 피로감이 기분좋았다. 정직한 피로감. 몇 시간 육체노동을 하면 근육이 쑤셨고 꿀잠에 빠질 수 있었다. 예전에 약물의 힘을 빌려 서른여섯 시간 동안 쉬지 않고 파티를 하고 난 뒤의, 신경은 날카롭고 활기는 소진된 듯한 피로감하고는 전혀 달랐다.

자연 속에 있는 느낌도 좋았다. 또 태어나서 처음으로 진짜라고 느껴지는 일을 하고 있었다. 무언가를 만들어내고 길러내고 가꾸는 일인데다가 좋은 일이었다. 하지만 계속 이렇게 공짜 일만 할 수는 없었다. 금융계에서 일하면서 번 엄청난 돈을 콧구멍 속에 쑤셔넣지 않았더라면 좋았을 텐데. 그래도 적어도 해저드는 코가 아직 남아 있을 때에 끊긴 했다. 시티의 친구 하나는 회의 도중에 휴지에 코를 풀었는데 코 반쪽이 떨어져나갔다. 클라이언트들이 놀라서 쳐다보는데도 태연하게 계속 프레젠테이션을 했단다. 전에는 그 얘기를 듣고 대단하다고 감탄했었는데.

해저드는 지난주에 지나가던 여자가 준 명함을 꺼내보았다. 해저드도 엄마도우미에서 자기들이 상당한 관심을 받고 있다는 사실을 알았다. 단지 건장한 몸 때문만이 아니라 오스트레일리아 친구들의 명랑함과 활기와 해맑음 덕분이었다. 오스트레일리아 억양에는 복잡하고 권태로운 런던을 멀리 벗어난 바닷가, 너른 들판, 코알라 따위를 떠올리게 하는 매력이 있었다.

해저드는 오후 내내 라일리와 브렛한테서 런던의 오스트레일리아인 커뮤니티에 대한 정보를 캐냈다. 알고 보니 오스트레일리아도 영연방이라 워킹 홀리데이 비자로 런던에 와 있는 사람이 꽤 많았다. 이 비자가 있는 사람들은 영국에서 최대 이 년까지 일을 할 수 있었다. 일자리를 구할 수만 있다면.

해저드는 만약 라일리와 같이 이 사람들을 엄마도우미 정원에서 훈련시킨 다음 풀럼, 퍼트니, 첼시 지역에 정원사로 파견하면 어떨까 하는 생각을 했다. 런던에 정원사 파견업체는 이미 많이 있겠지만, 자기들에게는 다른 업체와 다른 독특한 강점이 있었다. 회사 이름을 오시 가드너*라고 짓는 거다.

물론 업체를 알리려면 광고를 해야 할 것이다. 돈이 좀 있는 주부들, 될 수 있으면 가까이에 사는 잠재 고객들에게 접근할 수 있는 사람이 필요했다. 그런데 그런 사람이 바로 코앞에 있었다. 앨리

---

* Aussie Gardener. '오스트레일리아인 정원사'라는 뜻.

스. 앨리스가 해저드와 라일리, 브렛이 정원에서 일하는 모습을 찍어서 인스타그램에 한두 장 올리고 연락처만 적어놓아도 분명 일거리가 쏟아져들어올 것이다. 앨리스는 좋은 일을 좋은 일로 갚을 수 있어 좋아할 것 같았다. 자기들이 앨리스를 도와줬으니까(앞으로도 계속 도울 것이고) 앨리스도 도와주겠지. 좋은 일은 좋은 일로 돌아온다.

줄리언에게 전단지를 디자인해달라고 해서 동네 우편함에 돌려도 괜찮을 것 같았다. 요즘 줄리언은 패션계의 블랙홀에 다시 빨려들어가서 얼굴 보기가 어려울 정도이지만. 도대체 뭐에 홀려서 앨리스와 같이 줄리언에게 인스타그램 계정을 만들어줬을까?

생각하면 할수록 자기 사업을 한다는 아이디어가 마음에 들었다. 해저드도 모니카처럼 될 수 있었다! 요즘 해저드는 습관처럼 모니카라면 어떻게 할까? 하는 생각을 했다. 더 사려 깊고 분별 있고 믿을 만한 사람이 되려면. 어떻게 해야 할까. 그렇게 되려면 아직 갈 길이 멀었다.

해저드는 아파트 건물 현관으로 들어가면서 매트에 발을 열심히 닦았다. 반짝거리는 현관홀에 흙 발자국을 남기고 싶지는 않았다. 건물 전체가 유리로 덮이고 이십사 시간 경비 서비스가 있는 현대식 아파트는 '잘나가는 주식 트레이더'는 몰라도 '정원사'하고는 그다지 어울리지 않았다. 어느 날 저녁에 해저드가 원예용 장비를 현관에 잠깐 놓아둔 적이 있는데 나중에 와보니 이런 메모지가 붙어 있었다. 인부 보시오: 여기 장비를 두지 말 것. 치우지 않으면 버리겠음.

해저드는 벽에 붙은 우편함을 흘긋 보았다. 우편함에 전단지, 청구서와 함께 고급 편지봉투에 든 빳빳한 카드가 있었다.

해저드는 계단으로 올라가면서 봉투를 뜯어보았다. 아름다운 글씨체로 이런 문구가 새겨져 있었다.

대프니 코샌더와 리타 모리스의 결혼식에
초대합니다
2019년 2월 23일 토요일 오전 11시
햄블도어, 올세인츠교회
피로연 장소: 올드비커리지
회신 바랍니다

왼쪽 꼭대기에는 해저드 포드 씨와 파트너, 라고 만년필로 적혀 있었다.

그러니 대프니와 리타가 결국에는 터뜨린 것이었다. 잘된 일이었다. 로더릭이 이 소식을 어떻게 받아들였을지 궁금했다. 아버지가 무덤에서 돌아누울 거라느니 하는 이야기는 하지 않았기를 바랐다. 대프니와 리타는 꾸물거리지 않기로 한 모양이었다. 2월 23일은 고작 삼 주 뒤였다. 두 분 나이도 적지 않으니 미루지 않는 게 현명한 일이긴 했다.

해저드는 마음에 갈등이 일었다. 섬에서 만난 친구들을 축하해주고 싶은 마음은 굴뚝같지만, 술을 끊은 뒤에는 한 번도 파티에 간 적이 없었다. 술이 넘쳐나는 결혼식 피로연은 말할 것도 없고. 하지만 아무것에도 손대지 않은 지 네 달이 되었으니 이제 안전하다고 할 수 있지 않을까? 자신을 좀 믿어줘도 될 것 같았다. 예전에 어울리던 친구들이 대프니와 리타의 결혼식에 올 리도 없으니까.

해저드는 카드 귀퉁이에 쓰인 글귀를 다시 보았다. 해저드 포드 씨와 파트너. 누구하고 같이 가나? 예전 여자친구들은 미처 '건배!'라고 외치기도 전에 해저드를 술독으로 끌고 들어갈 게 뻔했다. 하지만 혼자 가는 것도 좋은 생각은 아닌 것 같았다. 누군가 해저드를 똑바로 간수해줄 사람이 필요했다.

해저드는 크림색 가죽소파에 앉아 부츠를 벗고 발을 쭉 폈다. 발에 땀이 나도록 일했다는 증거인 양 냄새가 솔솔 풍겨와 콧잔등이 찡그려졌다. 해저드는 집에 오는 길에 줄리언에 대한 기사를 읽으려고 〈이브닝 스탠더드〉 한 부를 집어왔다. 지면 한가운데에 갈망을 담은 눈으로 먼 곳을 응시하는 줄리언의 사진이 있었다. 해저드가 아는 줄리언하고는 전혀 다른 모습이었다. 열여섯 살 때 아버지가 생일 선물로 여자를 사주어 셰퍼드마켓에서 동정을 잃었을 때부터 일흔아홉 살에 소셜미디어의 스타가 되기까지 줄리언의 삶을 훑은 인터뷰 내용은 지나치게 과장된 문체로 쓰여 있었다. 줄리언과 랠프 로런의 우정에 대한 장황한 이야기도 있었다. 줄리언에 따르면 두 사람이 도싯 지방의 공유지, 펍, 크리켓 구장 등을 돌아보는 여행을 하고 나서 랠프 로런이 줄리언의 독특한 영국식 스타일에 감화를 받아 자기 컬렉션을 디자인했다고 했다. 줄리언에 대해서는 날마다 새로운 사실을 알게 되는 것 같았다.

라일리가 제독 무덤에 가보니 모니카밖에 없었다.

"다른 사람들은요? 해저드는 플러드 스트리트에 있는 집 정원을 마무리하는 중이고, 다른 사람들은 안 왔나봐요?"

모니카가 손목시계를 보았다.

"다섯시 이십분이 다 됐네요. 아무도 안 오려나봐요. 정말 이상하네요. 내가 알기로 줄리언은 지난 12월 31일만 빼면 금요일마다 한 번도 빠지지 않고 왔는데. 집밖 출입을 거의 안 할 때조차도 매주 왔었다고 하고요. 별일 없어야 할 텐데요."

라일리는 휴대전화를 꺼내 줄리언의 인스타그램 페이지를 열었다. "걱정 말아요. 아주 잘 있네요. 봐요."

"세상에, 줄리언 옆에 있는 사람은 케이트 모스잖아요! 패션계 사람들에 둘러싸여서 소호팜하우스*에서 모히토를 마시고 있네요. 런던 밖으로 나간다는 말도 안 했는데." 모니카가 삐친 어린아이처럼 말했다. 하긴 줄리언도 성인이니까 주말에 시골에 가서 유명인들과 어울려도 되느냐고 허락을 받을 필요는 없었다. 모니카가 말했다. "줄리언 얘기가 나왔으니 말인데, 3월 4일에 우리 미술 수업이 있는데 메리가 세상을 뜬 지 15주기가 되는 날이더라고요. 줄리언이 좀 힘들어할 것 같아서 일종의 깜짝 추도 파티 같은 걸 하면 어떨까 생각했어요. 괜찮을까요?"

"당신처럼 속깊은 사람은 정말 처음 봤어요." 라일리는 밀고 당기기 같은 건 모르는 직진남이었다. "똑똑하기도 하고요. 그 날짜를 어떻게 기억해요? 난 내 생일도 잘 기억 못하는데."

모니카가 얼굴을 빨갛게 물들였고, 그러자 덜 무섭고 무척 귀여워 보였다. 이제 두 사람 사이에 비밀이 없으니 라일리는 마음이 가벼웠고 거리낌없는 원래 자기 모습으로 돌아온 것 같았다. 그래서 몸을 숙여 모니카에게 입을 맞췄다.

모니카도 키스를 받았다. 조금 망설이는 듯하긴 했지만. 좋은 조짐이었다.

"무덤에서 키스하려니 좀 어색하지 않아요?" 모니카가 말했지만 얼굴은 웃고 있었다.

"제독은 그동안 이보다 더 심한 것도 얼마든지 봤을 것 같은데요." 라일리는 더 가까이 다가가 모니카의 어깨에 팔을 두르며 말했다. "그런 생각 안 해봤어요? 줄리언과 메리가," 라일리는 은밀하게 눈짓을 하며 말했다. "그랬을 수도 있지 않아요? '흥청망청 60년대'에요."

---

* 옥스퍼드셔 시골 지역에 있는 사교클럽.

"으, 말도 안 돼요! 메리는 절대 묘지에서 그럴 사람이 아녜요!"

"메리를 만나본 적은 없잖아요. 조산사였던 거지 성인이었던 건 아니니까. 의외의 면이 있었을지도 모르죠. 줄리언의 아내로 살려면 그래야 하지 않았겠어요?"

라일리는 모니카에게 몸을 기울였다. 익숙한 몸의 기억을 따라 두 사람의 몸이 직소퍼즐 조각처럼 꼭 들어맞았다. 라일리는 다시 입을 맞추려고 했으나 모니카가 라일리를 부드러우면서도 단호하게 밀어냈다.

"라일리, 나 이제 당신한테 화 안 났어요. 우리가 다시 친구가 될 수 있어서 정말 좋아요. 하지만 솔직히 이게 무슨 소용 있어요? 당신은 곧 떠날 텐데 다시 시작하는 게 의미가 있나요?"

"모니카, 왜 모든 게 소용 있고 의미 있어야 해요? 전부 계획대로만 돼야 해요? 들꽃처럼 그냥 자연스레 자라도록 내버려둬도 되지 않아요?" 라일리는 자기가 쓴 표현이 상당히 시적인 것 같아 썩 마음에 들었다.

예를 들려고 라일리는 2월의 얼어붙은 땅을 뚫고 솟아오른 완벽하게 아름다운 스노드롭을 손으로 가리켰다.

"정말 예쁘네요. 하지만 난 머지않아 끝날 관계에 다시 빠졌다가 상처받고 싶지가 않아요. 삶이 정원 일처럼 단순할 수는 없잖아요!"

"왜 아니에요." 라일리는 실망하기도 했고 모니카가 자기 직업을 '단순하다'고 한 것에 조금 상처를 받기도 했다. 라일리에게는 아무 고민할 필요 없는 일인데. 라일리는 모니카를 좋아하고, 모니카도 라일리를 좋아하는데, 대체 뭐가 문제라는 건지? "흘러가는 대로 두고 보는 거죠. 그냥 마음 가는 대로 해요. 6월에 헤어지고 싶지 않으면 나랑 같이 떠나요." 그 말을 하는 순간 정말 좋은 생각이다 싶었다. 두 사람이 같이 여행을 하면 정말 즐거울 것이다. 라일리가 재미를 담당하고, 모니카는 문화를 담당하고, 사랑도 나누고.

"어떻게 그냥 떠나요. 여기 할일이 있는걸요. 카페는 어쩌고요. 직원에 친구에 가족에. 줄리언은 어떻게 해요? 지난번에 며칠 혼자 됐다가 어떻게 됐는지 봤잖아요. 저체온증으로 거의 죽을 뻔했죠."

"사실은 쉬운 일이에요, 모니카." 라일리에게는 실제로 쉬운 일이었으니까. 자기도 지구 반대편에 삶을 통째로 놓아두고 훌훌 떠나오지 않았나. "몇 달 동안 카페를 봐줄 사람을 구해요. 친구들이나 가족들이 섭섭해할 수도 있겠지만 당신이 모험을 하러 떠난다고 기뻐해줄 것 같은데요. 그리고 줄리언은 이제 새 '친구'들 수십만 명이 생겼잖아요. 걱정할 필요 없어요."

모니카가 반박하려고 했지만 라일리가 말을 막았다. "풀럼하고 첼시 바깥세상을 본 게 언제예요? 어디로 가는 기차인지도 모르고 무작정 기차에 올라타본 적 있어요? 뜻밖의 음식을 먹어보고 싶어서 이상한 이름의 음식을 메뉴에서 주문해본 적은요? 인생 계획의 일부로서가 아니라 그냥 하고 싶어서 섹스를 해본 적 있어요?"

모니카는 말이 없었다. 어쩌면 조금씩 설득되고 있는 것도 같았다.

"한번 생각해볼래요, 모니카?" 라일리가 물었다.

"응. 알았어요. 그럴게요."

두 사람은 묘지 출구를 향해 나란히 걸었다. 모니카가 길 왼쪽에 있는 묘비 옆에 잠시 걸음을 멈추더니 고개를 숙이고 낮은 소리로 무어라 중얼거렸다. 친척의 무덤인 모양이었다. 라일리는 묘비에 적힌 이름을 봤다.

"에멀라인 팽크허스트가 누구예요?" 라일리가 물었다.

모니카가 특유의 표정을 지었다. 라일리가 좋아하지 않는 표정이었다. 모니카는 아무 말도 하지 않았다.

라일리는 치르는 줄도 몰랐던 시험에 떨어진 기분이었다. 모니카와 같이 있을 때에는 종종 이런 일이 있었다.

51

모니카

모니카는 생각을 해봤다. 많이. 라일리가 그린 그림이 꽤 마음에 들어서 정말 자기가 그런 사람이 될 수 있을까 진지하게 생각해보기도 했다. 완전히 새로운 규칙을 따라 살아간다거나, 아니면 아예 아무 규칙 없이 살아가기에는 너무 늦었을까?

대학생활을 시작하기 전에 한 해 휴학하고 유럽 여행을 가는 사람도 많았지만 모니카는 그러지 않았다. 빨리 케임브리지로 가고 싶은 생각뿐이었다. 사실 그래서 늘 가보고 싶다고 생각만 하는 유럽 도시가 많았다. 그리고 라일리가 있었다. 지금까지 사귀어본 사람 중에서, 아니 그냥 만나본 사람까지 합해도 라일리만큼 잘생긴 사람은 없었다. 게다가 사려 깊고 성격도 밝았다. 어디든 라일리와 같이 가면 마치 장밋빛 안경을 쓰고 다니는 것 같았다. 모든 게 훨씬 좋아 보였다.

라일리가 에멀라인 팽크허스트를 모른다는 게 그렇게 중요한 문제일까?

모니카는 그때 대화를 계속 이어가고 싶지가 않았다. 에멀라인 팽크허스트가 유명한 서프러제트라고 말했다가 라일리가 서프러제트도 뭔지 모른다는 걸 알게 될까봐서. 그렇게 되면 회복이 불가능할 것 같았다.

하지만 라일리는 오스트레일리아 사람이잖아. 모니카는 스스로에게 일깨웠다. 어쩌면 오스트레일리아에서는 페미니스트 역사가 그다지 중대한 주제가 아닐 수도 있었다. 오스트레일리아는 일찌감치 1902년에 여성에게 선거권을 줬으니까.

해저드가 '서재' 자리 큰 테이블에 서류를 놓고 앉아 있는 모습이 눈에 들어왔다.

"또 여기에서 일해요, 해저드?" 모니카가 물었다.

"아, 안녕하세요! 네. 내가 너무 넓은 자리를 차지해서 미안하네요. 집에서 일하려니 좀 쓸쓸해서요. 북적북적한 사무실이 그리워요. 물론 커피도 여기가 훨씬 맛있고요."

"괜찮아요. 그런데 이제 마감하려고요. 제가 청소하고 정산하는 동안 좀더 있어도 돼요."

모니카는 해저드가 무슨 일을 하는지 보려고 고개를 쭉 뽑았다. 그걸 보고 해저드가 말했다.

"이거 좀 봐주실래요? 모니카 의견을 듣고 싶어요." 모니카는 의자를 빼고 앉았다. 어떤 사안에 의견을 내는 건 좋아하는 일이었다.

"이게 제가 디자인한 '오시 가드너' 전단이에요. 첼시와 풀럼에 있는 우편함이란 우편함에는 다 넣었어요. 몇 날 며칠이 걸렸네요."

"정말 멋있어요, 해저드." 모니카는 진심으로 감탄했다. "반응이 있어요?"

"네. 게다가 앨리스가 우리가 작업하는 사진을 인스타에 올렸는데 그것도 관심을 많이 끌었어요."

모니카는 관심을 끈 게 과연 작업이었을까 아니면 작업자들이었을까 미심쩍었지만 얼른 그 생각을 머릿속에서 지우며 스스로를 나무랐다. 이런 생각도 성적 대상화일 테니까.

"저하고, 라일리하고, 라일리하고 같이 훈련시킨 오스트레일리아 남자들 다섯 명이 앞으로 최소 두 달 동안은 할일이 있어요. 우리가 일을 잘하면 입소문이 나서 일이 계속 들어오겠죠."

"예상 수입 지출도 계산했어요? 목표 마진은 어느 정도로 정했어요?"

"네, 그럼요. 사업계획서 볼래요?" 해저드가 물었고 모니카는 보고 싶었다. 좋은 사업계획서는 모니카가 가장 좋아하는 것 중 하나였다. 해저드의 사업계획서는 모니카의 날카로운 눈으로 보기에도 괜찮았다. 모니카는 그래도 몇 군데 수정하고 개선할 점을 제안했다.

"총매출이 8만 5천 파운드를 넘으면 부가가치세 번호가 필요하다는 거 잊지 말고요. 기업청 등록은 아직 안 했어요?"

"아직요. 절차가 복잡한가요?" 해저드가 물었다.

"전혀요. 제가 알려드릴게요." 모니카는 해저드를 꽤 좋아하게 됐다는 걸 깨달았다. 처음에 사람을 잘못 봤던 걸까? 그러는 일은 드문데.

"어, 모니카, 이런 말 하면 어떨지 모르겠는데, 매력적인 여성분과 이런 대화를 나눈 건 처음인 것 같아요. 그러니까, 작업을 거는 게 아니라 사업 이야기를 한 거요."

매력적인 여성? 모니카는 페미니스트로서 이런 말을 못마땅하게 여겨야 했지만 그러고 싶지는 않았다. 이 말에 기분이 좋아진다면 너무 경박한 사람이라는 뜻일까?

"사교 행사 얘기가 나와서 말인데," 해저드가 이렇게 말을 꺼냈는데 그런 얘기를 한 적이 없으니 이상한 일이었다. 분명 엑셀 스프레드시트 이야기를 하고 있었는데. 모니카는 스프레드시트에 색깔 구분을 넣었을 때의 이점에 대해 이야기하고 있었다. "지난주에 결혼식 초대를 받았어요. 감동적인 러브 스토리가 있어요. 태국에 있을 때 만난 리타와 대프니가 결혼한대요. 두 사람 다 육십대이고 내가 알기로 두 사람 다 동성과 사귄 게 처음이에요."

"와, 대단해요. 새로운 삶의 시작이네요. 라일리도 간대요?" 모니카는 라일리가 자기를 데리고 갈지 궁금했다.

"아뇨. 라일리는 파남섬에 이삼일 정도밖에 안 있어서 그 사람들을 잘 모를 거예요. 어, 저하고 같이 가고 싶지는 않죠? 가실래요?" 모니카는 해저드의 갑작스러운 말에 놀라 대답할 말을 잃었다. 왜 하필 나한테?

"사실은요," 해저드가 모니카의 마음을 읽기라도 한 듯 덧붙였다. "당신한테 신세 진 게 많아요. 사업에 대한 조언도 그렇지만 파남섬에 있을 때 모니카 덕분에 할일이 있었거든요."

모니카는 예전의 분노가 다시 솟는 걸 느꼈다. 해저드가 헬스 스파에서 마사지와 명상 수업 사이 심심할 때 자기를 놀잇감으로 삼았었다는 사실을 막 잊으려고 했는데 다시 생각났다. 모니카는 정성스러운 결혼식은 늘 좋아하지만 해저드와 너무 오래 같이 있다보면 안 그래도 여물지 않은 두 사람 사이가 위태해질 것 같았다.

"이렇게 할까요?" 모니카가 거절하려는데 해저드가 먼저 이렇게 말했다. "백개먼 할 줄 알아요? 내기 게임 해요. 내가 이기면 같이 결혼식에 가고, 당신이 이기면 안 가도 돼요. 물론 싫으면 안 해도 되고요."

"좋아요, 해요." 모니카는 백개먼에서 진 적이 한 번도 없었다. 어쨌든 게임을 하는 동안 결정할 시간을 벌 수 있을 테니까.

모니카스 카페에는 손님들이 가지고 놀 수 있는 놀이판을 갖춰놓은 선반이 있었다. 체스, 체커, 트리비얼 퍼슈트, 스크래블, 백개먼, 아이들이 좋아하는 고전 게임도 몇 가지 있었다.

"라일리한테 백개먼 하는 방법을 가르쳐줬어요." 모니카는 판에 말을 올리며 말했다. "라일리는 모노폴리를 더 좋아하지만요." 한 순간 해저드가 비웃는 게 아닌가 싶었는데 알고 보니 기침을 하는 거였다.

모니카가 먼저 주사위를 굴렸다. 6과 1이 나왔다. 첫수로 모니카가 가장 좋아하는 숫자였다. 이럴 때 똑똑한 플레이 방법은 딱 한 가지뿐이었다. 7번 칸을 수비하는 것. 모니카는 그렇게 했다.

"다행이다." 해저드가 소리를 죽여 말했다.

"왜요?" 모니카가 물었다. "잘한 건데요. 이 숫자가 나오면 이렇게 하는 게 정석이에요."

"알아요. 지난번에 이 게임 했을 때가 생각나서요. 태국에서 스웨덴 남자하고 했는데 실력이 별로였어요."

두 사람은 말없이 집중해서 경기를 했다. 둘 다 결연했고 판세가 비등비등했다. 게임 막판에 모니카가 주사위를 굴렸는데 해저드의 말 하나를 잡을 수 있는 수였다. 결정적 한 방이 될 테니 해저드에게는 승산이 없었다.

모니카는 자기가 왜 그러는지 곰곰 생각해보지도 않고 엉뚱한 말을 옮겼다.

"하!" 해저드가 말했다. "날 잡을 기회를 놓쳤네요!"

"아, 어쩌다 이런 실수를 했지?" 모니카는 손바닥으로 이마를 치면서 말했다. 해저드가 더블 식스를 굴렸다.

아무래도 모니카는 결혼식에 가야 할 것 같았다.

52
앨리스

앨리스는 번티에게 @vintagestylebaby에서 협찬받은 예쁜 흰색과 핑크색의 핸드메이드 스목드레스를 입히고 오늘의 사진을 찍을 준비를 막 끝낸 참이었다. 그런데 번티가 엄청난 양의 변을 폭발적으로 싸는 바람에 기저귀에서 변이 새어나와 드레스 등판까지 젖어버렸다.

앨리스는 울고 싶었다. 이 상태로 그냥 사진을 찍을까도 생각해봤다. 누런 똥 얼룩이 안 보이는 각도에서 찍으면 될 것도 같았다. 그러면 아무도 모르겠지. 그런데 번티가 똥 싼 기저귀 위에 앉아 있기 싫다며 아기 유령처럼 울부짖기 시작했다. 또다시.

앨리스는 완전히 기진맥진했다. 밤에는 세 시간에 한 번씩 깼다. 애써 다시 잠을 청하면 번티는 꼭 알고 그러는 것처럼 앨리스가 겨우 막 깊은 잠에 빠져들 때를 기다렸다가 울어젖혔다. 최고급 호텔에서 서비스가 마음에 안 든다고 못마땅해하는 고위급 손님처럼 쉴 틈 없이 불러댔다.

기저귀를 간 다음 부엌으로 가려고 번티를 안고 계단을 내려갔다. 카페인을 먹으면 기분이 좀 나아질까 싶었다.

앨리스는 아기를 안고 계단을 내려갈 때마다 발을 헛디뎌 계단에서 굴러떨어지는 상상을 했다. 첫번째 버전의 상상 속에서는 번티를 안고 바닥에 굴러떨어져 번티가 압사했다. 두번째 버전에서는 구르다가 번티를 놓치는 바람에 번티가 머리를 벽에 부딪혔다가 바닥에 떨어져 죽고 말았다.

다른 엄마들도 앨리스처럼 사고로 아기를 죽이는 다양한 방법들을 숱하게 상상할까? 젖을 먹이다 깜박 잠들어서 질식시켜 죽인다든가. 피로한 상태로 운전하다가 가로등에 충돌해 카시트가 있는 차 뒤쪽이 아코디언처럼 찌그러진다든가. 아기가 바닥에 떨어진 동전을 삼켜서 얼굴이 하얗게 질린 걸 못 알아차린다든가.

앨리스는 자기가 다른 인간을 안전하게 돌보기에는 너무 책임감도 없고 미숙한 존재라고 느꼈다. 어떻게 산부인과 병원에서는 매뉴얼 한 장 안 주고 진짜 아기를 데리고 가라고 내준 걸까? 너무 무책임한 거 아닌가? 물론 인터넷을 뒤지면 아기 기르는 법에 대한 지침이 수백만 가지는 나오지만 여기에서는 이러라고 하고 저기에서는 저러라고 하고 다 제각각이었다.

앨리스는 얼마 전까지만 해도 유능한 사람이었다. 대형 광고회사 팀장이었는데 임신 육 개월 때 전업주부 겸 소셜미디어 인플루언서가 되려고 회사를 그만두었다. 회사 다닐 때에는 회의를 주재하고 수백 명을 앞에 두고 프레젠테이션을 하고 글로벌 캠페인을 기획했다. 그런데 지금은 작은 아기 하나 키우는 일로 낑낑대고 있었다.

그리고 솔직히 말하면, 이 모든 일이 지겨웠다. 젖 먹이고, 기저
귀 갈고, 식기세척기 돌리고, 빨래 널고, 걸레질하고, 책 읽어주
고, 그네를 미는 일을 끝없이 반복하다보면 머리가 멍해지는 것
같았다. 하지만 아무한테도 그렇단 이야기를 할 수는 없었다. 모두
의 부러움을 사는 완벽한 삶을 영위하는 @aliceinwonderland가
@babybunty를 목숨보다 더 사랑하기는 하지만 미워할 때도 많다
는 걸 어떻게 말할 수가 있나? 사실 앨리스는 자기 목숨도 그다지
사랑하지 않는 것 같았다. 게다가 번티도 자기를 별로 안 좋아한다
고 확신했다. 그럴 만도 하겠지.

앨리스는 부엌 구석에 있는 안락의자 위에 쌓인 잡지를 치우고
그 자리에 번티를 앉힌 다음 물주전자를 불에 올리고 냉장고에서
우유를 꺼내러 갔다.

그때 끔찍한 비명소리가 들렸다. 번티가 의자에서 떨어져 단단
한 타일 바닥에 머리부터 쿵 떨어진 것이었다. 앨리스는 정신없이
달려가 번티를 안아올려 상처가 났는지 살폈다. 다행히도 바닥에
있던 〈마미 앤드 미〉 잡지가 충격을 조금 줄여주었다. 육아잡지도
아예 쓸모가 없지는 않은 모양이었다.

번티의 눈빛이 말로 하는 것보다도 더 또렷하게 이렇게 말하는
것 같았다. 도대체 이런 엄마가 어디 있어? 다른 엄마로 바꿔줘. 이런
바보 같은 사람이 우리 엄마라니!

초인종이 울렸다. 앨리스는 울부짖는 번티를 부엌바닥에 내려놓
고 자동인형처럼, 한때 앨리스라고 불렸던 사람의 그림자처럼 걸
어서 현관문으로 갔다. 앨리스는 말없이 방문객을 바라보았다. 이

사람이 여기 왜 왔는지 알 수가 없었다. 내가 뭔가 약속을 해놓고 까먹었나? 초인종을 누른 사람은 엄마도우미에서 일하는 리지였다.

"이리 와요, 가엾어라. 안아줄게요." 리지가 말했다. "앨리스 심정이 어떤지 알아요. 그래서 번티 돌보는 걸 도와주러 왔어요." 리지가 자기 심정을 어떻게 아는지 미처 생각해볼 겨를도 없이 앨리스는 리지의 거대하고 푹신한 품에 파묻혔다.

번티를 집에 데려오고 처음으로 앨리스는 엉엉 주체 못할 울음을 터뜨렸고 리지의 꽃무늬 블라우스를 축축하게 적셨다.

53
리지

리지는 엄마도우미에서 파트타임으로 근무하는 게 좋았다. 워낙 급료가 적어 용돈벌이밖에 안 되는 일이지만. 작년에 예순다섯 살로 정년퇴직했는데 집에 있자니 살만 찌고 게을러지는 것 같았고 남편 잭하고 종일 같이 있으면 미쳐버릴 지경이라 엄마도우미에서 일하는 이틀이 일주일 중 가장 즐거운 날이 됐다.

리지는 평생 아이들을 돌봤다. 처음에는 육남매 중 첫째라 동생들을 봤고 그다음에는 베이비시터로 일했고 이어 자식 다섯을 낳아 길렀다. 얼마 전까지는 산후도우미 일을 했는데 입소문이 좋게 나서 첼시와 켄싱턴의 상류층 가정을 돌며 산후조리하는 엄마들을 돌봤다. "리지는 정말 최고예요! 하늘이 내린 것 같아요!" "세상의 소금이죠!" 이런 말들을 듣곤 했다. 그게 물론 우리랑 같은 급이라는 말은 아니지만, 은식기를 훔쳐갈까봐 걱정하지는 않아도 돼요, 라는 뜻이라는 건 리지도 알았다.

리지가 막 애들을 전부 보호자에게 인계했을 때였다. 늘 콧물이 흐르고 손톱에 때가 끼어 있는 '막내 엘사'가 마지막이었는데, 늘 그러듯 엄마가 하원 시간보다 삼십 분 늦게 와서 데려갔다. 현재 다니는 아이들 중에 엘사가 세 명 있어서 헷갈리지 않게 그렇게 불렀다. 〈겨울왕국〉 탓이 컸다.

리지는 현관 옷걸이에 걸려 있는 코트를 가지러 갔다가 그 아래에 떨어져 있는 연녹색 노트를 발견했다. 아이들이 덧셈 문제를 풀 때 쓰던 노트와 비슷했다. 누군가의 옷이나 가방에서 떨어진 모양이었다. 리지는 노트를 주웠다. 표지에 '산수 프로젝트'라고 적혀 있었다. 리지는 내일 노트를 찾는 사람이 있으면 줄 생각으로 그냥 가방에 넣었다.

며칠 지난 뒤에 수학 노트 생각이 났다. 엄마들에게 누구 노트 잃어버린 아이 없느냐고 물어보기도 하고 누가 찾으면 주려고 늘 가방에 넣고 다녔는데 아무도 찾는 사람이 없었다. 그러다가 어느 날 쉬는 시간에 차 한 잔을 마시면서 그 노트를 꺼내 보았다. 그런데 표지에 쓰여 있는 제목이 '산수'가 아니었다. 돋보기를 안 끼고 있어서 잘못 읽은 거였다. 다시 보니 '진실 프로젝트'라는 제목이었다. 대체 이게 무슨 뜻이지? 리지는 책장을 넘겨 보았다. 예상했던 덧셈식이 아니라 여러 사람이 돌아가며 쓴 글이 나왔다.

기대감으로 가슴이 한껏 부풀어올랐다. 리지는 남의 일에 아주 관심이 많았다. 베이비시터나 산후도우미로 일하면서 가장 좋았던 게, 집집마다 속옷 서랍을 열어보면 그 집 사람들에 대한 온갖 비밀을 알게 된다는 점이었다. 숨기고 싶은 물건이 있으면 좀더 기발한 곳을 찾을 것 같지만 의외로 빤한 장소를 택하는 사람이 많았다. 이 노트에도 비밀이 숨겨져 있는 것 같았다. 일기장처럼. 물론 리지는 자기가 알아낸 비밀을 절대 누설하지 않았다. 자기가 믿음직하고 명예를 아는 사람이라는 자부심이 있었다. 그저 다른 사람의 내면이 궁금할 뿐이었다. 리지는 의자에 편히 기대어 앉아 읽어내려가기 시작했다.

당신은 가까이 사는 사람들을 얼마나 잘 압니까? 그 사람들은 당신에 대해 많이 압니까? 이웃 사람 이름은 아나요? 하! 사실 리지는 이웃 사람들 전부를 속속들이 알았다. 당연히 이름도 알고, 애들 이름도 알고, 고양이 이름도 알았다. 누가 재활용품을 대충 분리하는지, 누구네가 부부싸움을 가장 많이 하는지, 누가 바람을 피우는지, 누가 마권판매소를 뻔질나게 드나드는지도 알았다. 누구에 대해서든 남에게 알려지기 바라는 것보다 더 많이 알았다. 자기가 참견쟁이로 정평이 나 있다는 것도 알았다. 하지만 적어도 동네 방범대는 리지를 좋아하니까.

줄리언 제솝.

가끔은 어떤 이름을 들으면 마치 극장에서 무대배경이 바뀌듯 사방 벽이 무너져내리고 다른 시대로 이동하는 듯한 느낌이 들 때가 있었다. 리지는 1970년 킹스 로드에 친구 맨디와 같이 있던 때로 돌아갔다. 그때는 '리잰맨디'라는 별명으로 불릴 정도로 하루종일 둘이 붙어다녔다. 열다섯 살이었는데 미니스커트를 입고 머리카락을 부풀려 빗고 눈에는 새카만 색으로 아이라이너를 그리는 등 나름 한껏 멋을 내고 있었다.

황홀하게 멋있는 메리퀀트의상실 쇼윈도를 들여다보고 있는데 이십대 후반에서 삼십대 초반으로 보이는 사람들 무리가 이쪽으로 걸어왔다. 현실에 존재하는 사람들 같지 않게 근사했다. 남자 세 명은 최신 유행인 나팔바지를 입었고 여자 한 명은 치맛단이 리지와 맨디 것보다 몇 인치는 위로 올라간 미니드레스에 모피 코트를 입었고 맨발이었다. 길거리에서! 머리카락은 마치 막 자다 일어난 것처럼 구불구불하게 엉킨 상태로 허리까지 늘어뜨렸다. 리지는 여자 가까이 다가가면 섹스 냄새를 맡을 수 있을 것 같다는 생각을 했다. 그때 리지가 섹스 냄새를 알았던 건 아니지만 정어리 통조림 냄새하고 비슷할 거라고 상상했었다. 남자 한 명은 어깨에 진짜 앵무새를 한 마리 얹고 있었다.

리지는 입을 쩍 벌리고 쳐다봤다.

"맙소사, 리지, 저 사람 누군지 알아?" 맨디가 묻더니 대답을 기다리지 않고 이렇게 말했다. "저 사람은 사진가 데이비드 베일리고 저 사람은 화가 줄리언 제숍이잖아! 너무 멋있지 않니! 줄리언이 나한테 윙크하는 거 봤어? 정말로 윙크했어, 확실해."

리지는 그날 이전에 줄리언의 이름을 들어본 적이 없었지만(맨디에게는 그렇다고 말하지 않았다. 맨디가 스스로 한 수 위라고 생각할 근거를 주고 싶지는 않았다), 그뒤 몇 년 동안 줄리언의 이름을 지면에서 심심찮게 봤다. 주로 가십난에서. 그런데 그뒤로 수십 년 동안은 아무 소식도 들리지 않았다. 줄리언 제숍을 다시 떠올릴 일은 없었지만 아마 생각났더라도 약물 과용이나 성병 같은 비극적이지만 드라마틱한 이유로 죽었겠거니 생각했을 것이다. 그런데 줄리언 제숍이 바로 길 건너에 아직까지도 살아 있고 그가 쓴 노트를 누군가가 자기 무릎에 떨어뜨리고 갔다니.

모니카. 이 사람도 아는 사람이었다. 호사를 부리고 싶은 기분일 때 모니카스 카페에 가서 차 한 잔과 케이크 한 조각을 먹은 적이 있었다. 리지는 모니카가 꽤 마음에 들었다. 누가 보기에도 바쁜 것 같은데도 하던 일을 멈추고 잡담에 응하곤 했다. 기억이 맞는다면 동네 도서관이 생겨서 얼마나 좋은지 모른다는 이야기를 나눴던 것 같다.

리지는 모니카의 문제가 뭔지 확실히 알 수 있었다. 요즘 여자들은 너무 까다로웠다. 리지가 젊을 때에는 그저 때가 되면 결혼을 했다. 적당한 나이의 남자, 대개는 부모들끼리 서로 알고 멀지 않은 곳에 사는 남자를 만나서 결혼했다. 운전을 할 때 코를 파는 남자일 수도 있고 술집에 돈을 너무 많이 갖다바치는 남자일 수도 있고 클리토리스가 어디에 있는지 꿈에도 모를 남자일 수도 있었지만, 아마 나 자신도 완벽하지는 않을 거라고 생각하고 평균 정도만 되는 남편이라도 아예 없는 것보다는 낫다고 마음을 다잡았다. 하지만 요즘에는 신기술 덕분에 선택지가 너무 많아져서 사람들이 결정을 내리지 못하는 것 같았다. 찾고 또 찾다가 결국 어느 날에는 알이 모두 익어버렸다는 걸 깨닫는 거지. 모니카는 이제 간 보기를 그만두고 결단을 내려야 했다.

제길. 휴식시간이 끝이 났네. 리지는 더 읽고 싶어 죽을 지경이었지만 일단은 나중으로 미룰 수밖에 없었다.

"뭐 읽어?" 남편 잭이 집게손가락으로 어금니에 낀 닭고기 조

각을 빼면서 뭉개진 발음으로 물었다. 남편 입술에 입맞춘 게 수년
전 일인 것도 그럴 만했다. 요즘에는 그냥 헬리콥터 착륙장처럼 한
가운데가 벗어진 머리 꼭대기에 살짝 입맞추고 넘어가는 걸로 대
신했다.

"직장에서 가져온 거야." 리지는 일부러 애매하게 대답했다. 해
저드가 쓴 글을 읽을 차례였다. 해저드도 리지가 아는 사람이었다.
풀럼에 살고 해저드라는 이름을 가진 젊은 남자가 두 명일 리는 없
겠지. 그 해저드가 이 해저드라면 태국에서 돌아와 엄마도우미 마
당에서 자원봉사를 하고 있다는 얘기였다. 턱수염만 빼면 상당히
섹시한 남자였다. 리지는 턱수염을 기른 남자는 별로 좋아하지 않
았다. 뭔가 숨길 게 있나? 하는 생각이 들었다. 그러니까 턱 말고
다른 뭔가를.

중독 문제가 있다고 나쁘게 보이지는 않았다. 리지는 중독이 얼
마나 쉽게 찾아오는지 알았다. 리지 자신도 요리용 셰리 와인과 즉
석복권에 지나치게 탐닉한 때가 있었고 잭은 요새도 하루에 존플
레이어스페셜을 한 갑씩 피운다. 거기 들어간 돈도 돈이지만 담뱃
갑에 시커메진 폐 따위의 무시무시한 사진이 붙어 있는데도 아랑
곳 않는다.

라일리는 어찌할 바를 모르는 딱하고 사랑스러운 젊은이다운 글
을 썼다. 리지는 라일리도 당연히 알았다. 해저드와 같이 일하는
서글서글한 오스트레일리아 청년들 중 한 명이었다. 리지는 해저
드가 아직까지 잘 참고 있는지, 줄리언이 미술 수업을 하게 되었는
지, 라일리가 모니카와 문제를 잘 해결했는지 너무나 궁금했다. 이
노트가 드라마 〈이스트엔더스〉보다 훨씬 더 재미있었다.

읽을 글이 이제 딱 하나 남았다. 다음은 누구일까? 리지는 내일 휴식시간을 위해 아껴두기로 했다.

리지는 완벽한 티타임을 즐기기 위해 직원 휴게실에 자리잡고 앉았다. PG팁스 티백, 재미다저스 비스킷 두 개, 라디오 2에서 흘러나오는 〈스티브 라이트의 오후〉 방송, 다른 사람의 비밀이 담긴 노트. 아이들이 하는 말마따나 이보다 더 좋을 순 없었다. 리지는 가장 편한 안락의자에 앉아 느긋이 읽기 시작했다.

내 이름은 앨리스 캠벨입니다. 나를 @aliceinwonderland로 아는 사람도 있을 거예요.

빙고! 마침내 모든 조각이 맞춰졌다. 리지는 이 노트에 나오는 사람 전부를 알았다. 게다가 이 노트가 어떻게 여기에 오게 되었는지까지도 정확히 알게 되었다. 앨리스는 지금 모금을 도와주는 예쁜 금발머리 젊은 엄마였다. 리지는 현관에 걸린 앨리스의 가방을 아치가 만지작거리고 놀던 게 기억났다. 아치가 노트를 꺼내 바닥에 버려놓은 모양이었다.

리지는 앨리스가 엄마도우미에 올 때마다 다른 엄마들이 앨리스를 보고 열등감을 느끼지는 않을까 살짝 걱정이 되곤 했다. 앨리스는 언제나 완벽하게 차려입었고 늘 자신감 있어 보였다. 엄마도우미에 아이를 맡기는 엄마들은 거의 보통 엉망진창이고 항상 힘들어하는데 앨리스는 전혀 다른 세상에 속한 사람 같았다. 그래도 리지는 앨리스를 보면서 보이는 것만이 전부는 아닐 거라고 생각했었다. 가끔은 앨리스한테서 조심스럽고 깍쟁이 같은 억양 대신 훨씬 더 다채롭고 정감 가는 억양이 튀어나오기도 했으니까. 리지는 계속 글을 읽었다.

하지만 내 팔로어들은 사실 내가 누군지 모르는 거예요. 내 실제 삶과 화면에 비치는 완벽한 삶이 점점 더 멀어지고 있으니까요. 내 삶이 엉망이 되면 될수록 나는 그래도 괜찮다는 걸 확인하기 위해 소셜미디어의 긍정적 반응에 더 집착하게 돼요.

전에 나는 유능한 광고회사 직원 앨리스였죠. 지금은 맥스의 아내, 번티의 엄마, 아니면 @aliceinwonderland예요. 나 말고 다른 사람들이 나의 일부를 하나씩 차지하고 있는 것 같네요.

난 정말로 지쳤어요. 밤에 잠을 못 자는 것도, 젖 먹이고 기저귀 가는 것도, 청소하고 빨래하는 것도 지겨워요. 내가 원하는 삶을 인터넷에 꾸며놓고, 나를 안다고 생각하지만 실은 모르는 사람들의 메시지에 대꾸하는 것도 지긋지긋해요.

나는 내 아기를 이렇게 사랑하는 게 가능할까 싶을 만큼 사랑하지만, 날마다 내가 좋은 엄마가 되어주지 못한다는 생각을 해요. 이 아기의 엄마라면 같이하는 삶 한순간 한순간을 감사해야 마땅할 텐데, 나는 현실보다 더 예쁘고 더 통제하기 쉬운 가상세계로 계속 도망치고 있으니.

누군가에게 이런 감정을 터놓을 수 있으면 좋겠어요. 가끔 멍키뮤직에서 다른 엄마와 아기들과 둘러앉아 있다보면 바보 같은 분홍색 탬버린을 주먹으로 쳐서 터뜨리고 싶다는 생각을 한다는 걸요. 어제는 워터베이비스에서 수영장 밑바닥으로 들어가 물을 한 껏 들이마시고 싶은 강력한 충동을 느꼈어요. 그렇지만 @aliceinwonderland가 사실은 거짓이라는 걸 어떻게 솔직히 말해요?

게다가 만약 내가 @aliceinwonderland가 아니라면, 그럼 나는 누구인 걸까요?

아, 앨리스. 산후우울증이라는 게 공식적으로 인지되기 전에도 리지의 집안 여자들이나 친구들은 그 증상을 알았다. 리지가 첫아 기를 낳았을 때에는 할아버지, 할머니, 이모, 삼촌, 대부, 대모, 친 구들 할 것 없이 힘을 합쳐 산모를 거들어주었다. 아기를 봐주고 캐서롤을 만들어 가져다주고 집안일을 거들어주었고 그런 일들이 출산으로 인한 신체적, 감정적, 호르몬적 충격을 다스리는 데 도움 이 되었다.

그런데 앨리스는 그 모든 일을 혼자 해야 한다고 생각하는데다 가 완벽해 보이기까지 하려고 필사적으로 애쓰고 있었다.

리지는 근무시간이 끝나자마자 주소록에서 앨리스의 주소를 찾 아보았다. 앨리스에게는 전문가의 도움이 필요했다.

54
해저드

해저드는 엄마도우미에서 미니버스를 하루 빌렸다. 모니카는 평생을 대중교통이 잘 갖춰진 런던에서 살아서 아예 운전면허를 딴 적이 없다고 했다. 결혼식이 열리는 시골 마을이 기차역에서 꽤 멀어서 해저드가 운전을 하고 가기로 했다. 엄마도우미 엄마들 중 한 명이 버스 뒤쪽에 '운전사 해저드(위험)'라고 쓴 종이를 큼직하게 붙여놓았다. 하하. 재미없어.

해저드는 모니카스 카페 앞 도로 정차 금지선에 차를 세우고 자동차 경적을 울렸다.

"위험을 무릅쓰고 출발하는 거예요?" 모니카가 말했다. 그 농담도 참 신선하네. 해저드는 모니카를 보고는 천천히 휘파람소리를 냈다.

"모니카, 꼭 버터컵 꽃 같아요! 특별히 섹시한 버터컵이요!" 모니카가 밝은 노란색 시프트드레스와 색을 맞춘 챙 넓은 모자를 쓰고 조수석에 올라타는 걸 보고 해저드는 외쳤다. "검은색, 흰색, 남색 말고 다른 색 옷을 입은 건 처음 보는 것 같은데요."

"흥, 나도 가끔은 꾸밀 줄 안다고요." 모니카가 꽤 기분좋아 보인다고 해저드는 생각했다. "당신도 양복 입으니까 멋져요! 내가 보기에는 그 턱수염도 다듬은 거 같은데요?" 모니카는 '턱수염'이라는 말을 약간 비꼬는 듯한 말투로 했다. "가는 동안 마실 커피 가져왔어요. 당신 건 보통 우유 넣은 라지 사이즈 라테요. 당연하지만 맞죠?" 모니카가 손에 든 갈색 종이봉투를 들어 보이며 말했다.

"정답이네요. 고마워요." 모니카가 자기가 마시는 커피를 기억했다는 사실에 해저드는 이상하게 기분이 들떴다. "나는 라운트리 과일젤리 가져왔어요. 마음껏 먹어요. 사양하지 말고. 과일 모양으로 생긴 걸 패밀리팩으로 샀어요. 어릴 때부터 좋아하던 거라."

M3 도로를 따라 시원하게 달리다보니 기분이 느긋해져 서로 편하게 농담을 주고받았다.

"기대돼요?" 해저드가 물었다.

"별로요. 결혼식은 좀 우울해요. 결혼이라는 게 사실 종이 쪼가리 한 장이잖아요. 이혼 통계는 충격적이고. 솔직히 말해서 시간 낭비 돈 낭비예요."

"정말요?" 해저드가 놀라 물었다.

"아니요. 당연히 아니죠! 내가 쓴 글 읽었잖아요! 해피엔딩이랑 감동적인 결혼식이 내가 세상에서 가장 좋아하는 건데요."

그러더니 모니카는 난데없이 이런 말을 했다. "해저드. 당신 처음 왔을 때 너무 모질게 대해서 미안해요. 너무 수치스러웠어요. 당신이 자기 잘난 맛에 남의 인생에 간섭하기를 좋아하고 신탁재

산으로 호의호식하는 사람이라고 생각하기도 했고요."

"윽. 내가 싫을 수밖에 없었겠네요. 사실 돈은 내가 벌어서 썼어요. 부모님은 중산층인데 저축을 탈탈 털어 나를 고급 사립학교에 보냈어요. 그 학교에서 집주소에 이름이 아니라 숫자가 붙어 있고 비행기를 타면 왼쪽이 아니라 오른쪽으로 들어가는 애는 나뿐이라 처절하게 괴롭힘을 당했죠."

"조경 일 하기 전에는 무슨 일을 했어요?"

"금융업계에 있었어요. 트레이딩을 했죠. 지금 생각해보면 어딜 가든 내가 가장 가난한 사람인 게 지겨워서 그 길을 택한 게 아닌가 싶어요. 그 노트에 내가 쓴 글 안 읽었죠? 라일리가 이야기 안 해요?"

"아뇨. 라일리는 그런 세심한 면이 있어요. 당신이 직접 이야기하게 남겨두려는 거겠죠. 그런데 뭐라고 썼어요? 물어봐도 괜찮아요? 당신은 내가 쓴 거 읽었잖아요."

"어, 금융계가 지긋지긋해져서 시간을 두고 생각을 정리하고 좀더 보람 있고 만족스러운 일을 찾고 싶다고 썼어요." 해저드는 사실을 말하긴 했지만 사실을 전부 말하지는 않았다. 두 사람 사이에 말하지 않고 회피한 주제가 거대한 코끼리처럼 들어앉아 기어스틱을 짓눌렀다. 그렇지만 해저드는 모니카에게만은 중독 문제가 있다는 이야기를 하고 싶지 않았다. 모니카는 너무나 올바르고 깔끔하고 반짝거려서 그런 이야기를 하면 자기가 너무 못난 사람이 될 것 같았다. 모니카와 같이 있으면 자기도 더 나은 사람인 것 같은 기분이 드는데, 사실은 그렇지 않다는 걸 스스로에게 일깨우기는 싫었다. 모니카는 마리화나 한 모금도 빨아보지 않았을 것 같았다.

정말 잘한 일이다.

"바로 그렇게 됐잖아요! 그 노트가 정말 기적을 이루나봐요. 줄리언은 친구가 수백 명은 생겼고 당신은 새 사업을 시작한데다 잘되어가고요. 그렇게 빨리 자리를 잡다니 대단해요. 정말 잘했어요."

해저드는 뿌듯해져서 싱글벙글거렸다. 자기 자신에 대해 장하게 느끼거나 남에게 칭찬을 받는 일이 워낙 드문 탓에 무척 기분이 좋았다. "이번에는 제대로 해보려고 공을 들였어요. 당신처럼요. 당신은 정말 훌륭한 사업가예요. 창의적이고 근면하고 고용주로서도 훌륭하고요. 특히 원칙이 있다는 점에서 그래요." 칭찬이 너무 과했나? 해저드는 모니카와 같이 있을 때에는 늘 지나치게 전전긍긍하며 애쓰게 되는 것 같았다. 왜 그러는지 알 수 없었다. 이러는 건 전혀 해저드답지 않았다.

"원칙이라니 무슨 뜻이에요?" 모니카가 물었다.

"어, 예를 들면 어떤 손님이 엄청나게 화를 돋웠다고 해도 복수하려고 그 사람 음식에 침을 뱉지는 않죠?" 해저드가 물었다. 모니카는 충격받은 얼굴이었다.

"당연히 아니죠! 너무 비위생적이고 그리고 아마 불법일걸요! 불법이 아니라면 마땅히 금지하는 법을 만들어야 해요."

"부엌바닥에 음식을 떨어뜨렸는데 멀쩡하다면 그대로 접시에 올려요, 아니면 버려요?"

"바닥에 떨어진 음식을 어떻게 접시에 담아요! 세균을 생각해봐요." 모니카가 말했다.

"그러니까요. 당신은 원칙이 있어요."

"당신은 없어요?"

"아, 물론 있죠. 하지만 아주 낮아요. 거의 바닥에 붙어 있을 정도."

"해저드." 모니카가 대시보드를 노려보며 말했다. "제한속도를 넘겼어요."

"이런, 미안해요." 해저드는 브레이크를 살짝 밟는 시늉만 하며 대답했다. "사실 난 규칙 쪽으로 문제가 좀 있어요. 누가 규칙을 제시하면 그걸 깨고 싶어져요. 제한속도를 지키면서 산 적이 없어요. 실제적으로도 비유적으로도."

"우린 정말 정반대네요. 그렇죠? 난 합리적인 규칙은 좋아해요."

"노란 차." 해저드가 현란한 색의 푸조 205를 추월하면서 말했다. 모니카가 어리둥절한 얼굴로 해저드를 봤다.

"어릴 때 '노란 차' 게임 안 했어요?" 해저드가 물었다.

"어, 아뇨. 어떻게 하는 건데요?"

"노란색 차를 볼 때마다 '노란 차'라고 말하는 거예요." 해저드는 설명했다.

"어떻게 하면 이겨요?" 모니카가 물었다.

"이기고 지고가 없어요. 끝나지 않는 게임이거든요. 그냥 영원히 계속되죠."

"지적인 자극을 주는 게임은 아니네요." 모니카가 말했다.

"흠, 그러면 자동차 타고 가족끼리 여행 갈 때 지루한 시간을 어떻게 보냈어요?"

"수첩에다 길에서 지나친 자동차 번호판 숫자를 전부 적었어요."

"왜요?" 해저드가 물었다.

"같은 차를 다시 만날까 싶어서요."

"그런 일이 있었어요?"

"아뇨."

"흠, 난 그냥 노란 차 게임이나 할래요. 그래 '진실 프로젝트'가 당신한테도 기적을 이뤄줬어요?"

"음, 네. 어떤 면에서는요. 가게를 살려줬죠. 미술 교실을 열었더니 다른 사람들도 저녁에 카페를 빌려 행사를 하겠다고 하고요. 앨리스하고 줄리언이 인스타그램에 카페를 종종 올리는 바람에 새로 온 손님들도 많아요. 바리스타를 한 명 더 고용해야 할 수도 있을 것 같아요. 그 노트를 발견하기 전에는 지금 이 시점쯤에 은행에서 대출을 갚으라고 해서 카페와 내가 평생 모은 돈을 다 날려버리게 되리라고 예상했었어요."

"정말 놀라운 일이네요." 해저드는 이렇게 말하고 좀더 조심스럽게 다시 물었다. "그 노트가 연애 문제도 해결해줬나요? 라일리하고 잘 지내요?" 해저드는 너무 시시콜콜 캐묻는 것처럼 보이지 않으려고 노력했다.

"그게, 좀 두고 보기로 했어요. 흘러가는 대로 하자고요. 상황에 따르기로."

"기분 나쁘게 생각하지는 말아요. 하지만 당신이 그런 말을 하다니 좀 뜻밖이에요."

"그렇죠? 맞아요." 모니카가 씩 웃으며 말했다. "느긋한 사람이 되려고 노력중이에요. 쉬운 일은 아니네요."

"하지만 라일리는 몇 달 뒤에 떠나지 않아요? 6월 초라고 했죠?" 해저드가 말했다.

"네. 그런데 나한테 같이 가자고 했어요."

"갈 거예요?"

"지금은 전혀 모르겠어요. 내가 앞일을 모르는 이런 상황에 놓이다니 그것도 정말 뜻밖이에요."

"라일리로 사는 건 정말 편할 거예요." 해저드가 말했다.

"왜요?"

"그러니까, 낙천적이고 태평하고 모든 걸 단순하게 평면적으로 보는 거 말예요." 해저드가 말했다. "노란 차."

"그럴 의도가 아니라는 건 알지만 당신 말만 들으면 라일리가 백치인 줄 알겠어요." 모니카가 말했다. 해저드는 그럴 의도가 아니었다. 당연히 아니었다.

모니카가 하이힐을 벗고 길쭉한 발을 대시보드 위에 올렸다. 무심코 한 그 동작 하나만으로도 해저드는 모니카가 얼마나 많이 달라졌는지 알 수 있었다.

"라일리를 만난 뒤에 나 많이 달라졌어요." 모니카가 해저드의 마음을 읽기라도 한 것처럼 말했다.

"음, 너무 많이 변하지는 말아요." 해저드가 말했다. 모니카는 아무 말도 하지 않았다.

한 시간 정도 달리자 길이 좁아지고 차도 별로 없어지고 포장도로가 끝나고 흙길이 나왔다.

"구글 지도에 따르면 우리가 목적지에 도착했다는데요!" 모니카가 외쳤다. 두 사람이 탄 차는 할리우드의 로케이션 스카우트가 보면 신나 날뛸 만큼 완벽한 모습의 마을로 들어와 있었다. 꿀색 석조 교회에서 경쾌하게 종이 울렸다. "교회에서 동성 결혼식도 해주는 줄은 몰랐어요."

"아직은 아니래요. 법적 혼인식은 어제 타운홀에서 했고요, 오

늘은 축복식을 한다고요. 보통 결혼식하고 비슷한데 말만 몇 마디
다른 게 아닐까 싶어요." 해저드가 대답했다.

두 사람은 차를 세우고 잘 차려입은 사람들을 따라 교회 안으로
들어갔다.

55
모니카

모니카는 피로연장으로 가기 전에 이동식 화장실에 잠깐 들어가 마스카라가 번지지 않았는지 확인했다. 교회에서 두 신부가 바닥에 끌리는 흰 드레스를 입고 들어오는 모습에 눈물을 찔끔하고 말았다. 결혼식에 오면 모니카는 늘 그렇게 되곤 했다. 심지어 모르는 사람 결혼식에서도. 물론 행복한 두 사람의 모습 때문에 기뻐서 우는 거였지만, 아주 조금은 부러움과 속상함도 섞여 있지 않을까 싶어 마음 한구석이 불편하기도 했다.

화장실에서 나오니 해저드가 기다리고 있었다. 두 사람은 같이 야외용 대형 천막 아래로 들어갔다. 하얀 장미로 장식한 입구 양쪽에 웨이터가 샴페인잔이 가득한 은쟁반을 들고 서 있었다. 모니카와 해저드는 한 잔씩 집었다.

"라일리가 당신 태국에 있는 동안 술 끊었다고 했던 것 같은데요." 모니카가 말했다. 아니, 앨리스한테 들었던가? 어쨌든 누군가

한데 틀림없이 들었다.

"아 네, 그랬어요. 전에는 너무 많이 마셨거든요. 하지만 알코올중독이나 그런 건 아니에요. 특별한 날에는 한두 잔 정도 마실 수 있어요. 이런 날 말예요. 그래도 요즘에는 절제하려고 해요."

"옳은 말씀." 절제는 예술과 다름없는 고차원적 행위라고 생각하는 모니카가 맞장구를 쳤다. 점점 더 해저드가 마음에 들었다. "오늘 집에 갈 때 운전해야 하는 거 잊지 말아요. 알았죠?"

"여부가 있겠습니까. 하지만 떠나려면 몇 시간 남았으니까요. 한 잔도 안 하면 보기에 좀 그렇잖아요?" 그러더니 해저드가 잔을 모니카에게 들어 보이고 크게 한 모금 들이켰다. "오늘 저녁 메뉴는 뭘까요? 닭고기 아니면 생선?"

"분위기를 보아하니 생선일 것 같아요. 연어스테이크." 모니카가 대답했다.

정말 즐거웠다. 해저드는 다른 손님들을 보며 배꼽이 빠질 것 같은 평을 늘어놓았다. 로더릭과 신부들을 빼면 전부 모르는 사람이면서. 서로 전에 갔었던 결혼식 이야기를 들려줬다. 정말 낭만적이었던 것부터 순전히 재앙이었던 것까지.

데이트 상대가 아닌 사람과 같이 어울리니 더 마음이 편한 것 같았다. 모니카는 전에는 결혼식에 가면 지금 만나는 사람과의 관계를 상상 속에서 진척시켜보곤 했다. 자기 결혼식은 어떻게 할지, 친척 중에 누가 신부 들러리를 하면 사진에 멋지게 나올지(물론 신부보다 멋있게 나오면 안 되지만), 남자친구는 신랑 들러리로 누굴 고를지 상상했다. 예식 도중에 곁눈으로 남자친구도 자기처럼 감정에 북받쳐 같은 생각을 하고 있는지 훔쳐보기도 했다.

해저드와 있으니 그저 재미있기만 했다. 모니카는 오길 잘했다고 생각했다.

두 사람은 같은 디너 테이블에 배치됐지만 테이블이 워낙 크고 한가운데에 거대한 꽃장식이 있어서 모니카는 꽃을 피해 얼굴을 기울여야만 해저드를 볼 수 있었다. 꽃장식 가운데에 메뉴가 적힌 종이가 있었다. 연어스테이크. 모니카는 정답을 맞혀서 기분이 좋았다. 해저드와 눈을 맞추고는 메뉴를 가리키며 눈을 찡긋해 보였다.

식사는 한도 없이 오래 진행됐다. 코스가 하나 나올 때마다 한마디씩 축사를 했다. 모니카는 양옆에 앉은 남자와 적절한 대화를 나누려고 애썼지만 잡담 소재가 금방 바닥이 났다. 오늘의 신부들을 어떻게 알게 되었는지 각자 이야기하고, 예식이 멋지지 않았느냐고 하고, 런던 집값이 천정부지라는 말을 하고 나니 더는 할말이 없었다.

모니카는 해저드가 점점 걱정이 되었다. 해저드가 웨이터한테서 화이트와인 한 잔을 받았고 그다음에 레드와인도 한 잔 받았는데 웨이터들이 돌아다니면서 계속 잔을 채워주는 듯했다. 모니카는 해저드와 눈을 맞추고 집에 가는 길에 운전을 해야 한다는 사실을 눈빛으로 일깨워주려 했지만 해저드는 의도적으로 모니카의 눈을 피하는 것 같았다. 해저드 양옆에 앉은 여자들은 해저드가 뭐라고 말할 때마다 고개를 뒤로 젖히며 까르르 웃음을 터뜨렸다. 한 명은 심지어 해저드의 허벅지 위에 손을 얹고 있는 것 같았다. 해저드가 엄청 유쾌하게 구는 모양이었다. 하지만 저런 건 유쾌한 게 아니었다. 무책임하고 이기적인 행동이었다.

드디어 식사가 끝났고 사람들이 테이블을 뜨기 시작하자 모니카는 해저드와 가까운 자리로 옮겨 앉아 정신 차리라는 뜻으로 탄산수 잔을 들어 보이며 말했다.

"해저드." 모니카가 날카롭게 불렀다. "집까지 운전하고 가야 하잖아요. 취하면 어떻게 해요."

"아, 모니카, 흥 깨지 말아요. 결혼식이잖아요. 결혼식에서는 취해야 하는 거예요. 그러라고 하는 거잖아요. 이번만이라도 좀 느긋해져봐요. 삶을 즐겨요." 해저드가 와인잔을 또 비우며 말했다. "모니카, 이쪽은……" 해저드가 금발에 입술을 인공적으로 부풀린 옆자리 여자를 가리키며 말했다. '다리와 가슴골 둘 중 하나만 보여주라'는 패션의 불문율을 못 들어본 사람인 모양이었다.

"애너벨이요." 여자가 대신 말을 맺어주었다. "안녕하세요." 여자는 한없이 느릿느릿 말하며 모니카에게는 손 전체를 흔들 가치도 없다는 듯 손가락만 까딱해 인사를 했다. "해저드? 나 백에 코크 있는데 할래요?" 여자는 모니카가 못 듣게 숨길 생각도 없고 모니카를 대화에 끼워줄 생각도 없는 듯 무시하며 말했다. 모니카는 약을 하기에는 너무 깐깐한 사람이라고 본 걸까? 사실이긴 하지만, 그게 중요한 게 아니었다.

"듣던 중 반가운 소리." 해저드가 이렇게 말하더니 의자를 밀고 일어서며 살짝 비틀거렸다. "따라갈 테니 먼저 가요. 당신 멋진 엉덩이를 감상할 기회도 누릴 겸."

"해저드!" 모니카가 소리쳤다. "미쳤어요? 바보짓 하지 말아요!"

"아 제길, 모니카, 따분하게 굴지 좀 말아요. 수예 코너에나 가서 스트레스 해소해요. 당신이 우리 엄마예요, 아내예요, 여자친구예요? 아니라서 얼마나 다행인지." 해저드가 사람들을 헤치고 애너벨의 큼직한 엉덩이를 뒤쫓아갔다. 피리 부는 사나이를 따라가는 쥐 같았다. 애너벨이 어깨 너머로 모니카를 쏘아보더니 고개를 홱 치켜들며 웃음을 터뜨려 큼직한 치아를 드러냈다.

따귀를 맞은 기분이었다. 저 사람은 대체 누구지? 모니카가 알던 해저드가 아니었다. 그런데 불현듯 떠올랐다. 저 사람이 최근 모니카가 알던 해저드는 아닐지 몰라도, 그전에 만났던 해저드, 길에서 부딪혀놓고 멍청한 년이라고 했던 남자와는 분명 같은 사람이었다. 모니카의 삶을 가지고 놀고, 크리스마스 날 느닷없이 들이닥쳐 자기를 환영해달라고 했던 사람. 어떻게 감히 수예 코너 이야기를 꺼낼 수가 있지? 모니카는 자기가 노트에 그런 이야기를 썼다는 사실도 잊고 있었는데. 비열한 공격이었다. 모니카는 한시도 더 이곳에 있고 싶지 않았다. 집에 가고 싶은 생각뿐이었다. 모니카는 백에서 전화기를 꺼내들고 조용한 구석으로 가서 라일리에게 전화를 걸었다.

제발 받아요, 라일리, 제발.

"모니카! 재미있게 놀고 있어요?" 라일리가 감탄스러울 정도로 밝은 목소리로 말했다.

"사실은 아녜요. 적어도 나는. 해저드는 너무 지나치게 재미있게 놀고 있고요. 완전히 취해버렸어요. 게다가 계속 더 마셔요. 어떻게 집에 갈지 모르겠어요. 해저드는 너무 취해서 운전을 못하고 난 운전할 줄 몰라요. 미니버스를 여기에 두고 갈 순 없잖아요. 내일 오전에 애들 나들이 갈 때 차를 써야 할 텐데. 어쩌면 좋죠?" 모니카는 도와달라고 부탁하는 걸 싫어했다. 곤경에 처한 여자 역을 하기는 죽도록 싫었다. 페미니스트로서 원칙에 위배되는 일이었다. 어머니가 무덤에서 돌아누울 수도 있을 것 같았다. 모니카는 이 빌어먹을 곳에서 빠져나가면 당장 운전 교습부터 받아야겠다고 결심했다.

"걱정 말아요. 내가 바로 기차 타고 거기로 데리러 갈게요. 미니버스 운전해서 돌아오면 돼요. 주소만 알려주면 역에서 택시 타고 갈게요. 그래도 몇 시간은 걸릴 텐데, 결혼식이 당장 끝나거나 그러진 않겠죠?"

"라일리, 당신이 없었으면 어떻게 했을지 모르겠어요. 고마워요. 해저드가 대체 어떻게 된 건지 모르겠어요. 저런 모습은 처음 봐요." 모니카가 말했다.

"중독 때문이겠죠. 일단 시작하면 멈출 수가 없다잖아요. 지금까지 아주 잘하고 있었는데. 거의 다섯 달째 완전히 끊었었어요." 라일리가 말했다. 모니카는 심장이 덜컹했다. 이렇게 어리석었다니.

"라일리, 난 전혀 몰랐어요. 해저드는 자기가 조절할 수 있다고 했어요. 내가 말렸어야 했는데." 모니카가 말했다.

"당신 탓이 아녜요. 해저드가 일부러 당신을 속인 것 같네요. 자기 자신도 속인 거구요. 내 잘못이에요. 당신한테 잘 지켜보라고 말해줬어야 했는데. 그래도 적어도 코카인을 다시 한 건 아니니까 다행이에요." 라일리의 말에 모니카는 아무 대꾸도 하지 않았다. 말하든 말든 아무 의미가 없었다. "빨리 도착하려면 빨리 출발하는 게 좋겠어요. 기다려요." 라일리가 전화를 끊었다.

가끔은 방안에 사람이 가득할 때처럼 외로울 때가 없는 것 같다. 모니카는 초대받지 못한 파티를 유리창에 코를 대고 구경하는 어린아이가 된 기분이었다. 해저드는 댄스플로어 한가운데에서 요란하게 춤을 췄고, 여자들이 줄리언 집 파리 끈끈이에 붙은 파리들처럼 해저드에게 달라붙었다. 누군가가 모니카의 어깨를 두드렸다.

"저랑 춤 추실래요?" 대프니의 아들 로더릭이었다. 교회에 있을 때 해저드가 소개해줬었다.

모니카는 용기를 내 춤을 신청한 사람을 거절하면 실례라고 생각하는 사람이라 말없이 고개를 끄덕이고 플로어로 갔다. 로더릭은 현대 댄스 동작의 관습을 죄다 무시하고 1950년대 로큰롤 버전의 열렬하지만 투박한 동작으로 모니카를 밀고 당겼다. 로더릭의 끈적한 손길이 모니카의 등, 어깨, 엉덩이 위에 심심찮게 올라왔다. 모니카는 곡마단 조랑말이 된 기분이었다.

모니카가 곤란한 지경에 빠진 게 즐거운지 해저드는 저 너머에서 과장된 동작으로 엄지손가락을 들어 보였다. 로더릭이 고개를 숙이고 모니카의 귓가에 위스키와 딸기 파블로바 케이크 냄새가 나는 뜨겁고 끈끈한 김을 불어넣으며 속삭였다.

"해저드하고 사귀는 사이예요?" 로더릭이 물었다.

"맙소사, 아뇨." 모니카가 대답했다. 로더릭은 모니카의 격한 반응을 청신호로 받아들이고, 모니카의 엉덩이를 더 꽉 움켜잡았다.

라일리가 피로연장 안으로 들어왔다. 사람 수는 좀 줄었지만 다들 예측할 수 없이 비틀거리고 있어, 라일리는 확고한 걸음걸이로 사람들을 피해가며 걸었다. 모니카는 크고 둥근 테이블에 혼자 앉아 있었다. 무인도에 좌초된 난파선의 유일한 생존자 같았다. 해저드는 상어처럼 테이블 사이를 돌면서 사람들이 남긴 와인잔을 비우고 있었다.

"라일리!" 모니카가 라일리를 보고 소리치자 주변에 있는 사람들이 모두 새로 온 사람을 돌아보았다. 라일리가 씩 웃자 마치 비구름 속에서 햇살이 비추기 시작하는 것 같았다.

"와줘서 정말 얼마나 기쁜지 모를 거예요." 모니카는 말했다.

56
해저드

고향에 돌아온 기분이었다. 이 느낌이 얼마나 좋은지 잊고 있었다. 샴페인을 처음 한 모금 삼키는 순간부터 턱의 긴장이 풀리고 어깨가 나긋나긋해지고 예민했던 신경이 느슨해지는 걸 느꼈다. 몇 달 동안 정신을 똑바로 차리고 집중력을 최대로 높인 상태로 여러 복잡한 감정들을 겪으며 살았는데, 술을 마시자 전부 흐릿해지면서 모든 게 더 부드럽고 우호적이고 손쉽게 느껴졌다. 해저드는 솜털 이불처럼 폭신한 무기력감에 휩싸였다.

첫잔을 비우고 나자 이런 기쁨을 왜 그렇게 오래 억눌러왔는지 기억이 안 났다. 왜 술이 적이라고 생각했을까? 사실은 가장 좋은 친구인데?

오는 길에 차 안에서 모니카가 해저드에게 중독 문제가 있음을 모른다는 사실을 알게 되었을 때 이런 생각이 싹텄다. 어쩌면 오늘만은, 오늘은 특별한 날이니까, 한 잔 정도는 마셔도 되겠지. 딱 한 잔만. 아무리 많아도 두 잔까지만. 벌써 몇 달 동안이나 한 방울도 안 마셨으니까. 이제는 많이 좋아졌어. 분별력도 생겼고. 어리석은 짓은 안 할 거야. 전과는 달라. 이제 다른 사람이 됐어.

이런 생각이 결혼식이 진행되는 동안 머릿속에서 계속 빙빙 돌았다. 그래서 천막으로 들어갈 때 웨이터가 들고 있는 은쟁반에서 샴페인잔을 받아들었다. 다른 사람들처럼. 다른 사람들하고 똑같이 행동한다는 게 얼마나 기분이 좋던지. 해저드는 모니카에게 자기가 '알코올중독자'는 아니고 절제를 아주 잘한다고 말했다. 입 밖에 내어 말하고 나니 그게 사실처럼 느껴졌다. 사실 알코올중독자라면 공원 벤치에서 노숙하고 몸에서 고약한 냄새를 풍기고 공업용 알코올을 마시는 사람이겠지, 해저드 같은 사람은 아니지 않나?

해저드는 애초에 의도했던 것보다 훨씬 더 많이 마셔버렸지만 상관없었다. 딱 오늘만이니까. 내일부터 다시 착해지면 된다. 어머니가 늘 하시던 말씀이 뭐지? 이왕 저지른 일이니 끝까지 가는 거지. 물론 어머니는 배튼버그 케이크 조각을 두고 한 말이긴 했지만.

그런 관점에서 보면 금발머리 여자가 권한 코카인은 행운의 기회였다. 몇 줄을 흡입하자 정신이 번쩍 들었고 자신감이 넘치고 천하무적이 된 것 같았다. 해저드는 슈퍼히어로였다. 게다가 여자 꼬시는 기술도 녹슬지 않았다는 걸 알게 되었다. 해저드는 신이 났다. 결혼식 하객 중에 같이 잔 여자가 두 명 이상 있지 않은 결혼식도 처음이었다. 이 결함을 바로잡아야 하지 않을까.

해저드의 눈에 익숙한 얼굴이 들어왔다. 눈을 깜박이고 비벼봤다. 환각을 보는 건가. 라일리가 여기에 왔다는 것보다는 그쪽이 훨씬 가능성 있었다. 사실 아까는 모니카를 어머니로 착각하기도 했으니까. 해저드는 혼자 실실 웃었다. 그런데 정말 라일리였다. 대체 왜 여기에 나타나서 해저드의 끝내주는 날을 망치는 거지?

"여어 친구, 집에 갈 시간이에요." 라일리가 말했다.

"친구라고 부르지 마, 라일리. 대체 여기서 뭐하는 거야?"

"난 흑기사예요. 집에 데려가려고 왔죠."

"흥, 말 타고 꺼져버려. 새 친구들하고 한창 재미있게 놀고 있다고." 해저드는 이름이 생각 안 나는 누군가와 또다른 한 명 쪽을 손으로 가리켰다.

"어쨌든 모니카는 데려갈게요. 미니버스도요. 파티도 곧 끝날 텐데, 새 친구들하고 밤을 보낼 게 아니라면 우리랑 같이 가고요. 맘대로 해요." 라일리가 좀 화난 목소리로 말했다. 라일리는 절대 화를 내는 일이 없는데. 하지만 모니카는 늘 화가 나 있고 지금 라일리 옆에 무시무시한 목사 아내처럼 서서 성찬식용 와인을 몰래 축낸 성가대 소년을 보는 듯한 눈으로 해저드를 보고 있었다. 빌어먹을, 저런 비난의 눈길이 정말 싫었다.

해저드는 얼른 머릿속으로 셈을 해보았다. 지난 몇 시간 동안 술과 약을 쏟아부은 머리로 할 수 있는 한 최대한 머리를 굴려보았다. 여기 남는다면 금발머리가 집으로 데려가주길 기대하는 수밖에 없었다(이름이 뭐더라? 어맨다? 애러벨라? 어밀리아?). 하지만 그 여자의 가장 큰 매력은 핸드백 안에 든 약인데 이미 그 매력은 다 떨어지고 없을 듯했다. 고통스럽지만 라일리가 하자는 대로 하는 게 나을 것 같았다. 그래서 해저드는 하는 수 없이 약에 취한 슈퍼히어로처럼 고분고분 잘난 친구들을 따라갔다.

출발한 지 한 시간이 지나고 몇 시간 전에 들이마신 코카인의 약효가 사라지기 시작하자 불안하고 초조해지기 시작했다. 흥분과 억제의 미묘한 균형이 깨어져, 술 때문에 몽롱하고 나른한데도 앞으로 한참은 잠을 잘 수 없으리라는 걸 해저드는 경험으로 알았다.

해저드는 버스 뒷좌석 세 개를 가로질러 누워 디멘터들이 다가오는 걸 보았다. 이 기분도 기억이 났다. 일단 올라가면 내려와야 했다. 빛이 있으면 그림자가 있었다. 작용에는 반작용이 있었다. 이제 빛을 갚을 시간이었다.

누군가가, 모니카가 해저드의 몸 위에 뭘 덮어줬다. 담요? 코트?

"모니카, 나 당신 사랑하는 것 같아요." 해저드가 말했다. 모니카에게 엄청 심하게 대했던 것 같다는 생각이 들었다. 해저드는 친구를 가질 자격이 없는 진짜로 사악한 사람이었다.

"그래요, 해저드. 당신이 사랑하는 사람은 당신 자신뿐이지만요." 모니카가 대답했다. 말도 안 되는 소리였다. 해저드가 절대로 사랑할 수 없는 유일한 사람이 자기 자신이었다. 몇 달 동안 자존감을 회복하고 자신을 소중히 여기는 법을 배우려고 그렇게 애썼는데, 하루아침에 모조리 무너져버리고 말았다.

"정말 미안해요. 딱 한 잔은 마셔도 될 줄 알았어요." 바로 그게 문제였다. 해저드는 언제나 딱 한 번은 된다고 생각했다. 정말로 딱 한 번으로 멈추는 사람들도 있었으니까. 하지만 해저드는 한 번도 그럴 수가 없었다. 해저드에게는 전부 아니면 제로 둘 중 하나였다. 술과 약만 그런 게 아니라 모든 것에 있어서 다 그랬다. 무언가 마음에 드는 게 있으면 아무리 가져도 그 이상을 원했다. 그랬기 때문에 해저드는 잘나가는 트레이더이자 인기 많은 친구이자 끔찍한 중독자가 되고 말았다.

앞자리에서 모니카와 라일리가 가볍게 대화를 나누는 소리가 들렸다. 해저드도 그렇게 날씨, 교통 상황, 같이 아는 친구 소식 따위를 주제로 이야기를 나눌 수 있었던 때가 있었는데, 지금은 어떻게 그랬는지 상상조차 안 됐다. 여러 괴로운 생각 가운데 괴로운 생각 또 한 가지가 끼어들었다. 열쇠가 어디 있지? 주머니를 뒤져보았다. 아무것도 없었다.

"모니카," 해저드는 발음을 뭉개지 않으려고 애쓰면서 말했다. "열쇠가 없어요. 덩자에 떨어뜨렸나봐요."

"정자요." 모니카가 말을 고쳐주었다.

"곤대처럼 그러지 말아요." 해저드가 대꾸했다.

"꼰대겠죠."

해저드는 모니카의 한숨소리를 들었다. 어렸을 때 해저드가 숙제를 까먹거나 바지를 찢어먹었을 때 어머니가 내던 소리 같았다.

"걱정 말아요. 오늘은 우리집 소파에서 자요. 그러면 내가 감시할 수도 있고." 한동안은 차 안이 조용했다. 와이퍼가 움직이는 규칙적인 소리와 아스팔트 위를 구르는 타이어 소리만 들렸다.

"노란 차." 해저드는 앞자리에서 모니카가 이렇게 말하는 걸 들었다.

"뭐라고요?" 라일리가 물었다.

"아녜요." 모니카가 대답했다.

해저드는 웃고 싶었지만 뺨이 비닐 시트에 들러붙어 움직이지 않았다.

57
모니카

모니카는 눈을 뜨기도 전에 뭔가 다른 점을 느꼈다. 평소에는 커피, 조말론 향수, 시프 레몬향 세제, 그리고 가끔 라일리의 냄새가 나던 집에서 퀴퀴한 술냄새가 풍겼다. 그리고 해저드의 냄새.

모니카는 침대에서 나와 파자마 위에 헐렁한 스웨트셔츠를 걸치고 머리를 대충 올려 묶었다. 공들일 생각은 전혀 없었다. 화장실로 가서 세수를 하고 다시 돌아와 마스카라를 살짝 바르고 립글로스를 칠했다. 절대 잘 보이려는 게 아니고 해저드에게 비웃음거리를 주고 싶지 않을 뿐이었다.

모니카는 조심스레 거실 문을 열었다. 해저드를 깨울까봐 살금살금 들어갔는데 아무도 없었다. 소파는 텅 비었고 이불은 말끔히 개어져 있었다. 혹시 (다시) 토할까봐 바닥에 놓아둔 설거지통도 제자리에 돌아가 있었다. 커튼이 걷혀 있고 창문도 열려 있었다. 메모 같은 것은 없었다.

해저드를 보고 싶었던 건 아니었다. 적어도 그런 일을 당하고 난 다음날 아침 일찍부터 보고 싶지는 않았다. 그렇긴 하지만 이렇게 내빼다니 좀 무례하지 않나? 하긴 해저드에게 뭘 기대했던 걸까.

뒤에서 현관문이 열리는 소리가 나서 모니카는 화들짝 놀랐다. 커다란 연노란색 장미 꽃다발이 안으로 들어오고 해저드가 따라 들어왔다. "허락 안 받고 열쇠 좀 빌려 썼어요." 해저드가 떨리는 손으로 열쇠를 식탁 위에 내려놓으며 말했다.

모니카는 해저드의 여러 면을 보았다. 모니카에게 욕설을 내뱉던 무례하고 폭력적인 사람, 크리스마스 날 영웅의 귀환처럼 들이닥쳤다가 냉대만 받은 사람, 근면하고 결연한 정원사 겸 사업가, 그리고 어제 본 무책임하고 막돼먹은 인간. 그렇지만 어떤 모습일 때든 해저드는 확신이 있어 보였다. 어디에서든 해저드는 190센티미터에 가까운 체구보다도 큰 공간을 차지했다.

지금 눈앞의 해저드는 달랐다. 일단 끔찍한 몰골이었다. 구깃구깃한 옷차림에 지치고 축 처져 나이들어 보였고, 무엇보다도 확신이 없어 보인다는 게 가장 당혹스러운 점이었다. 어젯밤의 불타는 기세도 자신감도 싹 사라져 쪼그라든 모습이었다. 서글퍼 보였다. 눈 속에서 반짝이던 빛도 흐릿해졌다.

"고마워요." 모니카는 장미를 받아 부엌 개수대에 물을 채우고 담갔다. 미루지 말고 바로 해야 하는 일이었다. 해저드가 소파에 털썩 주저앉았다.

"모니카, 무슨 말을 해야 할지 모르겠어요. 어제 당신한테 용서받을 수 없는 일을 저질렀어요. 너무너무 미안해요. 그 사람은 내가 아니었어요. 아니, 내 일부이긴 하겠지만 지금까지 가둬놓으려고 애썼던 일부예요. 내가 취했을 때의 모습이 나도 너무 싫어요. 지난 몇 달 동안 달라져가는 내가 정말 좋았는데. 이제 다 망쳐버렸지만요." 해저드가 두 손으로 머리를 감싸고 고개를 숙이자 엉키고 땀에 전 머리카락이 앞으로 쏟아졌다.

"당신 끔찍했어요. 엄청 끔찍했어요." 모니카는 말했다. 하지만 지금 처음으로 진짜 해저드를 보고 있다는 사실을 깨달았다. 허장성세 아래 감춰져 있었던 불완전하고 위태롭고 나약한 사람. 그런 해저드에게 계속 화를 내면 안 될 것 같았다. 지금까지 그렇게 잘 버텨왔는데. 모니카는 한숨을 내쉬고 어젯밤 집으로 돌아오는 길에 머릿속으로 생각했던 잔소리는 다시 집어넣었다.

"오늘부터 다시 시작해요. 여기서 기다려요. 내려가서 커피 가지고 올게요. 벤지한테 카페 좀 봐달라고 하고."

모니카와 해저드는 소파 양쪽 끝에 앉아 큼직한 이불을 같이 덮고 팝콘 한 통을 나눠 먹으며 넷플릭스를 연이어 봤다. 해저드가 팝콘을 집으러 손을 뻗었을 때 손톱이 다 물어뜯겨 있고 손톱 주위 피부가 뜯어져 불그레한 것이 눈에 들어왔다. 모니카는 어머니가 돌아가셨을 때 자기 손이 어떤 모습이었는지를 생생하게 떠올렸다. 쉴새없이 씻어서 트고 갈라지고 피가 나던 손. 해저드에게 도움이 되기 위해서인지 아니면 자기 마음을 달래기 위해서인지는 몰라도 모니카는 그 이야기를 할 수밖에 없었다.

"사실 나 강박이라든가, 하면 안 되는 줄 알면서도 할 수밖에 없는 압도적 충동이 어떤 건지 알아요." 모니카는 해저드 쪽이 아니라 앞쪽을 똑바로 보면서 말했다. 해저드는 아무 말도 하지 않았지만 귀를 기울이는 게 느껴져서 모니카는 말을 이었다.

"내가 열여섯 살 때 크리스마스 직전에 어머니가 돌아가셨어요. 중등 수료 시험을 보는 해였는데. 어머니가 집에서 임종하고 싶어 하셔서 거실을 병실로 바꿨어요. 항암 치료 때문에 면역력이 저하된 상태라 간호사가 나한테 엄마가 있는 방을 계속 살균소독하라고 했죠. 그게 내가 할 수 있는 유일한 일이었어요. 엄마가 죽는 걸막을 수는 없지만 세균은 죽일 수 있었어요. 그래서 닦고 또 닦고, 내 손을 한 시간에도 몇 번씩 씻었어요. 어머니가 돌아가신 뒤에도 멈추지 않고 계속. 손 피부가 헐고 벗어지는데도, 학교에서 아이들이 내 뒤에서 속닥거리기 시작하고 그러다가 내 면전에 대고 돌았다고 말하는데도 멈출 수가 없었어요. 그래서, 알아요."

"모니카, 정말 안타깝네요. 그렇게 일찍 어머니를 잃다니요." 해저드가 말했다.

"난 어머니를 잃지 않았어요. 그 표현 너무 싫어해요. 꼭 어디 장보러 갔다가 놓고 온 것처럼 들리잖아요. 그리고 세상을 떴다고 하는 것도 싫어요. 절대로 그렇게 편안하고 평화로운 과정이 아니었어요. 처절하고 고통스럽고 냄새나고 너무나 부당했다고요." 목이 메어 말이 갈라졌다.

해저드가 모니카의 손을 잡아 주먹 쥔 손을 펴서 자기 손안에 쥐었다. "아버지는요? 도와주시지 않았어요?"

"아버지도 힘드셨을 거예요. 아버지는 작가예요. 드래건리아라는 판타지 세계를 배경으로 한 아동소설 알아요?" 모니카는 곁눈으로 해저드가 고개를 끄덕이는 것을 보았다. "그거 쓴 작가예요.

그래서 아버지는 서재로 들어가 악이 쓰러지고 선이 언제나 승리하는 더 아름다운 세계 속에 파묻혔죠. 그 첫번째 크리스마스 무렵에는 우리 둘 다 난파선 선원처럼 물위에 떠 있으려고 버둥거렸지만 저마다 다른 파편을 붙들고 있었던 셈이죠."

"어떻게 해서 회복했어요, 모니카?" 해저드가 조곤조곤 물었다.

"한참 나빠지기만 하다가 조금씩 좋아졌죠. 한동안 학교도 안 가고 아예 집밖으로 나가지를 않았어요. 그냥 책 속에 파묻혀 지냈어요. 청소도 했고요. 아빠가 인세로 받은 돈을 심리 치료 비용으로 많이 썼죠. 에이레벨 시험을 치르고 난 다음에 많이 호전됐어요. 지금도 위생 면에 있어서는 지나친 면이 없지 않지만 다른 점에서는 지극히 정상이죠." 모니카는 약간 비꼬는 듯한 말투로 말했다.

"난 당신이 이 세상에서 가장 제정신인 사람이라고 생각했었어요."

"난 당신이 이 세상에서 가장 술을 멀리하는 사람이라고 생각했었는데요. 어제까지는." 모니카가 씩 웃으며 말했다.

두 사람은 다시 화면으로 눈을 돌려 자동으로 새로 시작된 드라마의 다음 편을 봤다.

해저드가 팝콘을 한줌 집어 한 알을 방 저쪽으로 튕겼다. 어디로 떨어졌는지 모니카는 알 수 없었다. 그러더니 해저드가 하나를 더 튕겼다. 또 하나 더.

"해저드!" 모니카는 소리쳤다. "뭐하는 거예요?"

"이런 걸 혐오 요법이라고 하죠." 해저드가 한 알을 더 튕겼다. "팝콘 생각은 하지 말고 드라마를 끝까지 보려고 해봐요."

모니카는 할 수 있었다. 당연히 할 수 있지. 그런데 이거 대체 몇 분짜리야? 모니카는 몇 시간처럼 느껴지는 십오 분 동안 갈라진 틈과 구석과 가구 아래로 들어간 팝콘들을 생각하지 않으려고 애썼다.

더이상은 참을 수가 없었다. 모니카는 핸드청소기를 가지러 갔다.

"정말 잘했어요, 모니카." 둘이서 팝콘을 전부 찾아서 빨아들이고 다시 자리에 앉은 다음에 해저드가 말했다.

"이게 얼마나 힘든 일인지 당신은 모를걸요."

"그렇진 않아요. 얼마나 힘든지 아주 잘 알아요. 술집 앞을 지나갈 때마다 나도 똑같은 심정이에요. 사람들은 다들 어떻게든 이 삶을 탈출하려고 하는 것 같아요. 나는 약으로, 줄리언은 은둔생활로, 앨리스는 소셜미디어로요. 당신은 아니잖아요. 우리보다 당신이 훨씬 용감해요. 당신은 맞부딪쳐 싸우면서 삶을 손에 움켜쥐려고 해요. 가끔은 아주 살짝 너무 많이 그러는 것 같긴 하지만."

"우리 모두 조금은 라일리처럼 될 필요가 있죠?" 모니카가 말했다. "그래서 라일리가 나한테는 정말 좋은 사람이에요."

"으음." 해저드가 대꾸했다.

두 사람은 한동안 말없이 있었다. 처음에는 소파 양쪽 끝에 앉아 있었는데 지금은 가운데에서 머리를 맞대고 기대어 다리를 소파 팔걸이 바깥쪽으로 내밀어 달랑거리고 있었다.

"당신은 노트에 그 얘기를 썼어야 해요." 해저드가 말했다. "어머니 죽음을 겪어내고 다른 쪽으로 헤쳐나온 이야기요. 그게 당신의 진실이에요. 결혼이니 아기니 하는 거 말고."

해저드의 말이 옳았다.

"궁금해서 말인데요, 찬장에 통조림 캔 넣을 때 앞쪽이 보이게 배열해요?"

"당연하죠. 안 그러면 라벨을 어떻게 봐요?"

해저드가 손을 뻗어 모니카의 머리카락에 달라붙은 팝콘 한 알을 조심스레 떼어 커피테이블 위에 놓았다. 한순간 모니카는 해저드가 키스를 하려는 줄 알았다. 하지만 당연히 아니었다.

"해저드." 모니카가 불렀다. 해저드가 뜨거운 눈으로 모니카를 마주보았다.

"그 팝콘 쓰레기통에 좀 넣어줄래요?"

58
라일리

라일리는 영국 사람들은 영국 날씨하고 비슷하다고 결론을 내렸다. 자꾸 바뀌는데다 예측이 불가능하다. 복잡하다. 한참 맑을 것 같다가 난데없이 빗방울이 떨어지고 우박이 쏟아져 도로와 자동차 지붕 위에서 튕겼다. 구름 모양이나 일기예보를 아무리 부지런히 확인해봤자 다음에 무슨 일이 일어날지 알 수 없었다.

재앙이 된 결혼식 이후로 해저드는 다른 사람이 된 것 같았다. 이제 술을 마시거나 약을 하지 않는 건 분명했다. 놀랄 정도로 깊이 뉘우쳤고 뼈저린 교훈을 얻은 것 같았지만 한편 기운이 쑥 빠진 것처럼 시들시들했다.

반면 모니카는 조금 더 피어났다. 라일리는 소파에서 모니카와 함께 뜨거운 시간을 꽤 많이 보냈지만 여전히 모니카는 가시 돋친 장미 같았다. 아름답고 향긋하고 기대감을 불러일으키는데 너무 가까이 다가갔다가는 가시에 찔렸다.

모니카의 집에서 잔 적은 많았지만 아직 섹스는 하지 않았다. 그게 라일리에게는 납득이 안 가는 일이었다. 라일리는 섹스를 서핑이나 갓 구운 페이스트리나 동틀 무렵의 하이킹처럼 삶의 즐거움 가운데 하나라고 생각했다. 왜 그걸 참는지 이해할 수가 없었다. 이제는 두 사람 사이에 감춰둔 비밀 같은 것도 없는데. 하지만 모니카는 섹스에 엄청난 의미를 부여하고 아직 터지지 않은 폭탄이나 되는 듯 조심스럽게 대하는 것 같았다.

그리고 라일리와 같이 여행을 떠날 건지 말 건지도 말해주지 않았다. 모니카의 결정이 라일리의 계획에 영향을 미치지는 않겠지만. 왜냐하면 라일리는 계획이 없었다. 그냥 가방을 싸서 역으로 가서 발길 닿는 대로 갈 생각이었다. 어쨌든 간에 알고는 싶었다. 그래야 자기가 콜로세움 안을 돌아다니는 모습을 상상할 때 모니카가 옆에 있는 것으로 상상할지 말지를 알 수 있을 테니까.

라일리는 꽃밭에서 작은 잡초 하나를 뽑았다. 여기 정원은 일을 시작하기 전에도 별로 손댈 데가 없어 보였다. 미시즈 폰슨비는 모든 것을 완벽하게 하기를 좋아하는 타입인 것 같았다. 잡초 하나도, 털 한 가닥도, 남편도 남겨두지 않는 성격. 아마 재미도 하나도 없을 것 같았다. 미시즈 폰슨비가 라일리와 브렛에게 차를 끓여주었다. 뭔가 고급스러워 보이고 미묘한 꽃향기가 나는 그런 종류의 차였다. 라일리는 그냥 보통 차가 좋았다. 차다운 차.

미시즈 폰슨비는 라일리에게 머그를 건네주며 라일리의 팔을 자기 팔로 쓸더니 은근한 눈으로 라일리를 응시했다.

"또 필요한 거 있으면 말해줘요, 라일리." 미시즈 폰슨비가 말했다. "무엇이든지요." 1970년대 저질 포르노 영화 대사처럼 들렸다. 첼시 주부들은 대체 뭐가 문제인 걸까? 그냥 따분해서? 필라테스보다 더 재미있는 운동거리를 찾는 걸까, 아니면 위험을 무릅쓰는 스릴을 즐기는 걸까? 어쩌면 미시즈 폰슨비의 암시는 라일리의 상상일 뿐이고 사실은 유기농 초콜릿칩쿠키를 주려고 한 것뿐일지도 모르지.

라일리는 여기 일을 끝내면 바로 엄마도우미로 갈 생각이었다. 거기에서 모니카스 카페로 가져갈 수선화 화분을 키우고 있었다. 메리의 15주기가 되는 3월 4일 미술 수업 때에 맞춰 카페를 꽃으로 가득 채울 생각이었다. 모니카가 케이크를 굽기로 했다. 앨리스의 새 친구이고 어린이집에서 일하는 리지가 옛날 메리가 살아 있을 때에 근처에 살았단다. 리지가 인터넷에서 메리 사진을 찾아주면 사진을 두꺼운 종이에 붙여 장식하기로 했다.

앨리스는 리지와 가까워진 뒤로 조금 달라졌다. 덜 피로하고 덜 지쳐 보였다. 리지가 "규칙적 일과를 만들어준 덕에" 번티가 밤에 죽 자게 됐기 때문이라고 했다. 라일리는 그게 무슨 뜻인지 정확히 몰랐지만 앨리스의 말투로는 마치 리지가 게놈 지도를 완성하기라도 한 것처럼 대단한 일로 들렸다. 라일리는 사실 게놈이 뭔지도 정확히 몰랐지만 그건 중요한 게 아니고. 리지가 종종 아기를 봐줘서 이제 앨리스는 늘 번티를 달고 다니지 않아도 되었다. 또 전화기를 들여다보는 횟수도 많이 줄었다. "리지가 그러는데" 소셜미디어를 확 줄여야 한다고 했단다. 솔직히 앨리스가 모든 문장을 "리지가 그러는데"로 시작하는 게 조금 거슬리긴 했다.

줄리언은 파티에 대해서는 까맣게 모르고 있었다. 한참 전에 지나가듯 말한 그 날짜를 모니카가 기억하리라고는 생각도 못 할 것

같았다. 앨리스조차도 비밀을 지켜주었다. 엄청난 서프라이즈가
될 거였다. 줄리언이 심장마비를 일으키지는 말아야 할 텐데.

59
리지

리지는 아직까지는 앨리스의 서랍을 들춰 보고 싶은 욕구를 꾹 눌렀다. 그건 신의를 저버리는 행동 같았다. 하지만 맥스에 대해서는 지켜야 할 신의가 없었으므로 맥스의 서랍은 구석구석 뒤져보았다. 주머니 속 미심쩍은 영수증이나 화장품이 묻은 셔츠나 감춰놓은 기념물 같은 바람을 피우는 증거는 안 나왔다. 리지는 트러플을 냄새로 찾는 돼지처럼 불륜의 냄새를 맡는 데에는 귀신같았다. 일단은 바람의 낌새가 없어 다행이었다. 앨리스는 약간 경박하긴 해도 좋은 사람이기 때문에 리지는 앨리스를 배신하지는 않으려고 했다. 하지만 맥스는 순순히 놔주지 않을 생각이었다. 맥스가 밖으로 도는 까닭이 여자가 아니라면 그저 관심이 없어서 지친 아내와 아기한테 소홀하다는 말이었다.

리지는 재활용품 통도 눈여겨보았다. 앨리스와 맥스는 와인 소비가 상당히 많았는데 그중 대부분을 앨리스가 마시는 게 아닌가 하는 의심이 들었다. 그렇지만 다행스럽고 뿌듯하게도 번티가 좀더 규칙적으로 생활하게 리지가 틀을 잡아주자 빈 술병 수가 줄었다.

마지막으로 리지는 화장실 쓰레기통을 슬쩍 뒤져보았다. 늘 재미있는 게 발견되는 곳이다. 이번에도 실망시키지 않았다. 리지는 다 먹은 수면제 한 팩과(맥스가 밤에 아기가 울든 말든 안 깨는 까닭을 알 수 있었다) 임신테스터 한 개를 발견했다. 음성이었다. 하느님, 감사합니다. 만약 임신이었다면 앨리스는 정신줄을 놓아버릴 수도 있었다. 앨리스와 맥스가 섹스를 한다는 것도 다행이고.

지금은 앨리스의 컴퓨터로 줄리언의 죽은 아내 사진을 검색하면서 엄청 즐거운 시간을 보내고 있었다. 리지는 인터넷을 뒤지는 것도 좋아했다. 인터넷은 마치 거대한 속옷 서랍처럼 온갖 비밀들을 감추고 있었다. 리지는 일단 브라우저에서 방문 기록을 살짝 들여다봤다. 맥스는 예상했던 대로 포르노 사이트를 보고 있었지만 너무 혐오스럽거나 불법적인 종류는 아니었다.

리지는 메리와 줄리언 제숍으로 검색해서 두 사람이 결혼식 날 첼시 타운홀 계단 위에서 찍은 멋진 사진을 찾아냈다. 메리는 흰색 미니드레스와 흰색 하이힐부츠를 신었고 줄리언은 흰색 나팔바지와 보라색 실크 셔츠로 멋을 낸 아주 말쑥한 슈트 차림이었다. 두 사람 다 박장대소하고 있었다. 리지는 사진을 앨리스의 프린터로 인쇄했다. 결혼사진 아래 메리의 결혼 전 성이 적혀 있었다. 샌딜랜즈. 리지는 구글 검색창을 다시 열어 메리 샌딜랜즈를 검색했다. 더욱 흥미로운 결과가 나왔다.

리지는 현관문 열리는 소리를 듣고 얼른 창을 닫았다.

"저 왔어요, 리지! 별일 없었어요?" 앨리스가 물었다.

"아주 깔끔했어요. 번티는 쌀죽하고 사과퓌레 먹고 딱 정시에 불 꺼지듯 잠들었어요. 아침 여섯시까지는 세상모르고 잘걸요."

"리지는 정말 최고예요." 앨리스는 캐시미어 코트를 벗어 문 옆 고리에 걸고 현기증 날 정도로 높은 하이힐을 벗고 식탁으로 와 리지 옆에 앉았다. 맥스는 바로 위층으로 올라갔다. 서재 문 닫히는 소리가 났다.

"데이트는 어땠어요?" 리지가 물었다.

"네, 좋았어요." 앨리스의 목소리에 어쩐지 기운이 별로 없었다. "가까운 데 새로 생긴 아주 멋진 레스토랑에 갔어요. 최신 유행 스타일이더라고요. 해저드도 어떤 여자하고 같이 왔던데요. 아주 미인이던데. 사진은 어떻게 됐어요?"

"멋있는 거 몇 장 찾았어요. 메리가 아주 멋쟁이예요. 약간 오드리 헵번 닮았어요. 밤비처럼 눈이 동그랗고 순진해 보여요. 한번 봐요."

리지는 침대에 앉아 잭이 코고는 소리를 들었다. 가끔 코고는 소리가 멈춘 상태가 한없이 길어질 때가 있었다. 그러면 혹시 잭이 죽었나 하는 생각이 들었고, 만약 죽었다면 과연 얼마나 안타까울까 궁금했다. 그러다보면 낡은 자동차 시동 걸리는 소리처럼 요란한 소리를 내며 다시 코골이가 시작되었다.

리지는 머리를 긁었다. 제길. 어린이집 꼬마들한테 또 이가 옮은 모양이었다. 약으로 소탕하기 전까지는 잭과 각방을 써야 하려나? 리지는 잭의 훌렁 벗어진 대머리를 쳐다봤다. 길 잃은 이가 거기에서 숨을 곳을 찾을 가능성은 희박했다. 잭한테 기생충 이야기를 다시 꺼내고 싶지 않기도 했다. 잭이 요충 감염의 충격에서 회복하는 데 몇 주가 걸렸는지 모른다.

리지는 속옷 서랍에 손을 뻗어(자기도 결국 똑같다는 아이러니에 클클거리며) 어린이집에서 주운 노트를 꺼냈다. 이제 리지가 글을 쓸 차례였다. 무슨 이야기를 써야 될지는 분명했다.

60
해저드

그 결혼식으로부터 엿새가 지났다. 해저드는 이제야 다시 본래 궤도로 돌아온 기분이었다. 신체적으로도 숙취를 떨쳤고 정신적으로는 결심이 더욱 굳어졌다. 그렇게 요란하게 굴러떨어지고 나니 본궤도에 있을 때의 삶이 훨씬 낫다는 걸 다시 절절히 깨달았다. 또 '딱 한 잔'이라는 게 절대로 가당을 수 없는 신기루라는 것도 알게 됐다.

사업은 잘 커나가고 있었고 해저드는 처음으로 만족과 평화를 느꼈다. 삶에서 걱정스러운 부분은 딱 한 가지뿐이었다. 새로 사귄 미술 교실 친구들을 제외하면 사교생활이랄 게 전혀 없었다. 중독을 끊은 뒤에는 마치 은둔자처럼 생활했지만 계속 그렇게 지낼 수는 없는 일이었다. 게다가 모니카에게 키스할 뻔했던 일의 충격이 아직 남아 있었다. 모니카는 해저드와 맞는 타입의 여자가 전혀 아닐 뿐 아니라 라일리의 여자친구였다. 해저드는 임자 있는 여자는 건드리지 않았다. 적어도 현재의 해저드는 그랬다.

문제는 자기한테 맞는 여자가 어떤 타입인지 기억해낼 수가 없다는 것이었다.

해저드는 엉킨 머리를 빗으려고 빗을 찾다가 서랍장 한구석에서 메모지 한 장을 발견했다. 마치 과거에 병에 넣어 바다로 던진 메시지가 오늘 바닷가로 떠밀려온 것 같았다. '이름 블랜치'라고 술 취한 자기 글씨체로 적혀 있었다. 그리고 그 아래에는 여자 글씨로 '번호 07746 385412. 전화해요'라고 적혀 있었다.

해저드는 웃었다. 보통 여자라면 그 메모를 보고 화를 냈을 것이다. 어쩌면 블랜치는 해저드가 기억하는 것보다 더 기억할 만한 여자일지도 몰랐다. 사실 그때는 완전히 취해서 상대를 제대로 알아볼 수도 없었으니까. 그리고 블랜치가 해저드의 타입이라는 건 의심할 수 없는 사실이었다. 아름답고, 금발이고, 자신감 넘치고, 물불 가리지 않는 여자. 블랜치에게 전화를 해야겠다. 가까운 곳에 딱 해저드 취향인 최신 유행 스타일의 레스토랑이 새로 생겼다. 블랜치가 오늘 저녁 시간이 된다고 하면 당장 가면 된다.

레스토랑은 예상한 그대로였다. 해저드가 좋아하는 미니멀리즘과 인더스트리얼 스타일이고, 잘나고 멋진 사람들이 바글거렸다. 끔찍했다. 모니카스 카페에 있는 자기 테이블과, 자기 집에 있는 램프와 책꽂이가 가까이에 있는 낡은 가죽 안락의자가 자꾸 떠올랐다. 해저드는 마주앉은 데이트 상대의 커다란 파란색 눈 너머를 보려고 했지만 눈동자에 비친 자기 얼굴밖에 보이지 않았다.

블랜치는 엔다이브와 비트 샐러드를 주문해서는 몇 입 먹지도 않고 접시 위에서 이리저리 밀기만 했다. 하지만 해저드는 배가 고팠기 때문에 접시 위에 인색하게 놓인 음식들을 맛나게 먹어치웠다. 이것도 새로운 느낌이었다. 고급 레스토랑에서 실제로 식사를 해본 건 오랜만이었다. 보통은 식사 도중에 화장실을 들락날락하면서 코카인을 흡입하고는 종잇장 같은 맛이 나는 음식을 억지로 맛있는 척하면서 먹곤 했었다.

"여기 정말 멋있지 않아요?" 블랜치가 오늘 세번째로, 시끄러운 소음 속에서 들릴 수 있게 목소리를 높여 말했다.

"네." 해저드는 거짓말을 했다. 그러고는 대화를 이어가려고 좀더 성의를 보였다. "내 친구 줄리언이 저 작품을 뭐라고 평할지 궁금하네요. 화가거든요." 해저드는 아기 모빌처럼 천장에 매달려 있는 설치작품을 가리켰다. 약 먹은 사람이 만든 것처럼 뭔지 납득도 안 가고 보기도 흉했다.

"화가요? 내가 아는 사람이에요?" 블랜치가 소리쳤다.

"글쎄요. 나이가 일흔아홉이에요." 해저드가 말했다. 블랜치의 관심이 갑자기 시들해지는 것 같았다.

"해저드, 당신 정말 착하네요. 노인하고 놀아준다니!" 블랜치가 큭큭 웃었다. "나 학교 다닐 때 봉사활동으로 노인들하고 차를 마시러 다 같이 요양원에 가야 했어요. 우리는 '할머니 때리러 간다'고 하곤 했죠." 블랜치가 허공에서 양손 손가락을 꼼지락거려 인용부호를 만들었다. "진짜로 때린 건 아니고요. 그냥 지린내 나는 방에 앉아서 옛날에는 어쨌고 하는 따분한 소리를 끝도 없이 들으면서 언제쯤 빠져나가서 담배 한 대 때릴 수 있을까 시계만 보고 있었죠." 블랜치는 낄낄거리더니 문득 어떤 생각이 떠오른 듯 진지하게 물었다. "아, 그분이 당신한테 유산을 많이 남겨준대요?"

해저드는 블랜치를 멍하니 봤다. 계속 모니카가 생각났다. 저 자리에 모니카가 앉아 있었다면 얼마나 재미있었을까. 이상한 생각이었다. 재미와 모니카는 보통 같이 다니지 않는 단어였다. 어쨌든 간에 그런 일은 있을 수 없었다. 모니카가 이런 식당을 예약할 리가 없었다. 해저드는 다시 아는 사람, 아는 장소, 사회적 지위의 상징 따위에 대한 대화를 영혼 없이 이어갔다.

예전의 삶으로 다시 돌아갈 수는 없다는 게 분명해진 듯했다. 이제 해저드는 다른 사람이 되었고 예전의 삶에는 맞지 않았다. 그리고 해저드는, 어쩌면 자기와 맞는 사람은 모니카일지도 모른다는 생각을 아무리 애를 써도 떨쳐버릴 수가 없었다. 모니카, 해저드가 아는 가장 강하고 가장 약한 여자.

해저드는 식사를 마치자마자 바로 계산을 하며 블랜치가 먹지도 않은 샐러드의 터무니없는 가격에 움찔했고, 바에서 친구들을 봤다는 블랜치를 두고 먼저 나왔다. 식당 저쪽에서 앨리스가 남편과 저녁을 먹고 있었다. 결혼하고 아이를 낳은 다음에도 저렇게 같이 로맨틱한 식사를 하고 아무 말도 하지 않더라도 편안하게 같이 있을 수 있다는 건 얼마나 멋진 일인가.

해저드는 풀럼 로드로 나와 모니카스 카페 앞을 지나쳐 갔다. 카페 위 모니카 집에 불이 켜져 있었다. 아마 거기에서 라일리와 격렬한 오스트레일리아식 섹스를 하고 있겠지.

해저드는 텅 비고 조용하고 안전한 집을 향해 걸음을 옮겼다.

61
앨리스

앨리스는 맥스와 '데이트'를 하고 난 뒤 아직까지도 기분이 별로였다. 모니카와 기차에서 결혼생활에 대한 대화를 나눈 이후에 부부 사이에 다시 로맨스를 불러일으켜야겠다는 결심이 솟았고, 그래서 새로 생긴 레스토랑에 두 사람 자리를 예약했다. 그런데 레스토랑에 들어서면서 맥스에게 번티 이야기는 하지 말자고 했던 게 실수였다. 번티가 태어나기 전에는 대체 무슨 이야기를 나눴었는지 둘 다 기억하지 못한다는 문제가 있었다. 침묵이 지나치게 오래 이어지는 순간이 몇 차례 지나갔고, 앨리스는 처음 연애를 시작했을 때 서로 아무 할말도 없이 멀뚱히 식당에 앉아 있는 부부들을 보고 비웃었었는데 자기들이 바로 그런 커플이 되고 말았다는 사실을 깨닫고 충격을 받았다.

앨리스는 사진 한 장을 찍어서 인스타그램에 올렸다. 사흘 만에 첫 게시물이었다. 그동안 자제하고 있었지만 이건 올리지 않을 수가 없었다. 모니카스 카페가 너무나 아름다웠기 때문이다. 티라이트캔들 수십 개에 불을 붙이고 테이블마다 수선화를 올려놓았다. 중앙 테이블 위에는 줄리언과 메리의 사진과 레몬 드리즐 케이크(줄리언이 가장 좋아하는 것), 베일리스 몇 병이 놓여 있었다.

"이제 좀 불안해지기 시작하는데요." 모니카가 말했다. "죽은 사람을 위해 파티를 한다는 게 이상한 일 아닐까요? 차라리 줄리언이 오기 전에 빨리 싹 치울까요?"

"아뇨, 전 좋아요." 해저드가 말했다. "사랑했던 사람의 삶을 기리는 건 중요한 일이에요. 사실 줄리언이 지난 십오 년 동안 금요일마다 했던 일이 바로 그런 것 아니에요? 지금은 같이 기념할 친구들이 있다는 것만 달라진 거죠."

앨리스는 해저드의 그런 모습에 꽤 놀랐다. 저렇게 섬세한 데가 있는 사람인 줄은 몰랐다. 저 남자는 모순투성이였다. 맥스가 없었다면 아주 조금은 해저드한테 빠졌을지도 모르겠다는 생각이 들었다. 그런데 가만히 보고 있자니 해저드가 얼굴을 찡그렸다. 해저드의 시선을 따라가보니 라일리가 모니카를 끌어안고 있었다. 흥미로운 일이었다. 휴대전화 화면만 계속 보고 있지 않았더니 새로운 것들이 눈에 들어왔다. 생각도 못했던 사실이었다.

모든 준비가 끝났고 일곱시도 넘었다. 사람들이 전부 모여 기다리고 있었다. 딱 한 사람 줄리언만 없었다.

"줄리언은 미술 수업에 절대 안 늦어요." 모니카는 반대 사례가 눈앞에 있는데도 이렇게 말했다. "유일하게 진지하게 생각하는 게 수업이라니까요. 아, 패션하고요. 그리고 그 지저분한 개하고."

"키스는 개가 아니에요." 라일리가 줄리언을 아주 그럴듯하게 흉내내며 말했다. "걸작이지요. 아무튼 우리 먼저 베일리스를 시작할까요? 줄리언은 나중에 따라오라고 하고."

"그래요." 모니카가 다시 문 쪽을 돌아보며 말했다.

일곱시 반이 되자 분위기가 처지기 시작했다. 다들 모니카의 주의를 딴 데로 돌리려고 애썼지만 소용이 없었다. 앨리스는 전화기를 꺼내 줄리언의 인스타그램 페이지를 열었다.

"모니카, 오늘의 스타가 어디에 있는지 찾았어요. 방금 슬론스퀘어에서 리얼리티 쇼 출연자들과 같이 있는 사진을 올렸네요."

"세상에. 밥맛이야." 모니카가 말했다. 앨리스는 모니카가 크리스마스 날 이 카페에서 자기를 쫓아냈을 때 이래로 저렇게 화를 내는 건 처음 봤다. "내 전화도 안 받고."

"인스타로 메시지 보낼게요." 앨리스가 말했다. "틀림없이 이건 확인할 거예요."

줄리언. 당장 일어나서 바로 모니카스 카페로 안 오면 모니카가 폭발할 거예요. 앨리스. 앨리스는 모니카가 카페에서 왔다갔다하면서 한걸음 옮길 때마다 점점 뾰족해지는 걸 보고 재빠르게 타이핑을 했다.

마침내 줄리언이 등장했을 때는 여덟시가 거의 다 됐다. 앨리스가 보기에는 줄리언이 미안해하는 정도가 모니카의 성에는 안 찰듯싶었다. 빨리 설설 기는 게 좋을 텐데. 앨리스는 모니카에게 미움받는 게 어떤 기분인지 경험해봐서 알았다. 아주 좋지 않았다.

"미안합니다. 여러분! 나 없이 먼저들 시작하셨죠? 세상에 무슨 일이 있었냐면요…… 아니, 이게 다 뭐예요?"

"줄리언에게 깜짝 파티를 해주려고 했어요. 오늘 좀 울적하실 거라고 생각했거든요. 메리 15주기니까. 같이 추도식을 하려고 했죠." 모니카가 얼음장처럼 서늘한 목소리로 말했다. "오늘 그날인 거 잊으셨죠?"

"아뇨, 당연히 아니죠!" 줄리언이 말했지만 누가 보기에도 잊은 것 같았다. "이렇게 준비를 다 해주고 정말 고맙습니다. 감격해서 뭐라고 해야 할지 모르겠네요." 앨리스는 줄리언의 말이 분노를 좀 가라앉혀주었는지 보려고 모니카를 돌아보았다. 전혀 효과가 없었다.

"진실은 어떻게 된 거예요, 줄리언? 진실을 서로 나누자고 했잖아요? 진실이 뭔지 잊어버린 거예요?" 모니카가 말했다. 다들 윔블던 결승전을 보는 사람들처럼 말없이 시선만 줄리언에게서 모니카에게로 왔다갔다 옮겼다.

"알았어요, 알았어요, 모니카. 난 어리석은 늙은이예요. 미안해요." 줄리언이 공격을 막으려는 듯 손을 앞으로 내밀고 그다지 진실성이 느껴지지 않는 말투로 말했다. 그런데 모니카의 말이 끝난 게 아니었다.

"어째서 만날 인스타그램 '친구들'하고만 어울리는 거예요?" 모니카는 '친구들'이라는 말에 공격적으로 손가락 인용부호를 붙였다. "아니면 경박한 B급 셀러브리티들이나. 정말 줄리언을 좋아하는 사람들이 아니라요. 줄리언은 우정이 뭔지 몰라요."

카페 문이 열리는 소리에 앨리스는 약간 안도했다. 누구든 새로 등장한 사람이 이 긴장감을 깨어줄 것 같았다. 일단 모니카가 말을 멈췄다.

모니카가 몸을 돌려 문가에 서 있는 잘 차려입은 백발 노부인을 쳐다봤다. 이상하게 낯익은 얼굴이었다.

"개인 모임 중인데요. 어떻게 오셨어요?" 모니카가 물었다.

"당신이 모니카군요." 막 들어온 사람이 대답했다. 카페 안에 감도는 긴장감에는 아랑곳 않는 편안한 모습이었다. "난 메리예요. 줄리언의 아내요."

62
메리

메리는 저녁때가 되어서야 우편물을 열어볼 짬이 났다. 앤서니의 아들들인 거스와 윌리엄이 아내와 아이들을 데리고 점심을 먹으러 왔었다. 애들이 다 합해 다섯 명인데 메리는 이 아이들을 자기 손주처럼 아끼고 사랑했다. 엄마들이 안 볼 때 아이들에게 파운드 동전, 초콜릿바, 치즈과자 등을 슬쩍 쥐여주곤 했다.

오늘 집안의 가모장 노릇은 무척 즐거웠다. 커다란 오크 재질 식탁 한쪽 끝에는 메리가, 다른 쪽 끝에는 앤서니가 앉았다. 메리는 점심으로 준비한 로스트를 식구들이 맛있게 먹는 모습을 보며 뿌듯했다. 그렇지만 일흔다섯 살이라는 나이는 무시할 수 없어 이렇게 하루를 보내고 나면 녹초가 되곤 했다.

우편물은 대부분 재미없는 것들이었다. 요새는 그게 보통이었다. 깜짝 놀랄 일은 젊은 사람들에게나 일어날 테니까. 전기요금 고지서, 보든의류쇼핑몰 카탈로그, 지난주 점심에 초대했던 부인이 보낸 감사 카드. 그런데 뜻밖에 얇은 소포 한 개가 우편물 사이에 끼어 있었다. 손글씨로 주소를 썼는데 모르는 글씨체였다. 겉봉에 적힌 메리 제숩이라는 이름은 십오 년 동안 쓰지 않은 이름이었다. 메리는 첼시스튜디오에서 나온 뒤 결혼 전에 쓰던 메리 샌딜랜즈라는 이름을 다시 썼고 그러면서 예전의 자기 모습을 되찾은 기분이었다.

십오 년 전에 메리는 결혼하며 얻은 성만 버린 게 아니었다. 모든 걸 다 버리고 떠났다. 남편의 수많은 여자들로부터 굴욕과 고통을 받으면서도 한없이 참고 지냈지만 마침내 더는 못 견디겠다는 생각이 들었다. 메리는 세탁기 작동 방법 따위 갖가지 지시사항을 작은 메모지에 적어 집안 곳곳에 놓아두었다. 메리가 워낙 오랫동안 줄리언을 돌봐줬기 때문에 줄리언 혼자서 집안일을 잘하기는 힘들 것 같았다. 줄리언이 작은 메모지를 발견할 때마다 메리가 자기를 위해 해준 일이 얼마나 많은지 깨닫고 뉘우칠지도 모른다는 생각도 있었다. 그런 생각을 하면 마음이 조금 누그러지기도 했다. 하지만 그보다 줄리언은 메리가 나가자마자 옷장에서 메리 물건을 싹 치우고 모델 중 한 명과 같이 살 가능성이 더 높았다.

어쩐지 소포를 뜯기 전에 의자에 앉는 게 좋겠다는 직감이 들어 메리는 부엌 안락의자에 편히 앉아 돋보기안경을 끼고 테이프가 꽁꽁 둘러진 봉투를 부엌 가위로 조심스레 잘랐다. 봉투 안에는 투명비닐로 표지를 싼 노트가 들어 있었다. 앞표지에는 '진실 프로젝트'라고 적혀 있었다. 희한한 일이었다. 왜 이런 것을 나한테 보냈을까? 메리는 표지를 열어 첫 장을 펼쳤다.

잘 아는 필체였다. 처음 그 필체를 보았을 때가 떠올랐다. 이런 글귀였다. 메리, 토요일 아홉시 아이비에서 저녁을 함께해주시면 더할 수 없는 영광으로 생각하겠습니다. 줄리언 제솝.

그 글의 모든 면이 멋있고 짜릿하게 느껴졌었다. 소문만 많이 들었지 가본 적은 없었던 아이비, 아홉시에 저녁을 먹는다는 사실, 그리고 무엇보다도 글을 쓴 사람인 화가 줄리언 제솝까지. 종이를 뒤집어 보았는데 뒷면에 스케치가 있었다. 대담한 연필선 몇 개로 이루어진 간략한 그림이었지만 누가 보기에도 메리의 얼굴이었다.

왜 나한테? 메리는 왜인지 전혀 영문을 알 수 없었지만 그런 한편 자기에게 관심을 가져줘서 고맙다는 생각이 들었다. 메리는 거의 사십 년 동안 줄리언에게 고마운 마음을 지니고 살았지만 그러다 어느 날 이제 전혀 고맙지 않다는 걸 깨달았다. 그러고 나서 곧 줄리언을 떠났다.

메리는 글을 읽기 시작했다.

나는 외롭습니다.

줄리언이? 태양처럼 사람들을 거느리고 자기를 중심으로 공전하게 하던 줄리언이? 어떻게 줄리언이 외로울 수 있지? 보이지 않는 존재가 됐다고?

메리는 그다음 내용을 읽었다. 메리는 예순 살이라는 비교적 젊은 나이에 세상을 떴는데…… 나쁜 자식. 나를 죽은 사람으로 만들어? 어떻게 감히?

놀랄 일은 아니라는 생각이 들었다. 줄리언은 사실을 대하는 태도가 늘 유연하고 창의적이었다. 실제로 일어난 일을 자기 필요에 맞게 재구성하는 능력이 있어서 그렇게 오랜 세월 동안 메리에게 거짓말을 하면서도 거리낌이 없기도 했다. 그 모델들 그냥 그리기만

한 거야, 다른 건 아무것도 없었어, 어떻게 그런 말을 해? 당신이 착각한 거야, 과대망상이야, 질투하는 거야. 그렇지만 섹스 냄새가 유화물감냄새와 섞여 공기 중에 먼지처럼 떠다니고 있었다. 그뒤로 메리는 물감냄새를 맡을 때마다 배신의 기억을 떠올렸다.

메리는 몇 년, 아니 몇십 년 동안 가십 칼럼을 읽지 않으려고 눈을 돌렸고, 사람들이 숙덕거리다가 메리가 나타나면 갑자기 입을 다물고 서둘러 화제를 바꾸곤 해도 못 본 척했다. 여자들이 딱하다는 표정으로 쳐다볼 때도, 적대적으로 노려볼 때에도 외면했다.

그다음에, 줄리언의 최신 거짓말 뒤에 단순한 진실이 떡하니 쓰여 있었다. 나는 사랑을 절대적으로 많이 받아야만 했어요. 그러면서 메리는 늘…… 내 곁에 있으리라고 생각했습니다.

바로 그게, 메리가 그렇게 오래 머물렀던 까닭이었다. 줄리언은 메리가 스스로를 줄리언보다 못한 존재라고 여기게 만들었다. 모든 면에서 줄리언이 더 뛰어난 사람이므로 메리는 그저 곁에 있을 수 있는 것만으로, 줄리언의 천체에 포함될 수 있는 것만으로 만족해야만 한다고.

어떻게 보면 사소한 사건이 그 균형을 무너뜨렸다.

메리가 급히 호출을 받고 갔다가 출산이 시작된 게 아니라 가진통이라는 걸 알게 되어 조산사 유니폼을 입은 채로 일찍 집에 돌아온 날이었다. 줄리언은 가운 한 장만 입고 소파에 드러누워 골루아즈 담배를 피우고 있고, 당시 줄리언이 그리던 모델 델핀은 알몸에 스틸레토힐만 신은 채로 난롯가에 서서 메리의 비올라를 끔찍하게 연주하고 있었다.

메리의 남편을 건드린 여자들은 많았지만 메리의 비올라를 건드린 여자는 아무도 없었다. 메리는 델핀을 쫓아내고, 줄리언의 예술이니 뮤즈니 하는 빤한 변명과 메리가 과민반응하는 거라느니 비올라 하나 가지고 뭐 그러냐는 등의 항의는 무시했다.

메리는 줄리언의 바람도 언젠가는 끝이 나겠지 생각하면서 버텼었다. 언젠가는 줄리언의 욕구나 정력이 바닥이 나거나 아니면 줄리언의 매력이 사라져 저절로 끝날 거라고. 그렇지만 세월이 지나도 달라지는 것은 없었고 줄리언의 여자들과 메리 사이의 나이 차이만 계속 커졌다. 가장 최근 애인은 메리보다 적어도 서른 살은 어릴 듯싶었다. 다음날, 줄리언이 워릭셔에서 덴비 백작부인의 초상화를 그리고 있는 동안 메리는 작은 메모지들을 곳곳에 남겨두고 집을 나왔다.

다시는 뒤돌아보지 않았다.

일 년 뒤에 앤서니를 만났다. 앤서니는 메리를 숭배했다. 지금까지도 변함이 없었다. 앤서니는 메리를 만난 게 얼마나 큰 행운이었는지 모른다고 늘 말했다. 앤서니는 메리가 스스로를 특별한 존재라고 느끼게 해주었고 사랑받는 느낌, 안전한 느낌을 받게 해주었다. 앤서니는 단 한 번도 메리가 그 점에 대해 감사하도록 만들지 않았지만 그럼에도 메리는 날마다 고마움을 느꼈다.

메리는 줄리언에게 연락해서 이혼 절차를 마무리하려고 했다. 여러 차례 편지를 보냈지만 아무 응답도 없어서 결국은 그냥 포기했다. 앤서니와의 관계는 서류로 확인해두지 않더라도 불안하지 않았고, 어쨌거나 지난번 결혼도 결과가 좋지 않았으니까.

가끔 줄리언이 죽은 건 아닐까 하는 생각이 들었다. 오랜 세월 동안 아무 소식도 못 들었으니까. 구글에 검색해보거나 줄리언이 어디에서 무얼 하는지 알 만한 사람한테 연락해볼까 싶기도 했지만 자존심 때문에 참았다. 어쨌건 메리가 법적으로는 줄리언과 가장 가까운 사이이니 죽었다면 연락이 오지 않을까?

메리는 줄리언의 글 뒤에 이어진 글들은 집중을 못한 상태에서 건성으로 읽었다. 성급한 판단을 내리지는 않으려고 했지만 결국 그렇게 됐다.

모니카—좀 느긋해져야 할 듯.

해저드—중독과 맞서 싸우는 용감한 사람.

라일리—착한 사람, 좋아하는 여자와 잘되길.

앨리스—아기가 있다는 게 얼마나 운 좋은 일인지 모르는 거야.

이제 글이 딱 하나 남았다. 짧은 글이었다. 이 공책을 메리에게 보낸 사람이 쓴 글이 분명했다. 글씨체는 뻔뻔스러울 정도로 크고 구불구불했고 '사랑love'이라는 단어의 O자에는 웃는 얼굴이 그려져 있었다.

메리에게

내 이름은 리지 그린입니다. 나의 진실은 이것입니다. 나는 아주아주 호기심이 많아요. 누군가는 참견이 지나치다고 하겠죠. 나는 사람을 좋아해요. 사람들의 별난 면, 대단한 면, 비밀 등이 좋아요. 그래서 내가 당신을 찾아냈어요. 멀쩡하게 루이스에 살아 계시더군요.

나에 대해 또 한 가지 말하고 싶은 사실은 속임수를 싫어한다는 거예요. 나에게, 자기 자신에게 정직한 사람이라면 나는 끝까지 편들 거예요. 그런데 줄리언은 아시다시피 정직하지 않았어요.

'진실 프로젝트'가 이뤄야 할 목표가 있다면 그건 이 책을 처음 만든 사람을 더 진실하게 만드는 거라고 생각합니다.

그래서 당신한테 이 노트를 보냅니다. 줄리언이 매주 월요일 저녁 일곱시에 모니카스 카페에서 미술을 가르친다는 사실을 알려 주려고요.

사랑을 담아,
리지

63
줄리언

 어떻게 메리가 여기에 나타났다는 사실이 공포스러우면서 동시에 이렇게 기쁠 수 있을까? 서로 충돌하는 감정이 라바램프*의 두 가지 색처럼 뒤엉키며 빙빙 돌았다. 메리는 달라 보였다. 당연히 다를 수밖에 없었다. 십오 년이 지났으니. 얼굴은 조금 처진 것 같았지만 몸은 자작나무처럼 곧고 꼿꼿하고 튼튼하고 눈부셨다.

 메리는 늘 저런 모습이었는데 줄리언이 몰랐던 걸까, 아니면 줄리언을 떠난 뒤에 저렇게 변한 걸까? 메리가 달라진 거라면 메리의 눈부심을 망가뜨린 것은 다른 누구도 아닌 줄리언 자신이라는 뜻이었다. 그 눈부심 때문에 처음 메리에게 끌렸으면서, 자기가 빛을 꺼트리고 말았다.

---

 * 장식용 실내등으로 유리병 안에 투명한 액체와 왁스가 들어 있어 전구를 켜면 대류 현상을 따라 움직인다.

줄리언은 메리를 처음 봤을 때를 기억했다. 세인트스티븐스병원 구내식당이었다. 열쇠를 잃어버려 집 담을 타넘다가 발가락이 부러지는 바람에 병원에 갔었다. 조산사들 중 한 명이 그녀를 메리라고 부르는 걸 들었다. 줄리언은 메리에게서 눈을 뗄 수가 없었다. 그래서 늘 가지고 다니던 스케치북에 메리의 얼굴을 그리고 뒷장에 저녁식사에 초대하는 글을 적은 다음 찢어내어 절뚝거리며 지나가면서 메리의 쟁반 위에 올려놓았다.

"잘 있었어, 메리." 줄리언이 말했다. "보고 싶었어." 십오 년 동안의 후회와 외로움을 전하기에는 턱없이 모자란 말이었다.

"당신이 나를 죽였던데." 메리가 대꾸했다.

"당신이 나를 떠나서 나는 죽었어." 줄리언은 가까이에 있는 의자를 손으로 붙들고 기대며 말했다.

"왜 거짓말을 한 거예요?" 모니카가 물었다. 이번에는 아까처럼 사나운 말투는 아니었다. 메리가 먼저 대답했다.

"당신이 자기를 좋아하길 바라서 그랬을 거예요. 줄리언은 오직 사람들이 자기를 좋아하기만을 바라거든요. 그러니까……" 메리가 잠시 말을 멈추고 적당한 말을 골랐다. 카페 안은 바깥쪽 풀럼 로드를 오가는 차 소리 말고 아무 소리도 안 들릴 정도로 조용했다. "줄리언은 자기가 보고 싶은 모습하고 다르면 사실을 바꿔요. 그림에 물감을 덧칠해서 불완전한 부분을 덮는 것하고 똑같지요. 그렇지 않아, 줄리언?"

"그래. 그런데 그것만은 아냐, 메리." 줄리언은 말을 멈추고 산소가 모자란 물고기처럼 가쁘게 숨을 쉬었다.

"계속하세요, 줄리언." 모니카가 말했다.

"내가 당신을 떠나게 만들었다고 생각하는 것보다 당신이 죽었다고 생각하는 게 훨씬 쉬웠어. 내가 수없이 여자들을 끌어들이고 수없이 거짓말을 했기 때문이라고 생각하는 것보다. 미안해. 정말 정말 미안해." 줄리언은 말했다.

"여자들 때문만은 아니었어. 그것엔 어느 정도 익숙해졌으니까. 당신이 내가 별것 아닌 존재라고 느끼게 만들었기 때문이지. 당신한테는 열정이 넘쳤어. 마치 태양처럼. 당신은 누군가에게 관심이 가면 그쪽에 빛을 쏟아붓고 빛을 받은 사람들은 온기를 누리며 즐거워하지. 하지만 당신이 다른 데로 빛을 돌리면 그늘에 남은 사람들은 그 빛의 기억을 다시 떠올리려고 기를 쓰게 돼."

줄리언은 차마 모니카 쪽을 쳐다볼 수 없었다. 과거에 무수한 친구들을 실망시켰던 것처럼 새로 생긴 친구도 실망시키고 말았다.

"당신에게 상처 주고 싶지는 않았어. 당신을 사랑했어. 지금도." 줄리언은 말했다. "당신이 떠난 뒤에 내 세상은 무너졌어."

"그래서 온 거야. 당신 글 읽었어. 이 노트에서." 줄리언은 그제야 메리가 '진실 프로젝트'를 손에 들고 있다는 사실을 알아차렸다. 그게 어떻게 저기로 간 걸까? "내가 떠나든 말든 당신은 콧방귀도 안 뀌겠거니, 당신 애인 중 하나가 내 자리를 차지하겠거니 생각했어. 당신이 그렇게 힘들어했을 줄은 정말 몰랐어. 당신한테 화가 나긴 했지만 당신이 고통받길 바란 건 아냐."

메리가 가까이 걸어와 노트를 테이블 위에 올려놓고 줄리언의 두 손을 잡았다. "앉아, 어리석은 늙은이 같으니." 메리가 말했고 두 사람은 같이 테이블에 앉았다. 모니카가 베일리스 병과 잔을 가져다주었다.

"근데 이제는 이거 안 마셔요. 추억이 너무 많아서. 사실 맛도 끔찍하고. 혹시 레드와인은 없겠죠?"

"걱정 말아요, 모니카. 베일리스는 반품 가능 조건으로 샀어요." 라일리가 모니카에게 하는 소리가 들렸다. 그게 지금 뭐가 중요한 일이라고.

"줄리언, 두 분이 이야기 나누시게 우리는 갈게요." 해저드가 말했다. 줄리언은 고개를 끄덕이고는 해저드가 몰고 나가는 학생들에게 망연하게 손인사를 했다. 모니카와 라일리만 뒤에 남아서 파티 잔해를 치웠다.

"행복해, 메리?" 줄리언은 자기가 진심으로 메리가 행복하길 바란다는 걸 깨달았다.

"아주. 집에서 나온 뒤에 내가 나 자신의 태양이 되는 법을 익혔어. 또 좋은 남자를 만났어. 앤서니라고, 아내를 먼저 보낸 사람이야. 우리는 서식스에 살아." 음, 줄리언은 메리가 행복하길 바랐지만 아주 행복하지는 않았으면 했다.

"당신도 행복해 보이네. 새 친구들도 많고. 친구들한테 잘해. 이제는 말도 안 되는 소리 늘어놓고 그러지 말고."

모니카가 레드와인 한 병과 와인잔 두 개를 들고 왔다.

"이제는 달라지기에도 너무 늦은 것 같아." 줄리언은 서글프게 말했다.

"절대 늦지 않았어요, 줄리언." 모니카가 말했다. "아직 일흔아홉밖에 안 되었잖아요. 바로잡을 시간은 얼마든지 있어요."

"일흔아홉?" 메리가 되물었다. "모니카, 줄리언은 여든넷이에요!"

64
모니카

　결국 '진실 프로젝트'는 거짓을 바탕으로 한 것이었다. 줄리언과의 우정이 최근 모니카의 삶에서 무척 큰 부분을 차지하게 되었는데, 그게 처음 생각했던 것과는 다른 것이었던 모양이었다. 줄리언이 또 무슨 거짓말을 했을까? 죽지도 않은 사람의 추도식을 준비한답시고 며칠 전부터 법석을 떨었다니.

　줄리언과 메리는 거의 한밤중이 되어서 카페에서 나갔다.

　메리는 나가기 전에 모니카를 안아주었다. "고마워요. 우리 줄리언 돌봐줘서." 메리가 모니카의 귀에 속삭였다. 메리의 숨결은 기억 속 여름날 산들바람과 같았다. 메리가 모니카의 손을 꼭 쥐었다. 세월이 흐르면서 너무나 부드럽고 연약해진 손의 느낌이었다. 메리와 줄리언이 나가고 문이 닫히면서 문에 달린 종이 땡그랑 울려 두 사람이 떠났다는 사실을 알렸다. 두 사람과 함께 반세기의 사랑, 열정, 분노, 후회, 슬픔도 떠나가자 남은 공기가 희박해진 것 같았다.

모니카는 메리를 따분하고 약간 모자라고 남편보다 훨씬 재미없는 사람일 거라고 상상했던 게 멋쩍었다. 그날 저녁에 만난 메리는 대단한 사람이었다. 따스한 기운을 풍기고 태도는 나긋했지만 내면에는 강인함이 있었다. 그렇기 때문에 메리는 거의 사십 년 가까이 유지했던 결혼생활을 단호하게 접고 삶을 다시 시작할 수 있었던 것이다.

라일리가 모니카를 따라 위층 모니카 집으로 올라왔다.

"와. 대단한 날이네요. 진짜 빡셌죠?" 라일리가 말했다. 모니카는 이렇게 격한 감정이 오간 하루를 라일리가 너무 가볍게 정리해 버리는 게 별로 마음에 안 들었다. "누가 메리한테 그 노트를 보냈을까요?" 라일리가 물었다.

"리지일 거예요." 모니카가 말했다. "앨리스의 가방에서 떨어진 노트를 어린이집에서 리지가 주웠대요. 그래서 리지가 번티를 봐주게 됐고요."

"리지가 줄리언의 비밀을 그런 식으로 폭로한 거라면 좀 너무한 거 아녜요?" 라일리가 물었다.

"난 사실 리지가 줄리언에게 도움을 준 거라고 생각해요. 자기 거짓을 억지로라도 맞닥뜨리게 해서요. 오늘 저녁 카페에서 나갈 즈음에는 줄리언이 다른 사람이 된 것 같지 않았어요? 허풍과 과시는 줄어들고 더 진짜 같아졌어요. 이제 더 좋은 사람, 더 행복한 사람이 되지 않을까요. 그리고 줄리언이 메리하고 친구 사이로 지낼 수도 있을 거 같아요."

"그럴지도요. 하지만 난 줄리언의 원래 모습을 좋아했는데. 뭐

먹을 거 없어요? 배고파 죽겠는데."

모니카가 부엌 찬장을 열었는데 당혹스럽게도 아무것도 없었다.

"요리용 초콜릿이 있는데 이거라도 먹을래요." 모니카는 초콜릿 한 조각을 부러뜨려 입에 넣었다. 단것이 입안에서 녹으면서 기운이 좀 돌아오는 것 같았다. 긴장이 풀리고 나자 이제야 배고프고 지친 게 느껴졌다.

"모니카, 안 돼요!" 라일리가 말했다. "그거 먹으면 안 돼요. 독이 있어요."

"대체 무슨 소리예요?" 모니카는 입에 초콜릿을 가득 물고 말했다.

"요리용 초콜릿이요. 익히기 전에는 독성이 있잖아요."

"라일리, 어렸을 때 엄마가 그러셨어요?"

"네!" 라일리가 말했다. 라일리는 이제야 진실을 깨달은 모양이었다. "엄마가 거짓말한 거군요? 초콜릿 훔쳐먹지 말라고."

"그게 내가 당신을 좋아하는 이유 중 하나예요. 당신은 사람들이 늘 선하고 진실만 말한다고 생각하죠. 당신이 그런 사람이라서 그래요. 일이 잘 풀릴 거라고 생각하고 그렇게 믿기 때문에 실제로 대체로 잘 풀리기도 하죠. 그건 그렇고 엄마가 아이스크림 트럭에서 음악이 나오면 아이스크림이 다 떨어졌다는 뜻이라고 하지 않았어요?"

"네, 그랬어요." 라일리가 대답했다. "나도 어두운 면이 있다고요. 다들 나보고 사람 좋다고 하지만 나도 어느 누구 못지않게 사악한 생각 많이 해요. 정말로."

"아니, 그렇지 않아요, 라일리." 모니카는 소파 위 라일리 옆에 앉으며 말했다. "당신한테는 내가 좋아하는 면이 정말 많아요." 모니카는 라일리에게 초콜릿 몇 조각을 주면서 말했다. "하지만 당신을 사랑하지는 않아요."

모니카는 메리가 자기 스스로의 태양이 되는 법을 익혔다고 한 말을 떠올렸다. 기차에서 앨리스와 나눴던 대화도 생각했다. 싱글이어서 좋은 점도 많죠. 누군가를 중심으로 공전해야만 하는 건 아니었다. 아기도 필요 없었다. 아기가 영원한 행복을 안겨주는 건 아니에요. 모니카는 이제 어떻게 해야 할지 알았다.

"라일리, 당신하고 같이 여행은 못 가겠어요. 미안해요. 나는 여기에, 친구들과 같이, 카페에 있어야 돼요."

"그렇게 말할 거라고 짐작했어요." 라일리답지 않게 풀이 죽은 표정이었다. 라일리는 바라지 않았던 위로처럼 여겨지는 초콜릿을 테이블에 그냥 내려놓았다. "이해해요, 모니카. 어쨌든 원래 혼자 여행할 생각이었으니까요. 괜찮아요." 모니카는 라일리가 괜찮을 거라는 걸 알았다. 라일리는 언제나 괜찮을 거다. "그래도 만약 잘못된 판단을 했다는 생각이 들면 언제라도 퍼스로 날 만나러 와요."

"떠날 때까지는 계속 친구로 지낼 수 있죠?" 모니카는 자기가 정말 잘못된 판단을 한 건 아닐까 진심으로 고민하며 물었다. 늘 간절히 바랐던 것을 지금 걷어차고 있는 것이니까.

"그럼요." 라일리가 일어서서 문을 향해 걸어갔다.

모니카는 라일리에게 입을 맞췄다. 그저 작별인사만이 아닌 많은 뜻을 담은 키스였다. 미안해요. 고마워요. 정말로 거의 사랑할 뻔했어요. 하지만 조금 못 미쳤어요.

모니카는 조금 못 미친 상태로 살고 싶지는 않았다.

라일리가 떠났고 모니카가 꿈꾸던 것들도 모두 같이 사라졌다.

두 사람이 베네치아 탄식의 다리 위에 서 있는 모습, 완벽한 그리스 바닷가 한적한 만에서 수영을 하는 모습, 밴드가 연주를 하는 베를린 맥줏집에서 키스를 하는 모습. 라일리가 둘의 아이들에게 서핑을 가르치는 모습. 모니카가 아이들을 풀럼으로 데려와 이 모든 일이 시작된 카페를 보여주는 모습.

모니카는 아주, 아주 피곤한 상태로 소파에 쓰러지듯 털썩 앉았다. 벽난로 위에 놓인 엄마 사진을 봤다. 엄마는 카메라를 보고 웃고 있었다. 그 사진을 찍었을 때가 기억났다. 암 진단을 받기 몇 주 전 콘월에 다 같이 놀러갔을 때였다.

엄마, 나 남자는 없어도 된다는 거 알아요. 타협하면 안 된다는 거 알아요. 나는 스스로 돌볼 수 있어요. 당연히 할 수 있고말고요.

그런데 가끔은 그러지 않아도 되면 좋겠다는 생각이 들어요.

65

해저드

블랜치와의 데이트가 망하고 모니카에 대한 감정을 깨달은 지 일주일이 지났다.

해저드는 일에 빠져 지냈다. 정신을 쏟을 곳이 필요했기 때문에 등골 빠지는 정원 일 대부분을 도맡아 했다. 일하러 카페에 가는 것은 그만두었는데, 그러고 나자 카페에서 시간을 보내거나 모니카와 백개먼 게임을 하지 못하는 게 얼마나 아쉬운지 스스로도 놀랄 정도였다.

모니카의 짝을 찾아주려고 몇 주 동안 그렇게 애를 써놓고, 자기가 원하는 모니카의 짝은 오직 한 사람, 바로 자기 자신이라니 참으로 얄궂은 일이었다.

하지만 해저드는 이미 기회를 날렸다.

결혼식 날의 기억은 띄엄띄엄 남아 있었지만 한 장면만은 소름끼치게 뚜렷이 생각났고 계속 머릿속에서 반복재생되었다. 아 제길, 모니카, 따분하게 굴지 좀 말아요. 당신이 우리 엄마예요, 아내예요, 여자친구예요? 아니라서 얼마나 다행인지. 그 비슷한 끔찍한 말을 했었다.

모니카는 그날 이후에도 해저드에게 다정하게 대했고 아주 잘해주었다. 결혼식 때 일로 화가 난 것 같지는 않았지만 해저드가 최악의 모습을 보여줬으니 설령 로맨틱한 감정 같은 게 있었다 해도 싹 사라져버렸을 것 같았다.

어쨌거나 모니카는 라일리와 같이 떠날 테니까. 라일리는 좋은 사람이었다. 믿음직하고 정직하고 단순하고 다정하고 너그럽고 등등 해저드와는 정반대였다.

해저드가 정말 모니카를 좋아한다면 두 사람이 이어진 것을 다행으로 여겨야 할 것이다. 라일리야말로 모니카의 짝으로 딱 맞는 사람이었다. 하지만 해저드가 그렇게 마음 좋은 사람이 아니라서 문제였다. 해저드는 상처 입었고 이기적이었다. 그리고 모니카가 라일리의 짝이 아니라 자기의 짝이기를 정말 간절히 바랐다.

라일리의 모든 점이 해저드의 성질을 긁었다. 바보 같은 오스트레일리아 억양도, 일하면서 휘파람을 부는 습관도 거슬렸다. 그만해, 해저드, 라일리 탓이 아니잖아. 라일리는 아무 잘못도 안 했어.

해저드는 라일리를 따라 경쾌하게 휘파람을 불며 라일리에게 말을 걸었다. "그래 모니카랑 어디부터 가기로 했어요?" 해저드는 가슴이 아플 거라는 걸 알면서도 이렇게 물었다.

"모니카는 같이 안 가게 됐어요. 여기 일이 너무 많대요. 그래서 혼자 갈 생각이에요. 브렛한테 같이 가자고 하고 있긴 한데."

해저드는 라일리를 쳐다보지 않으려고, 라일리가 가볍게 한 이 말이 자기한테 얼마나 중대한 의미인지 드러내지 않으려고 기를 썼다. 아무 대꾸도 안 하면 너무 무심해 보일 터였지만 입을 열었다가는 속을 훤히 드러낼 것 같았다.

모니카가 런던을 떠나지 않겠다고 한 게 해저드 때문일 수도 있을까? 그럴 가능성은 매우 낮았지만, 그래도 어쨌든 좋은 징조였다. 확실히 기회이긴 했다. 이 기회를 놓칠 수는 없었다. 적어도 돌아버리기 전에 모니카에게 말이라도 해야 했다.

해저드는 웃자란 화단에서 거대한 엉겅퀴를 뽑아내며 모니카에게 뭐라고 말해야 할지 생각했다.

내가 무례하고 자기중심적이고 중독 문제가 있고 최근 당신한테 용서받지 못할 짓을 했다는 건 알지만 나는 당신이 정말 멋있는 사람이라고 생각해요. 당신이 기회를 준다면 우리는 아주 괜찮은 짝이 될 수 있을 거예요. 별로 설득력이 없었다.

모니카, 나는 당신의 모든 면을 좋아해요. 강인함, 야망, 원칙, 친구들을 생각하는 마음, 식품 위생 등급에 대한 집착까지 모든 면. 나한테 기회를 주면 당신에게 모자람이 없는 사람이 되기 위해 온 힘을 쏟을게요. 좀 너무 없어 보이는 것 같기도 하고.

모니카, 당신이 글에 쓴 것들—가족을 꾸리고 아이를 낳고 동화처럼 살고 싶다는 것—나도 그걸 바랄 수 있을 것 같아요. 으으음. 솔직히 말하면 해저드는 아직 그 문제를 고민중이었고 거짓말은 하지 않겠다고 마음먹었기 때문에 이것도 곤란했다. 해저드가 아버지 노릇을 할 만큼 철들고 책임감 있는 사람이 될 수 있을까? 그것도 그렇고 모니카가 노트에 쓴 내용을 화제로 꺼내는 게 현명한 일인지 알 수 없었다. 모니카가 그 문제에 대해 상당히 민감하다는 걸 해저드도 라일리만큼 뼈저리게 경험했으니까.

어쩌면 그냥 모니카 집에 찾아가서 즉흥적으로 말을 꺼내보는 게 좋을지도 모르겠다. 그래봐야 잃을 건 없을 테니까.

해저드는 멍하니 차를 몰아 엄마도우미로 갔다. 오늘 쓴 장비를 갖다놓으러 가는 길이었다. 늘 그렇지만 얼른 들렀다 빠져나오기는 불가능했다. 갈 때마다 꼬마 정원사 친구들이 몰려들었다.

"여어, 핀." 장비를 창고에 넣는 걸 도우러 나온 조그맣고 마른 남자아이에게 해저드가 물었다. "너는 여자친구 잘 사귀니?"

"나요? 엄청 잘해요!" 핀이 가슴팍을 쫙 펴며 말했다. "여자친구 다섯 명 있어요. 리오보다도 많아요. 리오는 플레이스테이션도 있는데도요."

"와. 비결이 뭐야? 여자친구한테 정말 좋아한다고 말하려면 어떻게 해?"

"그건 쉽죠. 하리보 젤리를 하나 줘요. 또 내가 정말 정말 좋아하는 애한테는 어떻게 하는지 알아요?"

"어떻게 하는데?" 해저드는 핀의 키에 맞춰 몸을 숙이며 물었다.

핀이 해저드의 귓가에 단 숨을 내쉬며 속삭였다. "하트 모양 하리보를 줘요."

66
앨리스

"줄리언! 메리가 죽지 않아서 이제 안 오실지도 모르겠다고 생각했어요." 앨리스는 제독 무덤으로 가까이 가며 말했다. "안녕, 키스." 몸을 숙여 개의 머리도 쓰다듬었다. 키스는 쓰다듬을 당해 위엄에 손상을 입기라도 한 것처럼 불쾌한 기색이었다.

"메리가 알고 보니 지난 십오 년 동안 살아 있었더라고요." 줄리언이 자기도 뜻밖이라는 듯 말했다. "그래도 계속 옵니다. 메리를 추억하기 위해서뿐 아니라 과거와 연결을 유지하기 위해서이기도 하고요. 두고 온 게 너무 많네요. 하지만 베일리스 대신 이걸 샀어요." 줄리언이 레드와인 한 병과 플라스틱 컵, 코르크스크루를 가방에서 꺼내며 말했다. "베일리스는 원래 별로 안 좋아했는데 메리도 이제 안 마신다니 굳이 마실 필요가 없겠더라고요."

앨리스는 지난 몇 달 동안 베일리스를 몰래 풀숲에 버리곤 했던 터라 내심 안도했다. 앨리스는 줄리언 옆 대리석 위에 앉아 와인잔을 받아들었다. 묘지는 블루벨로 덮였고 나무에서 꽃잎이 눈송이처럼 내렸다. 새로 시작하는 계절, 봄이었다. 앨리스는 번티를 유모차에서 꺼내어 무릎 위에 앉혔다. 번티가 꽃송이 하나에 손을 뻗어 통통한 주먹으로 꽉 쥐었다.

"앨리스, 뭐 하나 생각한 게 있는데 들어볼래요?" 줄리언이 말했다. 앨리스는 약간 긴장하며 고개를 끄덕였다. 줄리언이 다음에 또 무슨 일을 벌일지는 예측이 불가능했다. "'진실 프로젝트'에 대해 생각해봤어요. 내가 어째서 그걸 쓰기 시작했는지, 그때 얼마나 외로웠는지. 그런데 나와 비슷한 사람이 무척이나 많을 겁니다. 하루종일 아무하고도 이야기하지 않고 날마다 혼자 밥을 먹는 사람들요." 앨리스는 고개를 끄덕였다. "그런데 해저드가 태국에서 지낼 때 이야기를 해준 게 생각나더라고요. 해저드는 혼자 여행중이었지만 날마다 저녁식사는 공동 식탁에서 다 같이 했다고요."

"그 얘기 기억나요. 정말 좋은 생각인 것 같아요. 온갖 다양한 사람들을 만나서 이야기를 나눌 거 아녜요." 앨리스가 말했다.

"그렇죠." 줄리언이 말했다. "그래서, 생각해봤는데, 우리도 모니카스 카페에서 일주일에 한 번씩 그렇게 하면 어떨까요? 같이 밥 먹을 사람이 없는 사람들 전부 초대해서 다 같이 큰 테이블에 둘러앉아 저녁을 먹는 거예요. 한 사람당 10파운드씩 받고 음료는 각자 지참. 그리고 누구든 여유가 있는 사람은 20파운드를 내면 돈이 없는 사람 한 명이 공짜로 먹을 수 있고요. 어떻게 생각해요?"

"정말 좋은 생각인 것 같아요!" 앨리스가 손뼉을 짝 치며 말했다. 번티도 까르륵 웃으며 박수를 쳤다. "모니카는 뭐래요?"

"아직 안 물어봤어요." 줄리언이 대답했다. "모니카가 좋다고 할까요?"

"당연히 찬성할 거예요! 이름을 뭐라고 붙일 거예요?"

"나는 '줄리언의 저녁밥 모임'이라고 하면 어떨까 생각했는데."

"당연히 그러셨겠지요. 저기 라일리가 와요."

"라일리, 내 친구, 앉아요." 줄리언이 와인잔을 건네면서 말했다. "안 그래도 할말이 있었어요. 5월 31일이 내 생일인데 라일리가 떠나기 직전이더군요. 그날 라일리 환송회 겸 다들 나를 참아준 것에 대해서 감사하는 파티를 열까 하는데, 어때요?"

"너무 좋지요!" 라일리가 말했다. "팔순이 되시는 거군요. 와."

"하지만 줄리언, 독일에 선전포고한 날에 태어났다고 하셨잖아요. 그날은 5월이 아니라 9월인데요." 앨리스는 학교 다닐 때 역사 과목 우등상을 탔었다. 그게 최대의(그리고 유일한) 학문적 성취였다.

줄리언이 헛기침을 했고 약간 부끄러운 듯했다. "앨리스는 역사를 잘 아네요! 맞아요, 달을 잘못 계산한 것 같네요. 솔직히 말하면 연도도요. 여든이라기보다는 여든다섯이 될 거예요. 선전포고를 한 날은 사실 내가 초등학교에 입학한 날이었어요. 학교 첫날에 무슨 일이 있었는지 아무도 궁금해하지 않아서 골이 났었죠. 어쨌거나." 줄리언은 얼른 주제를 바꾸었다. "켄싱턴가든 야외음악당하고 둥근 연못 사이에서 파티를 하면 좋을 것 같아요. 전에 생일파티를 늘 거기에서 했었어요. 근처에서 야외용 의자를 전부 끌어오고 커다란 통에 펌스*, 레모네이드, 과일, 얼음을 가득 채웠죠. 악기

---

* 진이 들어 있는 리큐어로 레모네이드, 과일 등을 섞어 칵테일 음료를 만든다.

가 있는 사람은 연주하고 사방이 캄캄해지고 공원 관리인이 쫓아낼 때까지 놀았어요."

"런던에 작별인사를 하는 방법으로 그보다 완벽할 수는 없겠어요. 고마워요." 라일리가 말했다.

"나의 기쁨이라오." 줄리언이 환하게 웃으며 말했다. "모니카한테 계획을 짜라고 해야겠어요."

67
줄리언

메리가 우리집 난롯가에 앉아 차를 마시고 있다니, 줄리언은 이 상황이 도무지 믿기지 않았다. 눈을 가늘게 뜨고 시야를 흐릿하게 만드니 마치 90년대로 다시 돌아간 것 같았다. 모든 것이 무너지기 시작하기 전으로. 그렇지만 키스는 이 상황이 별로 만족스럽지 않은 것 같았다. 메리가 키스 의자에 앉아 있기 때문이었다.

메리는 자기 물건을 챙기러 왔다. 과거에 너무 빠져 사는 것은 좋지 않다면서 단출하게 몇 가지만 챙겼다. 줄리언은 생각해보지 않은 개념이었다. 줄리언은 반드시 하겠다고 마음먹은 말을 하려고 마음을 다졌다. 지금 그 말을 안 하면 메리는 가버릴 테고 다시는 적당한 순간이 오지 않을 것이었다.

"죽었다고 해서 미안해, 메리." 제대로 말했는지 확신이 들지 않았다. "정말로 거짓말이라고는 생각을 못했어. 하도 오랜 세월 동안 당신이 죽었다고 상상하면서 보냈더니 그게 사실이라고 생각하게 됐어."

"당신 말 믿어. 그런데 왜 그랬어? 애초에 왜 날 죽인 거야?"

"진실을 마주하기보다 그게 편해서 그랬나봐. 죽었다고 생각할
게 아니라 당신이 어디에 있는지 찾아서 사죄를 했어야 하는데. 하
지만 그러려면 일단 내가 얼마나 쓰레기 같은 인간이었는지를 직
시해야 했고, 당신한테 거부당할 것 같기도 했고, 그래서…… 안
했어." 줄리언은 찻잔 안을 들여다보며 말했다.

"그냥 궁금해서 그러는데," 메리가 슬쩍 웃으면서 말했다. "나
어떻게 죽었어?"

"아, 여러 다른 버전을 고려해봤지. 한동안은 당신이 노스엔드
로드에 있는 가게에서 장을 봐가지고 집에 오는 길에 14번 버스에
치였다고 생각했어. 집 앞길에 살구와 체리가 뒹굴었지."

"드라마틱한데!" 메리가 말했다. "하지만 버스 운전사가 억울하
겠는데. 또다른 건?"

"아주 지독하고 희귀한 종류의 암에 걸렸다고. 세상을 뜨기 전 마
지막 몇 달 동안 내가 헌신적으로 돌봤지만 아무 소용이 없었어."

"으음. 전혀 그럴듯하지 않아. 당신이 간병을 한다는 건 말이 안
돼. 당신은 병도 잘 받아들이지 못하잖아."

"맞는 말이야. 그거 말고 최근 버전은 꽤 괜찮아. 당신이 라이벌
관계인 마약 갱단 총격전에 말려든 거야. 칼을 맞고 쓰러져 길에서
피를 흘리는 젊은이를 도와주려다가 그만 총에 맞고 말았어."

"오오, 그게 가장 마음에 든다. 내가 진짜 영웅 같잖아. 그런데
심장에 총을 맞은 걸로 해줘. 천천히 고통스럽게 죽는 건 싫어." 메
리가 이렇게 말하더니 다시 말을 이었다. "그건 그렇고, 줄리언."

줄리언은 메리가 '그건 그렇고'라며 말을 시작하는 걸 좋아하지 않았다. 그다음에 나오는 말은 보통 심각한 내용이었다. "오는 길에 당신 이웃에 사는 퍼트리샤인가 하는 여자 만났어. 토지 소유자가 땅을 팔고 싶어한다는 이야기를 하던데."

줄리언은 한숨을 내쉬었다. 예전에 뭔가 못된 짓을 하다가 메리에게 들켰을 때하고 똑같은 기분이 들었다.

"아이고, 몇 달 전부터 그 문제로 나를 들볶았어. 하지만 집을 어떻게 팔아? 그러면 나는 어디로 가라고. 이건 다 어쩌고?" 줄리언은 팔을 휘저어 거실에 가득한 물건들을 가리키며 말했다.

"그냥 물건일 뿐이잖아. 물건들이 없으면 훨씬 자유로운 기분일걸! 새로 시작하고 새 삶을 살게 될 거야. 이걸 다 두고 떠나면서 나는 그랬어." 줄리언은 메리가 자기로부터 '자유로워졌다'고 느꼈다는 생각을 하니 울컥했지만 얼른 마음을 달랬다.

"하지만 기억이 너무 많아. 내 옛친구들이 다 여기에 있는걸. 당신도 여기 있고."

"난 여기에 없어, 줄리언. 루이스에 있지. 행복하게 잘살고 있고. 당신도 언제든 놀러와. 환영할게. 이 물건들, 기억들이 당신을 숨막히게 하고 과거에 머무르게 하는 거야. 이제 당신도 새 친구들이 있잖아. 친구들이 있는 곳이 집이야. 당신도 새 아파트를 사서 새 출발 할 수 있어. 상상해봐." 메리가 진지한 눈으로 줄리언을 보면서 말했다.

줄리언은 지난주에 차를 마시러 갔던 해저드의 아파트 같은 곳에 사는 자기 모습을 상상해보았다. 커다란 창문이 있고 깔끔하고 깨끗한데다 바닥 난방이 된단다. 난꽃이 하얗게 핀 화분. 밝기 조절

스위치. 그런 공간에 있는 자신을 생각하자 너무 이상했지만 그런 한편 짜릿한 기분도 들었다. 일흔아홉 살의 나이에도 익숙한 삶을 떨치고 나설 용기를 낼 수 있을까? 아니 여든네 살이지. 몇 살이건 간에.

"어쨌거나, 파는 게 옳은 일이야. 버티면 당신 이웃들에게 피해를 주게 되잖아. 많은 사람이 손해를 볼 거야. 이제 다른 사람들을 생각해서 훌륭한 일을 할 때가 되지 않았어?"

줄리언은 메리의 말이 옳다는 걸 알았다. 메리는 언제나 옳았다.

"나 또 만날 사람이 있으니 이만 가볼게. 그 문제는 생각해봐. 그렇게 하겠다고 약속해줄래?" 메리는 몸을 숙여 줄리언을 포옹하고 뺨에 살짝 입맞춤하면서 말했다.

"알겠어. 메리." 줄리언이 말했다. 진심이었다.

줄리언은 4호의 문을 두드렸다. 문이 열리더니 당당한 체구의 여자가 나타나 허리에 손을 짚고 조금 적대적으로 묻는 듯한 표정을 지었다.

두 사람 모두 상대가 먼저 입을 열기를 기다렸다. 줄리언이 먼저 말을 꺼냈다. 줄리언은 침묵이 흐르는 걸 싫어했다.

"미시즈 아버클. 나하고 얘기를 하고 싶으시다고요." 줄리언이 말했다.

"흠, 네. 지난 여덟 달 동안 그랬죠. 오늘은 무슨 용건으로?" 퍼트리샤 아버클은 '무슨'이라는 단어를 길게 늘여서 발음했다.

"팔기로 결정했습니다." 줄리언이 말하자 퍼트리샤는 얼른 팔을 내리고 에어백에서 공기가 빠지듯 숨을 길게 내쉬었다.

"아니, 난 생각도 못했네. 어서 들어오세요. 어쩌다 마음을 바꾸셨어요?" 퍼트리샤가 말했다.

"글쎄요, 옳은 일을 하는 게 중요하니까요." 새로 생긴 신조를 입 밖에 내어 말하면 결심을 지키기가 쉬워질 것 같았다. "파는 게 옳은 일이고. 다른 분들은 앞날이 창창한데 내가 앞길을 막으면 안 되죠. 너무 오래 걸려서 미안합니다."

"너무 늦은 때는 없어요, 제숍 씨. 줄리언." 퍼트리샤가 기분좋은 듯 말했다.

"요즘 나한테 그런 말을 하는 사람이 많네요." 줄리언이 말했다.

68
모니카

모니카는 줄리언이 만든 포스터를 여섯 달 전 미술 교사를 구하는 광고를 붙였던 정확히 그 자리에 붙였다. 지난번 테이프 자국이 아직 남아 있어 그 위에 다시 테이프를 붙였다.

혼자서 식사를 하는 게 지겨운가요?
줄리언의 저녁밥 모임에서
다 함께 식사를 합시다!
모니카스 카페
매주 목요일 7시
음료 각자 지참
1인당 10파운드, 여유가 있으면 20파운드
여유가 없으면 무료로 식사하세요

모니카는 자기가 붙인 포스터를 해저드가 훔쳐서 복사했던 일을 떠올렸다. 속죄의 뜻으로 이것도 복사해서 풀럼 지역에 돌리라고 시켜야겠다. 카페 문에 붙은 팻말을 'CLOSED'로 돌려놓는 참에 새 손님이 왔다. 모니카는 너무 늦게 왔다고 말하려고 돌아보고는 손님이 아니라 메리라는 걸 알았다.

"안녕하세요, 모니카." 메리가 말했다. "줄리언 집에 왔다가, 이걸 주려고 들렀어요." 메리가 가방에 손을 넣어 여섯 달 전에 모니카스 카페에 놓여 있었던 그 노트를 꺼냈다. "줄리언한테 주려고 했는데 자기가 얼마나 진실하지 않았는지 자꾸 생각난대요. 그래서 당신이 갖는 게 좋겠다고 하네요."

"고마워요, 메리." 모니카는 노트를 받으며 말했다. "차 한잔하고 가실래요? 케이크도? 어쩐지 케이크가 당기네요."

모니카가 차를 끓이는 동안 메리는 카운터 자리에 앉아서 말했다. "그렇게 느닷없이 들이닥쳐 놀라게 해서 미안해요. 미술 교실 뒤쪽에 슬쩍 들어왔다가 끝나면 줄리언하고 이야기를 나눌 생각이었죠. 초대받지 않은 추도 모임에 오게 될 줄은 몰랐어요. 그것도 나를 추도하는 모임이라니."

"제발요, 사과하지 마세요!" 모니카는 차를 따르며 말했다. "어떻게 아셨겠어요? 전 그저 메리를 만나게 돼서 기쁜걸요."

"나도요. 또 생각해보니 '진실 프로젝트'가 나한테도 도움이 되었더라고요. 그러니까 나는 그 집을 아무런 설명도 인사도 없이 떠나왔고, 그러다보니 나 자신의 일부도 남겨두고 온 것 같았어요. 그 기억들. 그리고 줄리언. 아주 결함이 많은 사람이지만, 당신도 알다시피 비범한 사람이에요. 줄리언을 다시 만난 덕에 나도 어떤 것들을 정리할 수가 있게 됐어요."

"다행이네요." 모니카가 말했다.

"그건 그렇고, 이런 거 물어도 실례가 안 된다면, 모니카를 열렬히 사랑하는 사람하고는 잘되었나요?" 메리가 물었다.

"라일리요?" 모니카는 '열렬히 사랑한다'는 말이 좀 지나치다고 생각하면서 말했다. "그렇진 않아요. 사실은 잘 안 됐어요."

"아니, 아뇨." 메리가 말했다. "그 순한 오스트레일리아 남자 말고, 다른 남자요. 바로 저기 앉아 있던 사람." 메리가 구석 자리를 가리켰다. "침울한 미스터 다시처럼 앉아가지고 라일리한테 빼앗긴 뭔가를 어떻게든 다시 찾아오고 싶은 듯이 노려보던데요."

"해저드요?" 모니카는 깜짝 놀라 물었다.

"아, 그 사람이 해저드군요." 메리가 말했다. "그럴 줄 알았어요. 노트에서 그 사람이 쓴 글 읽었어요."

"해저드라면 잘못 보셨어요. 절 좋아하지 않아요. 우린 사실 극과 극이에요."

"모니카, 난 평생을 사람을 관찰하면서 보냈어요. 의외로 눈치가 빨라요. 내가 본 건 틀림없어요. 해저드는 상처와 혼란을 겪은 사람처럼 보이더군요. 나도 잘 아는 분야죠."

"설령 메리 말이 맞는다고 하더라도요, 바로 그런 사람이니까 멀리하는 게 좋지 않아요?" 모니카가 말했다.

"아, 하지만 모니카는 나보다 훨씬 강한 사람이니까요. 누가 모니카에게 줄리언이 나한테 한 것처럼 하면 모니카는 절대 그냥 두지 않겠죠. 그리고 그랬음에도 불구하고 나는 줄리언과 같이 산 나날을 단 하루도 후회하지 않아요. 단 하루도. 자, 이제 가봐야겠네요."

메리는 카운터 너머로 몸을 숙여 모니카의 두 볼에 입을 맞추고 가버렸다. 모니카는 이상하게 가슴이 들뜨는 기분이었다.

해저드가? 그 말을 듣고 왜 말도 안 된다고 코웃음을 쳐버리지 않았을까? 이건 그냥 우쭐한 기분일 거야. 그냥 모니카가 누군가의 열정을 불러일으킬 수 있는 사람으로 보였다는 사실이 기분이 좋은 거지. 정신 차려, 모니카.

모니카는 한 바퀴 돌아 제자리로 온 노트를 집어들었다. 줄리언만 빼고 다들 모니카가 쓴 글을 읽었는데 모니카는 다른 사람 것을 하나도 안 읽었으니 불공평하다는 생각이 들었다. 모니카는 차 한 잔을 더 따르고 노트를 읽기 시작했다.

69
해저드

해저드는 모니카의 집 초인종을 눌렀다. 열시가 거의 다 된 시각이었다. 이렇게 늦게 올 생각은 아니었는데 두 번 도중에 발길을 돌렸다가 다시 왔더니 이렇게 됐다. 아직도 이게 잘하는 일인지 확신이 없었지만 해저드는 적어도 겁쟁이는 아니니까. 인터컴을 통해 가느다란 목소리가 들렸다.

"누구세요?" 이제는 물러서기에도 너무 늦었다.

"어, 해저드예요." 줄리엣에게 사랑을 고백하러 온 현대의 로미오가 된 기분이었다. 인터컴 대신 발코니를 통해 이야기할 수 있으면 좋으련만.

"아, 당신이군요. 대체 이 시간에 왜?" 셰익스피어 대사 같지는 않았다. 해저드의 기대처럼 반가워하는 목소리도 아니었다.

"꼭 할말이 있어요, 모니카. 올라가도 돼요?" 해저드가 말했다.

"무슨 할말이 있다는 건지 모르겠지만, 꼭 해야 된다니." 모니카가 현관문을 열어주었고 해저드는 문을 밀고 계단으로 올라갔다.

끔찍한 결혼식 다음날을 모니카 집에서 보내긴 했어도 기억이 흐릿하게만 남아 있었다. 해저드는 이번에는 집 구석구석을 맑은 정신으로 머릿속에 담았다. 모니카를 아는 사람이라면 집도 이렇겠거니 예상할 만한 모습대로였다. 인테리어가 깔끔하고 단정하고 무난했다. 벽지는 연회색이고 가구는 미니멀리즘 디자인이고 바닥마루는 윤을 낸 오크재였다. 그렇지만 모니카 본인처럼 뜻밖의 창의력을 발산하는 물건들도 몇 개 있었다. 플라밍고 모양의 램프, 코트걸이로 쓰는 오래된 마네킹, 벽에 걸린 데이비드 보위의 멋있는 그림. 마룻장을 통해 아래쪽 카페에서 커피콩냄새가 희미하게 올라왔다.

모니카는 해저드를 보고 전혀 반가운 기색이 아니었다. 중대 발표를 하기에는 전혀 적절하지 않은 순간인 듯했다. 퇴각! 퇴각! 하지만 그러자면 이 시간에 여길 찾아온 까닭을 뭐라고 변명해야 할까? 생각을 해, 해저드.

아무 생각도 안 났다. 어쨌거나 저질러야 할 모양이었다.

"뭔데요?" 모니카가 말했다.

"어, 모니카, 당신에 대한 내 감정이 어떤지 말하고 싶어요." 해저드는 너무 초조해서 앉지도 못하고 이리저리 서성이며 말했다. 사실 모니카가 앉으란 말을 안 하기도 했다.

"당신이 나를 어떻게 생각하는지 정확하게 알아요."

"알아요?" 해저드는 놀라며 물었다. 어쩌면 생각보다 쉬울지도 모르겠다.

"흠. 엄청 치밀한 면이 있어서 어쩐지 좋아하기 힘들고 무섭기까지

하다. 어디서 들어본 말 같지 않아요?" 해저드는 그제야 모니카 손
에 뭐가 들려 있는지 봤다. 그 노트였다. 해저드가 쓴 글을 읽고 있
었던 것이다.

"이건 어때요? 같이 있으면 내가 뭔가 잘못하고 있다는 느낌을 주는
스타일. 찬장에 통조림이 모두 앞쪽을 향하게 배열하고 책꽂이에 책은
알파벳 순서로 정리할 사람. 지난번에 왜 갑자기 통조림 이야기를 꺼
내나 했네요!"

"모니카, 잠깐 멈춰요. 내 말 들어봐요." 해저드는 조금 전까지
꾸던 꿈이 자동차 충돌을 슬로모션으로 재생한 것처럼 서서히 폭
발하는 모습을 보았다.

"아, 최고의 부분이 아직 남아서 멈출 수가 없어요! 무언가 필
사적인 느낌도 주는데 그건 내가 모니카의 글을 읽었기 때문에 상상하
는 것일 수도 있어요. 어쨌든 나는 무서워서 도망가고 싶은 기분이 드네
요." 그러고는 모니카는 노트를 해저드에게 던졌다.

"내 머리에 뭘 집어던진 게 두번째네요. 지난번에는 무화과푸딩
이었는데." 해저드는 머리를 숙여 날아오는 노트를 피하고는 말했
다. 오늘 얘기가 잘될 가능성은 전혀 없는 듯했지만 그래도 모니카
는 화를 낼 때 정말 너무 멋있었다. 정당한 분노로 들끓는 불덩이
같았다. 어쨌든 무슨 말이든 해야 했다.

"가봐요, 해저드. 어서 도망가지 그래요. 안 잡을 테니까!"

"그 글을 썼을 때는 당신을 모를 때예요."

"몰랐다는 거 나도 알아요. 그런데 모르면서 무슨 자격으로 남
의 부엌 찬장에 대해 이러쿵저러쿵한 거예요?"

"내가 잘못 알았어요. 완전히 철저히 틀렸어요. 찬장은 사실 맞

418

았지만 그것 말고 다른 건 전부……" 모니카가 해저드를 무섭게 노려보았다. 농담은 지금 상황에 도움이 안 되는 모양이었다. "당신은 내가 지금까지 만나본 사람 중에서 가장 놀라운 사람이에요. 들어봐요. 나는 이런 글을 썼어야 했어요……"

해저드는 숨을 깊이 들이마시고 말을 이었다. "줄리언의 노트를 돌려주러 모니카스 카페에 갔습니다. 나는 줄리언의 바보 같은 게임을 이어 하고 싶은 생각이 없었어요. 그런데 모니카가 며칠 전에 길에서 부딪쳤던 사람이라는 걸 알고는 마주하고 노트를 돌려줄 용기가 안 났어요. 그래서 노트를 들고 태국까지 왔습니다. 모니카의 글이 머릿속을 떠나지 않길래 완벽한 남자를 찾아서 모니카가 있는 곳으로 보내기로 했어요. 그런데 그러다가 그 완벽한 남자가 사실 나라는 걸 깨달았습니다. 내가 완벽하다는 뜻이 아니고, 사실 완벽하고는 정반대지만." 해저드는 웃었다. 공허한 웃음이었다. 모니카는 따라 웃지 않았다. "나한테는 모니카가 턱없이 과분하다는 것 잘 알지만, 그래도 사랑해요. 당신의 모든 점을요."

"난 당신을 믿었어요, 해저드! 다른 누구한테도, 라일리한테도 말 안 한 이야기도 했어요. 당신만은 날 비웃지 않고 이해할 거라고 생각했어요." 모니카는 해저드가 한 말을 한마디도 안 들은 것 같았다.

"모니카, 당연히 이해해요. 당신한테 그런 일이 있었기 때문에 더욱 사랑해요. 금이 간 데에서 빛이 들어오잖아요."

"레너드 코언을 그따위로 엉망으로 인용하지 말아요. 그냥 꺼져요. 다시는 오지 말아요." 모니카가 말했다.

해저드는 오늘은 전혀 희망이 없다는 걸 깨달았다.

"알았어요. 갈게요." 해저드는 문 쪽으로 뒷걸음질치며 말했다. "목요일 일곱시에 제독 무덤에서 기다릴게요. 제발, 제발 내가 한 말 생각해봐요. 마음이 바뀌면 거기로 와요."

해저드는 일부러 멀리 돌아서 일브룩코먼공원을 통과해 집을 향해 걸었다. 아직은 텅 빈 아파트에 들어가고 싶지 않았다. 어떤 남자가 앞쪽 가로등 아래 벤치에 앉아 있었는데 해저드 못지않게 괴로운 표정이었다. 틀림없이 어딘가에서 본 적이 있는 낯익은 남자였다. 아마 금융계에서 만났겠지. 남자는 스탠더드 맞춤 슈트, 처치스 브로그에 묵직한 롤렉스 시계를 차고 있었다.

"안녕하세요." 해저드는 인사를 하는 순간 바보짓을 했다는 생각이 들었다. 아마도 생판 모르는 사람일 텐데.

"안녕하세요." 남자는 해저드가 앉을 수 있게 옆으로 옮겨 앉으며 말했다. "괜찮아요?"

해저드는 한숨을 내쉬며 말했다. "별로요. 여자 문제요. 아시죠." 내가 지금 뭐하는 거지? 왜 자꾸 남한테 속내를 털어놓지? 핀한테 그러더니 이제 벤치에 앉아 있는 누군지도 모르는 사람에게.

"말해 뭐해요." 남자가 대꾸했다. "집에 들어가기 싫어서 이러고 있는 거예요. 결혼했어요?"

"아뇨. 싱글이에요." 해저드가 말했다.

"그러면 내가 조언할게요. 결혼하지 말아요. 일단 결혼을 하면 규칙이 다 새로 바뀌어요. 처음에는 좋기만 하죠. 원할 때면 아무 때나 섹스할 수 있고 아름다운 아내가 집을 예쁘게 꾸미고 친구들을 접대하고, 그런데 그러다 어느 순간 바뀌어요. 어느새 보면 아내 배에 튼살 자국이 있고 가슴에서는 젖이 새고 집안에는 요란한 색의 장난감이 가득하고 아내의 관심은 아기한테만 쏠려 있죠. 남편은 그냥 돈 벌어오는 호구예요."

"무슨 얘기인지 알 만해요." 해저드는 속 터놓는 사이가 된 이 남자가 어째 별로 마음에 들지 않았다. "결혼이 절대 쉬운 일은 아니겠죠. 그런데 나는 누가 나한테 어떻게 하라고 하면 반대로 하는 습성이 있어서요."

해저드는 어색하게 작별인사를 하고 그 자리를 떴다. 저 남자의 아내가 누구인지 몰라도 안됐다는 생각이 들었다. 저 남자는 자기는 뭐 얼마나 완벽하다고 저러지? '기쁠 때나 슬플 때나, 아플 때나 건강할 때나, 검은 머리 파뿌리 되도록' 운운한 건 잊었나? 못난 놈.

그때 그 남자를 어디에서 봤는지 기억났다. 오래된 일이 아니었다. 블랜치와 같이 갔던 그 끔찍한 레스토랑에서. 앨리스와 같이 저녁을 먹던 남자였다.

70
라일리

라일리는 곧 원래의 삶으로 돌아갈 거라고 생각했다. 소박하고 단순하고 편안한 삶으로. 그런데 그렇게 되지 않았다. 모니카 생각이 머리를 떠나지 않았다. 토네이도에 휩쓸려 기이하고 강렬한 테크니컬러의 세상에 몇 달 동안 갔다 온 기분이었다. 그곳에서는 노란 벽돌길을 한 굽이 돌면 뭐가 나올지 전혀 짐작을 할 수가 없었는데, 이제는 칙칙한 캔자스에 돌아와 축 처져 있는 느낌이었다.

왜 그렇게 쉽게 포기해버렸을까? 왜 모니카에게 같이 가자고 더 열심히 졸라보지 않았을까? 아니면 여기 더 머무르겠다고 말하거나. 아니 그게 아니라 계획대로 유럽 여행을 하고 런던으로 돌아와 다시 모니카와 관계를 이어나갈 수도 있을 것이다. 뜻밖에 모든 게 분명해지는 것 같았다.

라일리는 지난 며칠 동안의 무기력감을 떨쳐버리고 갑자기 솟구친 힘과 열정으로 자리를 박차고 아파트에서 나와 풀럼 로드를 향해 걸었다. 늦은 시간이라 공동묘지가 잠겨 있어 멀리 돌아가야 했지만 확고한 결심으로 불타는 기세에 그 정도 거리는 아무것도 아니었다. 라일리는 아름다운 공주를 얻기 위해 어떤 것도 불사하는 로맨스의 영웅이 된 기분이었다. 라일리는 미스터 다시였고, 레트 버틀러였고, 슈렉이었다. 아니 슈렉은 빼고.

모니카의 집 가까이에 왔는데 모니카가 아직 깨어 있는 듯했다. 커튼이 열려 있고 거실 등이 유도등처럼 손짓을 했다. 라일리는 길을 건너며 모니카의 모습이 보이는지 목을 뽑고 안을 들여다보았다.

모니카는 보이지 않았다. 그런데 대신 해저드가 보였다. 이렇게 늦은 시간에 해저드가 저기에서 뭘 하는 거지?

순간 라일리는 바보가 된 기분이었다. 모니카는 책임감이 어쩌니 카페가 어쩌니 변명을 했지만 사실은 다른 사람을 만나고 있었던 거였다. 해저드가, 라일리의 친구 해저드가 같이 일할 때 자꾸 모니카 이야기를 꺼낸 까닭이 이제 납득이 됐다.

그래서 해저드가 모니카를 결혼식에 데리고 간 걸까? 약간 뜬금없다고 생각하긴 했지만 그래도 해저드를 믿었었다. 두 사람 다 믿었다. 놀랄 일은 아닐지도 모르겠다. 거칠고 위험스럽게 보이는 잘생긴 외모, 위트 있는 언변에 날카로운 사업 감각까지 있는 해저드니까.

왜 그렇게 순진했던 걸까? 이러니까 모니카가 나를 사랑하지 않는 거겠지.

갑작스레 피로감이 덮쳐왔다. 처음 이곳, 이 카페에 도착한 순간 라일리는 이 멋진 도시 안에서, 특이한 사람들 사이에서 자기에게 딱 맞는 자리를 찾았다. 그런데 그 자리는 이제 사라져버렸고 라일리는 쫓겨났다. 불청객이고 외부인이었으니까. 이제 떠나야 할 때가 됐다.

라일리는 몸을 돌려 얼스코트를 향해 걸었다. 반시간 전에 그곳에서 출발한 사람과는 전혀 다른 사람이 되어 있었다. 명랑하고 해맑다고 라일리를 아무 감정도 못 느끼는 사람인 것처럼 사람들은 생각했다. 하지만 그 생각은 틀렸다. 터무니없이 틀렸다.

71
모니카

목요일 저녁 모니카는 카페 앞에 길게 늘어선 줄을 보았다. 리지가 재능을 발휘해서 오늘 올 손님들 여럿을 발굴해냈다. 리지는 이웃 사람들의 대소사를 다 알아서 혼자 사는 사람이 누구인지, 찾아오는 사람이 없는 사람은 누구인지 훤히 알았다. 그래서 리지가 그 사람들 집 문을 두드리고 카페로 초대했다. 다음에는 동네 병원에 가서 전단지를 몇 장 놓고 왔고 풀럼도서관 사서에게도, 동네 사회복지사인 친구에게도 전단을 맡겼다.

모니카는 문을 활짝 열고 사람들을 맞아들였다. 카페 테이블을 이어붙여 커다란 직사각형 모양으로 만들어 마흔 명 정도가 앉을 수 있는 자리를 마련했다. 우 부인과 벤지가 요리를 하고 모니카와 리지가 서빙을 했고 줄리언은 공식적으로 카페 출입이 허가된 유일한 개인 키스와 함께 호스트 노릇을 했다. 키스는 줄리언의 발치에 앉아 지독한 방귀 냄새를 풍겼다. 줄리언 소행일 수도 있지만.

곧 카페 안에 말소리, 웃음소리가 가득해졌다. 손님의 평균 연령은 예순 살 정도였다. 줄리언이 과거 이 동네가 어땠나 하는 화제로 이야기를 이끌어갔다.

"풀럼 공중목욕탕과 세탁장 기억하는 사람 있어요?" 줄리언이 물었다.

"아, 생각나요! 어제처럼 생각나요!" 어쩌면 줄리언보다도 더나이가 많을 수도 있을 미시즈 브룩스가 말했다. 리지는 누가 누구인지 모니카에게 대략 일러주었다. 미시즈 브룩스는 리지 집에서 바로 길 건너인 67번지에 살았다. "가스 검침원과의 불운한 사건"뒤에 남편이 떠났고 그뒤로 혼자 살았다고 한다. "유모차나 카트에 침대시트, 수건, 베드스프레드 따위를 잔뜩 넣어 노스엔드 로드로 밀고 갔지요. 빨래하는 날은 동네 아낙들이 모여 수다 떠는 날이었다오. 몇 시간 동안 수다를 떨면서 빨래를 주물거리다보면 손이 말린 자두처럼 쪼글쪼글해졌어. 결국 집에 세탁기를 들였는데 세탁장 나들이를 안 하게 되니까 아쉽더라고. 지금은 그 자리가 댄스 교습소잖아요. 요새는 매주 가서 플리에 동작을 연습해요."

"진짜요?" 모니카가 물었다.

"아뇨, 당연히 아니죠!" 미시즈 브룩스가 클클 웃으며 말했다. "거의 걷지도 못하는데요. 플리에 했다가는 다시는 다리를 못 펼걸요!"

"조니 헤인스가 크레이븐코티지 구장에서 뛰는 거 본 사람 있어요?" 43번지에 사는 버트가 예상을 벗어나지 않는 말을 꺼냈다. 버트는 카페 단골손님인데 그동안 모니카와 나눈 대화도 전부 풀럼 FC와 관련된 내용뿐이었다. "펠레가 조니 헤인스의 패스가 역대 최고라고 말한 거 알아요? 우리 조니 헤인스 말예요." 버트는 거의 눈물이 그렁그렁한 눈으로 말하더니 스페셜브루 맥주 한 모금을 벌컥 마시고 정신을 추슬렀다.

"나는 조지 베스트하고 술 마신 적 있어요." 줄리언이 말했다.

"그게 뭐 별일이라고. 조지는 아무하고나 마셨어요!" 버트가 대꾸했다.

사람들이 음식이 맛있다고 감탄하자 우 부인은 만면에 웃음을 가득 띠고 자애로운 독재자처럼 벤지를 이리저리 부렸다. 모니카는 벤지가 우 집안의 품에 안기기로 한 것을 후회하는 건 아닐까 걱정이 됐다.

모니카는 깐풍기를 맛나게 입에 집어넣는 남자 한 명을 알아보았다. 동네 노숙인이었다. 카페 마감하고 남은 음식이 있을 때 챙겨서 퍼트니브리지 아래 강변으로 내려가보면 보통 저 사람이 있었다. 모니카는 지난번 음식을 가져다줄 때 줄리언의 전단을 슬쩍 같이 건넸었다.

"이렇게 맛있는 음식은 몇 년 만에 처음 먹어봅니다." 노숙인이 줄리언에게 말했다.

"저도 그렇네요. 성함이 어떻게 되세요?" 줄리언이 물었다.

"짐이요. 반갑습니다. 제 밥값 내주셔서 감사합니다. 갚을 수 있으면 좋겠는데요."

"그럴 필요 없어요, 친구." 줄리언이 됐다는 듯 손을 휘저으며 말했다. "언젠가 넉넉한 기분이 드는 날에 자기 식사비에다 다른 사람 식사비까지 대신 내주면 돼요. 그런데 보니까 좋은 옷을 볼 줄 아는 분 같네요. 보통은 다른 사람들이 내 컬렉션에 얼씬도 못하게 하지만 내일 우리집에 들러 맘에 드는 옷 한 벌 골라 가세요.

하지만 웨스트우드는 안 돼요. 내 관대함에는 한계가 있어서."

모니카는 줄리언 옆자리에 앉아 박수를 쳐서 사람들의 주목을 끌려고 했다. 아무도 안 쳐다봤다.

"다들 조용히 해요!" 우 부인이 소리치자 순식간에 카페 안이 고요해졌다.

모니카는 인사말을 했다. "모두 와줘서 감사합니다. 맛있는 음식 만들어준 베티와 벤지에게 특별히 감사드리고 또 무엇보다도 우리의 멋진 호스트, 저녁밥 모임의 창시자 줄리언에게 감사해요."

줄리언은 앉은 채로 고개를 젖히고 활짝 웃으며 박수와 환호, 휘파람 소리를 즐겼다. 사람들이 다시 원래 하던 대화로 돌아가자 줄리언이 모니카에게 물었다.

"해저드는 어디 갔어요?"

"모르겠어요." 이렇게 대답했지만 사실 모니카는 해저드가 어디에 있는지 알았다. 계속 시계로 눈이 갔다. 일곱시 사십오분이었다. 어쩌면 아직 묘지에서 기다리고 있을 수도 있었다.

"모니카, 메리가 나한테 말해줬어요. 나는 어리석게도 그것도 몰랐네요. 너무 내 일에만 몰두해서 못 봤나봐요. 라일리는 아주 좋은 사람이지만 어쩌면 아직 소년일 뿐일 수도 있어요. 삶이 쉽기만 한 사람. 지금까지 힘든 일을 겪을 필요가 없었죠. 해저드는 더 복잡해요. 벼랑 끝에 서서 그 너머의 공허를 본 사람이에요. 나도 그 자리에 서본 적이 있어 알아요. 하지만 해저드는 살아남았고 더 강해져서 돌아왔죠. 모니카한테 좋은 짝이에요. 둘이 함께하면 아주 좋을 거예요." 줄리언이 모니카의 손을 꼭 쥐었다. 모니카는 세월과 경험으로 주름진 줄리언의 손을 내려다보았다.

"하지만 우린 너무 달라요. 해저드하고 전." 모니카가 말했다.

"그건 좋은 일이에요. 서로한테서 배울 수 있으니까. 남은 평생을 거울을 보면서 살고 싶진 않겠죠. 내가 그러려다가 어떻게 됐나 봐요!" 줄리언이 말했다.

모니카는 멍하게 앞에 놓여 있는 포춘쿠키를 쪼개 가루로 만들었다. 그러다 자기가 뭘 했는지 보고는 얼른 모아 접시에 쓸어 담았다.

"줄리언," 모니카가 말했다. "저 먼저 일어나도 될까요? 해야 할 일이 있어서요."

"그럼요. 우리가 알아서 할게요. 그래도 되겠죠, 우 부인?"

"그럼! 가봐요!" 우 부인이 닭을 닭장에서 내몰듯 두 손을 앞으로 휘저으며 말했다.

거리로 뛰어나온 순간 14번 버스가 막 출발하려는 참이었다. 모니카는 버스 옆으로 달려가 문을 두드리며 운전사가 볼 수 있게 '제발' 하는 입 모양을 해 보였다. 그런 게 아무 소용 없다는 걸 알면서도.

그런데 이번에는 소용이 있었다. 운전사가 버스를 세우고 문을 열어주었다.

"고맙습니다!" 모니카는 가장 가까운 자리에 털썩 앉았다. 시계를 봤다. 여덟시였다. 해저드가 한 시간이 넘도록 기다리고 있지는 않겠지? 기다릴 생각이더라도 여덟시에는 묘지가 문을 닫지 않나? 괜한 헛수고가 될 듯했다.

왜 해저드는 그냥 전화번호를 알려주고 전화하라고 하지 않은 거지? 해저드의 연락처를 알아내기는 어렵지 않을 테지만 이제는 이게 어떤 운명이 걸린 일처럼 생각되었다. 오늘 만나지 못하면, 그러면, 이건 안 될 운명이었던 걸로. 매우 비합리적이고 모니카답지도 않은 생각이라는 건 알았지만, 지난 몇 달 사이에 모니카는 꽤 많이 변했다. 무엇보다도 과거의 모니카라면 약물중독자와 연애라니 일고의 가치도 없다고 생각했을 것이다. 모니카의 기준 리스트를 따르자면 해저드는 낄 자리도 없었다.

묘지 근처 정류장에서 내리자마자 철제문이 거대한 사슬과 자물쇠로 잠겨 있는 게 눈에 들어왔다. 너무 늦었다는 사실이 체념과 안도감을 안겨줄 줄 알았다. 그런데 전혀 그런 기분이 들지 않았다.

막 축구경기가 끝났는지 첼시FC 팬들이 몰려나와 길가 햄버거 트럭에서 햄버거를 사 먹고 있었다. 머리끝부터 발끝까지 첼시 유니폼과 기념품으로 차려입었고 약간 취한 듯한 덩치 큰 남자가 걸음을 멈추고 낙담해 있는 모니카를 쳐다봤다.

"웃어요!" 남자가 뻔한 소리를 했다. "어차피 안 될 일이었을 거예요!"

"이 묘지 안으로 못 들어가면 안 될 일이겠죠." 모니카가 말했다.

"그 안에 뭐가 있는데요? 무덤 말고. 당연히 사랑이겠지. 사랑 맞아요?" 남자가 묻고 껄껄 웃더니 옆에 있는 친구의 등짝을 치자 친구가 입에 물고 있던 맥주를 길 위에 뿜었다.

"그럴지도 모르겠어요." 모니카는 왜 스스로에게조차 인정하지 않은 사실을 모르는 사람들에게 말하고 있는지 알 수 없었다.

"우리가 담 너머로 넘겨줄게요. 그럴 거지, 케빈?" 새 친구가 이렇게 말했다. "이거 들고 있어요." 남자는 모니카에게 케첩과 머스터드가 흘러내리는 반쯤 먹은 버거를 건네주었다. 모니카는 손에 묻은 기름기를 생각하지 않으려고 애썼다. 서둘러 카페에서 나오느라고 손소독제도 안 챙겨왔는데. 남자는 모니카를 아주 가볍게 들어올려 자기 어깨 위에 얹었다. "담 꼭대기에 손 닿아요?" 남자가 물었다.

"네!" 모니카는 담벼락 위로 몸을 끌어올려 그 위에 걸터앉았다.

"잘 내려갈 수 있어요?"

모니카는 아래쪽을 내려다보았다. 안쪽이 지대가 조금 더 높았고 낙엽이 쌓여 있어 충격을 덜어줄 것 같았다.

"네, 할 수 있어요! 고맙습니다! 여기 이거요." 모니카는 버거를 다시 건네주었다.

"일이 잘되면 첫째한테 내 이름을 붙여줘요." 축구 팬이 말했다.

"이름이 뭔데요?" 모니카는 순수한 호기심으로 물었다.

"앨런!" 남자가 말했다.

모니카는 앨런이라는 아이 이름을 해저드가 어떻게 생각할까 생각해봤다.

모니카는 숨을 크게 들이마시고 뛰어내렸다.

72
해저드와 모니카

해저드는 시계를 봤다. 다시 한번. 저녁 여덟시가 다 됐고 사방이 어둑했다. 중앙 통로로 지나가는 자동차 엔진 소리가 나지막하게 들렸다. 묘지 안에 들어올 수 있는 차는 공원 순찰차뿐이었다. 공원 문을 닫을 시간이 되어 혹시 안에 남아 있는 사람이 있나 둘러보는 것이었다. 해저드의 기회는 이제 끝나버렸다.

해저드는 나가야 된다는 걸 알았다. 모니카가 오지 않으리라는 걸 받아들여야 했다. 모니카가 왜 오겠나. 모니카가 오리라는 건 해저드의 망상일 뿐이었다. 그런데 애초에 하필 왜 여기에서 보자고 했을까? 그냥 전화번호를 남겨두고 마음이 바뀌면 전화해요라고 말했으면 됐는데. 왜 밖에서 만나자고, 그것도 묘지에서 만나자는 바보 같은 소리를 한 걸까? 할리우드 영화를 너무 많이 봤나보다.

해저드는 순찰대 눈에 띄지 않게 묘비 뒤로 숨었다. 이건 더욱 바보 같은 짓이었는데 왜냐하면 이제 곧 순찰대가 정문을 걸어 잠

글 것이기 때문이었다. 이제는 혹여 모니카가 들어오고 싶더라도 들어올 수 없는데다가 해저드는 묘지 유령들 사이에서 덜덜 떨면서 밤을 새워야 되게 생겼다.

해저드는 코트로 몸을 감싸고 차가운 바닥에 앉아 길 쪽에서 보이지 않게 제독의 묘비에 몸을 기댔다. 이제 다음에는 어떻게 해야 할지 아무 생각도 안 났다. 그때 무슨 소리가 들렸다.

"아, 제길. 당연히 가고 없겠지. 바보 같으니."

해저드는 묘비 뒤쪽으로 고개를 내밀고 봤다. 거기에 있었다. 화가 나서 씩씩거리는 아름다운 모습의 모니카가, 확실하고도 틀림없이 있었다.

"모니카!" 해저드가 외쳤다.

"아, 아직 안 갔네요." 모니카가 말했다.

"네. 기다렸어요." 아 세상에, 지금까지 수많은 여자들의 가슴을 찢어놓았던 궁극의 바람둥이 해저드가, 갑자기 말문이 막혀 할말을 잃어버리다니. "저, 혹시 하리보 먹을래요?" 어쩌면 인생에서 가장 중요한 순간일지도 모를 이 순간에 여덟 살짜리 애의 조언을 따르다니. 이런 바보가 있을까?

"해저드, 당신 바보예요? 내가 태어나서 처음으로 법규를 위반하면서까지 문 닫은 묘지에 무단침입한 게 빌어먹을 하리보가 먹고 싶어서였겠어요?"

그러더니 모니카는 해저드에게 다가와 키스를 했다. 격하게. 진지하게.

두 사람은 사방이 완전히 캄캄해지고 입술이 퉁퉁 부을 때까지 입을 맞췄다. 왜 진작 이렇게 하지 않았는지 기억이 안 날 때까지.

두 사람의 몸이 하나가 된 것처럼 서로 녹아들 때까지. 해저드는 거의 이십 년 동안 궁극의 흥분감, 뇌를 짜릿하게 하고 심장이 떨리게 만드는 가장 효율적인 방법을 좇으며 살았는데, 바로 여기에 그게 있었다. 모니카.

"해저드?" 모니카가 말했다.

"모니카?" 이름을 부르는 것만으로도 짜릿했다.

"여기에서 어떻게 나가죠?" 모니카가 물었다.

"공원 경찰에 연락하고 묘지에 갇히게 된 까닭을 둘러대야 할 것 같아요."

"해저드, 한 시간도 안 됐는데 벌써 내가 경찰에 거짓말까지 하게 만드네요. 어디까지 갈 셈이에요?"

"모르겠어요. 어디까지 가게 될지 빨리 알고 싶어요." 해저드는 다시 모니카에게 키스를 했다. 모니카는 누구한테 거짓말을 하게 되든 간에 해저드가 멈추지만 않았으면 좋겠다고 생각했다.

모니카는 여기가 집이 아니라는 걸 알았다. 아직 눈을 뜨기 전이었지만 자기 방보다 밝고 햇빛이 가득했다. 더 조용하기도 했다. 풀럼 로드에서 들려오는 자동차 소리나 구식 중앙난방기에서 나는 소리도 안 들렸다. 냄새도 달랐다. 샌들우드, 페퍼민트, 머스크 냄새가 났다. 그리고 섹스 냄새.

그제야 어젯밤 일이 떠오르기 시작했다. 순찰차 뒷좌석에서 모니카의 허벅지 위에 놓여 있던 해저드의 손. 해저드가 서둘러 현관문을 열려다 열쇠를 떨어뜨려 더듬거리며 찾던 것. 침실 바닥에 마구 벗어던진 옷. 잠들기 전에 옷을 개어놓았던가? 격렬하고 숨가쁘고 다급한 섹스, 그리고 그다음에 동이 틀 때까지 계속된 느릿느릿한 섹스를 기억했다.

해저드. 모니카는 해저드의 넓은 침대 위로 다리를 뻗어 해저드를 찾았다. 아무도 없었다. 가버린 걸까? 메모도 남기지 않고 도망갔나? 모니카가 완전히 착각한 거였나?

모니카는 눈을 떴다. 거기 그가 있었다. 복서쇼츠 한 장만 입고 서서 서랍에 든 물건을 죄다 꺼내 바닥에 쌓고 있었다.

"해저드." 모니카가 불렀다. "뭐해요?"

"아, 일어났네요, 잠꾸러기. 그냥 자리 만드는 거예요. 당신 자리. 그러니까 혹시 당신이 여기 놓아두고 싶은 물건이 있을까봐서요. 당신 서랍이 필요할 것 같아서."

"아, 와." 모니카는 웃었다. "정말 진지해질 준비가 된 거예요?"

"비웃어도 되는데, 그래도," 해저드가 다시 침대로 기어올라와 모니카의 입술에 가볍게 입맞추며 말했다. "누구 다른 사람에게 서랍을 내준 건 정말 처음이에요. 이제 드디어 그 단계로 나아갈 수 있게 된 것 같아요." 해저드가 모니카를 팔로 감쌌고 모니카는 해저드의 어깨에 머리를 기대고 해저드의 냄새를 들이마셨다.

"정말 기분좋아요." 정말 그랬다. "나도 흘러가는 대로 받아들일 준비가 된 것 같아요. 삶이 어떻게 펼쳐지든 그대로 받아들이기로."

"정말이에요?" 해저드가 미심쩍다는 듯 눈썹을 치키며 물었다.

"흠, 적어도 그러려고 노력할 준비는 됐어요." 모니카는 해저드를 마주보고 활짝 웃었다. 그러자 처음으로, 다음에 무슨 일이 일어날지 걱정이 안 된다는 생각이 들었다. 왜냐하면, 온몸의 세포 하나하나까지 확실하게, 자기가 속한 곳이 바로 여기라는 걸 알았기 때문이다.

"좋아요. 서랍 하나하나씩 채워나가요." 해저드가 말했다.

73
앨리스

앨리스는 맥스와 차분하게 합리적으로 대화를 나눌 완벽한 순간을 벼르고 있었다. 그래놓고는 역시나 최악의 순간을 골랐다.

맥스는 늘 그러듯 늦게 퇴근하고 집에 왔다. 정말 오랜만에 재료 준비부터 시작해서 저녁을 만들어놨는데, 기다리다보니 너무 퍼지고 말라버렸다. 번티가 이가 나느라 종일 징징거려서 앨리스는 녹초가 된 상태였다.

앨리스와 맥스는 부엌 식탁에 앉아, 하루 동안 무슨 일이 있었는지 피상적으로 주고받았다. 모르는 사람끼리 하는 대화나 다름없었다. 맥스는 밥을 남겼고 음식이 남은 접시를 식탁에서 집어 조리대 위에 올려놓고 그냥 나가려고 했다.

"맥스!" 앨리스가 소리를 질렀다. "식기세척기에 자리 많잖아. 어떻게 단 한 번도 먹은 그릇을 세척기에 넣어놓질 않아?"

"쌈닭처럼 그렇게 소리지를 필요는 없잖아. 술 너무 많이 마신

거 아냐?" 맥스가 말했다.

"아니, 나 절대로 술 많이 마시지 않았어." 앨리스가 말했다. 사실은 너무 많이 마셨을 수도 있지만. "정말 지긋지긋해! 이제 지쳤어. 빌어먹을 설거지도 나만 하고, 바닥에 떨어진 젖은 수건도 내가 줍고, 밤중에 번티 깨면 나만 일어나고, 청소하고 정리하는 것도 나만 하고……" 앨리스는 끝도 없이 주워섬기기도 지쳐서 팔을 휘저어 말을 맺고 "으아아아아아악!" 하고 소리를 지르는 걸로 대신했다. 참 어른스럽게도.

"세탁기 사용 방법은 알아?" 앨리스는 남편을 쏘아보며 말했다.

"어, 모르지만 어렵진 않을 것 같은데." 맥스가 말했다.

"어렵다는 게 아냐, 맥스!" 앨리스는 소리질렀다. "돌아버리게 따분하다고. 그런데 난 그 일을 날마다 두 번씩 해!"

"하지만 난 일이 있잖아." 맥스가 앨리스를 낯선 사람 보듯이 바라보았다.

"그러면 내가 하는 건 대체 뭐라고 생각하는 거야, 맥스?" 앨리스는 소리쳤다. "나는 하루종일 빈들거리면서 손톱이나 칠하고 있는 줄 알아?" 그 말을 하는 순간 전날 리지한테 번티를 맡기고 네일숍에 다녀왔다는 사실이 기억났다. 어쨌거나 몇 달 만에 처음 간 거였다. 앨리스는 주먹을 쥐어 손톱을 감췄다. 그런데 그 순간 충격적이게도 울컥 울음이 터져나왔다. 앨리스는 의자에 주저앉아 손톱이 보이거나 말거나 두 손으로 머리를 감싸쥐었다.

"미안해, 맥스." 앨리스는 울면서 말했다. "이렇게 더 할 수 있을지 모르겠어."

"뭘 말이야?" 맥스가 맞은편 자리에 앉았다. "엄마 노릇 말이야?"

"아니. 우리 말이야. 계속 할 수 있을지 모르겠어."

"왜? 내가 접시를 식기세척기에 안 넣어서?"

"아니, 빌어먹을 식기세척기하고는 아무 상관 없어. 아니 적어도 많이는 상관없어. 그냥 내가 혼자라는 생각이 너무 많이 들어. 우리 둘 다 번티 부모고 같은 집에 사는데 꼭 남남 같아. 나 외로워, 맥스." 앨리스는 말했다.

맥스가 한숨을 내쉬었다. "아, 미안해. 하지만 당신만 힘든 거 아냐. 솔직히 나도 내가 이렇게 살게 될 줄 몰랐어. 물론 당연히 나도 번티를 사랑하지만, 그래도 우리 둘만 살 때의 완벽한 삶이 그리워. 멋진 호텔에서 보내는 주말, 깔끔한 집, 아름답고 행복한 아내."

"난 아직 여기 있잖아, 맥스." 앨리스는 말했다.

"그래. 하지만 늘 뚱하고 지쳐 있잖아. 그리고 솔직히 말하면," 맥스는 계속 말할지 말지 가늠해보기라도 하는 듯 몇 박자 쉬었다가 잘못된 판단을 내렸다. "당신 좀 관리를 안 하는 것 같아."

"관리를 안 하는 것 같아?" 앨리스는 주먹으로 한 대 맞은 듯한 심정이었다. "지금이 무슨 1950년대야? 나더러 당신 애를 낳고 몇 달 만에 원래 모습으로 돌아가라는 거야? 현실 세계에서는 그런 일이 안 일어나."

"소외된 느낌도 들고." 다음 주제로 넘어가는 게 지금 상황에서 유일하게 가능한 전술임을 깨달은 맥스가 빨리 말을 돌렸다. "당신은 번티를 어떻게 돌봐야 하는지, 언제 뭘 어떻게 해야 하는지 알잖아. 그럴 때는 내가 쓸모없는 사람인 것 같아. 잉여 같다고. 그래서 자꾸 사무실에 더 오래 있게 돼. 회사에서는 사람들이 나한테 뭘 기대하는지 정확히 알고 사람들도 내가 하자는 대로 하고 나도 거기에서는 존경받는다고. 모든 일이 일정에 따라 이루어지기도 하고. 상황을 통제할 수 있다고."

"나도 할 수 있는 한 최대로 하는 거야. 그런데도 늘 기대에 못 미치는 것 같고 그 기분 너무 싫어. 당신의 기대, 당신 어머니의 기대, 번티의 기대, 내 기대조차도 충족시키질 못해. 결혼하고 가족을 꾸린다는 건 결국 절충하고 양보하는 거 아냐? 당신도 노력해야 돼. 완벽하고 쉽고 아름답기만 할 수는 없어. 힘들고 지저분하고 짜증날 때가 더 많은 게 당연해." 앨리스는 맥스가 사랑한다고, 더 많이 도와주겠다고, 잘해낼 수 있을 거라고 말하기를 기다렸다.

"베이비시터를 쓸 수도 있겠지. 일주일에 며칠이라도. 어떻게 생각해?" 맥스가 물었다.

"그럴 여유가 없잖아. 여유가 있다고 하더라도, 단지 내가 당신의 이상적인 삶 속의 이상적인 아내인 척 꾸미는 데 쓸 시간을 벌려고 다른 사람한테 돈 주고 내 아이를 맡기고 싶지는 않아." 앨리스는 울음을 터뜨리지 않으려고 애쓰면서 말했다.

"허, 그러면 뭐가 답인지 모르겠다. 당신도 나도 행복하지 않다는 거 말고는 아무것도 모르겠어." 그러더니 맥스는 위층으로 올라가 서재 문을 닫아버렸다. 언제나 그러듯이.

앨리스는 참을 수 없이 슬펐다. 앨리스는 전화기를 들어 인스타그램 페이지를 훑어보며 멋진 남편과 귀여운 아기가 있는 완벽한 자기 삶의 이미지들을 들여다보았다. 이 허상을 포기할 수 있을까? 번티와 둘이서 해나갈 수 있을까?

앨리스는 메리 생각을 했다. 거의 사십 년 동안 같이 살았던 줄리언을 두고 떠났고 행복으로 환하게 빛나던 모습. 모니카 생각도 났다. 어제 모니카가 라일리와 헤어졌다는 걸 알게 되었다. 모니카는 거의 마흔 살이 다 되었는데도. 앨리스는 새 친구들 모두를 생각했다. 그 친구들의 삶은 인스타그램의 정사각형 안에서 아름답게 보이지는 않겠지만 그보다 훨씬 깊고 단단하고 재미있었다.

앨리스도 그렇게 될 수 있었다. 그럴 수 있을까?

좀 지저분하고 허점 많고 때로는 추한 삶이더라도 진짜배기이고 솔직한 삶을 사는 게 사실은 허위인 완벽한 삶을 이루려고 끝없이 버둥거리는 것보다 낫겠지?

앨리스는 인스타그램을 다시 봤다. @aliceinwonderland. 현실 엄마와 아기들을 위한 실생활 패션. 웃는 얼굴 이모티콘. 이 계정으로 현실 엄마가 실제로 어떤 모습인지 보여줄 수도 있겠지. 엉망진창인 집안, 피로, 튼살, 똥배, 무너져내리는 결혼을 보여줄 수도 있다. 웃는 얼굴 이모티콘부터 지우고. 대체 왜 이런 짓을 했던 걸까? 늘 완벽하려고 노력하는 데 지친 엄마가 앨리스 말고도 또 있겠지?

가식을 집어치운다는 생각만으로도 편해지는 것 같았다. 저녁에 집에 돌아와 스틸레토힐을 벗어던질 때하고 비슷한 기분이었다.

나는 아주 잘하고 있어. 적어도 내가 할 수 있는 한은 최선을 다하고 있어. 아무도 이런 말을 해주는 사람이 없었기 때문에 앨리스는 스스로에게 이렇게 말해주었다. 그런데도 그게 맥스한테, 내 인스타그램 팔로어들에게는 충분하지 않다면 누군가 다른 사람을 찾아서 쫓아다니라고 해야지. 나는 더이상 여기 머무를 수가 없으니까.

앨리스는 한 팔로 번티를 골반 위에 걸쳐 안고 다른 손으로 초인종을 눌렀다. 리지가 문을 열어주었다. 뒤쪽으로 따뜻하고 정신없고 물건이 그득한 집안이 보였다. 앨리스가 어릴 때에 살던 집하고 똑같았다. 맥스는 이런 집을 보면 비웃을 거라는 생각이 들었고, 그래서 왜 여기 왔는지도 떠올랐다.

"리지, 너무 늦은 시간에 찾아와서 정말 죄송해요. 그런데 저랑 번티 며칠만 재워주실 수 있어요? 어떻게 할지 정해질 때까지만요?"

앨리스는 리지가 아무것도 묻지 않기를 간절히 바랐다. 대답할 말이 아무것도 떠오르지 않았기 때문이다. 분명한 것은 맥스를 떠나서 생각을 정리할 공간이 필요하다는 것이었다. 모든 기대와 비난으로부터 벗어나서. 리지는 앨리스의 이런 마음을 이해했는지, 이번만큼은 호기심을 누르고 아무것도 묻지 않았다. 얼마나 오래 참을지는 모르겠지만.

"당연히 되고말고요." 리지는 앨리스를 집안으로 들이고 문을 단단히 닫았다.

74
모니카

켄싱턴가든에서 모니카는 핌스 한 잔을 들고 나무에 기대어 앉았다. 파티 무리 가장자리에 서 있는 커플이 눈에 들어왔다. 손을 잡고 있었고 아주 편안해 보였다.

"줄리언, 메리를 초대하신 거 정말 잘하셨어요!" 모니카가 말했다.

"그러게요. 메리의 보이프렌드도 초대하길 잘했죠? 그런데 여든 살이 다 된 사람도 '보이'프렌드라고 부를 수 있나요? 형용모순이 잖아요."

"'미노년'이라고 부를 타입의 남자네요, 그렇죠? 줄리언처럼요." 모니카는 얼른 덧붙였다. 안 그러면 줄리언의 심기를 상하게 할 수도 있을 것 같았다.

"사람 좋아 보여요. 그런 스타일을 좋아하는 사람은 좋아하겠네요." 줄리언이 말했다. "약간 따분해 보이지만 뭐 괜찮겠죠. 다른 사람들한테도 소개해줘야겠어요."

줄리언이 메리와 앤서니가 있는 쪽으로 걸어갔고 키스도 따라갔다. 줄리언도 키스도 약간 뻣뻣하게 다리를 절면서 걸었다. "키스는 개가 아니에요." 줄리언이 앤서니에게 말하는 소리가 들렸다. "개인 트레이너라오." 벤지가 와서 모니카 옆에 앉았다.

"모니카, 할말이 있어요. 오늘은 줄리언과 라일리의 날이라는 건 알지만, 모니카한테는 한시라도 빨리 말하고 싶어서요." 벤지가 무슨 말을 할지 모니카는 알 것 같았다.

"배즈하고 결혼하기로 했어요." 예! 모니카가 기대한 그대로였다. 그런데 다음에 벤지가 한 얘기는 뜻밖이었다. "모니카가 베스트 맨*이 되어주면 좋겠어요. 아니 '베스트 우먼'이라고 해야 하나. 아무튼 해줄 수 있어요? 꼭 해주세요!"

"아, 벤지, 너무 기뻐." 모니카는 벤지를 끌어안으며 말했다. "정말 영광이야."

"만세! 당장 배즈한테 말해야겠어요. 베티는 우리 결혼이 다 자기 머리에서 나온 거라고 생각해요. 벌써 피로연 메뉴를 짜고 있어요. 첼시 타운홀에서 결혼할 거예요. 줄리언하고 메리처럼요. 두 사람처럼 갈라서지는 말아야겠지만. 그다음에 배즈네 식당에서 파티를 해요."

"그러니까 베티도 이제 완전히 편안하게 받아들이시는 거네?" 모니카가 물었다.

"그런 것 같아요." 벤지가 대답했다. "중국 동성애자 권리 문제 때문에 격분하고 계시긴 해요. 1997년 이전에는 동성애가 아예 불

---

* 신랑 들러리.

법이었던 거 알아요? 중국 안에서든 해외에서든 게이 커플은 중국 아기를 입양할 수 없게 금지되어 있다는 걸 알고는 정말 열받으셨어요."

"흠, 중국이 원칙을 바꾸게 만들 수 있는 사람이 있다면 우 부인이겠지. 아 정말 너무 잘됐다." 모니카는 말했다. 다른 사람의 결혼 소식을 듣고 마냥 기쁘기만 한 게 어쩌면 처음인 것 같았다. 늘 그러듯 질투심이 슬금슬금 솟기를 기다렸지만 다른 감정은 아무것도 느껴지지 않았다. 해저드가 와서 반대쪽 옆에 앉았다.

"행복해 보여요." 해저드가 말했다.

"행복해요." 모니카는 새 소식을 전하고 싶었지만 비밀을 잘 지킨다고 자부하는 사람이라 입을 다물었다. "모든 게 제자리에 들어맞은 기분이에요."

"취하고 싶은 기분이 안 든 파티는 태어나서 이번이 처음이에요. 어릴 때조차도 스마티스 초콜릿하고 코카콜라를 과하게 먹었죠. 정말 대단하죠?"

"정말 그래요. 당신 정말 대단해요. 아, 라일리한테 줄 게 있는데. 금방 올게요."

라일리는 오스트레일리아 친구들에게 둘러싸여 있었다. 브렛이 며칠 뒤에 암스테르담으로 떠나는 라일리와 함께 가기로 했다.

"라일리, 잠깐 얘기 좀 할 수 있어요?" 모니카가 물었다. 라일리는 바로 무리에서 빠져나와 모니카를 따라 조용한 곳으로 왔다.

"고맙다는 말을 하고 싶었어요. 노트에 나에 대해서 쓴 글 읽었어요. 내가 좋은 엄마가 될 거라고 썼던데요. 당신 말이 맞는지 알아볼 기회가 영영 없을 수도 있지만 그래도 나한테는 정말 중요한 말이에요."

"그런 거 썼다는 것도 잊어버렸네요. 하지만 분명한 사실이에
요." 라일리가 웃으면서 말했다.

"줄 게 있어요." 모니카는 가방에 손을 넣어 이상하게 생긴 모양
의 꾸러미를 꺼냈다. 호랑가시나무와 아이비 무늬 포장지로 포장
한 꾸러미였다. "크리스마스에 주려고 샀는데, 해저드가 들이닥치
고 무화과푸딩이 날아가고 해서 결국 못 줬네요. 오늘이 이거 전해
주기에 적당한 때인 것 같아서요."

라일리는 꾸러미를 받아들고 다섯 살 아이처럼 신나하며 포장지
를 뜯었다.

"모니카, 정말 예뻐요!" 라일리가 선물을 이리저리 돌려보며 말
했다. 손잡이에 '라일리'라고 이름이 새겨진 완벽하게 잘빠진 형태
의 모종삽이었다.

"어딜 가든 정원을 가꿀 수 있을 거예요." 모니카가 말했다.

"고마워요. 마음에 쏙 들어요. 생각 많이 할 거예요. 이거 쓸 때마
다요." 라일리가 얼른 말을 고쳤다. "여기 사람들 전부요. 계속 연락
할 거죠? 무엇보다도 해저드하고 둘이 어떻게 될지 알고 싶어요."

"그렇게 티 나요?" 모니카는 티가 난다는 사실이 은근히 기분이
좋기도 했다. "기분 나쁘지 않죠?"

"처음에는 좀 그랬어요. 아주 조금. 하지만 두 사람 다 내가 좋
아하는 사람이니까, 이보다 더 잘된 일은 없겠다는 생각이 들었어
요." 라일리가 말했다. 모니카는 어떻게 라일리는 이렇게 마음이
넓을 수 있을까 생각했다. 자기가 라일리 입장이었다면 부글부글
끓으면서 저주인형을 만들어 바늘을 꽂고 있을 텐데. 라일리의 옷

446

는 얼굴 뒤에 슬픔이 있는 것 같은데도 이럴 수 있다니. 슬픈 기색은 모니카가 잘못 본 것일 수도 있지만.

"라일리, 당신은 내가 만나본 사람 중에서 제일 좋은 사람이에요." 모니카가 라일리를 안자 라일리는 아주 조금 너무 길게 모니카를 안았다가 몸을 뗐다. "보고 싶을 거예요. 우리 모두 보고 싶어할 거예요."

"해저드도 아주 좋은 아빠가 될 거예요. 알죠?" 라일리가 말했다.

"그럴 것 같아요? 자신이 없는 것 같던데요. 아직 자기를 확실히 믿지를 못해요." 모니카는 이렇게 말하면서 그렇다고 하더라도 그게 전혀 마음에 걸리지 않는다는 사실을 깨달았다.

"엄마도우미에 있는 아이들한테 물어보라고 해요. 좋은 아빠가 될지. 걔들이 확실히 알려줄걸요!" 라일리가 말했다.

"흠, 내가 물어볼까봐요." 모니카가 말했다.

"여러분, 주목해주세요!" 줄리언이 국자로 펌스가 가득 든 얼음통을 두들기며 말했다. "십오 년 전 메리가 떠났을 때 아주 특별한 것을 두고 갔습니다. 아, 나 말고요." 줄리언은 관객을 쥐락펴락하는 희극배우처럼 웃음이 터지기를 기다리며 말을 잠시 멈췄다. "비올라를 두고 갔죠. 오늘 우리를 위해 연주를 부탁할까 해요. 메리?" 줄리언이 비올라를 내밀었다. 그것도 가방에 감춰온 모양이었다.

"이런, 몇 년 동안 안 켰는데. 안녕, 내 옛친구네. 그럼 한번 해볼게요." 메리는 비올라를 집어 느낌과 무게에 다시 익숙해지려는 듯 손에서 돌렸다. 찬찬히 한 줄 한 줄 튜닝을 하더니 연주를 시작했다. 처음에는 천천히 조심스럽게, 그다음에는 활기차고 신나게 아일랜드지그를 연주했다. 사람들이 주위에 모여들었다. 백조에게 먹이 주고 놀다가 집으로 돌아가는 가족들도 걸음을 멈추고 현란하고 열정적인 연주를 구경하러 왔다.

모니카는 줄리언에게 걸어가 야외용 의자 옆 잔디 위에 앉았다. 줄리언을 그림자처럼 따라다니는 키스의 귀 뒤를 쓰다듬어주었다.

"해저드하고 잘된 거 정말 기쁘단 얘기 하고 싶었어요. 그 점에 있어서 내 공이 조금은 있다고 생각해도 되겠지요?" 줄리언이 말했다.

"당연히 있고말고요. 줄리언의 노트가 없었다면 처음 길에서 부딪친 이래로 다시는 말도 섞지 않았을 거예요." 모니카가 말했다.

"놓치지 말아요, 모니카. 내가 한 실수를 되풀이하지 말아요." 줄리언이 메리와 앤서니를 쳐다보았다. 기쁨과 슬픔 사이를 오락가락하는 표정이 얼굴을 스쳤다.

"해저드가 줄리언하고 많이 닮았다고 생각하지 않으세요?" 모니카는 혹시 줄리언이 기분 나쁘게 생각하지 않을까 조심스럽게 물었다. 줄리언이 웃음을 터뜨렸다.

"아, 아녜요, 걱정 말아요. 해저드는 나보다 훨씬 더 좋은 사람이고 훨씬 똑똑한 사람이에요. 그리고 모니카는 과거의 메리보다 훨씬 강한 사람이고요. 두 사람의 러브스토리는 전혀 다르게 펼쳐지고 전혀 다르게 마무리될 겁니다. 어쨌든 걱정 말아요. 내가 해저드한테 한마디해뒀으니까. 말하자면 아버지가 했을 법한 격려의 말이랄까." 모니카는 그 얘기를 들으니 무시무시하기도 하고 궁금하기도 했다. 둘이 그 대화를 할 때 파리가 되어 벽에 붙어 엿들을 수 있었으면 얼마나 좋았을까.

"드릴 게 있어요, 줄리언." 모니카가 말했다.

"다정한 모니카, 선물은 벌써 줬잖아요." 줄리언이 목에 멋지게 묶은 페이즐리무늬 실크 크라바트를 가리키며 말했다.

"선물이 아니고요, 원래 있던 곳으로 돌아오는 거예요." 모니카는 연녹색 노트를 줄리언에게 건넸다. 표지에 '진실 프로젝트'라고 적혀 있는 노트. 그동안 여러 곳을 돌아다닌 탓에 조금 해져 보였다. "메리한테 가지고 있고 싶지 않다고 하셨다는 거 들었어요. 진실하지 않았기 때문이라고 하셨죠. 하지만 이제는 진실하시니까 줄리언이 가지셔야 해요. 줄리언한테서 시작되었으니까 줄리언한테서 끝나야죠."

"아, 내 노트군. 반갑다. 정말 대단한 모험을 했구나." 줄리언이 노트를 무릎에 얹고 고양이 쓰다듬듯 쓰다듬으면서 말했다. "누가 깔끔하게 책가위를 씌웠을까요?" 줄리언은 모니카의 웃는 얼굴을 보고는 이렇게 말했다. "아, 어리석기는. 당연한 걸 물었네요."

메리가 사이먼 앤드 가펑클 노래를 연주하고 다들 따라 불렀다. 앨리스와 리지와 같이 앉아 있던 번티가 벌떡 일어나 박수를 치더니, 자기가 아무것도 붙들고 있지 않다는 걸 깨닫고 놀라서는 주저앉았다. 맥스는 대체 어디에 있을까? 모니카는 궁금해졌다.

사방이 어두워지기 시작했다. 일광욕하던 사람들, 개 산책 시키던 사람들도 다 가고 모기들이 식사를 하러 나왔다. 모니카는 택시 몇 대를 잡았고 카페로 다시 가져갈 통, 잔, 러그 등을 실었다. 줄리언은 사람들이 짐을 꾸리고 떠나기 시작하는 것을 바라보고 있었다.

"어서 가요, 줄리언!" 모니카가 불렀다.

"먼저 가요." 줄리언이 말했다. "오 분만 혼자 있고 싶어요. 곧 따라갈게요."

"정말 괜찮겠어요?" 모니카는 줄리언을 혼자 두고 싶지 않았다. 모니카는 줄리언이 별안간 실제 나이만큼 늙어 보인다는 걸 알아차렸다. 어쩌면 날이 어두워져서 그림자 때문에 주름이 짙게 보여 그런지도 모르지만.

"네, 정말로요. 좀 생각할 시간이 필요해요." 줄리언이 말했다.

해저드가 택시 뒷자리에서 손을 뻗어 모니카가 올라탈 수 있게 도와주었다. 그 손짓이, 자신이 바라는 모든 것이라는 걸 모니카는 알았다. 모니카는 야외용 의자에 앉아 있는 줄리언을 돌아보았다. 키스가 줄리언의 무릎에 머리를 기대고 있었다. 줄리언은 손에 노트를 쥔 채로 모니카에게 손을 흔들어 보였다. 유별나고 결함도 많은 사람이지만, 세상 누구보다도 비범한 사람이었다.

줄리언이 세상에 많고 많은 카페 중에서 자기 카페를 골라준 것에 모니카는 말할 수 없는 고마움을 느꼈다.

75
줄리언

줄리언은 택시들이 하나둘 떠나가는 모습을 만족스럽게 지켜보았다. 정말 오랜만에, 어쩌면 자기 기억에 처음으로, 자기 자신이 썩 마음에 들었다. 좋은 느낌이었다. 줄리언은 손을 뻗어 키스의 머리를 쓰다듬었다.

"이제 너랑 나만 남았구나." 줄리언이 말했다.

그런데 둘만 남은 게 아니었다. 줄리언은 사람들 몇몇이 야외용 의자, 피크닉 담요, 악기 등을 들고 이쪽저쪽에서 걸어오는 모습을 보았다. 파티가 끝난 걸 모르나?

줄리언은 일어서서 사람들에게 이제 집에 돌아갈 시간이라고 말할까 생각했으나 몸이 말을 듣지 않았다. 아주아주 피곤했다.

날이 어두워진 탓에 새로 온 사람들의 얼굴을 알아보는 데 시간이 좀 걸렸다. 가까이 다가오자 낯선 이들이 아니라 옛친구들이라는 걸 알았다. 슬레이드미술대학에서 사사한 은사님. 콘딧 스트리트에 있는 갤러리 관장. 어릴 때 보고 한 번도 못 만난 어린 시절 친구도 있었다. 이제는 중년이 되었지만 붉은 머리카락과 되바라진 웃음은 그대로였다.

줄리언은 친구들 모두를 보고 웃었다. 그때 둥근 연못 둘레를 돌아 다가오는 형이 보였다. 목발도 휠체어도 없이 제 발로 걷고 있었다. 형이 줄리언을 보고 부드럽고 힘있는 동작으로 손을 흔들었다. 형이 이십대일 때 이후에는 보지 못한 편안한 움직임이었다.

친구들과 가족들의 윤곽이 점점 또렷해지면서 나머지 배경, 나무, 풀, 연못, 야외음악당 등은 흐릿해졌다.

줄리언은 가슴을 비수처럼 찌르는 깊은 그리움을 느꼈다.

아픔이 사라지기를 기다렸지만, 사라지지 않았다. 아픔이 손가락 끝을 향해, 발바닥을 향해 온몸으로 퍼져나갔고 이제 줄리언은 고통의 느낌 말고 다른 아무것도 느낄 수 없었다. 고통이 빛으로 변해갔다. 앞을 볼 수 없을 정도로 눈부신 빛이 되더니 쇠맛이 났고 어떤 소리가 났다. 찢어지는 듯한 비명소리가, 웅 하는 소리로 잦아들고, 더는 아무 소리도 나지 않았다. 아무것도 남지 않았다.

에필로그

데이브

데이브는 오늘 일과가 끝날 시간이 된 게 아쉬웠다. 평상시라면 빨리 공원 문 잠그고 펍에 가서 한잔하고 싶은 생각뿐일 테지만 오늘은 새로 온 수습직원 살리마와 같이 일하는 날이었다. 하루종일 살리마에게 같이 영화 보러 가지 않겠느냐고 물을 용기를 내려고 끙끙대다보니 하루가 눈 깜짝할 사이에 지나가버렸다. 벌써 사위가 어둑어둑했다. 이제 기회는 끝나버렸다.

"데이브, 잠깐요!" 살리마가 부르는 소리에 데이브는 화들짝 놀랐다. "저기 의자에 누가 앉아 있는 것 같지 않아요?" 데이브는 살리마가 가리키는 야외음악당 쪽을 돌아보았다.

"그런 것 같아요. 항상 저렇게 꼭 남아 있다니까요! 여기 있어요. 내가 가서 쫓아낼 테니까. 누가 밤새 갇혀 있기라도 하면 안 되죠. 내가 어떻게 하는지 봐요. 정중하면서도 단호하게 말해야 돼요." 데이브는 차를 주차장에 세우고 시동을 껐다. "금방 올게요."

데이브는 야외용 의자에 앉아 있는 남자를 향해 걸어갔다. 살리마가 보고 있는 걸 의식하며 당당하고 남자다운 걸음걸이로 걸었다. 가까이 가보니 의자에 앉은 사람이 꽤 나이든 사람처럼 보였다. 게다가 잠든 것 같았다. 엄청 늙고 꾀죄죄해 보이는 테리어가 백내장이 걸린 듯 흐릿한 눈을 뜨고 노인 옆에 파수꾼처럼 앉아 있었다. 노인과 개가 가까운 데에 산다고 하면 집에 데려다주는 것도 좋을 것 같았다. 그러면 살리마와 좀더 오래 같이 있을 수 있고 또 좋은 사람이라는 인상을 줄 수도 있을 거였다. 그게 사실이니까.

노인은 웃음을 띤 채 잠들어 있었다. 무슨 꿈을 꾸는 걸까. 표정으로 보아 뭔가 좋은 꿈인 모양이었다.

"안녕하세요!" 데이브가 불렀다. "깨워서 미안하지만 집에 가실 시간이에요." 데이브는 노인의 팔에 손을 얹고 흔들어 깨웠다. 그런데 뭔가 느낌이 이상했다. 노인의 머리가 한쪽으로 축 처졌다. 마치 죽은 사람처럼.

데이브는 노인의 차가운 손을 잡아 맥을 짚어보았다. 아무것도 잡히지 않았다. 숨도 쉬는 것 같지 않았다. 데이브는 지금까지 한 번도 죽은 사람을 만져본 적이, 아니 본 적도 없었다. 전화기를 꺼내 떨리는 손으로 999번을 눌렀다.

그때 노인이 주름진 손에 무언가를 들고 있는 게 보였다. 노트였다. 데이브는 손에서 살살 노트를 빼냈다. 중요한 물건일지 모르니 잘 간수했다가 가족에게 전해줘야 할 듯싶었다. 노트 겉장을 봤다. 아름다운 글씨체로 이렇게 쓰여 있었다. 진실 프로젝트. 데이브는 노트를 겉옷 주머니 안에 단단히 넣었다.

　이 책은 나에게 개인적인 의미가 있는 이야기입니다. 오 년 전에 나는 앨리스처럼 겉보기에는 완벽해 보이는 삶을 살았지만 실상은 전혀 그렇지 않았어요. 나는 해저드처럼 중독자였습니다. 나는 값비싼 고급 와인 중독이었어요(비싼 와인을 마시면 술꾼이 아니라 미식가인 척할 수 있으니까요). 술을 끊으려고 여러 번 시도했다가 실패한 끝에, 줄리언처럼 세상에 내 진실을 밝히기로 결심했습니다. 나는 줄리언보다는 더 현대인이라 술을 끊기 위한 분투의 과정을 노트가 아니라 블로그에 기록했습니다. 그 블로그가 『금주 다이어리』라는 책이 되었습니다.

　이런 일들을 통해 진실을 말하는 것이 정말로 마법을 일으킬 수 있고 사람들의 삶을 더 낫게 바꿀 수 있다는 걸 알게 됐어요. 그래서 무엇보다도 내 블로그와 책을 읽어주고 일부러 시간을 내어 솔직함이 삶에 얼마나 중요한 변화를 가져왔는지 들려준 분들에게 감사하다는 말을 하고 싶습니다. 그들이 이 소설의 영감이 되었습니다.

나는 논픽션으로 글을 쓰기 시작했는데 소설을 써야겠다고 마음먹고 나니 두렵기도 하고 어떻게 써야 할지 막막해서 '커티스 브라운 크리에이티브'의 삼 개월짜리 소설 작법 수업을 들었습니다. 최근에 수업에 등록하면서 쓴 지원서와 '삶을 바꿔놓은 책'(이 소설의 초고 제목은 그랬습니다)의 삼천 단어짜리 개요를 다시 읽어보았는데 정말 끔찍했습니다. 그러니 그 수업 강사였던 샬럿 멘델슨의 공이 정말 큽니다. 애나 데이비스와 노라 퍼킨스에게도 감사합니다.

특히 그 강좌를 들으면서 다른 멋진 작가들을 만날 수 있어서 좋았습니다. 삼 개월 코스가 끝난 뒤에 우리는 '글쓰기 모임'을 만들었고 아직까지도 정기적으로 만나 맥주(다른 사람들)와 물(나)을 마시면서 서로 작품을 돌려보고 롤러코스터 같은 작가의 삶을 이야기하며 같이 울고 웃습니다. 앨릭스, 클라이브, 에밀리Emilie, 에밀리Emily, 제니Jenny, 제니Jenni, 제프리, 너태샤, 케이트, 키어리, 매기, 리처드 모두에게 감사해요. 내 끔찍한 초고를 처음 읽어준 맥스 던과 조이 밀러에게는 특별한 감사를 보냅니다.

그 밖에 초고를 읽어준 사람들에게도 감사합니다. 루시 스혼호번은 오스트레일리아 사람들과 원예업에 관한 조언을 해주고 오타나 반복되는 말을 매의 눈으로 골라주었습니다. 로지 코플런드는 미술과 화가들에 대해 소중한 조언을 해주었고, 루이즈 켈러는 정신건강에 대한 지식을, 다이애나 가드너브라운은 통찰과 영감을 나눠주었습니다.

강아지 산책 친구 캐럴라인 퍼스와 애너벨 앱스는 글을 쓰고 보내고 편집하고 하는 힘든 기간에 내가 제정신을 유지할 수 있도록 지켜주었습니다. 애너벨을 처음 만났을 때 내가 쭈뼛쭈뼛하며 책을 쓰고 싶다고 말했던 게 기억이 납니다. 애너벨은 그때 자기도 책을 쓰고 있다고 했는데, 그게 『조이스 걸The Joyce Girl』이라는 책으로 출간되었습니다. 우리 둘 다 책을 출간했다니 믿어지지가 않아요. 이 길을 같이 걸을 수 있어 행복했어, 친구야.

나는 사진 찍는 것을 싫어하는데 캐럴라인이 개 산책을 하는 도중에 바람을 맞은 머리에 화장도 안 한 상태의 내 모습을 자연스럽게 찍어주었어요. 관대하게도 마음껏 쓸 수 있게 해주어서 그뒤로 계속 공식 사진으로 씁니다.

다음으로는 나의 대단한 에이전트 헤일리 스티드에게 감사합니다. 처음부터 내 책을 좋아해주고 더 좋은 책이 될 수 있도록 도와주고 출판 준비 기간 동안 좋은 친구이자 조언자가 되어주었습니다. 엑셀 스프레드에 색깔을 넣기를 좋아하는 모니카의 모습은 헤일리에게서 힌트를 얻었습니다. 매들린 밀번의 현명한 조언과 지도에 감사합니다. 매들린밀번에이전시는 대단한 회사이면서도 가족적이어서 다들 따뜻하게 대해주고 최대한 좋은 책을 만들도록 도와주었습니다. 모두 감사드려요.

매들린밀번에이전시의 탁월한 해외 판권팀이 아니었더라면 이 책은 여러분을 만나지 못했을 겁니다. 그분들 덕에 이 책이 전세계 독자들의 손에 들어갈 수 있었네요. 여러 지역에서 동시 출판권 경쟁입찰을 진행하고 프랑크푸르트도서전에서 이 주 만에 스물여덟 군데나 되는 지역에 출판권을 판매한 앨리스 서덜랜드호스에게도 감사합니다. 리안-루이스 스미스와 조지나 시먼즈가 각국 출판사와 열심히 협업해주었습니다.

다음으로 나의 탁월한 편집자, 영국 트랜스월드의 샐리 윌리엄슨과 미국 패멀라도먼북스의 패멀라 도먼에게 감사합니다. 샐리와 팸을 내 편으로 둔다는 건 마법 능력을 갖게 되는 것과 비슷했고 교정 작업은 마스터클래스 같았어요. 그분들이 없었다면 이 책은 지금 여러분이 읽은 책의 그림자에 지나지 않았을 겁니다.

마지막으로 가장 중요한 식구들이 있습니다. 나의 남편 존은, 언제나, 나 자신이 나를 믿지 않을 때조차도 나를 믿어주고 내 글을 솔직하고 통찰력 있게 봐주었습니다. 그래서 내가 원고를 존의 머리에 집어던지기도 했지만요. 나를 대견히 생각해주고 지지해준 대단한 부모님. 이 책은 내가 아는 최고의 작가인 아버지에게 헌정했습니다. 교구 회보에 실린 아버지의 칼럼은 전설이에요. 아버지는 초고를 읽어주셨을 뿐 아니라 그뒤로 줄줄이 아홉번째 원고까지 전부 읽고 매번 세세한 피드백을 주셨습니다. 미리 말해두는데 혹시 아마존에 부정적인 서평을 남기면 아버지가 댓글을 다실걸요! 그리고 나의 세 아이—일라이자, 찰리, 마틸다, 나의 최대의 팬이자 매일의 영감입니다.

출판계에서 일하게 된 뒤에 가장 놀란 일은 책 한 권을 출간하는데 관여하는 사람이 얼마나 많은가 하는 것입니다. 앞에 언급한 사람들뿐 아니라 능력과 열정과 지혜와 시간과 에너지를 쏟아준 모든 사람들에게 감사합니다. 번역가, 표지 디자이너, 편집자, 마케팅 담당자 등등 이 이야기가 독자들을 만날 수 있게 도와준 모든 분께 감사를 전합니다.

옮긴이 **홍한별**
글을 읽고 쓰고 옮기면서 살려고 한다. 옮긴 책으로『우리, 이토록 작은 존재들을 위하여』『클라라와 태양』『온 컬러』『도시를 걷는 여자들』『하틀랜드』『우먼 월드』『먹보 여왕』『밀크맨』『달빛 마신 소녀』『나는 가해자의 엄마입니다』『나는 불안과 함께 살아간다』『기이한 자매들』『바다 사이 등대』『페이퍼 엘레지』『몬스터 콜스』『가든 파티』등이 있다.『밀크맨』으로 제14회 유영번역상을 수상했다.

문학동네 세계문학
진실 프로젝트

초판 인쇄 2022년 2월 14일 | 초판 발행 2022년 2월 28일

지은이 클레어 풀리 | 옮긴이 홍한별
기획·책임편집 윤정민 | 편집 김경미 이희연 염현숙
디자인 김이정 이원경 | 저작권 박지영 형소진 이영은 김하림
마케팅 정민호 이숙재 박보람 한민아 김혜연 이가을 안남영 김수현 정경주 이소정
브랜딩 함유지 함근아 김희숙 정승민
제작 강신은 김동욱 임현식 | 제작처 영신사

펴낸곳 (주)문학동네 | 펴낸이 김소영
출판등록 1993년 10월 22일 제2003-000045호
주소 10881 경기도 파주시 회동길 210
전자우편 editor@munhak.com | 대표전화 031) 955-8888 | 팩스 031) 955-8855
문의전화 031) 955-8895(마케팅) 031) 955-2634(편집)
문학동네카페 http://cafe.naver.com/mhdn | 트위터 @munhakdongne
북클럽문학동네 http://bookclubmunhak.com

ISBN 978-89-546-8519-1 03840

www.munhak.com